Christoph Hardebus

Feuerstimmen

Christoph Hardebusch

Feuerstimmen

Roman

PIPER
München Berlin Zürich

Entdecke die Welt der Piper Fantasy:

PiperFantasy.de

MIX
Papier aus verantwortungsvollen Quellen
FSC® C083411

ISBN 978-3-492-70373-4

Karte: Timo Kümmel
Satz: Tobias Wantzen, Bremen
Druck und Bindung: CPI books GmbH, Leck
Printed in Germany

Für meine Liebe, die mein Herz singen lässt

Kadant
Der Sego
Pashk
Estar
Segov
Wasserfälle
Das Großwasser
Das Gro
Alviar
Ilres
Die Freien
Gorint
Zu den Städten der Blauzungen
Kast
Zur großen Ödnis
Fis

Fes'Katash
che Bund
Die Rote See
N
W
O
S
Lorsanum
ornberge
Das Ewige Meer
Restek
Darsta
ronien
Arcos
Skaros
Die Gesegneten Inseln
dorf

CLASHINGS ON ARMOUR PLATES

Of myths and twists
Of fields in mist
Of creatures flying high.

Of lands – to find
Of seas – so wide
A mystery by night
And part of a firefly.

PROLOG

Die Harmonie war zerbrochen.

Die Fünf, die einer hätten sein sollen, wurden einander fremd, ein jeder kehrte zu seiner eigenen Natur zurück. Erst als die Boshaftigkeit des Fünften erkannt wurde, formten die Vier ein letztes Mal die Welt. Doch ihre Macht war zu groß, als dass sie ohne Balance entfesselt werden durfte.

Die Harmonie war zerbrochen.

Jedoch die Echos des Weltenlieds können immer noch gehört werden. Und durch dies fanden die Vier ihre Helden, riefen sie an ihre Seite. Die Elemente hätten die Welt zerstört, hätten sie von allem Leben befreit, hätte nicht der Bardenruf ihre furchtbare Macht gezähmt.

Viel war an jenem Tage verloren. Aber die Welt wurde gewonnen. Der Fünfte fiel in die Tiefen der Welt, sein Leib zerschlagen, sein Geist zerbrochen. Aber selbst aus seiner Niederlage erwuchs neue Hoffnung. Acht Lande, gesegnet und verflucht von seiner Macht.

Die Harmonie war zerbrochen.

Und doch kehrte Frieden zurück in die Welt. Der Fünfte besiegt, schwanden die Vier. Das, was einst wild und veränderlich war, wurde fest und hart. Die Geschichte der sterblichen Rassen begann und sie machten sich die Welt untertan, wie es ihnen bestimmt war.

Der Fünfte glitt in Legenden, die Vier wurden Mythen. Sowohl Verrat als auch Opfer wurden zu Geschichten. Sterne, die über den Nachthimmel tanzen.

Aber ich erinnere mich. Denn ich kann die Lieder im Wind hören, in den Wellen, im Knistern der Flammen, aufsteigend aus den Gebeinen der Erde. Was vergessen wurde, kann wiederentdeckt werden. Was verborgen liegt, kann aufgedeckt werden. Was schläft, kann wieder wachen. Und mit ihm all seine Schrecken.

Die Harmonie war zerbrochen.

Und doch überdauern die Lieder. Ich werde von den Fünfen singen, von der Wiederkehr des Fünften, von Finsternis, uralt und unvorstellbar.

Ich werde zu den Herzen der Sterblichen singen. Ich werde singen – mit einer Stimme aus Feuer!

DRAGONWAKE

Again, I find myself at night,
Falling awake from a dream.
Memories, one-of-a-kind.
Still I wonder who once sowed them
Into my mind and into my life.
Forebodings moving by.

AIDAN

»Enttäuschend.«

Aidan blickte zu Revus hinüber, der stocksteif dastand und verständnislos fragte: »Was ist enttäuschend?«

Aidan wiegte den Kopf hin und her, als sei er selbst unsicher, und ließ die Hände herabsinken.

»Sieh dich doch einfach mal um.«

Beide ließen die Blicke schweifen. Sie reichten nicht weit, denn trotz des hellen Mondlichts waren die Schatten bereits zu tief, um viel zu erkennen. Die staubige kleine Straße, auf der sie Richtung See zogen, kreuzte hier die größere Küstenstraße an den Klippen, bevor sie hinab zu einem der winzigen Fischerdörfchen führte, die die Küste wie Seepocken sprenkelten.

Freundlich ausgedrückt war es eine ruhige Gegend; langweilig, wenn man es weniger freundlich betrachtete, und verlassen, wenn man von düsterem Gemüt war. Und Aidan wurde dieser Tage oft von finsteren Gedanken beherrscht. Bei Tageslicht mochten die Klippen hoch über der windgepeitschten See eine gewisse Romantik ausstrahlen, doch vor allem war die Landschaft karg, der Boden steinig und die Menschen, die diese Gegend ihre Heimat nannten, so zäh und hart wie der Stockfisch, der hier für die langen, kalten Wintermonde eingelagert wurde.

»Ich verstehe nicht ganz, was du meinst«, erklärte Revus langsam, immer noch, ohne sich zu bewegen.

»An einem solchen von allen Göttern verlassenen Ort, einer solchen Kreuzung, wenn es auf Mitternacht zugeht, da erwartet man doch mehr. Du kennst die Geschichten, singst die Lieder. Zumindest einen Dämon?«

»Dämon?«

Jetzt drehte Revus den Kopf doch zu ihm herum, die Stirn in Falten gelegt.

Aidan zwinkerte ihm zu. »Ja, einen Dämon mit einer Fiedel, der einen zu einem Wettkampf herausfordert. Ein Duell der Barden um den ultimativen Preis. Ein großes Lied, das beste, das je gespielt wird. Stattdessen …«

Aidan wies mit einem Nicken auf die Kreuzung.

»Haltet die Klappe«, schnauzte sie der kleine Mann in dem schmierigen Lederwams an, offensichtlich durch die Tatsache ermutigt, dass er eine Armbrust auf Aidans Brust gerichtet hielt. Seine beiden Begleiter hielten lange Klingen in den Fäusten, billiger Stahl, abgewetzt und schmucklos, aber sicher noch immer gut genug, um einen Mann vom Leben zum Tod zu befördern. In ihren bärtigen Gesichtern stand genau jene Absicht in deutlichen Lettern geschrieben.

»Ah, jetzt verstehe ich.« Revus schnalzte mit der Zunge. »Du willst sagen, das Leben ist oft enttäuschender als die Lieder, die es beschreiben.«

»Ich sage nicht, dass da draußen nicht eine verlassene

Kreuzung existiert, an der genau in diesem Moment ein verzweifelter Spielmann um Leib und Seele aufspielt, aber diese hier ist …«

»Eine Enttäuschung.«

Sie sahen einander in die Augen, während sie weiterredeten.

»Genau.«

Vertrauen und Verständnis, gewachsen in vielen Jahren unverbrüchlicher Freundschaft, bedurfte nur weniger Worte.

»Ich sagte, haltet die Klappe!«

Der Anführer der Räuberbande stieß mit der Armbrust in Aidans Richtung, was dem die Gelegenheit gab, die Hände in einer scheinbar abwehrenden Geste zu bewegen und sie danach ein Stück tiefer zu halten. Der Mann schien von der Reaktion seiner Opfer verwirrt zu sein; sicherlich hatte das plötzliche Erscheinen dreier Bewaffneter normalerweise eine andere Wirkung auf Reisende, die die Küstenstraße entlangkamen –

»Dies ist ein Überfall«, erklärte er, als sei dieser Umstand bislang nicht erwähnt worden.

»Das sagtest du bereits, als du hinter dem Findling hervorgetreten bist, den du so geschickt als Versteck genutzt hast.«

Aidan wies auf den vom Wind abgeschliffenen Felsen, auf den jemand vor langer Zeit Wegmarken gemalt hatte, die längst so verblasst waren, dass keine Worte oder Symbole mehr zu erkennen waren. Nur noch Flecken aus Farbe, die einst alles geheißen haben mochten. *Die Mitte von Nirgendwo,* dachte Aidan mit grimmiger Zufriedenheit, *das verdammte Ende der Welt.*

»Das ist alles deine Schuld«, entfuhr es Revus mit einem Mal so heftig, dass Aidan aus seinen Gedanken gerissen wurde und seinen Freund ansah.

»Meine Schuld?«

Empört schüttelte er den Kopf.

»Natürlich! Du wolltest über Land reisen. Ich habe eine ruhige Passage auf einem Schiff vorgeschlagen, aber der Herr hat ja Angst vor dem Meer und …«

»Eine ruhige Passage?«, griff Aidan die dahingeworfenen Worte auf und zog sie wie ein Tau ein. »*Ruhige* Passage? Schon mal was von Stürmen gehört? Von Riffen? Von Seeungetümen?«

»Seeungetüme! Pah, so ein Unsinn! Du wolltest bloß nicht seekrank werden wie eine Hafenratte.«

Die drei Banditen schauten ratlos zwischen ihnen hin und her. So ein Schauspiel wurde ihnen wohl nur selten geboten und sie hatten keine Eile, es zu beenden, auch wenn ihr kleiner Anführer immer noch finster dreinblickte.

»Ach ja? Und was ist mit … mit …«

Aidan sah sich Hilfe suchend um. Sein Blick traf auf die drei Straßenräuber und er wies mit einem triumphierenden Ruf auf sie.

»Piraten!«

»Das sind doch keine Piraten«, entgegnete Revus und verdrehte die Augen. »Piraten fahren auf Schiffen und haben Entermesser und Totenkopfflaggen.«

»Ähm … Strandpiraten?« Aidan sah den größten der drei an, einen wahren Hünen von einem Mann, der selbst ihn noch um anderthalb Köpfe überragte. »Ich nehme an, das tut ihr doch auch gelegentlich, oder?«

»Was?«

Der Straßenräuber schien ehrlich verwirrt zu sein. Aidan sah es ihm nach und wandte sich an den Anführer.

»Strandräuberei? Kommt schon, wir haben doch mindestens ein Leuchtfeuer in der Ferne gesehen. Hier auf den Klippen? In dunklen Nächten, bei Sturm und Wind?«

»Es gibt Leuchtfeuer«, bestätigte der Anführer langsam, wie ein Mann, der nicht sicher ist, ob er gerade ein Geständnis ablegt.

»Und Riffe? Gefährliche Untiefen? Bei solch einer Küste, solchen Klippen, da muss es doch …«

»Ja, sicher, deshalb doch die Leuchtfeuer«, fuhr ihm der Anführer ins Wort.

»Na also«, sagte Aidan mit Triumph in der Stimme. »Und sicher schleicht ihr euch in dunklen Nächten dorthin, löscht die Feuer, entzündet euer eigenes, vielleicht unten am Strand, und die Schiffe, die in jenen Nächten vorüberziehen, werden in die Irre gelockt, laufen auf ein Riff und dann …«

Die drei Straßenräuber wechselten verunsicherte Blicke. Das hier lief nicht so, wie sie es erwartet hatten, das war ihnen mittlerweile deutlich anzumerken. Aidan rollte die Augen und konnte nur knapp ein Seufzen unterdrücken.

»Dann müsst ihr am nächsten Morgen nur noch die Reichtümer vom Strand einsammeln«, kam ihm Revus zur Hilfe, der ihm ein schnelles Lächeln zuwarf, das jeden aufmerksamen Beobachter misstrauisch gemacht hätte. Zum Glück waren ihre Gegenüber alles andere als aufmerksam, denn Gerede über Reichtümer hatte zur Folge, Menschen dieses Schlags abzulenken.

»Genau. Und es ist nicht einmal Mord, weil die See schon längst ihren Teil der Arbeit erledigt hat. Einfach nur ein schöner Spaziergang am Strand – und wer mag das nicht? –, bei dem man reich wird – und wer wird nicht gern reich?«

Fast hätte er sehen können, wie in den Köpfen der Straßenräuber aus der kleinen Saat ein Schössling spross, der früher oder später dunkle Früchte tragen würde, die nichts Gutes für die Schifffahrt an dieser Küste bedeuteten.

»Hank hat nie so gute Ideen«, grummelte der Älteste der Straßenräuber, dessen grauer Bart verfilzt war. Seine Nase ragte wie eine Burgruine aus seinem Gesicht hervor. Entweder war er beim Brotschneiden sehr unvorsichtig gewesen oder jemand hatte ihm vor langer Zeit die Nase aufgeschlitzt, vermutlich als Strafe für ein Verbrechen. Aidan war froh, dass das fahle Mondlicht kein genaueres Studium des zerfurchten Gesichts ermöglichte.

»Halt die Klappe«, fauchte der Kleine und funkelte seinen Gefährten wütend an. Dabei wandte sich die Armbrust ein winziges Stück zur Seite, gerade genug, damit sie nicht mehr genau auf Aidan zielte.

»Ist doch so«, sagte der Hüne mit kindlichem Trotz in der Stimme.

Aidan bemerkte, wie auch Revus' Hände weiter herabsanken, kaum merklich, Stück für Stück.

»Ich wollte das schon längst vorschlagen«, log Hank.

Aidan war überrascht, wie schnell er sich gefangen hatte und nun versuchte, das Blatt zu wenden. Er war gefährlicher, als er zuerst angenommen hatte.

»Aber erst mal müssen wir die beiden hier versorgen.«

Noch während er sprach, wandte er sich wieder Aidan zu und hob die Armbrust. Seine Gefährten kicherten finster, als sei der Satz ein gewaltiger Scherz, was für ihre Gemüter vermutlich sogar der Wahrheit entsprach. In

Aidans Ohren klangen die Worte verdächtig wie ihre hübsche Umschreibung für Umbringen und Verscharren, ein Schicksal, dem Aidan trotz allem gern entgehen wollte.

»Habt ihr denn Erfahrung mit Strandräuberei?«

Aidan dachte schnell, sprach aber manchmal noch schneller, was sie schon mehr als einmal in Schwierigkeiten gebracht hatte, ihnen aber auch hin und wieder aus so manchem Schlamassel half.

»Nein«, gestand Hank und legte mit der Armbrust an. »Aber ich lerne schnell.«

»Wir waren drei Jahre bei der Schwarzen Bruderschaft oben im Norden an der, äh, schwarzen Küste«, berichtete Aidan so ruhig, dass jeder annehmen musste, dass er die Wahrheit sprach.

»Ja, die Schwarze Bruderschaft«, warf Revus schnell ein. Sie beide kannten das alte Lied von der Schwarzen Bruderschaft und ihrem Anführer. Nach einigen Strophen voller Raub und Plünderung entpuppte sich der Kapitän als niemand anderer als die Scharlachrote Klinge, eine Piratin von legendärer Schönheit und noch legendärerer Grausamkeit.

Klingende Münzen von Silber und Gold,
Schätze wie niemals gesehen
haben wir uns an Bord geholt,
um gleichfort wegzuwehen.

Klingende Schwerter aus edelstem Stahl,
härter als Felsengestein,
lassen dir selten die letzte Wahl.
Was dir einst war, ist mein!

Klingende Worte wie Winde so flink
eilen uns voraus.
Feier noch einmal, sei glücklich und trink.
Morgen ist es aus!

Ihr kennt die Lieder von Wasser und Wind.
Brüder, lasst uns gehen.
Wir lassen sie wissen, wie wir wirklich sind:
scharlachrot und schön.

Offenbar waren sie nicht die Einzigen, die das Lied schon einmal gehört, oder, in ihrem Fall, viele Male vorgetragen hatten.

Aidan stimmte einige Töne an, sang den Refrain von Beute, Gold und Schätzen, der in so vielen Tavernen aus voller Brust mitgegrölt wurde. Fast so inbrünstig wie die Zeilen, in denen die Scharlachrote Klinge eingehender beschrieben und ihre beeindruckenden Taten in der Koje besungen wurden. Das Lied brachte immer gutes Geld ein und jeder Barde, der etwas auf sich hielt, kannte es.

»Ihr ... ihr kennt die Klinge?«, fragte der Hüne mit etwas, das wohl ein anzügliches Grinsen sein sollte, aber mehr wie das hoffnungslose Lechzen einer läufigen Hündin wirkte.

»Ho, immer langsam«, erwiderte Aidan. »Kennen ist zu viel gesagt, wir haben nur unter ihr die Weltmeere unsicher gemacht. Obwohl der gute Revus hier einmal eine ganze Nacht in ihrer Kajüte verbracht hat ...«

»Nein!«

Revus warf ihm einen gequälten Blick zu, den Aidan mit einem aufmunternden Lächeln quittierte.

»Aber er schweigt darüber.«

»Ja, äh, zu … schmerzhaft?«, bot Revus an, was dem Hünen ein lautes Lachen entlockte.

»Das glaube ich bei dir Winzling sofort«, bellte er in die Nacht. »Ich würde ihr schon zeigen, was ein echter Kerl ist!«

Er schlug sich auf die Brust, sodass es schallend klatschte. Die Klinge in der anderen Hand schien er vergessen zu haben. Hank jedoch nicht.

»Genug mit dem Seemannsgarn«, rief er.

»Kein Seemannsgarn«, erwiderte Aidan. »Aber wenn ihr keine Hilfe bei der Strandpiraterie wollt …«

»Doch, wir sollten …«

»Halt die Klappe!«

»Nein! Reichtümer am Strand einfach einsammeln!«

Die drei Straßenräuber begannen einen lautstarken Streit, der zwar nicht ihre ganze Aufmerksamkeit kostete, wohl aber den Gutteil davon. Aidan blickte zu Revus, der mit den Schultern zuckte. Wenn es um Angriffssignale ging, war ein Schulterzucken wenig bemerkenswert und würde auch sicher nicht in die Annalen der Kriegsführung eingehen, aber in dieser Situation war es ausreichend.

Aidan warf sich zur Seite, die Hände fielen auf die Hefte von Schwert und Dolch. Hank stieß einen Alarmschrei aus, der zwar weitaus beeindruckender war als ein Schulterzucken, aber dennoch zu spät kam. Der Bolzenschuss der Armbrust war hastig und ging dorthin, wo Aidan gerade noch gestanden hatte, sich aber nun nicht mehr befand.

Mit einem Geräusch wie von zerreißender Seide glitten die geölten Klingen aus den Scheiden. Aidan sprang vor und führte das Schwert in einem hohen Bogen. Hank riss die Armbrust empor, empfing den Hieb und die Klinge grub sich in das harte Holz. Doch so öffnete der Straßenräuber sich für den Dolch, den Aidan mit der Linken führte und ihm schnell in die Brust rammte. Hank taumelte zurück, die Armbrust entglitt seinen Fingern, doch Aidans Schwert hatte sich im Holz verbissen und wurde ihm ebenfalls aus der Hand gerissen. Für Siegesfreude war keine Zeit, denn der Vernarbte drang nun auf ihn ein. Nur mit größter Mühe konnte Aidan seinen schnellen, geschickten Hieben ausweichen und er wurde weiter und weiter zurückgedrängt. Sein Gegner wusste, was er tat, war offenkundig erfahren mit der Klinge und hatte mit Aidan einen Gegner vor sich, der nur noch mit einem Dolch bewaffnet war.

»Deserteur?«, brachte Aidan keuchend hervor und wies auf seine eigene Nase. Der Mann brüllte wütend und hieb nach seinem Kopf, doch Aidan zuckte gerade noch rechtzeitig zurück. »Wusst' ich's doch.«

»Dein gesprächiges Maul stopfe ich dir schon«, knurrte der Vernarbte und spie auf den Boden. »Du hast deinen letzten Scherz gemacht!«

»Das bezweifle ich«, rief Revus von weiter hinten, der den groben, aber ungemein wuchtigen Angriffen des Hünen auswich, in einer Rolle über den Boden glitt und Aidans Schwert ergriff. Er sprang mit einem triumphierenden »Ha!« auf, nur um festzustellen, dass noch immer die Armbrust an der Klinge hing. Der Hüne röhrte wie ein brünstiger Hirsch und hieb wieder nach ihm, doch Aidan musste weiteren Angriffen des Vernarbten ausweichen und konnte seinen Freund nicht mehr sehen.

»Ich schlitze dich auf wie ein geschlachtetes Schwein«, gab sein Gegner ein ungemütliches Versprechen ab. »Für Hank.«

»Ach, du konntest Hank nie leiden«, warf Aidan ein. »Du bist ein besserer Kämpfer als er und schlauer auch.«

Für einen kurzen Moment hielt der Vernarbte inne und legte den Kopf kurz zur Seite. »Stimmt. Aber es wird mir einfach Spaß machen, dich in Streifen zu schneiden.«

Aidan nutzte den Moment, um seinen Dolch zu schleudern. Die Klinge flog gerade und grub sich in die Schulter des Vernarbten, ließ ihn aufschreien. Eine Handbreit weiter links, und es wäre vorüber gewesen. Eine Handbreit, die über Leben und Tod entschied. So jedoch packte der Mann das Heft mit der freien Hand, zog die Klinge langsam aus seinem Fleisch und sah auf das blutige Metall in seiner Faust hinab.

»So viel Spaß«, sagte er grimmig und hob sein Schwert, dann hielt er inne. »Was denn, kein kluges Wort mehr? Kein Scherz? Deine einzige Waffe weggeworfen, und jetzt? Auch noch die Sprache verloren?«

Aidan holte tief Luft. In ihm kochte die Erinnerung an ein altes Leid empor. Eigentlich hatte er sich geschworen, nie wieder …

Sein Schwert wirbelte durch die Luft, ein silbernes Rad im Mondlicht. Der Vernarbte stürmte auf ihn zu. Aidans Hand fuhr empor, seine Finger fanden schweren Stahl. Er wirbelte herum, Metall schlug auf Metall, kratzte übereinander, dann glitt die Klinge seines überraschten Gegners zur Seite. Aidan jedoch zog einen Bogen nach oben, einen tiefen Schnitt von der Lende bis zur Schulter. Sein Gegner fiel wortlos hintenüber. Noch bevor er am Boden aufschlug, waren seine Augen kalt und leer.

»Nein, keine Sprüche, keine Lieder«, flüsterte Aidan, dann sah er sich schnell um, doch Revus kniete bereits neben dem gefallenen Hünen, in dessen Brust das Schwert seines Freunds fast bis zur Parierstange steckte.

Einige Momente schwiegen sie, dann erhob sich Revus langsam und atmete tief durch.

»Du weißt, dass ich recht hatte, ja? Es ist deine Schuld.«

Sie beide wussten, dass es die Wahrheit war, aber Aidan parierte mit einem Scherz, wie es ihm seit langer Zeit zur Gewohnheit geworden war.

»Du bist nur wütend, weil ich nicht in dem Gasthaus Rast machen wollte, in dem dir die Stallmagd schöne Augen gemacht hat.« Er wischte das Blut vom Schwert und sah sich nach seinem Dolch um.

»Ja, das auch.« Für einen Moment schien es, als wollte Revus noch etwas hinzufügen, aber dann wechselte er das Thema: »Die Schwarze Bruderschaft? Die Scharlachrote Klinge?«

»Erschien mir angemessen, irgendwie passend.«

Revus lachte.

»Weiß denn niemand, dass dieses Lied mehr als zweihundert Jahre alt ist? Und dass die Flotten der gesegneten Inseln die Schwarze Bruderschaft zerschlagen und die Scharlachrote Klinge am Mast ihres eigenen Schiffs aufgehängt haben?«

»Letzte Strophe, Revus, letzte Strophe. Du weißt doch, da ist niemand mehr nüchtern.«

Sie standen nun nebeneinander, sahen sich an.

»Das Schicksal der Barden«, erklärte Revus.

»Das Schicksal der Barden«, bestätigte Aidan, doch in seinem Herzen meinte er etwas ganz anderes als sein alter Freund und Reisegenosse.

Die schmale Straße führte auf das Meer zu. Die andere, die hier kreuzte, verlief nach Norden und Süden, in größere Länder, größere Städte. Dieser Weg jedoch führte lediglich in ein kleines Dorf. *Genau richtig.*

»Lass uns aufbrechen und die gute Nachricht überbringen, dass die Wege nun sicherer sind. Bestimmt wird irgendjemand gern hierherkommen und diese Schurken beerdigen.«

»Mehr als sie für uns getan hätten«, vermutete Revus und schlug Aidan auf die Schulter. »Gut, lass uns Helden sein.«

Nein, besser nicht, dachte Aidan, nickte aber und folgte seinem Freund auf dem letzten Stück ihres Wegs ans Ende der Welt.

ELENA

Obwohl die Sohlen ihrer Stiefel weich waren, hallten Elenas Schritte durch den hohen Gang. Am liebsten wäre sie gerannt, doch das Wissen um die vielen Augen, die ihrem Weg folgten, ließ sie ihre Geschwindigkeit zügeln. Zumindest soweit dies möglich war.

Die alten Hallen in all ihrer Pracht waren nicht der richtige Ort für unangemessene Eile. Würdevoll erhoben sich die Bögen der prächtigen Räume über den Menschen, formten sich weit über ihren Köpfen zu Spitzen. Roter Marmor, wie es ihn nur auf den Inseln gab, so dunkel und glänzend wie Blut und deshalb auch Blutstein genannt, setzte Akzente in all dem hellen Weiß des restlichen Mauerwerks. Vor allem dort, wo es nicht von hohen Wandteppichen bedeckt wurde, die in kunstvollen Stickereien die Geschichte des Königreichs, der Insel und der gesamten Welt erzählten. Einst hatte Elena viele Stunden hier verbracht und die gewaltigen Drachen bestaunt, deren Majestät von geschickten Fingern in den Stoff gebannt worden war. Jetzt jedoch hatte sie keinen Blick für die Schätze ihres Volks.

Dafür ruhten alle Blicke auf ihr. Die Wachen in ihren zeremoniellen Rüstungen, goldenes Metall mit roten Umhängen in der Farbe des Marmors, zeigten keine Regung hinter den stilisierten Masken ihrer Helme, doch natürlich betrachteten sie den schnellen Lauf ihrer Königin interessiert. Je zwei standen sich in den Wandnischen gegenüber, die Blicke scheinbar ewig aufeinander gerichtet. Durch die Visiere der Helme, die den Köpfen von Adlern nachempfunden waren, sahen sie alle gleich aus, jeden Tag, jede Nacht, auch wenn die Wachen, die die Helme trugen, natürlich wechselten. Es war schwierig, ihnen eine Regung zu entlocken; dies hatte Elena als Kind in einigen Versuchen herausgefunden, bis ihre Mutter es ihr in einer strengen Ermahnung untersagt und sie an den nötigen Respekt jenen Männern und Frauen gegenüber erinnert hatte, die bereit waren, ihr Leben für andere zu geben.

Damals hatte Elena es kaum erwarten können, selbst eines Tages auf dem aus Blutstein geschlagenen Thron zu sitzen, ein Privileg, das sie als ihr Geburtsrecht ansah. Doch inzwischen wusste sie, dass der Thron eine Pflicht war, eine Bürde und dass ihr Aufstieg zur Königin einen tiefen Verlust mit sich bringen musste. Ein Verlust des kleinen Rests Freiheit, den sie als Reguva, als designierte Erbin, noch besessen hatte. Aber dies war nichts im Vergleich zu dem Schmerz, den sie an den Sarkophagen ihrer Eltern empfunden hatte und noch immer in sich spürte, verborgen und vergraben, aber niemals ganz vergessen.

Die Pflicht, das Reich zu lenken und all seinen Bewohnern gerecht zu werden, ließ ihr wenig Zeit für derartige Erinnerungen.

»In der Kleinen Halle«, erinnerte sie Geloras, der junge Sekretär, den sie vor Kurzem in ihren Dienst gerufen hatte, weil seine Familie Hof und Thron seit Generationen treu und gut gedient hatte. Sie wollte ihn anfahren, sie nicht an das zu gemahnen, was sie ohnehin wusste, hielt ihre Gefühle aber im Zaum und nickte nur. Sie musste sich nicht umsehen, um zu wissen, dass ihre zweite Begleiterin, Kaleona, Schwertträgerin der Königin und damit unermüdliche Leibwache, ihr schiefes Grinsen aufgesetzt hatte. Die Kriegerin kannte ihre Königin zu gut. Sie war fast eine Dekade älter als Elena und hatte schon ihrer Mutter als Schwertträgerin gedient, viel jünger in diese Position berufen als all ihre Vorgänger. Ihr Haar war ungewöhnlich für die Bewohner des Reichs, ja der ganzen Inseln: dunkel zwar, aber mit einem Stich ins Rote. Doch es waren ihre Augen, eines von hellem Blau, eines von dunklem Grün, die zu den Legenden beitrugen, dass sie vom Schicksal zu großen Taten ausersehen worden war.

Momentan bestanden diese großen Taten hauptsächlich darin, während der langen Ratssitzungen und vielen Zeremonien das Gähnen zu unterdrücken, während sie hinter Elena stand und eine Aura der Gefahr verbreitete.

»Die Herrin weiß, wo der Rat sie erwartet«, wies Kaleona den neuen Höfling zurecht, als Elena dies nicht tat, bestimmt, aber nicht unfreundlich.

»Natürlich. Ich wollte nicht … ich nahm nicht an …«

Seine Stimme verlor sich, als Elena die Hand hob.

»Besser eine Erinnerung zu viel als eine zu wenig«, sagte sie und warf dann doch einen Seitenblick zu Kaleona, die ihr grimmig zunickte. *Er wird es lernen*, dachte Elena und sah den Gedanken in der Miene der Frau gespiegelt, die seit Jahren ihre engste Begleiterin war.

Die Mitglieder des Rats waren bereits auf ihren Plätzen, als sie in die Kleine Halle eintrat, ein Name, der dem Raum nur deshalb gerecht wurde, weil die Große Halle von solch gewaltigen Ausmaßen war. Wie überall im Palast der Vier Himmel war die Decke hoch, hier mochten es gut zehn Schritt sein. Fast ebenso hohe, aber sehr schmale Fenster ließen das Licht des Tages in die Halle, sodass sie in Bänder aus Licht und Schatten getaucht war.

Doppelt mannsgroße Statuen der Herrscherinnen und Herrscher, die vor Elena auf dem roten Thron gesessen hatten, standen zwischen den halb in die Wand eingelassenen Säulen, so stumm und starr wie die Wachen in den Fluren. Sie waren schweigende Erinnerungen an die Pracht und die Traditionen des Reichs, an die lange Kette von Vorfahren, deren Erbe die junge Königin war. Und Elenas Pflicht war es, ihr Erbe zu erhalten und ihren Teil hinzuzufügen.

Stühle rutschten über den Marmor, als sich alle erhoben. Einen winzigen Teil des Zeremoniells hatte Elena abschaffen können, als sie den Thron bestieg, und so wurde wenigstens in dieser Ratsrunde nicht ihr Name samt aller Titel verlesen, was angesichts der Tatsache, dass die einzigen Zuhörer die engsten Berater des Throns waren, immer ein wenig lächerlich gewirkt hatte.

Diesmal jedoch war außer ihren Ratgebern noch jemand anwesend, eine junge Soldatin in der schlichten Tunika der Grenzwachen, bar jeder Rüstung und Waffe, wie es die uralten Regeln des Hofs für die Anwesenheit in der Präsenz der Herrscher vorschrieben. Die einzigen Waffen im Raum waren die beiden Schwerter an der Hüfte von Kaleona, eines für sie und das Thronschwert für Elena. Die Schwertträgerin ging an ihren Platz hinter den Stuhl, auf den sich Elena ohne Umschweife setzte, während Geloras an das schön geschnitzte Schreibpult trat und sich bereit machte, seinen Aufgaben als Schreiber nachzukommen.

»Grenzstreitigkeiten?«, begann Elena umstandslos. Die Nachricht, die sie zum Rat gerufen hatte, war kurz gewesen. Sie hatte daraus nur erfahren, dass es an der Grenze zu Skaros zu einem Scharmützel gekommen war. Ein unerhörter Vorgang, wie es ihn seit über zwei Jahrhunderten nicht mehr gegeben hatte. Krieg war auf den Acht Inseln längst vergessen geglaubt, nur noch eine Erinnerung an alte Zeiten. Soldaten bewachten die Grenzen, jenseits der Meere gab es noch wilde, unzivilisierte Völker und Barbaren, aber Zwist zwischen den Reichen der Acht Inseln wurde am Verhandlungstisch beigelegt.

»So scheint es«, meldete sich Marschall Oreus zu Wort. Der alte Mann war ein lang gedienter Höfling aus einer der angesehensten Familien des Reichs, dabei so sanft wie seine Stimme, und wäre sicher nicht die beste Wahl gewesen, um Armeen im Kriege zu führen. Aber Elena hatte sich nicht durchringen können, ihn von seinem Posten abzuberufen, auf den ihn schon ihre Mutter gesetzt hatte. Der lange Frieden hatte dafür gesorgt, dass er niemals selbst an der Spitze königlicher Truppen hatte in die Schlacht reiten müssen. Und sein Alter würde seinen Pflichten ohnehin bald im Wege stehen. *Vielleicht sollte ich dies in einem Gespräch unter vier Augen erwähnen und ihm Gelegenheit geben, den Schritt selbst zu gehen,* überlegte Elena, während sie ihn fragend ansah. Sollte es tatsächlich zu Kämpfen mit Skaros kommen, würde sie jemand anderen an ihrer Seite benötigen.

»König Akasios ist ein Freund«, stellte sie mit fester Stimme fest. »Ein Verbündeter. Sein Volk und das unsere stehen in langer Treue zueinander. Wieso sollte er befehlen, unsere Grenzen anzugreifen?«

Sie sah in die Runde. Niemand sprach, bis sich Oreus vernehmlich räusperte. Ihr Blick fiel auf ihn und es war ihm sichtlich unangenehm. *Heraus damit,* wollte sie rufen, stattdessen begnügte sie sich mit einer fragend emporgezogenen Augenbraue.

»Ganz so ist es offenbar nicht gewesen.«

Jetzt war sie verwirrt.

»Aber in dem Bericht stand, dass es sogar Tote gegeben hat. Ein Kampf auf der Brücke!«

Die beiden Inseln waren durch eine schmale Wasserstraße getrennt, doch in den alten Zeiten hatten ihre Vorfahren eine hohe Brücke über die Meerenge gebaut, die einige der Acht Inseln miteinander verband. Es war eine Großleistung der Magie, ein anmutiges Bauwerk und scheinbar zerbrechlich, doch so stark wie der Fels der Inseln selbst.

»Das ist richtig.« Oreus sah sich Hilfe suchend um, entdeckte, dass er keine Unterstützung bekommen würde, und trat die Flucht nach vorn an. »Aber es waren unsere Soldaten, die die Kampfhandlungen … nun ja, begonnen haben.«

Verblüfft ließ sich Elena zurück in den Stuhl sinken.

»Das ergibt keinen Sinn«, sprach sie das Offensichtliche aus. »Wer trägt die Verantwortung? Wer gab den Befehl?«

Alle Köpfe wandten sich der jungen Soldatin zu, die angesichts der plötzlichen Aufmerksamkeit den Rücken durchdrückte und stur geradeaus starrte.

»Wer bist du?«, fragte Elena. »Was hast du zu berichten?«

Ohne den Blick von dem imaginären Fleck an der

Wand über Elenas Kopf zu nehmen, antwortete sie: »Ira, Herrin. Ich war an dem Haus der Brücke stationiert.«

Ein kleiner Turm, je einer an jedem Ende der Brücke, einst als Zollstation und Wachposten genutzt, in heutigen Zeiten kaum mehr als eine Zierde. Sicherlich noch als Festung zu gebrauchen, sollte es jemals notwendig werden, aber bislang war dieser Gedanke fern gewesen.

»Warst du bei dem ...«, Elena zögerte kurz, »Angriff beteiligt?«

Ira nickte nur, besann sich dann aber eines Besseren: »Ja, Herrin.«

»Berichte uns alles.«

»Es war der Kommandeur, Herrin. Er gab den Befehl. Wir saßen abends im Hof zusammen und, äh, unterhielten uns.«

Soldaten, die sich die Zeit vertrieben, redeten sicherlich nicht nur, sondern würfelten vermutlich auch und tranken, aber Elena ließ die junge Frau ungestört weitererzählen.

»Es wurden Scherze gemacht, über die Soldaten aus Skaros auf der anderen Seite.«

»Was für Scherze?«

»Dass sie Feiglinge sind, Herrin. Also, zuerst. Dann wurden die Scherze böser. Der Kommandeur sagte, dass sie allesamt ...«, Ira schluckte und senkte den Blick, als sei es ihr unangenehm, weiterzusprechen »... mit, äh, Ziegen verkehren.«

Die Soldatin hielt inne, unsicher, welche Folgen dieses Geständnis haben mochte.

»Geschmacklos, aber noch kein Grund, einen Krieg anzuzetteln«, murmelte Elena, während sie ihr bedeutete, fortzufahren.

»Es wurde immer lauter. Alle riefen durcheinander. Ich … ich weiß auch nicht. Irgendwann rief der Kommandeur, wir müssten diesen … mit Ziegen verkehrenden Bastarden eine Lektion erteilen.«

Noch immer ergab nichts einen Sinn.

»Und dann? Hat denn niemand gesagt, dass dies eine schlechte Idee ist?«

Ira schüttelte das Haupt. Ihre kurzen Locken tanzten um ihre Stirn.

»Alle dachten, dass es stimmt, Herrin. Dass es so sein muss. Wir waren so wütend …«

Elenas Finger trommelten auf dem Tisch, eine alte Angewohnheit, die sie nicht ablegen konnte. Die Geste ließ die Soldatin verstummen, wodurch sich Elena ihrer bewusst wurde und die Hände im Schoß verschränkte.

»Geloras, geleite sie hinaus und schreib ihren Bericht wortgetreu nieder«, befahl sie scharf und bereute es sofort, denn es war der Ärger über das unbewusste Trommeln, der in ihren Worten lag. Also fügte sie ruhiger hinzu: »Ich möchte alles wissen, jede Kleinigkeit. Wir müssen verstehen, was dort vorgefallen ist.«

Alle schwiegen, bis der Schreiber die Soldatin aus der Kleinen Halle geführt hatte. In Gedanken begann Elena bereits, eine Nachricht an König Akasios zu formulieren, seine Entschuldigung erbittend und gerechte Strafe für die Übeltäter versprechend.

Drei Tote! Weil ein Haufen gelangweilter Soldaten den Wein nicht vertragen haben! Nein, ich sollte nach Skaros reisen und persönlich vor Akasios erscheinen, wenn ich nicht will, dass er diesem Scharmützel mehr Bedeutung beimisst, als es verdient.

»Wir sollten Soldaten zum Haus an der Brücke entsenden«, unterbrach Oreus ihre Gedanken.

»Um diejenigen, die beteiligt waren, festzusetzen. Eine gute Idee, Marschall.«

Wieder räusperte sich der alte Mann, bevor er sprach.

»Wir müssen mit Racheakten rechnen.«

Elena sah ihn verständnislos an.

»Was? Aus Skaros?«

Jetzt nickte er heftig.

»Ja, Blut ist geflossen. Die Toten waren Töchter und Söhne. Ihre Mütter und Väter werden uns hassen. Ich kann hundert Soldaten in drei Tagen dorthaben, dann sind wir fürs Erste gewappnet und …«

»Fürs Erste?«, fuhr ihm Elena entgeistert ins Wort, dann schüttelte sie vehement den Kopf. »Ich werde jetzt auf keinen Fall Truppen an die Grenze verlegen. Wenn wir das tun, sorgen wir doch nur dafür, dass diese Sache immer größere Kreise zieht. Im Gegenteil, jetzt ist es unsere erste Pflicht, den Frieden zu sichern.«

Der Marschall war offensichtlich nicht ihrer Meinung. *Hat er auf seine alten Tage noch einmal Blut geleckt? Sucht er einen heroischen letzten Kampf, um abzutreten?* Sie schob den Gedanken beiseite, so unmöglich erschien er ihr. Oreus, der üblicherweise nur eine Klinge schwang, wenn er einen Braten anschnitt, und so verständnisvoll war, dass er sogar seiner Frau ihre zahlreichen Liebschaften verziehen hatte. Ein Mann, der so wenig Krieger war, wie man es nur sein konnte, und seinen Posten überhaupt nur bekleidete, weil seine Familie einfach wieder einmal an der Reihe gewesen war, den Marschall zu stellen.

»Man kann ihnen nicht trauen«, erwiderte Oreus leise.

Elena zog die Brauen zusammen. »Wem?«

»Denen aus Skaros.« Trotz schwang in seiner Stimme mit. »Mit all den Soldaten an unseren Grenzen und …«

»Es waren unsere Soldaten, die uns in dieses Schlamassel geführt haben«, erinnerte ihn Elena mit kalter Stimme, doch zu ihrer Überraschung sah sie vor allem Zustimmung für seine Worte in den Gesichtern der anderen Räte. Eingehend studierte sie die Stimmung in der Halle.

Der Thron war eine Bürde.

»Gut, schicken wir Soldaten zum Haus an der Brücke«, entschied sie schließlich. »Aber keinesfalls hundert! Eine Handvoll, um jene in Verwahrung zu nehmen, die sich gegen Skaros vergangen haben.«

Ohne ein weiteres Wort erhob sie sich und verließ die Kleine Halle, dicht gefolgt von Kaleona. Für die Schönheit des Palasts hatte sie keine Augen mehr, zu sehr war sie mit den seltsamen Ereignissen in ihrem Königreich beschäftigt.

Schließlich erreichten sie ihre privaten Gemächer und Elena trat auf die Terrasse hinaus, die man hoch über den Wassern des Ewigen Meeres in die Klippen geschlagen hatte. Hundert Schritt unter ihr brachen sich die Wellen am weißen Felsen und ein Schwarm Vögel glitt unten durch das gelbliche Licht des Abends. *Es muss länger gedauert haben, als ich dachte*, bemerkte Elena verwirrt, als sie die tief stehende Sonne sah, die in den Himmel in ein ungewohntes Violett tauchte. Die schmalen Säulen, die das filigrane Dach stützten, warfen bereits lange Schatten auf den hellen Marmor. Dazwischen sahen die Blutsteine mehr denn je so aus, als wäre dort eine wahre Flut des Lebenssafts vergossen worden.

»Das alte Schlachtross«, scherzte Kaleona. »Sonst ist er doch immer nur der Erste, wenn es um den Nachtisch geht.«

Elena löste den Blick von den seltsamen Himmelsfarben und lächelte.

»Ich bin sicher, er meint es nur gut.«

»Und ich bin sicher, dass es ein ganz besonderer Anblick wäre, ihn in die Schlacht ziehen zu sehen.«

Die beiden teilten ein kurzes, verstohlenes Lachen. Elenas Hand fuhr zum Hals und berührte das uralte Amulett, Erbstück ihrer Familie und Zeichen der Königswürde, seit es ihr Vorfahr Gavril auf die Acht Inseln gebracht hatte. Über seine Fahrten gab es viele Legenden und Lieder, doch keine zwei davon waren sich einig, woher es stammte.

»Wir sollten sehen, ob Geloras schon den Bericht fertiggestellt hat«, befand sie schließlich. »Vielleicht wirft das ein neues Licht auf diese ganze Geschichte.«

Kaleona nickte und wandte sich ab.

Elena blieb noch einen Moment lang stehen und sah zur Sonne. *Ein neues Licht,* wiederholte sie in Gedanken und runzelte die Stirn beim Anblick des Himmels, der ihr nun wie ein dunkles Omen erschien.

TIME AND TIME AGAIN

So what!
Another round!
For all our friends
And all the others.
We shine so bright in our old stories.
Time and time again.

AIDAN

Im Wein mochte Wahrheit liegen, aber als Aidan den letzten Schluck aus seinem Becher trank, fand er am Boden nichts als einen Rest des bitteren Ales, in das der Braumeister des Dorfs irgendein einheimisches Kraut gemischt hatte, um den sauren Geschmack zu mildern. Oder zumindest hoffte Aidan, dass es ein Kraut war und kein Seetang, denn der war wichtig in diesem kleinen Kaff und schien überall zu finden zu sein, vom Essen bis hin zu den Dächern, man hatte einige damit gedeckt.

»Seetang-Ale«, murmelte er vor sich hin, hob den Becher und blickte zu Revus hinüber, der aber zu sehr damit beschäftigt war, eine kleine Gruppe von Fischern mit Lügengeschichten zu unterhalten. Halben Lügengeschichten, musste Aidan gestehen, denn die meisten enthielten einen Kern Wahrheit. Sie waren jedoch so sehr ausgeschmückt, dass er kaum noch zu erkennen war. Aber Revus wusste nun einmal, was das Publikum von ihm verlangte, und das war ganz sicher nicht einfach nur die Wahrheit.

»Zwölf Fuß war er groß und haarig wie ein Bär«, beschrieb er gerade einen Riesen und seine ausgestreckten Arme gaben seinen Zuhörern ein Gefühl für die Ausmaße der gewaltigen Figur.

»Unsinn«, brummelte ein Fischer, dessen Gesicht so vom Wetter gegerbt war, dass er wie sein eigener Großvater aussah.

»Na gut, vielleicht waren es auch dreizehn Fuß«, gab Revus zu und erntete einige Lacher, bevor er weiter davon erzählte, wie dieser Gigant erst Tod und Vernichtung gebracht hatte, bevor er schließlich durch eine List doch noch besiegt werden konnte.

Aidan hatte die Geschichte oft genug gehört, vor allem jedoch war er es gewesen, der dem Riesen die Schläuche voll schwerem Wein gegeben hatte, bis dieser in einen rauschhaften Schlaf gefallen war. Groß war er wirklich gewesen, sicherlich, ein Riese unter Menschen, aber dennoch nur ein einfacher Mann. Und sie hatten ihn nicht erschlagen, als er so dalag, leise vor sich hin schnarchend und sabbernd, sondern ihn nur seines Besitzes beraubt. Soweit Aidan wusste, lebte er immer noch weit im Osten, vollkommen unerschlagen und nicht mehr als ein reicher Händler, der mit fragwürdigen Methoden zu seinem Wohlstand gelangt war.

»Und dann fiel er um. Ungefähr so.«

Revus deutete mit dem Arm einen fallenden Baum an und schlug dann mit beiden Händen flach auf den einfachen Holztisch, der so sehr bebte, dass Ale aus einigen Bechern schwappte.

»Genau so hat die Erde gebebt! Und meine Knie erst!«

Wieder folgte grölendes Lachen, das die Worte seines Freunds übertönte, aber seine ausladenden Gesten erzählten dennoch deutlich von dem Keulenschlag, der dem Riesen den Garaus gemacht hatte.

Aidan seufzte und sah noch einmal in seinen Becher, der jedoch noch genauso leer war wie beim letzten Mal. Er winkte den dürren Jungen heran, der hier als Bedienung durchging, und hielt ihm den Becher hin.

Kurze Zeit später nahm er einen weiteren tiefen Zug. Der dritte Becher schmeckte weitaus besser als der erste, das musste man dem Braumeister lassen, auch wenn Aidan aus Erfahrung wusste, dass dieses Phänomen bei jedem Ale auf der Welt auftrat.

»Ein Lied«, unterbrach ihn einer der Fischer in seinen Überlegungen. »Du bist doch ein Barde, oder etwa nicht?«

Breit grinsend erhob sich Revus. »Nicht nur irgendein Barde. Ich bin Revus, Sänger an Königshöfen, Barde von Völkerschaften, Betörer von Maiden.«

Er würzte diesen letzten Titel mit einem Augenzwinkern in Richtung einer der Fischerinnen, die ihm ein süßes Lächeln schenkte. Zumindest einer von ihnen würde sich heute wohl keine Sorgen um ein ungewärmtes Bett machen müssen.

Als Revus zum Gesang anhob, rutschte Aidan erst auf der Sitzbank zur Seite, um dann aufzustehen und sich einen leeren Tisch in der anderen Ecke des Schankraums zu suchen, was nicht schwierig war, da sich inzwischen alle Gäste um Revus versammelt hatten. Aidan musste lächeln, als er seinen alten Freund dort sah, wo er sich am liebsten befand, im Zentrum aller Aufmerksamkeit, einen Fuß auf die Kante der Sitzbank gestellt, einen Becher mit Ale in der einen Hand, die andere jedes Wort seines Gesangs untermalend. Er stimmte ein heldenhaftes Lied über große Schlachten und tapfere Taten an, das seiner

Stimme gut stand und einen einfachen Refrain besaß, der zum Mitsingen einlud.

Denn wenn der Himmel ewig weint
und wenn ein Sturm die Welt vereint.
Dann wenn der Wind von Norden weht
und er die Sonne schlafen legt.
Erst dann ist unsere Welt bereit
für eine neue Heldenzeit.

»Du hörst ihm nicht gern zu?«

Überrascht sah Aidan auf und blickte in das sommersprossige Gesicht einer jungen Frau, die einen tönernen Krug in den Händen hielt.

»Noch Ale?«, fragte sie, als er nicht sofort antwortete. Sie hatte grüne Augen und dunkelblondes Haar, dessen wilde Locken sie nur mäßig mit einem Stoffband gebändigt hatte.

Ohne ein Wort hielt er ihr seinen Becher hin und sah zu, wie sie ihn geschickt füllte, bis lediglich ein Hauch Schaum über den Rand trat und daran herablief.

»Er hat doch eine schöne Stimme, so tief und doch so weich.«

»Doch, ich höre ihm gern zu«, antwortete Aidan nach einem Schluck Ale und wischte sich den Schaum von den Lippen. »Er ist der beste Sänger, den ich je gehört habe.«

»Das musst du sagen«, entgegnete sie mit einem Lächeln. »Er ist dein Freund. Ich habe gesehen, wie ihr gemeinsam angekommen seid.«

»Ja, das ist er, aber es ist dennoch die Wahrheit.«

Mit einer geschmeidigen Bewegung glitt sie auf die

Bank ihm gegenüber und stellte den Tonkrug auf den Boden.

»Musst du nicht weiterarbeiten?«, wollte er wissen.

Sie schüttelte den Kopf. »Solange er singt, wird niemand einen Becher verlangen. Schau doch, sie sind alle wie gebannt.«

Sie sprach die Wahrheit. Nun war es nicht allzu schwierig, ein Gasthaus voller Trinkender zu unterhalten – jeder durchschnittliche Barde, der halbwegs einen Ton treffen konnte, vermochte das. Einige Sauflieder, eine traurige Ballade, hier und da etwas Anzügliches und man war aus dem Schneider und konnte auf einige Münzen des begeisterten Publikums hoffen.

Doch Revus trug nun ein altes Lied vor, eine traurige Weise, langsam und getragen, ganz und gar ungeeignet für den Moment. Aber die Kraft seiner Stimme fesselte seine Zuhörer und trug sie fort in die Weiten der Musik, die er nur mit seiner Stimme für sie öffnete.

Einst in der Kalten Zeit,
Rote Felder, rot wie Glut.
Gefallen waren Tausende,
jedoch niemals fiel der Mut.
Stahl auf Stahl.
Ein heller Klang durchdringt den Tag.
Das Schlachtfeld spielt ein wirres Lied,
welches nur der Krieger mag.

Einst in der Kalten Zeit
gingen Freunde, schnell der Tod.
Der Krieg ließ Trauer keine Zeit,
doch niemals fiel der Mut.

Einen Humpen! Zwei, drei, vier,
fünf der Krüge leer ich hier.
Erst wenn sechse, sieben, acht
Humpen ich heut leer gemacht.
Lege ich mich breit zur Ruh.
Und trink den neunten Krug dazu.
Fängt mich ein die schwarze Nacht,
hab zehn Humpen ich leer gemacht.

Doch Aidan vergaß nicht. Egal wohin sie gingen, der Bardensturm folgte ihnen. Schnell schüttete Aidan den Rest des Ales herunter und sah sich nach der Frau mit dem Krug um. Sie bemerkte seinen Blick und kam gleich zu ihm. Wortlos füllte sie seinen Becher wieder auf.

So langsam zeigte das Ale Wirkung. Die Welt verlor ihre Kanten, Aidans Geist kreiste nicht länger um Vergangenes, sondern schwamm im Hier und Jetzt.

»Singst du auch?«

Er sah zu ihr hoch. Eine einfache Frage. Keine einfache Antwort.

»Nein«, log er. »Ich bin nur sein Begleiter. Er ist der König der Barden.«

Sie warf einen Blick über die Schulter zu Revus, der sein Publikum vollkommen in der Hand hatte, und lachte dann. Die Bewegung hatte eine Locke gelöst, die ihr nun in die Stirn hing. Aidan trank noch einen Schluck und traf eine Entscheidung.

»Aber ich kann Geschichten erzählen«, sagte er leiser und warf ihr einen Blick aus halb geschlossenen Augen zu.

Sie lächelte versonnen und setzte sich wieder ihm gegenüber.

»Ich liebe Geschichten.«

»Gut«, stellte er fest und sah ihr in die Augen. Revus würde nicht der Einzige sein, der heute Nacht nicht allein schlafen musste. Vielleicht würde ihre Nähe die Dunkelheit fernhalten, die ihn nachts heimsuchte.

Vielleicht.

Stunden später lag Aidan in einem angemieteten Zimmer auf dem Bett, eine raue Decke halb über sich gezogen. Es war ihre weiche Haut, die ihm Wärme spendete, doch er fand keinen Trost in ihrer Berührung. Ihr Atmen war leise und regelmäßig, er konnte ihn an seiner Schulter spüren und hören, wie er im Einklang mit der Brandung ging. Seine Fingerkuppen strichen über ihre Haut, glitten an ihrem Rücken hinab, fanden ebenso wenig Ruhe wie er selbst.

Als sie betrunken in das Zimmer getaumelt waren, eng ineinander verschlungen, sich wild küssend, die Hände auf Entdeckungsreise über einen fremden Körper, da war die Lust alles gewesen, woran er gedacht hatte. Doch so wie die Flammen der Leidenschaft schließlich erloschen waren, schlich nun auch die Finsternis in ihm wieder näher heran.

Aidan war müde. Sein Kopf war schwer, seine Gliedmaßen ebenso, eine süße Erschöpfung des Leibs, doch sein Geist war hellwach, sosehr er sich auch nach Schlaf und Erholung sehnte. Er versuchte, sich auf den warmen nackten Körper neben sich zu konzentrieren, auf all die kleinen Geheimnisse, die er entdeckt hatte, den süßen Duft, die heiseren Seufzer, doch die Lust war versiegt. Eine Ablenkung für wenige Stunden, ein kurzes Feuer. Was brachte es schon? Welchen Sinn hatte es? Die ewig gleichen Fragen krochen durch seinen Kopf, fraßen sich wie Maden durch seinen Geist, hinterließen einen dumpfen Schmerz.

»Ich hätte mehr trinken sollen«, murmelte er und rieb sich über die Augen, aber es war ihm wie eine schlechte Idee erschienen. Ale gab einem Willen, aber nahm auch die Kraft. Er fragte sich, ob er in den Schankraum hinabschleichen konnte, um seinen Fehler zu beheben, nun, da es nur noch die Dämonen der Nacht waren, denen er sich stellen musste.

Seine Stimme, so leise sie auch war, unterbrach ihre Ruhe für einen Moment. Ihr Atem wurde zu einem kleinen Stöhnen, und sie wand sich kurz, bevor sie sich wieder in seinen Arm schmiegte. Was wusste Aidan schon, mit welchen eigenen Dämonen sie in ihren Träumen rang? Einige kostbare Augenblicke lang lenkte es ihn ab, dann kehrten seine eigenen Nachtgespinste zurück und verlangten seine gesamte Aufmerksamkeit.

Der Bardensturm!, rief eine Stimme in seinem Kopf und sosehr er sich auch bemühte, sie zu ignorieren, sie verstummte nicht, bis die Bilder in ihm emporquollen, all die hässlichen, grausamen Erinnerungen. Die Gesichter der Toten, manche verschwommen, manche klar, alle unwillkommen. Nicht zum ersten Mal wünschte sich Aidan, dass er sich zu ihnen gesellen könnte. Nein, sich zu ihnen gesellt hätte, damals, als sie ihm noch vertraut hatten. Warum hatte er überlebt, warum nicht sie? Die Schuld nagte an ihm, Tag und Nacht, höhlte ihn langsam aus, ließ jede Stunde weniger von ihm zurück. Und er ahnte, dass er irgendwann in sich zusammenbrechen würde wie ein wurmzerfressenes Gebäude, dessen Fundament schwach geworden war.

Vor allen anderen konnte er dies verbergen, vielleicht

mit Ausnahme von Revus, in dessen Blick er zu oft Sorge sah. Nach außen war er immer noch Aidan, immer ein schnelles Wort auf den Lippen, schlagfertig und selbstbewusst. Doch wie lange noch?

Ein Schrei riss Aidan aus seinen dunklen Gedanken und ließ sein Herz rasen. Er war lang und erfüllt von tiefstem Schrecken, durchschnitt die Nacht und blies jeden Dunst aus Aidans Geist. Sofort glitt er aus dem Bett und seine Finger tasteten über den Boden, fanden seinen Waffengurt und schließlich den Griff seiner Klinge.

»Was ist?«, fragte die junge Frau schlaftrunken.

»Bleib hier«, erwiderte Aidan leise. Im schmalen Lichtstreif, den der Mond in das Zimmer sandte, suchte er seine Sachen zusammen, schlüpfte in seine Hose, zog sich das Hemd über den Kopf und band den Gurt um. Für mehr war keine Zeit. Dann schlich er zur Tür.

Eine dunkle Gestalt erhob sich vor ihm, seine Finger krampften sich um seine Waffe, bis er Revus erkannte.

»Du hast es gehört?«

»Es kam von draußen, glaube ich«, erwiderte Revus, und Aidan nickte.

»Aus Richtung der See.«

Gemeinsam liefen sie die Treppe hinab in den Schankraum, wo einige der betrunkeneren Gäste auf den Bänken vor sich hin schnarchten. Das Feuer war längst heruntergebrannt, nur noch einige Reste glühten dunkelrot im Kamin.

Im Vorbeilaufen schüttelte Aidan unsanft einen der Schlafenden.

»Weck den Rest«, rief er dem Mann zu, als der sich lautstark beschwerte.

Aus dem stickigen Schankraum kommend war die Meeresbrise noch frischer. Der Mond stand hoch am Himmel, nur einige dünne Wolkenschleier zogen vor ihm her.

»Komm.«

Aidan lief den Weg zu den Klippen hinunter. Das Dorf war zum größten Teil auf ihnen erbaut worden, nur einige kleine Hütten krallten sich auf den Vorsprüngen weiter unterhalb fest und es gab Höhlen, die als Lagerräume und Werkstätten genutzt wurden. Die Fischerboote lagen am Strand unterhalb oder tanzten ein Stück weiter draußen auf den Wellen. Lediglich ein schmaler Pfad führte die Klippe hinab, wenn man von den beiden Kränen absah, mit denen der Fang und sonstige Ladung in zwei Etappen emporgehievt werden konnte. Aber die Konstruktion wirkte auf Aidan nicht gerade vertrauenerweckend.

Zwischen den Hütten und Häusern herrschte Schatten. Es roch nach salziger Seeluft, aber auch nach Rauch und Fisch und aus mehreren der Räucherhütten stieg Qualm auf. Zu sehen war nichts.

Sie hielten inne.

»Hörst du was?«

Doch ihnen antwortete nur das Raunen des Meeres.

»Vielleicht war es nur ein Streit?«, hoffte Revus, aber Aidan schüttelte den Kopf. Dieser Schrei ... Verzweiflung und Todesangst hatten aus ihm geklungen. Etwas Schreckliches war geschehen, dessen war er sich sicher.

»Lass uns zu den Klippen hinuntergehen. Vielleicht ist jemand gestürzt.«

Beide hielten ihre Klingen in den Fäusten, während sie geduckt zu der Stelle liefen, an dem der Pfad vom Meer das Dorf erreichte.

Gut sechzig Schritte unter ihnen brandete die See an den schmalen Strand der Bucht. Windgeschützt, wie der Sund war, bot er einen perfekten Naturhafen, wenn man davon absah, dass die Bucht von den Klippen aus nur schwierig zu erreichen war. Das Wasser funkelte im Mondlicht, die Schaumkronen leuchteten kurz auf, bevor sie wieder in der Dunkelheit verschwanden. Die Umrisse der Fischerboote zeichneten sich vor Sand und Wasser ab, einige auf den Strand gezogen, halb zur Seite gekippt, andere mit festen Tauen verankert und im Rhythmus der Wellen schwankend. Doch sosehr sich Aidan auch anstrengte, er konnte keine Menschenseele entdecken.

»So einen Sturz würde man kaum überleben«, stellte Revus fest.

»Aber man würde auf den Strand fallen. Siehst du dort etwas?«

Angestrengt blickte Revus über die Kante der Klippe hinab, was Aidan ihm hoch anrechnete, wusste er doch, wie sehr ihm Höhe zu schaffen machte. Dann schüttelte er den Kopf und zog sich wieder einen Schritt zurück.

»Vielleicht bei einem der Boote«, überlegte Aidan laut. »Wir müssen nachsehen.«

Skeptisch sah Revus zu dem Pfad, der im spärlichen Licht des Monds reichlich schmal wirkte.

»Oder damit.« Aidan wies auf den oberen der beiden Kräne, ein dünnes Holzgerüst, von dem man fast glauben konnte, dass es im Wind schwankte. Der zweite war gut dreißig Schritt unter ihnen, halb auf einen Vorsprung und halb in eine Höhle gebaut, und Aidan konnte sich nicht einmal vorstellen, wie er in der harten Felswand befestigt war.

»Bist du wahnsinnig?«, hauchte Revus.

»Wie wäre es, wenn du hier oben schaust, ob du was findest und ich unten?«

Revus strich sich über den Mund und nickte dann.

»Und besorg dir Licht. Wenn du etwas entdeckst, schwenk eine Laterne oder was weiß ich. Keine Ahnung, ob ich da unten was höre.«

Damit wandte er sich ab und ging die ersten Schritte des Klippenpfads hinab. Der Fels war halbwegs trocken, aber uneben und schon auf dem ersten, noch halbwegs geraden Stück rutschte Aidan beinahe aus und musste sich an der Wand festhalten. Seine nackten Fußsohlen fanden wieder Halt. Er fluchte leise. Im Dunkeln diesen Pfad hinabzusteigen war nicht seine beste Idee gewesen. Er brauchte Licht. Es würde niemandem helfen, wenn er zu Tode stürzte.

Als er sich umdrehte und an der Wand wieder nach oben tastete, griffen seine Finger in etwas Schleimig-Nasses, als habe er in feuchte Flechten gegriffen. Er zog die Hand zurück und rieb die Finger aneinander. Es war unangenehm, schmutzig. Langsam hob er sie vor sein Gesicht. Zwischen ihnen glänzte etwas im Mondlicht, dünne Fäden, eine Art Schleim.

»Was zum ...«, begann er und starrte sie an. Ein leichter Geruch nach Meer und Fisch ging von ihnen aus, irgendwie von Verrottung und Aas durchwoben. Angeekelt rieb sich Aidan die Hand an seinem Hemd ab und stapfte weiter.

Als er nach wenigen Metern die Kante der Klippe erreichte, sah er sich nach Revus um, entdeckte ihn jedoch nicht. Schnell lief er weiter, froh, von dem gefährlichen Pfad wegzukommen. Gerade wollte er seinen Freund rufen, als er eine Gestalt zwischen zwei Häusern sah, halb im Schatten verborgen. Erleichtert ging Aidan auf sie zu, nur um gleich wieder innezuhalten. Etwas stimmte nicht, irgendetwas war falsch, warnte ihn seine innere Stimme. Ein halb vergessener Instinkt hielt ihn zurück.

»Aidan, alles in Ordnung?«

Überrascht wandte er sich der Stimme zu und sah Revus ein ganzes Stück abseits stehen und ihm zuwinken.

»Ich …«, hob er an, dann tauchte unvermittelt ein weiterer Schatten neben Revus auf. »Vorsicht!«

Ein unmenschliches Brüllen ertönte, Revus schrie, Metall blitzte im Mondlicht auf. Aidan wollte zu ihm eilen, doch die Gestalt zwischen den Häusern sprang auf ihn zu, und er riss sein Schwert hoch. Die Klinge glitt über einen zähen Widerstand, dann traf Aidan etwas am Kopf und wirbelte ihn herum. Seine Füße verloren den Halt und er ging zu Boden, fiel auf die Seite, rollte sich reflexartig ab, kam auf die Knie und ließ seine Waffe wirbeln, um seinen Gegner auf Abstand zu halten.

Er schüttelte den Kopf, um die Benommenheit zu vertreiben. Irgendwo hörte er Revus zornerfüllt schreien, doch er konnte dem keine Beachtung schenken. Ein Schatten ragte über ihm empor. Diesmal warf er sich zurück, doch nicht schnell genug. Linien aus Feuer zogen sich über seine Brust und er schrie auf. Sein Schwert biss in seinen Feind, erkaufte ihm einen Moment, den er nutzte, um schwer atmend auf die Beine zu kommen.

Jetzt waren mehr Geräusche, Stimmen, Rufe und Lichter am Rande seines Sichtfelds, die er mehr ahnte als sah.

»Du solltest Fersengeld geben, Freund«, knurrte Aidan. Sein Gegner stand gebückt im Schatten einer Räucherhütte. Aidan blinzelte. Noch immer stimmte irgendetwas nicht.

»Dein Blut«, erklang eine heisere Stimme mit fremdartigem Akzent. »Ich werde dein Blut trinken.«

»Nicht bevor wir einander vorgestellt wurden«, erklärte Aidan trotz seiner Schmerzen mit einem schiefen Grinsen. Seine Brust stand in Flammen. Warm lief es ihm über den Bauch. Er wusste nicht, wie tief die Wunde war, konnte aber keine Zeit damit verlieren, sich zu vergewissern. Er verlagerte das Gewicht, legte die zweite Hand an den Griff des Schwerts.

Sein Feind trat aus dem Schatten. Aidan stockte der Atem. Was in der Dunkelheit wie ein Mensch gewirkt hatte, verlor im Licht alles Menschliche. Ein geschuppter Leib, kurz und fassförmig, dazu lange kräftige Beine und ebensolche Arme, ein länglicher, gänzlich haarloser Kopf mit kalten Augen und einem grotesken Loch, wo der Mund hätte sein sollen. Unablässig bewegte sich etwas in ihm. Alles war bedeckt von dunklen Schuppen, die im Mondlicht feucht glänzten. Das Wesen hob eine Hand zum Haupt und schob sich drei Finger in die Öffnung, die sich mit einem schmatzenden Geräusch um sie schloss.

»Warmes Blut«, keuchte es, als es die Hand zurückzog. Die Augen waren dunkel und kalt, keine Regung, keine Bewegung in ihnen, doch in den Worten lag eine finstere Grausamkeit, etwas so Abscheuliches, dass Aidan nicht mehr zögern konnte.

Er griff zuerst an. Sein Schwert schnitt einen langen Bogen. Das Wesen wich halb aus, hob abwehrend einen Arm. Die Klinge schnitt durch die Schuppen, die jedoch Widerstand boten. Das Wesen brüllte, ob vor Schmerz oder Zorn, konnte Aidan nicht sagen. Es war ein heiserer Laut, fast mehr ein Zischen, so unnatürlich wie sein Feind selbst.

Es riss den Arm zur Seite und sein Schwert mit ihm. Der andere schnellte auf seine Kehle zu, Klauen ausgestreckt. Aidan zuckte zurück, spürte den Lufthauch, als sie knapp an seiner Kehle vorbeischnitten. Er nutzte das Moment der Bewegung, ließ die Klinge folgen, legte all seine Kraft in einen wilden Hieb von unten nach oben. Diesmal sprang die Kreatur zurück, doch nicht schnell genug. Aidan revanchierte sich für die erhaltene Wunde mit einem langen Schnitt vom Bauch bis zum Hals.

Einem Menschen hätte er so den Leib geöffnet und den Tod bereitet. Doch dieses Wesen war aus härterem Stoff. Es war, als seien seine Schuppen wie eine Rüstung, die es bedeckten, so dick und zäh wie bestes Leder. Der Schnitt war tief, und dunkles Blut bedeckte Aidans Klinge, lief zähflüssig über das Metall, troff von ihm auf den steinigen Boden hinab.

Aidan blieb schwer atmend stehen, die Klinge zum Schutz zwischen sich und seinen Gegner erhoben. Die Kreatur hielt sich den Bauch, gurgelte und zischte. Aidan wusste nicht, ob es eine Sprache oder nur sinnloses Geräusch war. Er wollte bereits triumphieren, doch sein Feind war noch nicht besiegt.

Jetzt war da Hass in den Augen – so glaubte Aidan das Gefühl zu deuten, das ihm kalt brennend entgegenschlug. Die Kreatur sprang auf Aidan zu, der hastig davontaumelte und mit dem Schwert nach ihr hieb. Das Wesen nahm einen Treffer am Arm hin und packte ihn an der Schulter. Klauen gruben sich durch Stoff, Haut und Fleisch. Aidan knurrte wütend. Er wollte den Schmerz nutzen, sich aus dem Griff herauswinden, doch die Kraft der Kreatur war gewaltig und er wurde nach hinten getrieben.

»Dein Blut!«

Drohung, Versprechen, Worte voller Gier.

Sie stürzten in einem wilden Knäuel aus Gliedmaßen

zu Boden. Die Klinge wurde aus Aidans Hand gerissen, der Aufprall trieb ihm die Luft aus der Lunge, sein Kopf schlug auf harten Fels. Die Welt wurde dunkler, glitt davon, wurde von der Nacht verschlungen.

Doch dann war da glühender Schmerz an seinem Hals und riss ihn zurück. Die Kreatur presste ihren Mund an Aidans Haut und es war, als würden sich tausend Klingen in ihn hineinbohren. Er packte den Kopf, versuchte, ihn von sich wegzuziehen, doch sein Feind war zu stark, hielt ihn in eiserner Umklammerung. Überall waren Schmerzen, jeder Atemzug brannte wie Feuer, seine Gedanken wurden langsam, wurden träge, verloren ihre Schärfe.

Aidan stöhnte. Etwas in ihm, lang verschlossen und doch nie verschwunden, brach sich mit Macht Bahn. Er öffnete den Mund, sog Luft in seine glühende Brust, mehr und mehr, bis er glaubte, platzen zu müssen. Dann entließ er alles, was in ihm aufgestaut war.

Sein Schrei zerriss die Welt.

ELENA

»Was soll das heißen?« Elena deutete auf die Gestirne, die hoch über ihnen am Himmel standen. »Wir können doch alle sehen, dass sie gewandert sind!«

Geloras schrumpfte ein wenig unter ihrem zornigen Blick und sie bereute ihren scharfen Ton. Milder bat sie: »Erklär es uns bitte.«

»Die Hofastronomen sind sich einig, dass der Lauf der Gestirne unverändert ist«, wiederholte der junge Sekretär ein wenig sicherer, während Elena ungläubig den Kopf schüttelte. Ihre Ausbildung war nicht so umfassend wie jene der Astronomen, aber sie hatte gelernt, anhand der Sternbilder zu navigieren, und kannte sich am Nachthimmel aus. Sie wusste, dass der Lauf der Sterne nicht normal war, sie konnte die Veränderung sehen.

»Es ist unsere Position. Die Acht Königreiche. Wir bewegen uns«, fuhr Geloras fort. Angst spiegelte sich in seiner Miene. Fast wäre sie auf Elena übergesprungen, doch die junge Königin hatte sich im Griff.

»Die Inseln bewegen sich?«

Geloras nickte lediglich. Verblüfft sah Elena zu Kaleona hinüber, die nur mit den Schultern zuckte. Um sich Zeit zum Nachdenken zu erkaufen, nahm Elena einen Schluck Wein aus dem silbernen Pokal. Samtig und kühl glitt er über ihre Zunge.

»Wie ist das möglich?«

Natürlich wussten darauf weder Geloras noch Kaleona eine Antwort.

»Was sagen die Astronomen noch?«

Geloras räusperte sich. Es war offensichtlich, dass er seine Gedanken sammelte. Jedes Wort war von großer Bedeutsamkeit.

»Die, äh, Phänomene, die wir erleben ... sie können an Intensität zunehmen.«

Die Schwärze des Himmels war durchzogen von helleren Schlieren, so als würden Wolken vor ihm hängen, doch diese Streifen schienen in allen Farben des Regenbogens zu schimmern. Der Blutstein der Terrasse war tiefschwarz, doch dieses unirdische Licht ließ ihn glänzen, als wäre er vom namensgebenden Blut feucht.

»Aber die Veränderung der Zeit ... das kann doch nicht durch die bloße Bewegung der Inseln entstehen? Die Tage sind doch kürzer? Wie kann das sein?«

Jetzt war es an Geloras, mit den Schultern zu zucken, bevor er sich besann, mit wem er sprach. Er räusperte sich und hob die Stimme. »Nein, meine Königin.«

»Was ist dann der Grund?«

»Die Hofastronomen glauben, dass der Einfluss von außen stammt. Eine fremde Macht. Vielleicht jene, die auch den Kreis der Acht Inseln beeinflusst.«

»Ein Angriff?«, fauchte Kaleona, und Elena bemerkte,

dass ihre Schwertträgerin die Hand auf den Griff ihrer Klinge gelegt hatte. Ihre Augen funkelten und sie bleckte die Zähne.

Elena trat einen Schritt an sie heran und legte ihr beruhigend die Hand auf den Arm. Sie spürte die angespannten Muskeln, von Jahren der Übung und des Kampfs gestählt. Es dauerte einen Moment, bis sich Kaleona wieder entspannte. Fast schien es, als wäre sie kurz davor gewesen, ihre Klinge zu ziehen.

Warum?, fragte sich Elena. *Hier gibt es keine Feinde. Und den Lauf der Sterne kann kein noch so scharfes Schwert verändern.*

»Wir wissen es nicht«, stellte sie fest, als sie in die erschrockene Miene von Geloras blickte, der sofort heftig nickte.

Sie nahm die Hand von Kaleonas Arm und ging zum Rand der Terrasse. Normalerweise beruhigte sie das Rauschen des Meeres, das sich tief unter ihr an den Felsen brach, doch ihr aufgewühlter Geist war selbst wie vom Sturm gepeitscht.

Seit Jahrhunderten trieben die Acht Königreiche auf ihren Inseln durch die Meere, aber stets auf demselben Kurs, so fest und sicher wie die Felsen, die das Fundament des Palasts bildeten. Jeder Bewohner der gesegneten Inseln wusste das. Es war so sicher wie die Gezeiten, wie Ebbe und Flut, wie das Spiel von Tag und Nacht. Niemals hatte Elena geglaubt, dass sich dies ändern könne.

Jetzt stützte sie sich auf die Brüstung, kühler Stein unter ihrem Griff, einst von ihren Vorfahren in die feine, ziselierte Form geschnitten. Ein Meisterwerk der Steinmetzkunst, filigran und doch fest. Aber es gab ihr kein Gefühl der Sicherheit mehr. Vielmehr glaubte sie seine Schwäche zu spüren, als ob der Stein jeden Moment unter ihren

Fingern zerbrechen oder gar zu Staub zerfallen könnte. Sie schluckte und trat einen Schritt zurück, als ein unvermittelter Anflug von Höhenangst sie erschauern ließ.

»Meine Königin?«

Erst jetzt wurde ihr bewusst, dass Kaleona mit ihr gesprochen hatte. Schuldbewusst wandte sie sich der Schwertträgerin zu.

»Verzeih mir, ich war in Gedanken.« Es überraschte sie selbst. »Was hast du gesagt?«

»Denkt Ihr, dass die Veränderungen mit den Ereignissen am Haus an der Brücke zusammenhängen?«

Elena wiederholte die Frage im Geiste. Vor ihr breitete sich die Ungeheuerlichkeit dieser Idee aus, während sie eine Antwort suchte.

»Ich weiß es nicht«, gestand sie schließlich und runzelte die Stirn. »Aber es wäre schon ein gewaltiger Zufall. Zum ersten Mal seit so langer Zeit wird Blut vergossen und dann erfahren wir, dass vielleicht eine Macht lauert, die auf unser Schicksal Einfluss nimmt.«

Je mehr sie darüber nachdachte, desto wahrscheinlicher schien der Zusammenhang zu werden. Blut. Zeit. Der Lauf der Gestirne. Der Kreis der Acht Inseln. *Aber wo genau liegt die Verbindung? Wer will uns Übles? Und vor allem, wer hat diese gewaltige Macht, den Lauf der Inseln selbst zu ändern?* Ein Frösteln lief über ihre Haut, als eine weitere Frage in ihr auftauchte: *Und wohin werden wir geleitet?*

Sowohl Geloras als auch Kaleona sahen sie erwartungsvoll an. Für die Königin durfte es keine Zweifel geben, kein Zögern, keine Angst. Alle Augen würden auf sie gerichtet sein, jedes Zeichen der Schwäche wäre ein Schritt auf den Abgrund zu.

»Der Rat muss darüber informiert werden«, erklärte sie mit fester Stimme und zwang ihre Züge zu einer Maske der Entschlossenheit. Es war nicht wichtig, welche Gefühle sich dahinter verbargen oder ob Angst wie ein dunkler Sog an ihrem Innersten zehrte, solange es niemand erkennen konnte.

»Geloras, ruf alle zusammen. Lass keine Ausreden gelten, niemand ist davon befreit. Ich will jeden sehen. Und lass die Hofastronomen kommen. Die Kollegien der Magie. Alle Gelehrten der Großen Universität.«

Unsicher sah Geloras zum Himmel empor.

Elena zwang sich zu einem Lächeln. »Ja, es ist mitten in der Nacht. Geh, erfülle deine Pflicht. Mit dem Aufgehen der Sonne will ich alle versammelt sehen.«

Der Sekretär verneigte sich tief, wandte sich abrupt um und rannte dann fast von der Terrasse. Elena gestattete sich einen Moment der Schwäche, da sie sich nur in der Anwesenheit Kaleonas wusste. Sie seufzte und rieb sich über die Augen. Ein dumpfes Pochen hinter ihrer Stirn erinnerte sie daran, dass sie schon wieder zu wenig geschlafen hatte.

»Ich werde mehr Wachen einteilen«, stellte Kaleona fest. »Wir ziehen sie im Palast zusammen.«

Elena wollte schon protestieren, erkannte dann aber den Sinn hinter dem Vorschlag.

»Vielleicht sind wir bereits in einen Krieg verwickelt«, erläuterte Kaleona grimmig.

»Wie du denkst«, stimmte Elena ihr zu und sah wieder zu dem ungewohnten Sternenhimmel empor.

Vielleicht sind wir im Krieg, formten ihre Lippen lautlose, schreckliche Worte; Worte, von denen sie niemals gedacht hätte, dass sie sie je sagen würde.

Während Kaleona vor die Tür trat und den Wachen Befehle erteilte, lief Elena unruhig auf und ab. Als ihre Schwertträgerin zurückkehrte, fand ihre Unruhe ein Ziel. Ohne ein Wort ging sie schnellen Schritts durch eine kurze Flucht kleiner Zimmer, die offiziell zu ihren Gemächern gehörten, praktisch aber ungenutzt blieben. Ein Korridor schloss sich an und endlich erreichte sie das Portal in den Turm, hinter dem eine steile Wendeltreppe hinauf- und hinabführte.

Der Weg zur obersten Turmkammer war lang. So groß auch die Kunstfertigkeit der Weisen der Acht Inseln war, einen solch schlanken Turm in diese schwindelerregenden Höhen zu errichten, war doch nicht ohne die mächtige Magie der Reiche möglich gewesen. Diese Magie war es auch, die Elena antrieb, ein alter Zauber, der die Stufen nur so vorbeifliegen ließ, die Schritte leicht und schnell machte und jegliche Erschöpfung schwinden ließ.

Dennoch dauerte es, bis sie die vielen hundert Stufen erklommen hatte und an ihrem Ziel angelangt war. Das Dach des Turms erhob sich auf feinen Säulen über ihr. Von hier aus wurde einem Beobachter ein freier Blick in alle Richtungen gewährt. Keine Mauern hielten den Wind ab, doch seine Macht war durch Magie gebrochen und kam nur als sanfte Liebkosung im Rund der Kammer an.

Es war der höchste Turm der Stadt, der höchste der Insel und vielleicht sogar der höchste der Welt. Ein weithin sichtbares Zeichen der Würde und Macht seiner Erbauer.

Elena trat an den Rand, doch Kaleona blieb nahe der Mitte der Kammer. Ihre Schwertträgerin vertrug den Blick in die Tiefe nicht gut. Höhe war das Einzige, was ihr Angst einjagen konnte. Die junge Königin hatte diese Probleme nicht. Die Spitzen ihrer weichen Stiefelsohlen ragten über den Rand des mit Mustern geschmückten Steinbodens hinaus, ihre Zehen waren frei. Die Magie, die den Turm und vor allem diesen höchsten Punkt umgab, spielte mit Elenas schlanker Form, unsichtbar und doch zu spüren, ein Kribbeln auf der Haut, eine Energie in ihr. Sie hätte sich mit aller Macht gegen sie stellen können und hätte den unsichtbaren Schutz des Turms doch nicht durchbrochen.

Ihr drittes Auge war geschlossen, weshalb sie die Magie nicht bewusster wahrnehmen konnte. Aber sie war nicht den Turm emporgestiegen, um die kunstfertige Magie ihrer Vorfahren zu bewundern.

Tief unter ihr lag der Palast selbst, ein Muster aus Licht und Schatten. An vielen Orten strahlte magisches Licht und zeigte die Umrisse der verschiedenen Gebäude, andere wiederum waren in der Nacht versteckt, die durch das sie umgebende Licht nur umso dunkler wirkte.

Der Palast stand auf den Klippen, die sanft Richtung Stadt abfielen. Tief, tief unter ihnen war das Meer, dessen Rauschen hier oben mehr Erinnerung als Geräusch war.

Auch die Stadt lag in Stille da, dunkler als der Palast, auch wenn es Inseln des Lichts in ihr gab. Unzählige Häuser umgeben von Gärten, jedes schöner als das letzte, aus dem hellen Fels der Inseln errichtet. Bei Tag strahlten sie regelrecht, doch nun schliefen sie ebenso wie die Menschen in ihnen. Die Menschen, die Elena vertrauten und in der ruhigen Gewissheit schlummerten, dass sie beschützt und sicher waren.

Obwohl die Nacht warm war, fröstelte Elena. Selten war ihr die Verantwortung so bewusst geworden wie in diesem Augenblick. Krieg bedeutete Tod und Zerstörung, bedeutete verlorene Söhne und Töchter, vergossenes Blut und verbrannte Erde. Die Magie, die sie alle umgab, war mächtig und zum Frieden eingesetzt konnte sie Wunderwerke jenseits allen sterblichen Könnens erschaffen. Im Krieg jedoch … Elena mochte nicht einmal daran denken.

Jenseits der Stadt lag das fruchtbare Land, das sie alle ernährte. Gehöfte sprenkelten die grüne Landschaft, die Weiden und Felder, die Weinberge und Obsthaine. Die Inseln waren gesegnet. Niemand musste Hunger leiden. Niemand vermisste ein Dach über dem Kopf. Ein Land, von dem die Menschen jenseits der Meere nur träumen konnten. Für jene fernen Gestade waren die Acht Inseln kaum mehr als Legenden, wie Elena wusste, und es war gut so. Stets hatte sie gedacht, dass, wenn es einst zu einem Krieg kommen würde, ihre Feinde von dort kommen würden. Die Küsten waren durch Türme geschützt, die Flotten allzeit bereit. Doch die Einzigen, die in den vergangenen Jahrzehnten gekommen waren, kamen in Frieden. Verirrte Seeleute, manche schiffbrüchig, auch Glücksritter auf der Suche nach dem gelobten Land. Niemand, der den Fuß auf die Inseln setzte, durfte sie wieder verlassen. Allerdings war dies kaum eine Drohung, denn sie blieben freiwillig, fern von den Fährnissen und Härten der Welt da draußen. Es war ein neues, besseres Leben.

Elenas Blick kehrte vom Meer zurück zu ihrem Reich. Bei Tag konnte man bis an die Grenzen sehen und darüber hinaus in die anderen Reiche. Brüder und Schwestern lebten dort, ebenso glücklich und friedvoll wie ihre eigenen Untertanen. Bis jetzt. Nun suchte sie nach Anzeichen von Feindschaft, von Krieg, suchte nach Feuern und Rauch und Armeen an ihren Grenzen.

»Was für ein Wahnsinn«, murmelte sie.

»Sollen wir wieder hinabsteigen?«

Obwohl Kaleona versuchte, so stoisch wie immer zu klingen, konnte Elena die Anspannung in ihrer Stimme spüren. Sie lächelte. Ihre Schwertträgerin würde ihr bis in die Tiefen der Erde folgen, wo die feurigen Kinder des Hasses lebten. Sie überwand sogar ihre Angst vor der Höhe für sie.

»Ja, gleich.«

Langsam lehnte sich Elena weiter nach vorne, bis sie senkrecht am Turm hinabsehen konnte. Die Macht der Magie hielt sie fest, stärker, als jeder Stein es gekonnt hätte, und auch weicher – eine Umarmung voller Sicherheit. Hunderte Male hatte sie so dagestanden, eingehüllt in die alte Magie ihres Volks. Tief unter sich sah sie die Terrasse, auf der sie eben noch gestanden hatte, sah ihre Gemächer, das Spiel von hellem Stein und blutrotem Marmor im magischen Licht.

Gerade als sie sich abwenden wollte, löste sich die Umarmung der Magie und gab sie frei. Ihr Körper war nach vorne gebeugt, und die Tiefe unter ihr schien an ihr zu zerren, zog sie unwiderstehlich an.

Elena stürzte.

AIDAN

Stimmen, aber keine Worte, die er verstehen konnte. Das ergab keinen Sinn. Vielleicht eine fremde Sprache?

Wie das Rauschen des Meeres den Geist beruhigen konnte, so wühlten diese Stimmen ihn auf. Sie sprachen durcheinander, laut und leise, voller Gefühle, Angst, Wut, Trauer. Aidan, der wie ein Toter im Meer in der Dunkelheit trieb, spürte, dass er der Helligkeit entgegenstrebte. Ein Teil von ihm wollte bleiben, doch je mehr er sich dagegen wehrte, desto drängender wurde das Licht.

Und der Schmerz kehrte zurück. Aidan keuchte, als er über ihn kam wie ein wildes Tier, sich in ihn verbiss. Jeder Atemzug brannte in seiner Lunge, vor allem rechts, während seine Kehle auf der linken Seite in Flammen stand. Die vielen anderen Schmerzen – Rücken, Bein, selbst die glühende Schulter – waren gegen diese beiden unbedeutend.

»Bin ich tot?«, fragte er mit rauer Stimme. Er wagte es nicht, die Augen zu öffnen.

Jetzt wurden die Stimmen zu Worten, die Worte zu Sätzen.

»Hast du Schmerzen?«

Aidan brummte bejahend.

»Dann lebst du.«

»Hurra«, brachte er hervor. Er musste nicht aufschauen, um zu wissen, dass Revus grinste, tat es aber dennoch und blickte in das Gesicht seines Freunds. Eine lange Schramme in wütendem Rot zog sich über dessen Wange, ein Auge war außerdem halb zugeschwollen und das Weiße darin von blutigen Wolken durchzogen.

»Bist du tot?«

Revus seufzte und rieb sich über die Schramme; seine Hand zuckte wieder zurück. Er versuchte, Aidan zuzuzwinkern, aber das Fleisch um sein Auge herum war bereits zu stark angeschwollen.

»Der andere sieht schlimmer aus.«

Erinnerungen stiegen in Aidan auf. Der Schrei, die Dunkelheit, der Kampf.

»Diese Wesen ...«

»Aye ... zugegeben, die sahen vorher schon schlimm aus. Vielleicht war es sogar eine Verbesserung, als ich diesem Bastard den Kopf von den Schultern getrennt habe.«

»Und ich ...«

Der Schmerz brachte Bilder mit sich, die Aidan gern vergessen hätte.

»Du, mein Freund, hast uns alle gerettet.«

Aidan stemmte sich auf die Ellbogen hoch. Es dauerte einige Herzschläge lang, bis die Welt aufhörte, sich ungebührlich um ihn zu drehen, und die Bettstatt sich entschloss, genug getanzt zu haben.

»Als hätte ich zu viel Ale getrunken«, murmelte er.

»Na ja, das hattest du übrigens auch.«

Als Aidan die Augen wieder öffnete, konnte er erkennen, dass sie wieder im Schankraum waren, doch jetzt sang niemand. Vielmehr sah es so aus, als habe sich die gesamte Dorfbevölkerung hier versammelt. Einige saßen auf den Sitzbänken, andere standen zwischen ihnen, Tische waren weggeräumt worden, um Platz zu schaffen. In einer Ecke des großen Raums, in dem Aidan aufgewacht war, lagen noch mehr Gestalten, viele von ihnen mit blutigen Verbänden bedeckt. Leises Stöhnen und ein Wimmern drang von den Verletzten zu ihm herüber. Andere hatten weniger Glück gehabt als er. Ein alter Mann und eine junge Frau knieten neben einem Verwundeten und versuchten, einen blutenden Riss in dessen Seite zu versorgen. Aidan wandte den Blick ab. Er wusste, dass es nichts gab, was diesen Mann retten konnte. Es stank nach Blut und Schweiß und Exkrementen und Tod.

»Was war das?«

Revus hielt ihm die Hand hin und zog ihn auf die Beine, die Aidan kaum tragen wollten. Er stützte sich an die kühle Wand, den Kopf gesenkt, und atmete einige Male tief durch, bevor er sich sicher genug fühlte.

»Niemand weiß es«, antwortete Revus mit finsterer Miene. »Nur dass sie ganz plötzlich kamen und mordlüstern waren.«

»Seeteufel«, rief ein alter Mann so laut, dass alle Gespräche erstarben. »Aus der Tiefe der Meere. Monster!«

Zu normalen Zeiten hätten die Menschen darüber sicherlich gelacht, doch jetzt starrten alle den Alten an und lauschten gebannt seinen Worten.

»Manchmal überfallen sie in der Nacht Schiffe. Schwimmen einfach hinauf von den dunklen Städten ihrer Art am Grund des Meeres. Dann klettern sie an Bord, töten alles, was darauf lebendig ist, und trinken das Blut. Sie lieben das Blut von Menschen!«

Unwillkürlich fuhr Aidans Hand zu seinem Hals, wo seine Finger auf eine feuchte Stoffbandage trafen. Selbst die leichte Berührung war schmerzhaft und brachte die Erinnerung an die furchtbare Berührung des Wesens zurück.

»Woher willst du das wissen?«, rief ein jüngerer Mann mit dichtem Bart, der den linken Arm in einer Schlinge trug.

»Die Ehefrau meines Onkels fuhr lange zur See. Sie hat mir davon erzählt, als ich noch ein kleiner Stöpsel war.«

»Was hat sie noch erzählt?«, fragte Aidan, und nun sahen alle zu ihm.

Der alte Mann blickte ihn eingeschüchtert an und senkte dann den Blick.

»Dass sie dunkle Götter anbeten, Herr.«

Verwirrt sah sich Aidan um. Wohin sein Blick auch fiel, die Menschen senkten die Köpfe. Ihm wurde schwindlig, seine Hand fuhr suchend durch die Luft. Revus ergriff sie und stützte ihn, bis sie eine Bank erreichten, die hastig für ihn frei gemacht wurde. Dankbar sank Aidan auf sie und rieb sich den schmerzenden Schädel, bis zumindest der Schwindel abklang.

»Wisst Ihr davon? Ihr seid doch weit gereist.«

Der Bärtige war ein wenig vorgetreten. Er schien eine Art Dorfsprecher zu sein, ob aus der Autorität seiner Stellung heraus oder einfach, weil er der Einzige war, der es wagte zu sprechen, wusste Aidan nicht. Er wollte den Kopf schütteln, besann sich dann aber eines Besseren und verneinte einfach.

Es gab Lieder und Legenden über Meeresungeheuer, über Seejungfrauen und Kraken, die in den lichtlosen Tiefen lebten und so groß wurden, dass sie ganze Schiffe in die Tiefe ziehen konnten. Über finstere Wesen mit gewaltigen Rachen und über solche, die im Zentrum der größten Stürme hausten und diese über die Weltmeere trugen. Doch das, was er gesehen hatte … das Bild eines Mauls tauchte vor seinem geistigen Auge auf, die mahlenden Zahnkreise, der kalte Hass in den dunklen Augen.

»Ich kenne keine solchen Lieder«, fügte Revus hinzu. »Keine Geschichten über solche Kreaturen.«

»Und doch kamen sie in derselben Nacht wie ihr.«

Überrascht sah Aidan auf. Es war eine Frau gewesen, die gesprochen hatte, doch er konnte nicht erkennen, wer. Zorn hatte aus ihrer Stimme geklungen und Trauer.

»Wir kamen aus dem Inland, diese Monster aus der See«, gab Aidan zu bedenken. Er wies auf seine Verwundungen. »Und sie haben uns auch angegriffen und verletzt.«

»Andere sind tot.«

»Jetzt reicht es«, rief der Bärtige. »Hätte dieser Fremde sie nicht mit seiner Magie vertrieben, wir wären alle tot!«

Gemurmel brandete auf, Stimmen wurden lauter. Zornige Worte wurden gewechselt, die schließlich zu einem Streit wurden. Aidan lehnte sich zurück und nahm einige tiefe Atemzüge.

»Sie waren schon draußen, als die Monster kamen«, erklang die zornige Frauenstimme. »Wer sagt uns, dass sie sie nicht gerufen haben?«

»Er hat gegen sie gekämpft«, erwiderte eine andere Frau. »Ich habe es gesehen. Und der Barde hat eines erschlagen.«

»Und wo ist dieses Viech jetzt? Wo ist es?«

Revus setzte sich neben Aidan und legte ihm die Hand auf den Arm.

»Wie geht es deiner Kehle?«

»Bietest du mir gerade ein Ale an? Bist du sicher, dass das eine gute Idee ist?«

Revus bedachte ihn mit einem wölfischen Grinsen.

»Nein, du hast ... es getan. Ich konnte es spüren, bevor der erste Ton deine Kehle verließ. Diese Viecher auch. Mein Gegner hat gezögert, lang genug, um ihn einen Kopf kürzer zu machen.«

Um sie herum stritten die Leute weiter. Aidan versuchte, nicht allzu genau hinzuhören. Vielleicht war es natürlich, in so einem Augenblick einen Schuldigen zu suchen. Er hoffte, dass sich die Vernunft dennoch durchsetzen würde.

»Vielleicht will ich doch ein Ale.«

Revus löste einen kleinen Lederschlauch von seinem Gürtel und hielt ihn Aidan hin. Der hob ihn an die Lippen und ließ einen Schluck kühle Flüssigkeit in seinen Mund rinnen, die sich sofort in flüssiges Feuer verwandelte. Er schluckte sie mit Mühe und spürte, wie sie in seinem Inneren fröhlich weiterbrannte. Irgendwann im Laufe des Kampfs musste sich Aidan auf die Wange gebissen haben, denn nun schmerzte die fast so sehr wie Kehle und Brust.

»Bei aller Harmonie, Revus, was ist das?«

»Ich glaube, sie brennen es aus Seetang.«

Aidan versuchte, im Nachgeschmack des feurigen Wassers eine bekannte Note zu finden, doch es war einfach nur scharf. Aber es belebte auch. Die Wärme in seinem Bauch breitete sich langsam in alle Glieder aus und die Schmerzen verloren einen Hauch ihrer Bissigkeit. Gerade genug, um Aidan nicht mehr wünschen zu lassen, dass er sich einfach wieder hinlegen könne. Leider nicht genug, um alles zu vergessen.

»Schluss jetzt«, donnerte die Stimme des Bärtigen durch den Raum und tatsächlich erstarb jeder Widerspruch und alle verstummten. »Wir werden uns nicht wie verfluchte Dummköpfe benehmen und unsere Retter beschuldigen. Wir werden auch nicht das Gastrecht mit Füßen treten!«

Aidan holte tief Luft.

»Was ist mit den Kreaturen, die wir erschlagen haben?«

Revus zuckte mit den Schultern, sah sich um.

»Es gab keine Spur von ihnen«, gestand der Bärtige. »Ich … wir glauben, sie haben ihre Toten wieder mit ins Meer genommen.«

»Na großartig«, murmelte Aidan. Er stützte sich auf Revus' Schulter und stand auf. »Ich brauche etwas frische Luft.«

Alle machten ihnen Platz, während sie langsam zur Tür gingen.

Die kühle Luft des anbrechenden Morgens belebte seinen immer noch benebelten Geist. Ein leichter Wind wehte von Land aufs Meer hinaus. Über dem Meer wurde der Himmel bereits hell, ein schmaler Streifen, in dessen Mitte sich hell die Sonne ankündigte. Feuer brannten an der Klippe, vor ihnen zeichneten sich Menschen ab.

Alles wirkte friedlich. Fast hätte er die Schrecken vergessen können, die hier gerade erst geschehen waren.

Doch neben der Taverne gab es einen Verschlag, kaum mehr als ein auf vier Stämme gestütztes Dach, und in seinem Schatten lagen regungslose Gestalten. Jemand hatte Decken unter ihnen ausgebreitet, einige der Leiber waren sogar in sie eingeschlagen. Aber nicht alle. Andere Körper lagen frei und offen, die schrecklichen Wunden nur notdürftig bedeckt.

Es dauerte, bis er ihr Gesicht erkannte. Es war so furchtbar blass. Die Augenlider waren mit kleinen Kieseln beschwert, und ein Tuch bedeckte ihren Leib. Am Hals war der Stoff rot gefärbt, rot von ihrem Blut.

Aidan sank auf die Knie. Vor wenigen Stunden noch war sie voller Leben gewesen. Er hatte ihre Wärme gespürt und ihr von der seinen gegeben. Nun war dies alles fort.

Und er wusste nicht einmal ihren Namen.

Der Schwindel kehrte zurück. Er versuchte sich zu erinnern. Wann hatte er sie allein gelassen, was waren seine letzten Worte zu ihr gewesen? Doch sein Geist war wie eine Nussschale inmitten eines Orkans, er tanzte und sprang umher, kein klarer Gedanke wollte sich fassen lassen, alles ging in einem Strudel aus Bildern und Schmerzen unter.

»Wir sollten von hier verschwinden«, erklärte er schließlich mit heiserer Stimme. Seine Hand ruhte auf ihrer Stirn. Kalt. Kalt und weiß.

»Was ist, wenn diese Viecher wiederkommen?«, fragte Revus.

Aidan zog die Hand zurück und sah zu ihm auf. »Genau darum.«

»Diese Leute können sich nicht allein verteidigen«, begann Revus, aber Aidan schüttelte den Kopf. Tränen stiegen ihm in die Augen, seine Kehle war wie zugeschnürt, doch er konnte nicht sagen, ob aus Trauer oder aus Zorn. Er sammelte sich, dann stand er auf.

»Und wir können sie auch nicht beschützen.« Er deutete auf die Toten. »Offensichtlich nicht.«

»Wir sollen einfach weglaufen?«

Aidan blickte auf die See hinaus. Ein Boot war nun wohl zu gefährlich und dahin zurück, wo sie hergekommen waren, wollte er nicht.

»Alle sollten ihr Heil in der Flucht suchen. Die Monster kommen aus dem Meer. Je tiefer die Leute ins Land ziehen, desto sicherer werden sie sein.«

»Aidan, das sind Fischer. Wovon sollen sie leben?«

»Sie müssen etwas finden«, erwiderte Aidan. »Und sie werden etwas finden. In der Not ...«

Revus war nicht überzeugt. Aidan zog ihn näher zu sich heran.

»Was willst du sonst tun? Hast du Vorräte für sie? Gold?«

Traurig schüttelte Revus den Kopf.

»Glaubst du, hier sind sie sicher, sollten diese Kreaturen zurückkehren?«

»Nein.«

»Dann gibt es keine Wahl. Weder für sie noch für uns, oder?«

Am liebsten wäre er sofort losgezogen, hätte einfach alles hinter sich, hinter ihnen gelassen, aber er wusste, dass es nicht so einfach sein würde.

»Du könntest ...«

»Nein!«

Sein scharfer Ton überraschte ihn selbst. Er biss sich auf die Lippe und trat einen Schritt zurück. Es kostete Kraft, die Erinnerungen zu vertreiben, die diese Worte in ihm aufsteigen ließen. Mehr Tote, unzählige Tote, ein Feld voller Leichen. Wieder deutete er auf die Erschlagenen zu ihren Füßen.

»Ich kann nicht. Nicht schon wieder. Ich kann nicht, Revus. Nie wieder.«

Er wandte sich ab und ging mit ungelenken Schritten zurück zur Taverne.

Hinter sich hörte er ein leises: »Du hast es doch schon getan.«

Bittere Worte lagen ihm auf der Zunge. Was hatte es genützt? Blut war geflossen, Menschen waren gestorben. Er konnte keine Verantwortung für die Leben hier übernehmen. Diese Zeiten waren vorbei.

Das einzige Leben, das in seinen Händen liegen sollte, war sein eigenes.

ELENA

Für einen Moment schien sie einfach schwerelos zu sein. Unter sich konnte sie den Palast sehen. Jedes Detail brannte sich in ihren Geist ein. Ihre Heimat. Der Ort, an dem sie ihr gesamtes Leben verbracht hatte. An dem sie geboren worden war, in den roten Hallen. Der Ort, an dem sie sterben würde.

Ein langer Sturz, ein tödlicher Sturz. Elenas Gedanken rasten. Alles schien langsamer zu werden, als versuchte ihr Geist, ihre letzten Momente hinauszuzögern.

Was wird aus dem Königreich? Ich hinterlasse keinen Erben, keinen Nachfolger. Keine Taten, über die man Lieder schreiben wird. Ich hätte niemals gedacht, dass ich so früh sterben würde.

Ihre Versäumnisse schmerzten sie. Sie hatte ihre Schutzbefohlenen enttäuscht und würde sie ausgerechnet in dieser finsteren Stunde alleinlassen.

Ein Ruck. Sie wurde umhergewirbelt, schlug so fest gegen den harten Stein des Turms, dass ihr die Sinne zu schwinden drohten. Nur eine Stimme hielt sie zurück.

»Eure Hand!«

Elena sah Kaleona über sich, Kopf und Schultern über die Kante des Turms hinausragend, eine Hand hielt sie an ihrem Gewand, die andere war ihr entgegengereckt. Das Gesicht der Schwertträgerin war vor Anstrengung verzerrt, die Nasenflügel bebten. Adern traten an ihrer Schläfe hervor, und ihre Augen waren weit aufgerissen, der Blick jedoch fest auf Elena gerichtet.

»Eure Hand.«

Erst jetzt begriff Elena, was geschehen war. Sie streckte Kaleona den Arm entgegen und ihre Hand wurde in einen festen Griff genommen. Die Schwertträgerin ließ ihr Gewand los und packte nun auch Elenas zweiten Arm.

»Gut so. Jetzt zur Seite.«

Elena versuchte, nicht an die gähnende Tiefe zu denken, die unter ihr klaffte, als ihre Leibwache begann, sie von einer Seite auf die andere zu schwingen. Stattdessen machte sie mit, konzentrierte sich allein auf die Bewegungen, legte ihr Gewicht und die Spannung ihres Leibs in jeden Schwung.

»Jetzt!«

Ihre Stimme klang fest und furchtlos, überraschte sie selbst. Kaleona schrie vor Anstrengung auf, als sie ihre Königin emporriss, so hoch sie konnte. Elena schwang die Beine hoch, drehte sich halb in Kaleonas Griff, streckte sich – und ihre Zehen fanden die Kante. Ihr Stiefel kratzte über Stein, sie drehte den Fuß, drückte ihn dagegen, so fest sie konnte. Ihr Leib schwang zurück, die Wucht der Bewegung drohte den schwachen Halt zu lösen, aber Elena stemmte sich dagegen und fand sich in einem delikaten Gleichgewicht wieder.

»Langsam«, presste Kaleona hervor.

Elena folgte ihrem Rat, zog sich Stück für Stück empor, schob mehr und mehr von ihrem Bein über die Kante, nutzte es als Hebel, bis sie schließlich wie an die Kante geschmiegt dort hing. Kaleona warf sich zurück, und mit letzter Kraft schob sich Elena in Sicherheit.

Ihre Leibwächterin rollte sich schwer atmend auf den Rücken, eine Hand noch immer um Elenas verkrampft.

»Können wir jetzt bitte wieder runtergehen?«, fragte Kaleona, als sich ihr Atem ein wenig beruhigt hatte.

»Wieso, hast du schon genug von der Aussicht?«

Elena wollte noch etwas sagen, wollte ihr danken, doch ihr ganzer Körper bebte mit einem Mal vor Lachen. Tränen liefen ihr aus den Augenwinkeln, ihr Mund zuckte, sie schnappte nach Luft. Neben sich hörte sie, wie aus Kaleonas Stöhnen ebenfalls Lachen wurde. Gemeinsam lagen sie auf dem kalten Stein, bekamen kaum noch Luft. Ein schaler Scherz mochte es gewesen sein, den Tod zu überlisten, doch in diesem Augenblick war er unendlich lustig.

Irgendwann erstarb der Moment und mit ihm das Lachen. Elena setzte sich auf. Ihr Körper war leicht, so leicht, dass sie glaubte, wenn sie jetzt über den Rand treten würde, würde sie wie eine Feder zu Boden schweben.

So fühlte sich also Todesangst an. Jetzt, da es vorbei war, war so viel Leben in ihr wie noch nie. Jedes ihrer Glieder war ihr in einem schon beinahe übernatürlichen Maße bewusst, jede Bewegung, jeder Atemzug, jedes Haar.

Die Sterne funkelten schöner als je zuvor, die Brise war sanfter, ihr Flüstern einladender, die Nachtluft süßer. Elena seufzte.

Kaleona kroch mehr zur Treppe, als dass sie ging, wo sie sich aufrichtete, den Blick fest auf Elena gerichtet. Die Kriegerin ließ den rechten Arm kreisen, fühlte mit der

Linken nach ihrer Schulter. Schmerzen standen ihr ins Gesicht geschrieben.

Elena erhob sich ebenfalls. In ihr war so viel Energie, dass sie glaubte, vibrieren zu müssen oder sogar einfach davonzufliegen, wenn sie sich zu fest mit den Füßen abstieß. Sie trat an die Kante heran.

»Was …?«

»Keine Sorge«, erklärte sie und blieb auf Armeslänge entfernt stehen. Sie versuchte, ihren Geist zu beruhigen, doch da war zu viel, zu viel Aufregung, zu viel Gefühl, zu viel Leben in ihr. Sie erinnerte sich an die Lektionen ihrer Lehrmeister, schloss die Augen, konzentrierte sich ganz auf ihren Atem – ein, aus, ein, aus. Langsam vertrieb sie das Chaos aus sich, mit jedem Atemzug mehr.

Als sie die Augen wieder öffnete, konnte sie die Magie sehen, die sie umgab. Es bedurfte eines ruhigen Geists, um das dritte Auge zu öffnen und jenes wahrzunehmen, das sich hinter der Welt verbarg.

Zuerst schien alles normal und vertraut zu sein. Die Magie des Turms war geformt wie Bänder aus rotem Stoff, die verspielt umeinander gleitend die Kammer umschlossen. Auf den ersten Blick nur ein Gewirr, das sich dem Kenner aber als komplexes Muster zu erkennen gab, sorgsam von Meisterhand geflochten und verankert, gespeist von der unendlichen Magie der Schwimmenden Inseln selbst. Es gab keine Lücke, keine Schwäche. Das ließ nur einen Schluss zu: Die Magie hätte sie halten müssen.

»Seltsam«, stellte sie fest und trat zurück. Ein Teil von ihr wollte ganz an die Kante heran, wollte noch einmal dieses Gefühl spüren, den Moment der Gefahr, doch da war auch ein Kribbeln in ihren Zehen, eine Schwäche in ihren Knien, ein Loch in ihrer Magengrube.

Ob Kaleona das ebenso empfindet? Sie ist für mich bis an die Kante gesprungen. Nein, sogar darüber hinaus.

»Was ist seltsam?«

Elena wandte sich der Frau zu, die ihr Leben gerettet hatte. Sie spürte die Tiefe in ihrem Rücken, als wäre sie etwas Lebendiges, das sie beobachtete. Langsam machte sie einige Schritte weg von der Kante. So langsam wie möglich, um sich selbst zu beweisen, dass sie ihre Ängste beherrschen konnte.

»Die Magie ist vollständig und intakt. Und es gibt keinen Hinweis darauf, dass sie es jemals nicht gewesen sein könnte.«

Kaleona zog die Augenbrauen zusammen. Die Schwertträgerin wusste nur wenig über die Magie oder über ihr Wirken. Als Kriegerin in Elenas Diensten hatte sie eine Ausbildung darin genossen, Magie zu unterbinden. Die in ihre Rüstung eingelassenen Runen der Macht halfen ihr dabei, ihre Königin vor feindlichem Zauber zu beschützen.

»Ein Angriff?«

Halb war es eine Frage, halb eine Vermutung. Ihre Hände ruhten bereits wieder auf den Griffen ihrer Waffen. Elena neigte den Kopf.

»Vielleicht. Ich weiß es nicht«, gestand sie nach kurzem Zögern. Beides wäre unerhört … Jemand hätte sie beobachten müssen, um dann Magie auf große Distanz zu wirken. Dies stellte eine Macht dar, die weit außerhalb der Fähigkeiten der meisten Magier lag. *Aber nicht aller, sagte eine leise Stimme in Elenas Gedanken.*

»Wir sollten gehen«, bestimmte Kaleona und diesmal nicht nur, weil ihr die Höhe missfiel.

Elena nickte und trat neben sie. Bevor sich die Schwertträgerin abwenden konnte, legte sie ihr die Hand auf den Arm.

»Du hast mein Leben gerettet.«

Ein kurzes Lächeln stahl sich auf Kaleonas Gesicht, wurde jedoch gleich wieder von Ernsthaftigkeit vertrieben.

»Mein Eid, meine Ehre, mein Leben.«

»Von Eiden und Ehre reden viele, wenn es einfach ist, aber du hast alles riskiert, als es für mich um alles ging.«

Elena drückte ein wenig fester zu.

»Das wird dir nie vergessen werden.«

Vermutlich empfand Kaleona es wirklich nicht als außergewöhnlich, was sie getan hatte. Menschen wie sie wussten oft nicht, wie besonders sie waren, denn sie glaubten, alle hätten dieselben Gaben wie sie.

Gemeinsam liefen sie die Treppe hinab, deren Magie die letzten Reste der Erschöpfung aus ihren Körpern vertrieb. Es war nicht ganz ungefährlich, an solchen Orten zu verweilen, spürte der Verstand doch nicht mehr, welche Müdigkeit ihn befallen hatte. Zu lange Aufenthalte konnten den Geist tatsächlich dauerhaft verwirren, weshalb nur wenige Orte mit dieser Art der Magie umwoben worden waren.

Am Fuße der Treppe gab Kaleona ein Zeichen und schritt vorsichtig in den Korridor, so als erwarte sie jeden Moment einen Angriff. Obwohl Elena nicht mit einem zweiten Attentat auf sich rechnete – falls das erste eins gewesen war –, war sie ihrer Schwertträgerin für ihr Pflichtbewusstsein dankbar.

Leise schritten sie zurück zu den Gemächern, Elena versunken in ihren Gedanken, Kaleona gespannt wie eine Bogensehne.

Es war der Geruch, der Elena zuerst auffiel. Hart und

metallisch. Blut. Kaleona roch es wohl ebenfalls, denn sie zog ihre Klingen mit einem seidigen Geräusch aus der Scheide und reichte die königliche Waffe an Elena weiter. Das Metall war kühl in ihrer Hand, ihr Gewicht beruhigend, das schlanke Schwert perfekt ausbalanciert und mit Macht belegt.

Die große Pforte zu ihrem Vorgemach war halb geöffnet und eine breite Blutspur führte durch sie hindurch, offenbar hinein in den Raum, denn dort lag eine ihrer Wachen auf dem Bauch in einer riesigen roten Lache.

»Tut alles, was ich sage«, knurrte Kaleona. »Bleibt hinter mir.«

Mit dem Gang einer geübten Fechterin schritt sie voran, die Klinge abwehrbereit erhoben. Elenas Blick huschte durch den ganzen Raum, suchte in jedem Schatten nach Angreifern. Ein einziges magisches Licht hinter ihnen beleuchtete die Szenerie, ein warmes gelbes Glimmen, das ihre eigenen Schatten lang in das Vorzimmer warf. Bequeme Stühle mit hohen gepolsterten Lehnen für Gäste, die hier warten mussten. Helle Vorhänge an beiden Seiten der Fenster. Tische mit schlanken Beinen, mit Schubladen und wundervoller Keramik auf ihnen. Ein Kabinett, dunkles Holz mit Intarsien in Form von Blüten. Überall dazwischen Schatten und Dunkelheit und Ungewissheit.

Dann ein Geräusch. Ein leises Pfeifen, fast tonlos, eine kaum erkennbare Melodie, ein Schlaflied für Kinder. Es kam von jenseits der Tür.

Zur Ruh, zur Ruh,
ich leg mich dazu.
Ich bring dir die Träume
und schlafen tust du.

Kaleona erreichte den liegenden Körper, ging neben ihm in die Hocke und sah sich weiter aufmerksam um, während sie ihn vorsichtig umdrehte. Blut rann über ein vertrautes Gesicht, eine junge Soldatin, gerade erst zur Palastwache befördert, die Augen aufgerissen. Stichwunden überall, zerfetzte Haut, zerschnittenes Fleisch, die Kehle ein einziger roter Schnitt, wie ein perverser zweiter Mund.

Elenas Inneres verkrampfte sich. *Ja, da ist Angst, aber sie tritt hinter Zorn zurück. Das sollte nicht geschehen, nicht hier, nicht so.*

»Wir müssen hier weg«, flüsterte Kaleona. »Zu den Baracken.«

An vieles hatten die Erbauer des Palasts einst gedacht, nicht aber daran, dass eine Königin mitten in der Nacht aus ihren eigenen Gemächern fliehen müsste.

»Der kürzeste Weg führt dort entlang.«

Kaleona nickte in Richtung der Tür und der Vorkammer, aus der das Pfeifen kam. Geduckt schlich sie weiter, Elena direkt hinter ihr. Sie nutzten den geöffneten Türflügel als Sichtschutz. Während Kaleonas Aufmerksamkeit auf den Weg gerichtet war, deckte Elena ihren Rücken, behielt den Raum im Auge. Wieder war ihr ganzer Körper angespannt und jede Faser voller Leben …

Im Schatten der Tür hielten sie an, ihr Atem flach und leise, jeder Schritt bis dort genau gewählt und lautlos. Kaleona spähte um die Ecke in die Vorkammer. Elena konnte ihre Anspannung spüren, der ganze Leib bereit, jeden Augenblick loszubrechen, die Instinkte geschärft, jahrzehntelange Übung auf diesen einen Moment konzentriert.

Dann erhob sich ihre Schwertträgerin.

»Esteos?«

Langsam zog sie mit der freien Hand die Tür weiter

auf. Die Kammer zwischen Vorzimmer und Korridor war kaum breiter als das Portal, bot aber genug Platz für zwei Wachen. An den Wänden waren die beeindruckenden Fresken der Harmonie zu sehen, ein Zeichen von Ruhm und Größe, dass ihre Ahnen selbst die kleinsten Räume mit Kunst verziert hatten, die anderswo Königshallen prägen würde.

Doch Elenas Aufmerksamkeit galt nur dem Soldaten, der in dem Raum stand. Sie hatte das Schlimmste befürchtet, doch er trug die königliche Uniform und die Rüstung ihrer Palastwachen und schien unverletzt zu sein.

»Esteos?«, wiederholte Kaleona ihre Frage.

Jetzt erst wandte er sich ihnen ganz zu. Sein Gesicht war leer, die Lippen gespitzt, das Pfeifen kam von ihm. Doch es waren seine blutigen Hände, auf die Elenas Blick zuerst fiel und die sie wie magisch anzogen.

»Herrin?«

Seine Stimme war schwer, das Wort halb genuschelt, als wäre seine Zunge von Alkohol betäubt.

»Was ist hier geschehen?«

Kaleona blieb zwischen Esteos und Elena stehen, die Klinge immer noch erhoben. Da war etwas in ihrem Tonfall, wie Stahl unter Samt. Ihre Frage klang ruhig, doch Elena konnte den Zorn darunter brennen spüren.

»Verrat«, murmelte Esteos tonlos. »Überall Verrat.«

Seine Antwort sollte aufgewühlt sein, sollte Entsetzen zeigen, doch es schien, als verstehe er sie selbst kaum. Sein Blick fiel auf Kaleonas Klinge, seine Augen wurden zu Schlitzen.

»Überall Verrat«, wiederholte er, diesmal scharf und voller Hass. »Verrat!«

Obwohl eine innere Stimme sie davor gewarnt hatte,

kam der Angriff überraschend. Esteos' Linke zuckte vor, schleuderte einen Dolch aus einer Scheide am Gürtel. Kaleona warf sich zur Seite, vor ihre Königin. Der Dolch traf sie, Elena wusste nicht, wie schwer. Dann war Esteos heran, das kurze Seitschwert in der Faust. Kaleona parierte den wütend geführten Hieb, doch der Mann drang mit der Kraft des Wahns auf sie ein, trieb sie mit Hieben vor sich her. Die Leibwache war immer bemüht, zwischen ihm und der jungen Königin zu bleiben. Metall schlug auf Metall, ein gewohnter Laut für Elena seit den Tagen ihrer Kindheit, als ihre eigenen Lektionen im Schwertkampf begonnen hatten. Doch dies war ein wütenderer Ton, ein Schrei nach Blut, nach Schmerz und Tod.

Das Gewicht ihrer eigenen Klinge in ihrer Hand brachte sie zurück in den Moment. Ein Satz nach vorne, ein schneller Stich, Metall glitt durch Rüstung, Haut und Fleisch.

»Zurück«, brüllte Kaleona wütend. »Hinter mich!«

Elena wollte protestieren, doch so wie ihre Schwertträgerin ihren Eid geleistet hatte, so hatte sie geschworen, in einem solchen Augenblick auf jedes ihrer Worte zu hören.

Aber ihr Ausfall hatte Esteos verwundet. Noch immer schwang er seine Klinge mit ungebändigter Kraft, aber Kaleona war erfahren, gestählt, die tödlichste Kämpferin im ganzen Reich. Eine Finte, ein Schritt zur Seite, ihr Schwert fand sein Ziel, zog eine lange blutige Linie über Esteos' Arm. Sein Wutschrei prallte an Kaleonas unbewegter Miene ab, seine Klinge wurde zur Seite gelenkt, Riposte, ein Stich, Blut sickerte aus seiner Rüstung. Er fletschte die Zähne, besudelt von Blut, das ihm vermengt mit Speichel über Lippen und Kinn rann.

»Verrat! Verrat!«

Sein Gebrüll war unmenschlich, kaum verständlich, mehr wie das Heulen eines Tiers. Mit einem Mal sprang er vor, die Klinge hoch über den Kopf erhoben. Kaleona nutzte die Öffnung, duckte sich unter dem Angriff weg, bohrte ihm das Schwert bis zur Parierstange in den Leib. Er spuckte ihr blutigen Trotz ins Gesicht. Der Treffer war tödlich, hätte tödlich sein müssen. Die Schwertspitze ragte aus seinem Rücken hervor, doch er rammte Kaleona seine Schulter in die Brust und hob sie hoch. Wie eine Katze landete sie auf den Füßen, doch er sprang schon an ihr vorbei und auf Elena zu.

Sie konnte den Wahnsinn in seinen aufgerissenen Augen sehen, das Blut, das an seinem Leib herabfloss, sein Schwert, das einen schnellen Bogen auf ihren Kopf zu beschrieb.

Alle Instinkte setzten ein. Ihre eigene Klinge traf die seine, lenkte sie zur Seite. Seinem wilden Ansturm wich sie mit einem schnellen, fast tänzelnden Schritt zur Seite aus, ließ ihn ins Leere laufen. Der Schritt wurde zu einer schnellen Drehung, ihre Klinge zu einem wirbelnden Schemen.

Der Schlag traf ihn in Rücken und Seite, schleuderte ihn weiter nach vorn, ließ ihn dumpf gegen die Wand prallen. Sein Leib fiel zur Seite, ein roter Fleck bedeckte Teile der Fresken, dort, wo Drachen und Menschen in Harmonie beieinanderstanden. Fast schien die Zerstörung der wundervollen Fresken Elena zu erzürnen, doch dann glitt Esteos zu Boden, seine Füße zuckten, seine Finger suchten Halt. Für den Bruchteil eines Augenblicks war der Hass aus seinen Augen verschwunden, nur Unverständnis und Angst blieben zurück. Sein Mund weit aufgerissen, Blut sprudelte hervor. Seine Lippen bewegten sich, aber ob er nach Luft gierte oder etwas sagen wollte, wusste Elena nicht.

Kaleona war bei ihm, trat sein Schwert weg, packte ihr eigenes und zog es mit einem Ruck aus dem toten Leib.

»Seid Ihr unverletzt?«

Elena keuchte. Warmes Blut rann ihr über die Haut, aber es war das des Mannes, der ihre Gemächer bewachen sollte.

»Ja«, gelang es ihr zu sagen. »Was ist mit dir?«

Die Schwertträgerin grunzte nur, als wollte sie sagen, dass sie schon Schlimmeres erlebt hatte.

»Wir müssen weiter«, drängte Kaleona, die ihre Klinge an ihrem Ärmel abwischte. Als sie sich über die Stirn fuhr, hinterließen ihre Finger blutige Striemen.

»Wohin?«

»Zu den Baracken ...«

Jetzt erst dämmerte es ihr.

»Wir können niemandem vertrauen. Unsere eigenen Leute greifen uns an. Was für ein Wahnsinn ist das?«

Kaleona sah genauso verloren aus, wie Elena sich fühlte.

»Esteos ... ich habe ihn selbst ausgewählt. Er ist ... er war treu, loyal, ein guter Soldat. Er hat Frau und Kinder in der Stadt ...«

»Das alles hängt zusammen, muss zusammenhängen«, stellte Elena grimmig fest. »Aber ich sehe nicht, wie oder wer dahinter steckt.«

Gemeinsam blickten sie auf den Leichnam zu ihren Füßen. *Agenten von außerhalb? Versucht jemand, Krieg zwischen den Reichen zu provozieren? Aber wie kommen sie an meine Palastwachen?*

»Es bleibt uns nichts anderes übrig, als irgendwem zu vertrauen«, befand Kaleona schließlich. »Wir schlagen uns zu den Kasernen durch. Es kann nicht sein, dass alle untreu geworden sind.«

Elena nickte. Es half nichts, sich hier zu verschanzen, und früher oder später mussten sie sich anderen stellen. Kaleona hatte recht.

Gemeinsam liefen sie weiter, durch die nächtlichen Hallen und Flure, still und leise. Sie erreichten den kleinen Innenhof, hörten das Plätschern des Wasserspiels, das dort ein komplexes System schmaler Kanäle bewässerte.

Die Unterkünfte der Palastwachen lagen auf der anderen Seite.

Als sie den Hof betraten, wurde der Himmel gerade vom ersten Licht des Morgens geküsst – doch als sie die Hälfte des Wegs geschafft hatten, wurde es um sie herum taghell.

Verblüfft blieb Elena stehen. Die Schatten der Bäume und Gebäude wanderten um sie herum. Ihr ganzer Leib war wie in Magie gebadet, jedes noch so feine Härchen richtete sich auf.

»Was bei …«

Kaleona verstummte und sah empor. Über ihnen zog die Sonne über den Himmel, erreichte den höchsten Punkt ihres Laufs innerhalb weniger Atemzüge und senkte sich wieder.

Elena schüttelte den Kopf, um den Schwindel zu vertreiben. Hatte der Wahnsinn auch von ihr Besitz ergriffen?

»Die Sonne«, brachte sie stöhnend hervor. Ihre Knie gaben unter ihr nach und sie sank zu Boden.

Die Welt war verrückt geworden.

AIDAN

Es gab keinen Blick zurück. Wie einen Befehl an sich selbst wiederholte Aidan die Worte stumm im Geist. *Kein Blick zurück.*

Stumm, das war ohnehin das Motto des Augenblicks. Nach ihrem Abschied von den Fischern und dem Rat an sie, ihr Heimatdorf zu verlassen, hatten Aidan und Revus schweigend ihre Sachen gepackt – nicht dass es allzu viel gewesen wäre – und waren ebenso schweigend von dannen gezogen. Niemand hatte sie aufgehalten. Es gab keine Beschuldigungen mehr, keine Vorwürfe. Außer vielleicht in den Blicken der Menschen, die sie zurückließen.

Revus wirkte ratloser, als Aidan ihn je zuvor gesehen hatte. Er wusste, dass Revus mehr tun wollte, aber ebenso wenig wie Aidan wusste, was.

Vieles war unausgesprochen geblieben. Es war eine Sache für sie beide, Vagabunden, die sie waren, alles hinter sich zu lassen. Für die Dörfler war jedoch alles anders, vor allem für die Fischer. Aidan hatte sich nicht von der

Toten verabschiedet, hatte nicht einmal mehr einen Blick auf sie werfen können, zu sehr brannte die Scham in ihm. Er wollte um Verzeihung bitten, aber er redete sich ein, dass sie ihn ohnehin nicht mehr hören konnte.

Zumindest hatten sie den Dörflern gesagt, dass sie Sicherheit in der Flucht suchen sollten. Ein Stück weiter im Südwesten, einige Meilen von der Küste entfernt, gab es einen kleinen Marktflecken, umzäunt von einer Palisade. In diesen wilden Landen gab es kaum feste Herrschaftsgebiete, keine Fürsten, zu denen man laufen konnte, aber hinter fest zusammengefügten Baumstämmen würde es wenigstens etwas Schutz geben.

Der Weg der beiden Barden führte sie nach Norden in Richtung der nächsten größeren Stadt. Die Fischer hatten ihnen versichert, dass es dort einen richtigen Hafen gab, eine feste Mauer und Soldaten. Ein zu weiter Weg für ein ganzes Dorf, nicht aber für zwei Reisende, deren Schuhwerk ohnehin schon abgelaufen war.

»Die Küste hoch«, erklärte Revus und beschirmte seine Augen mit der Hand, während er über das Meer spähte. »Nicht gerade unsere beste Idee.«

»Zwei Wanderer, nicht gerade das lohnenswerteste Ziel«, entgegnete Aidan mit einem Hauch Spott in der Stimme, doch sein Scherz verhallte.

»Lass uns zumindest in der Nacht weiter im Inland ein Lager aufschlagen«, schlug Revus vor und Aidan nickte.

Nicht dass das karge Land allzu viel Schutz bot, aber nach den Erlebnissen der letzten Nacht wollte auch er weit genug weg vom Meer schlafen. Aidan seufzte und streckte sich, was einige seiner Wunden brennen ließ. Er würde noch Freude an ihnen haben, so viel war sicher, aber die in Heilkräuter getränkten Bandagen und das leise

Lied, das Revus über sie gesungen hatte, begannen bereits Wirkung zu zeigen.

Alles ist eins und alles in dir.
Schmerzen ziehen fort von hier.
Es lässt nun ab die schlimme Pein.
Alles in dir, und alles ist eins.

Auch wenn Aidan vermutete, dass Heilkräuter nur ein weiteres schönes Wort für Seetang war, den die Dörfler für praktisch alles zu benutzen schienen. Er musste an das feurige Getränk vom Vorabend denken.

»Hast du noch was von dem Feuerzeugs?«

Auch wenn allein die Erinnerung in seiner Kehle brannte, wollte Aidan jetzt einen kräftigen Schluck haben. Wortlos reichte ihm Revus den Schlauch, der wieder neu aufgefüllt zu sein schien. Eingedenk der letzten Nacht trank Aidan vorsichtig. Tränen stiegen ihm in die Augen, in seiner Nase brannte es, aber die wärmende Linie Feuer von seinem Mund bis in seinen Bauch hinab war ein guter Schmerz, zumindest verglichen mit dem im Rest seines Körpers.

»Diesmal kann ich den Seetang schmecken«, erklärte er, legte den Kopf zur Seite und schmatzte einige Male. »Glaube ich.«

Tatsächlich war da eine Note von Meer und vielleicht sogar Salz. Nicht dass die Erkenntnis den Genuss erhöhte, aber Aidan war dennoch zufrieden.

Revus gab nur ein unbestimmtes Brummen von sich und band den Schlauch an seinen Gürtel, ohne selbst einen Schluck zu nehmen. Aidan seufzte leise. Das würde eine lange Reise werden.

Er warf einen Blick über die Schulter zurück auf das Dorf, von dem bereits nur noch einige Dächer und die davon aufsteigenden, bald vom Wind verwirbelten Rauchsäulen zu sehen waren.

Nein, du Narr. Kein Zurück, nicht mal einen Blick! Er zwang sich, wieder nach vorne zu sehen und weiterzustapfen, verhärtete sein Herz und verdrängte die Blicke der Dörfler aus seinen Gedanken. Es war nicht einfach, aber wenn Aidan eins konnte, dann davonlaufen.

Oder zumindest unter Schmerzen marschieren. Revus legte ein gutes Tempo vor und Aidan musste sich wahrlich anstrengen, mit ihm mitzuhalten. Die Küstenstraße, wie die Dörfler den schmalen Trampelpfad genannt hatten, wand sich meist die Klippen entlang. Hier sorgte der beständige Wind dafür, dass sich kaum mehr als Gras und niedrige Büsche in die wenige Erde klammern konnten. Dort, wo das Land hinter den Klippen abfiel, gab es allerdings immer wieder ein paar kleine Haine mit niedrigen Bäumen.

Bis auf einen Schäfer, dem Revus eine kurze Warnung zukommen ließ, sahen sie keine Menschenseele. Nicht einmal Segel auf dem Meer. Aidan konnte nicht sagen, ob es an der weltverlassenen Gegend lag oder ob der alte Mann in der Taverne tatsächlich die Wahrheit gesagt hatte und diese Seeteufel alle Schiffe angegriffen hatten.

»Was denkst du, was diese Kreaturen für Wesen sind?«, fragte Revus unvermittelt. Offenbar beschäftigte ihn diese Frage ebenso sehr wie Aidan.

»Ich weiß es nicht. Es beschäftigt mich schon die ganze Zeit. Eines dieser Viecher … mein Gegner hat mit mir gesprochen.«

»Was? In unserer Zunge? Was hat er gesagt?«

Die Erinnerung sprang Aidan an wie das Wesen selbst und ließ ihn in seinem Marsch innehalten.

»Es wollte mein Blut.«

Revus fluchte lang und ausgiebig und spie auf den Boden, bei seinem Volk ein Zeichen höchster Verachtung. Aidan konnte sehen, dass er die Fäuste geballt hatte und seine Zähne mahlten. Es dauerte eine Weile, bis er sich beruhigt hatte.

»Die Toten«, sagte er schließlich leise. »Hast du gesehen?«

Aidan nickte. Sie waren blass und blutleer gewesen. Ihr Gesicht tauchte vor seinem geistigen Auge auf. *Ich hätte da sein müssen. Ich hätte dich beschützen sollen. Es tut mir so leid. Bitte verzeih mir.* Doch die Worte erschienen ihm hohl, so sehr er sie auch empfand, war er doch vor ihrem Antlitz geflohen, statt sie auszusprechen.

»Vielleicht war das ja nur ein einzelner Angriff.« Revus klang nicht wirklich überzeugt, aber Aidan wollte ihm glauben. »Vermutlich wiederholt sich das nicht so schnell. Diese Viecher gibt es ja offensichtlich schon länger. Außerdem hast du … haben wir sie vertrieben. Es wird schon.«

Schweigend gingen sie weiter. Ein Funken Hoffnung keimte in Aidan auf. Sie *hatten* die Monster vertrieben. Sie hatten einige getötet. Auch wenn es ihnen kaum so vorkam, irgendwie hatten sie einen Sieg davongetragen. *Und wenn wir sie einmal vertreiben konnten, kann das auch wieder gelingen.*

Wieder glitt sein Blick zurück über die Schulter. Die Dächer waren hinter den Klippen verschwunden. Vielleicht war da noch Rauch, aber selbst da war er sich nicht sicher. Sie hatten das Dorf nun endgültig hinter sich gelassen.

»Es wird schon«, echote er leise Revus' Worte. »Es wird schon.«

Für die erste Nacht wählten sie ein kleines Wäldchen aus geduckten Bäumen, das in einer Senke lag und sie halbwegs vor dem Wind schützte. Es war nicht das erste Mal, dass sie in der Wildnis schliefen, und es würde nicht das letzte Mal sein. Revus hatte ein kleines Feuer entzündet, dessen Schein sie so gut wie möglich abgedeckt hatten.

Danach kümmerte sich Revus um Aidans Wunden, erneuerte die Verbände und sang dazu leise die heilenden Lieder. Er selbst hatte bis auf das zugeschwollene Auge und die Schramme im Gesicht nicht mehr als einige blaue Flecken abbekommen.

Alles ist eins und alles in dir.
Die Wunden werden dir zur Zier.
Ein Teil von dir werden sie sein.
Alles in dir, und alles ist eins.

»Die Damen werden es lieben«, befand Aidan. »So eine gaaaanz feine Narbe die Wange hinab, das ist ein Zeichen von Gefahr. Und welche Dame sucht nicht danach?«

»Gezähmte Gefahr«, stellte Revus richtig. »Sichere Gefahr. Mehr das Gefühl von Gefahr als echte Gefahr.«

»Das passt doch auf dich wie die Faust aufs Auge. Oh, Verzeihung«, frotzelte Aidan und zwinkerte seinem Freund zu, der versuchte, die Augen zu verdrehen, was nicht sehr eindrucksvoll aussah. Dann musste er grinsen. Unbemerkt atmete Aidan langsam aus und dankte im Stillen der Harmonie dafür.

Es brauchte viel, um Revus das Lächeln aus dem Gesicht zu wischen, aber die letzte Nacht und der darauffolgende Tag hatten es geschafft. Bis jetzt. *Es war die richtige Entscheidung*, redete sich Aidan ein. *Er versteht es auch langsam.*

Leise, fast nur für sich, begann Revus eine alte Weise zu singen. Es war ein Lied von Trauer in der Freude, von Aufbruch und dem Wissen, dass alles Gute ein Ende findet. Er sang davon, wie diese Erkenntnis das Leben nur noch süßer machte, wie in jeder Freude auch Trauer über den Verlust der Freude mitschwang. Es war ein einfaches Lied, eine simple Melodie. Aidan ertappte sich dabei, wie er einfallen wollte, doch seine Lippen blieben geschlossen, seiner Kehle entrang sich kein Laut. Die Freude des Gesangs war ihm versagt.

Was ich auch suche, es bleibt mir verwehrt.
Wo's mich auch hintreibt, stets mach ich kehrt.
Doch die Suche nach Glück
kennt kein Zurück.
Und hat sich dennoch bewährt.

Gesegnet war ich, als noch alles vor mir.
Träume, Gedanken, die Bilder von ihr.
Alles erreicht,
zu einfach, vielleicht.
Und dennoch bin ich nun hier.

Am Ende des Tages doch weiß ich sehr viel:
Nichts ist jemals so schön
wie wieder, ohne Zweck und Ziel
zur Suche loszugeh'n.

Irgendwann löschten sie das Feuer und lagen unter den Bäumen, zwischen deren Ästen und Blättern hier und da Sterne hindurchfunkelten. Aidan hatte sich für die erste Wache bereit erklärt, da er ohnehin nicht damit rechnete, bald einschlafen zu können. Seine Wunden schmerzten und seine Gedanken fanden keine Ruhe.

Die Bäume rauschten im Wind, von der Küste her war entfernt die Brandung zu hören. Das Wissen, dass diese Geräusche noch erklingen würden, wenn er längst fort war, wenn alles, was er kannte, längst im Nebel der Zeit verschwunden war, gab Aidan ein wenig lang vermisste Ruhe. Wind und See waren ewig, sogar die Bäume hier würden ihn und vieles andere lang überdauern.

Die beiden Geräusche vermengten sich, bildeten einen langsamen Rhythmus, fast wie der Atem der Welt selbst. Unbewusst passte Aidan seinen Atem diesem großen an, übernahm das Auf und Ab für sich. Sein Geist wanderte auf diesem Atem davon, trieb über der Welt, getragen von Wind und Wellen. Erinnerungen zogen vorbei, Bilder in seinem Geist. Die Straßen einer Stadt, eine dicht gedrängte Menschenmenge, freudige Gesichter, und sie alle hatten nur einen Namen auf den Lippen: Aidan!

Fast hätte er bei dieser Erinnerung gelächelt, doch er wusste, wohin sie führen würde, wohin sie führen musste, und da kamen sie schon: andere Gesichter, tote Gesichter, Fratzen, entstellt und mit blutigen leblosen Augen. Offene Münder. Fliegen auf der Haut, Fliegen auf Wunden, Fliegen auf Augäpfeln. Kadavergestank. Aidan würgte.

Der Wind trug ihn weiter, höher. Die Bilder der Vergangenheit verloren sich, lösten sich auf wie Morgennebel in der aufgehenden Sonne. Jetzt glaubte er, unter sich die Welt zu sehen, dunkel noch, aber schon den Tag erwartend. Die große See im Osten und weit, weit draußen auf ihr Lichter. Die gesegneten Inseln, Traumlande vieler, mythisch und besungen, so unwirklich wie jene Lichter, die er erblickte. Als er jünger gewesen war, hatte er auch von ihnen geträumt und daran geglaubt, eines Tages zu ihnen aufzubrechen. Heute kannte er die Wahrheit. Manche Lieder waren nur Schall und Rauch, manche Legenden nichts weiter als schöne Geschichten, die sich Menschen erzählten, um ihr eigenes Leben besser ertragen zu können.

Und doch zogen ihn diese Lichter auf dem Meer an, trug ihn der Wind dorthin. Es waren die Acht Inseln, gehüllt in unirdische Lichter, mit Städten, größer und schöner als alles, was Aidan je gesehen hatte. Er schwebte über ihnen wie eine ferne Wolke, stieg höher hinauf, obwohl er hinunterwollte, höher und höher, bis die Inseln nur mehr Lichtpunkte in der Dunkelheit waren.

Und dann sah er es. Das Meer schäumte. Es war wie ein Mahlstrom, ein Strudel, größer als alles, was er sich vorzustellen vermochte, und die Lichter der Inseln waren gefangen in diesem Verderben. Rascher und rascher drehten sie sich hilflos im Kreis, wurden hinabgesogen in die Mitte. Und dort, im Auge der Verderbnis …

Aidan schreckte empor. Ein feuriger Blick war auf ihn gefallen, aus der Tiefe des Meeres, gehüllt in Schatten. Sein Herz raste, Schweiß trat ihm auf die Stirn. Die Bäume waren nun finstere Schatten, deren Äste wie Klauen nach ihm griffen, die Schatten noch tiefer und voller Schrecken, selbst Wind und Brandung waren nun höhnische Stimmen.

Unsicher setzte er sich auf. Sein Kopf war wie mit Spinnweben angefüllt, doch je mehr er sich beruhigte, desto klarer wurde alles. *Ich bin eingeschlafen*, erkannte er. *Und ich habe geträumt.* Und wie ein Traum verblassten die Erinnerungen auch schon wieder, wurden von realen Anblicken zu Traumgespinsten und weniger.

Müde griff Aidan einen Wasserschlauch und trank einen Schluck, der seine Lebensgeister belebte und auch den letzten Rest dieses seltsamen Schlafs vertrieb.

»Das sieht mir ähnlich, auf Wache einschlafen«, schalt er sich selbst und blickte dann zum leise atmenden Revus hinüber. *Das hätte ich mir noch wochenlang anhören müssen.*

Um zu verhindern, dass die Müdigkeit ihn wieder übermannte – er gab insgeheim seinen Verletzungen die Schuld –, erhob er sich und ging einige Schritte.

Die Welt hatte den Schrecken, der sie kurz überkommen hatte, wieder verloren. Bäume waren lediglich Bäume, Äste nur noch Äste. Aidan glitt durch das Gebüsch, bis er den Waldrand in Richtung See erreichte. Die frische Seeluft im Gesicht, sah er zum Sternenhimmel empor. Teil seiner Ausbildung war es gewesen, die Namen der Sternbilder zu erlernen, und auch wenn es ihm heutzutage hauptsächlich dabei half, in der Nacht nicht den Weg zu verlieren, kannte er sie noch alle.

Die Jägerin und die Gejagte, nah des Horizonts, ihr Bogen hoch emporgereckt, die Beute geduckt.

Die Augen der Feurigen, sechs Sterne, die wütend rot funkelten.

Die Straße der Gemmen, angeblich vom größten Dieb aller Zeiten zu Beginn der Welt gestohlen und dort abgelegt, damit jede Kreatur in alle Ewigkeit von seinen Taten erzählen möge.

Großvater Spinne, wie stets schwierig zu finden, da die Sterne seiner Beine schwach leuchteten und kaum zu sehen waren, genau wie er es mochte.

Und hoch über ihm die Drachen. Vier an der Zahl, direkt oben am Firmament, wie ein Kreis, bewachend, beschützend, alles sehend. Und in ihrer Mitte jenes dunkle, sternenlose Loch, das manche nur die Disharmonie nannten. Schwarze kalte Leere ohne Licht und Stern.

Viele Legenden rankten sich um die Drachen und viele um jene sternenlose Stelle am Himmel. Unter manchen Völkern herrschte der Glaube, dass man nicht zu ihr emporsehen dürfe. Unglück solle es bringen, die Augen auf das zu richten, was nicht mehr war. Aidan wandte den Blick nicht ab. Alte Legenden und Märchen.

Mehr Wind kam auf. Er rauschte in den Blättern. Nein, er sang in den Blättern mit einer Stimme, die nur Aidan vernehmen konnte. Sein Atem stockte. Alle Schmerzen waren vergessen. Der Atem der Welt hatte sich zu Gesang gewandelt!

Es war ein Lied, wie keine sterbliche Kehle es zu singen vermochte. Es verbarg sich in allem, was Aidan umgab, in jedem Laut, in jedem Stein, jedem Baum, in jedem Stern, ja, in der Erde selbst. Und es war von solcher Macht und Schönheit, dass er sich nicht mehr zu bewegen vermochte und nur noch lauschen konnte. Die Melodie ergriff von ihm Besitz, wie er es nur selten zuvor verspürt hatte, seine Lippen öffneten sich, er holte tief Luft …

»Nein!«

Aidan riss sich vom Zauber der Melodie los, in deren Zentrum er sich fühlte. Es war, als sei er von einem Wirbelsturm der Musik umgeben, sei in seiner Mitte, seinem Auge. Sein Blick wanderte nach oben. Die Vier Drachen zogen mit einem Mal schnelle Kreise um die Schwärze. Zwischen den Sternen glaubte Aidan, mehr zu sehen. Wo einst das Auge Linien suchen musste, Verbindungen, um aus einzelnen Sternen ein Bild zu formen, schienen die Lichtpunkte nun etwas zu verbergen, das schon immer da gewesen war. Ein Gefühl von Erhabenheit, von Größe. Die Sterne flackerten, änderten ihre Farben, rot und grün und blau.

Die Melodie wurde drängender, pulsierte in Aidan, nahm ihn erneut gefangen. *Ein Ruf,* erkannte er. *Der Bardenruf!* Wut kochte in ihm empor.

»Nein!«

Seine Stimme übertönte die Melodie. Das Lied wurde langsamer, verlor an Kraft und Intensität.

»Warum?«

Es gab keine Antwort in der Sprache der Musik, nur Locken, Rufen, Verlangen. Sie suchte einen Weg in sein Herz, doch der Panzer aus Narben war dick. Zu sehr hatte er gelitten, zu viel verloren.

Ruhiger und ruhiger wurde das Lied. Der Tanz der Drachen erlahmte und sie wurden wieder Sterne. Doch Aidan sah nun mehr in ihnen, konnte jetzt nicht mehr nicht erkennen, was er einmal erblickt hatte.

Und die Melodie … er konnte spüren, wie sie Haken in seine Seele geschlagen hatte. Sie war fast verstummt, aber hier und da war noch ein Rest, getragen im Wind, verloren im Rauschen des Meeres, ein leises, unablässiges Flüstern.

Aidan rieb sich mit beiden Händen über das Gesicht.

»Ich … ich kann nicht«, murmelte er halb zu sich, halb in die leere Welt und wandte sich ab.

Sein Lauf war kaum mehr als ein Taumeln. Am Rande des Waldes kam ihm Revus entgegen.

»Aidan! Aidan!«

Er folgte der Stimme, bis er seinen Freund fand.

»Was ist los? Ich habe dich rufen gehört.«

»Ich …«, begann Aidan, verstummte dann jedoch. »Hast du sonst noch etwas gehört?«

Revus blickte ihn sorgenvoll an. »Nein, nur dich? Was ist denn? Hast du etwas gesehen? Sind die Seemonster bis hierher gelangt?«

»Ich dachte, da wäre etwas«, erwiderte Aidan und blickte sich um. Fast glaubte er die Melodie verloren, doch dann vernahm er sie wieder im Wind. Er schüttelte den Kopf.

»Vermutlich nichts weiter.«

»Komm mit zurück«, bat Revus und legte ihm den Arm um die Schulter. »Leg dich hin, ich halte weiter Wache. Wir hatten einen schweren Tag und davor eine noch schwerere Nacht.«

Dankbar nickte Aidan. Schlafen erschien ihm jetzt wie eine süße Flucht. Traumlos schlafen. Er musste an das feurige Wasser denken. Ein, zwei Schlucke würden nicht schaden.

Vielleicht würde dann auch die Melodie seinen Geist verlassen.

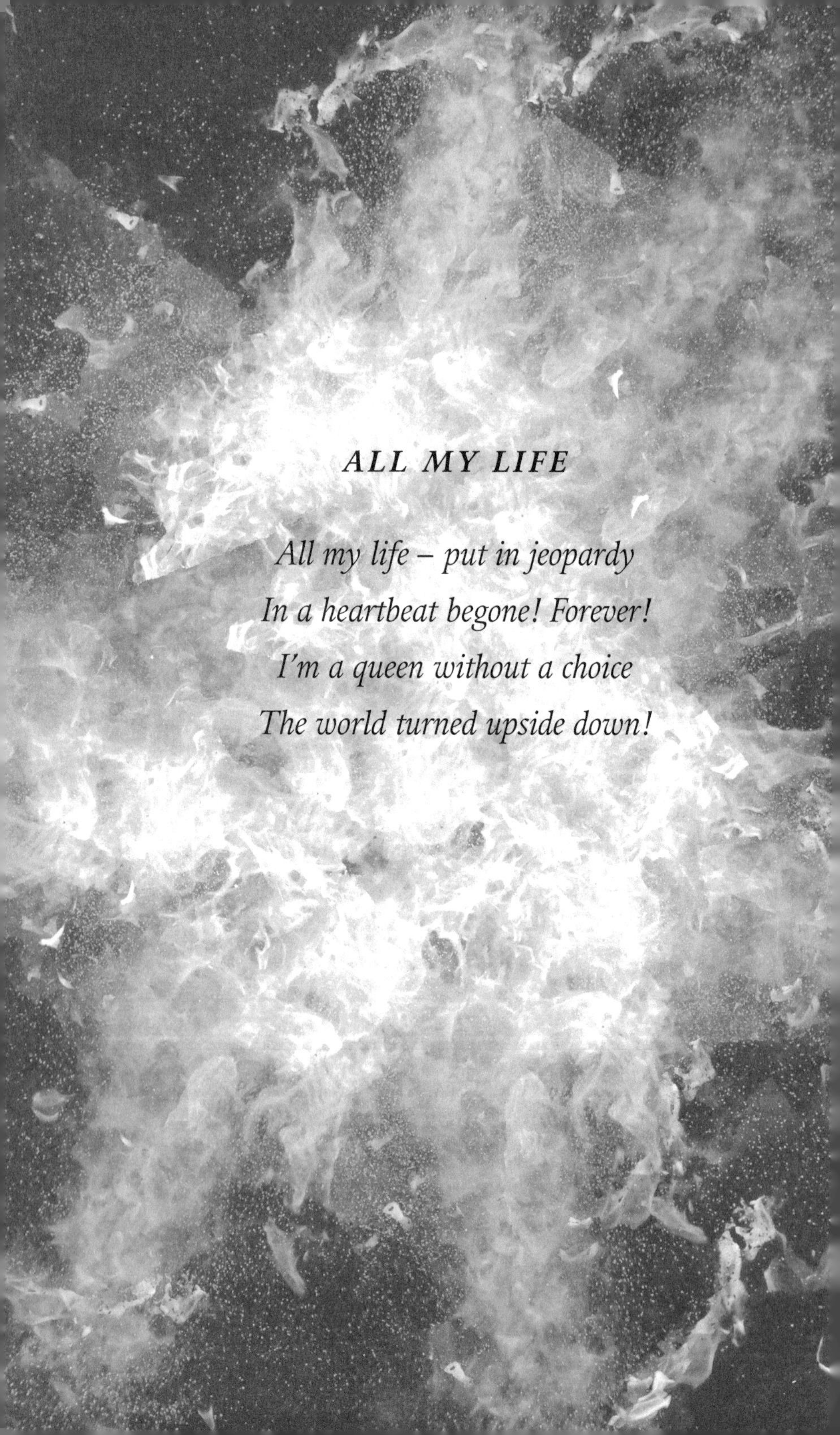

ALL MY LIFE

All my life – put in jeopardy
In a heartbeat begone! Forever!
I'm a queen without a choice
The world turned upside down!

ELENA

Das Chaos hatte von allem Besitz ergriffen. Es gab keine Vernunft mehr, keine Logik, kein klares Handeln. Elena versuchte, den Wahnsinn auszublenden, der um sie herum stattfand, doch selbst in der momentanen Ruhe der Kammer war das kaum möglich. Alles war in Aufruhr, nicht nur die Menschen und Tiere, nein, die grundlegende Substanz der Welt selbst schien ihre Festigkeit verloren zu haben. Alles geriet aus den Fugen.

Irgendwo in den tiefsten Eingeweiden des Palasts wagten die mächtigsten Kundigen ein großes Ritual, um das Chaos einzudämmen.

Doch die schlimmsten Auswirkungen schienen vorbei zu sein. Wie eine Flut war es über sie gekommen, aber nun ebbte es ab. Elena sah zu Kaleona, die einen Verband um die Schulter gebunden hatte, eine Verletzung, an die sich Elena nicht einmal erinnern konnte. Sie selbst war erschöpft, ihr ganzer Leib schmerzte, sie hatte Blutergüsse an den Armen und wünschte sich nichts mehr, als einfach die Augen schließen zu können und sich auszuruhen. Aber noch war die Zeit dafür nicht gekommen.

»Soweit wir das erkennen können, lassen die Kampfhandlungen nach«, berichtete Marschall Oreus. Seine ruhige Stimme mochte der Botschaft angemessen sein, aber sie kratzte an Elenas Selbstbeherrschung. Er wirkte so unbeteiligt. Doch dann sah sie seinen gehetzten Blick und wie er sich fahrig durch die Haare strich und sie begriff, dass er bis in den Kern seines Seins erschüttert war – ebenso wie sie selbst.

»Aber die Berichte sind widersprüchlich.«

Elena schüttelte frustriert den Kopf.

»Wir benötigen alle Informationen, die wir bekommen können. Jedes kleinste Detail.«

Der Marschall nickte und gab den Befehl weiter, aber sie beide wussten, dass es lange dauern würde, bis sich Klarheit aus dem Chaos bildete. Falls das überhaupt jemals geschah.

Ihr Rat war geschrumpft. Zu viele wurden noch vermisst. Manchmal überstieg die Ungeheuerlichkeit der Ereignisse noch immer Elenas Verständnis. Sie lehnte sich auf den Tisch, der mit Papieren, Meldungen, Briefen und Karten übersät war. Und schloss doch die Augen. Einen Moment lang genoss sie die Dunkelheit, zog sich zurück, doch da waren die Stimmen, die geflüsterten Unterhaltungen, die sie beständig daran erinnerten, dass jenseits dieses Augenblicks ganz und gar nichts gut war.

»Kaleona«, sagte sie leise und richtete sich auf, als sie ihre Leibwächterin neben sich sah. »Geloras?«

Für einen Herzschlag überzog sich das sonst so stoische Gesicht der Kriegerin mit Trauer. Wortlos schüttelte sie den Kopf.

Elena entließ ihren Atem in einem langen Seufzer. Dann schloss sie ihre Gefühle ein und errichtete einen Panzer um sie.

»Was sagen die Arkanisten? Wo ist Astos?«

Oreus zögerte.

»Die letzten Meldungen besagen, dass fast alle, die aufzutreiben waren, am Ritual beteiligt sind. Astos ... er wurde verletzt.«

»Wo ist er?«

»In der Himmelssphäre, soweit ich weiß.«

Elenas Finger trommelten auf das harte Holz des Tischs.

»Wir brauchen Antworten. Ich werde ihn aufsuchen.«

Niemand widersprach. Es gab für diesen Rat kein Protokoll, keine Regeln. Alles war aus den Fugen geraten. Oreus hob müde eine Hand zum Salut und Kaleona folgte ihr, als sie die Kammer verließ.

»Solltest du nicht ruhen?«, fragte Elena, aber die Kriegerin schüttelte energisch das Haupt. Tatsächlich lag eine Energie in ihren Schritten, die Elena selbst nicht hätte aufbringen können. Auch wenn Kaleonas Miene keine Gefühle verriet, so wusste die junge Königin doch, was sie antrieb: Wut.

Der Weg durch den Palast zeigte ihr das Ausmaß der Verwüstung. Am schrecklichsten anzusehen waren die Blutflecke an Boden und Wänden – Erinnerungen an das Gemetzel, das sie alle gegeneinander geführt hatten. Zerstörte Möbel, zerfetzte Wandteppiche, Scherben von uralten Vasen. Selbst bis ins Kleinste war es vorgedrungen. In einem Mosaik hatte jemand Steine aus der Wand gebrochen, hatte Figuren entstellt, ihnen Augen und Münder genommen, sodass dort nur noch große Löcher geblieben waren. Irgendjemand hatte in all dem Chaos dieses

Werk verschandelt; nur eine kleine Tat, aber auf eine unbestimmbare Weise traf sie Elena tief.

Die Himmelssphäre war die von einer wundervollen Kuppel gekrönte Halle der Arkanisten. Blau schimmerte sie im Glanz der Sonne, die ihren wahnwitzigen Lauf aufgegeben hatte und nun wieder verlässlich am Himmel stand. Dennoch konnte Elena kaum zu ihr emporsehen, da sie befürchtete, jeden Moment wieder die Schatten wandern zu sehen, jenen Augenblick wieder ertragen zu müssen, in dem ihr Verständnis der Welt und ihres Laufs zerschmettert worden war. In jener Richtung lag Wahnsinn.

Der Hof war wie leer gefegt, keine Menschenseele dort, kein Vogel saß in den immergrünen Bäumen, selbst die glitzernden Fische waren aus dem kleinen Teich im Zentrum verschwunden. Nach allem, was sie erlebt hatte, hätte es Elena nicht verwundert zu erfahren, dass sie durch die Luft davongeflogen waren.

Am Eingang der Himmelssphäre gab es keine Wachen und das große Portal stand weit offen. Die bronzenen Türen waren mit allerlei mystischen Runen verziert, in die Magie gebunden war, doch Elena hatte keine Augen für das filigrane Spiel der Energien.

Im Gebäude selbst war es etwas kühler und irgendwie strahlte das uralte Mauerwerk eine Ruhe aus, die der jungen Königin wohltat. Es wirkte fest und sicher, ewig, von den Fährnissen der Zeit unbeeindruckt. Kurz legte sie die Hand auf eine der Säulen am Eingang und ließ diese Beständigkeit auf sich wirken.

Die blaue Kuppel ließ das Licht des Himmels durchscheinen und wirkte tatsächlich wie eine kleine Schwester des Himmelsrunds. In der Nacht konnte man sogar die

Sterne durch sie sehen, auch wenn die Astronomen natürlich ihre Teleskope auf den höchsten Türmen bevorzugten.

Hier gab es wieder Menschen, Schüler, Gelehrte, Bedienstete, die umherliefen.

»Wo ist Hofarkanist Astos?«, fragte Elena den Erstbesten, der stumm auf eine kleine Pforte im hinteren Teil der großen Halle deutete. Er gab keine Anzeichen, dass er sie erkannt hatte, sondern er eilte gleich weiter, das Gesicht bleich, am ganzen Leibe zitternd.

Zielstrebig ging Elena quer durch die Halle. Kaleonas Schritte hallten von den Wänden wider. Auch hier hatte das Chaos gewütet. Schutt lag auf dem Boden, im hinteren Teil hatten die Arkanisten – oder vermutlich eher ihre Diener – einen Bereich für Verletzte eingerichtet, kaum mehr als ein paar Decken auf dem Boden. Zwischen den liegenden Gestalten standen und knieten Helfer, aber Elena wusste, dass sie ebenso überfordert waren wie alle anderen überall auch. Sie hatte die Berichte gehört – es gab zu viele Verletzungen, zu viel Zerstörung und zu wenige, die helfen konnten.

Das Stöhnen der Verwundeten begleitete sie, bis sie die Pforte erreichte und hindurchtrat. Die dahinter liegende Kammer war klein und im Vergleich zu der gewaltigen Halle düster, obwohl es ein schmales Fenster gab, durch das Licht fiel. Der Raum war mit Möbeln vollgestopft und wirkte wie eine Abstellkammer für arkane Kuriositäten, doch alles war verschoben und an die Seite gerückt worden, um Platz für eine schmale Pritsche zu schaffen, auf der die massige Gestalt von Astos lag.

Der Hofarkanist war ein pompöser Mann, sich seiner Stellung und seines Rangs wohl bewusst, und er genoss sowohl den Respekt als auch die sonstigen Vorzüge. Aber hinter all dem Brokat, den extravaganten Roben, dem goldenen Schmuck und dem manchmal schwierig zu ertragenden Auftreten hatte es immer einen scharfen, hochgebildeten Geist und Meister seiner Kunst gegeben. Obwohl Elena keine Freundschaft für ihn empfand, hatte sie doch immer seine Meinung geschätzt und seinen Rat geachtet. Doch nun lag er auf dem Rücken, den vollen Leib von einer rauen Decke bedeckt, aus der die nackten Schultern herausragten. Seine Haut war bleich, das Gesicht teigig und mit einem dünnen Schweißfilm überzogen. Seine Augen waren geschlossen, unter ihnen dunkle Ränder, und sein Atem ging rasselnd.

Der Anblick ließ Elena innehalten, doch sie hatte keine Wahl und so kniete sie sich neben ihn. Kaleona hingegen postierte sich an der Tür. Ihre Wachsamkeit war seit den Ereignissen nur gestiegen und sie schien gewillt zu sein, nie mehr zu ruhen oder zu rasten.

»Astos?«, flüsterte Elena und legte ihm sanft die Hand auf die Schulter. »Hofarkanist?«

Erst schien es, als würde er nicht reagieren, doch dann schlugen seine Lider wie die Flügel eines Schmetterlings, bevor sie sich ein wenig öffneten. Ein erschöpftes Lächeln oder vielmehr die Andeutung davon schlich sich auf seine Lippen.

»Ihr habt überlebt.«

Elena erwiderte das Lächeln.

»Wir beide.«

»Nein«, murmelte er. Seine Augen schlossen sich wieder, sein Atem blieb unruhig.

Vorsichtig hob Elena die Decke ein wenig an. Sein Leib war mit Bandagen überzogen, durch die sich große Blutflecken abzeichneten. Elena schluckte. Die Wunden sahen selbst verbunden noch furchtbar aus.

»Mein Sohn«, flüsterte er, ohne die Augen wieder zu öffnen. »Mein eigener Sohn …«

Elena ließ die Decke sinken und ballte die Faust. Der Sohn erhob die Hand gegen den Vater, Schwester gegen Bruder, jeder gegen jeden. Der Irrsinn raubte ihr den Atem, doch sie riss sich zusammen.

Vorsichtig zog sie arkane Energien um sich zusammen, formte sie zu einem komplexen Muster. Ihre Hände schwebten über Astos' Leib, entließen den Zauber mit großer Sorgfalt. Heilung war die schwierigste Form der Magie, die Körper von Mensch und Tier nicht dafür geschaffen, von arkaner Macht durchdrungen und verändert zu werden. Die mächtigsten Arkanisten konnten kaum mehr tun, als einen Kratzer zu heilen oder eine Narbe verschwinden zu lassen. Es war eines der großen Mysterien, und viele hatten ihr Leben der Forschung nach der wahren Heilmagie gewidmet – und waren gescheitert.

Doch ein wenig Erleichterung konnte sie ihm verschaffen. Ein wenig Schmerz nehmen, Leib und Geist beruhigen. Es war nicht viel, das wusste sie.

»Hofarkanist, wir benötigen Eure Hilfe.«

Langsam öffnete er die Augen, blickte jedoch gerade hoch zur Decke. »Ich habe diesen Raum als Schüler gehegt, wusstet Ihr das?«

Elena verneinte.

»Vor so vielen Jahren erschien es mir unendlich wichtig, wo welches Exponat lag, was gezeigt wurde, was in Schubladen und Kisten verschwand. Ich habe ihn einfach vergessen, im Laufe der Jahre wurde er immer unwichtiger. Doch jetzt erinnere ich mich an jedes Stück.«

»Ich bin sicher, Eure Lehrer waren stolz auf Euch.«

»Ha!« Er hustete und Blut befleckte seine Lippen. »Nein, kein Stolz. Ich war gut, schon immer, war der Beste unter den Schülern, selbst unter jenen, die zwei oder drei Jahre vor mir mit den Lehren begonnen hatten. Aber es war mir immer bewusst und ich fürchte, ich habe mit diesem Wissen nicht hinter dem Berg gehalten.«

Elena musste lächeln. Es fiel ihr schwer, sich den deutlich älteren Mann als Jugendlichen vorzustellen, aber es war einfach, sein Verhalten als Mächtigster der Arkanisten in diesem Lichte zu betrachten.

»Was geschieht?«

Eine einfache Frage und doch so schwierig zu beantworten. Niemand wusste es, niemand konnte es in Worte fassen.

»Es ist eine Strömung«, presste Astos hervor. Noch immer blickte er starr zur Decke. »Und ich fürchte, das, was unsere Heimat so besonders macht, ist das Tor, durch die sie eindringt.«

»Die Inseln? Ihre … unsere Macht?«

Sein Kopf bewegte sich minimal, deutete ein Nicken an.

»Es ist keine Magie, wie wir sie kennen. Nicht so geformt und gebunden, aber es nutzt dieselbe Energie, die allem zugrunde liegt. Das, was uns stärkt, bindet uns auch.«

Es ergab einen gewissen Sinn, auch wenn Elena nicht alles verstand.

»Euer Orden … einige führen ein Ritual durch.«

Jetzt lachte Astos, abgehackt und blutig.

»Genauso gut könnten sie versuchen, das Meer mit bloßen Händen aufzuhalten. Blinde Narren, allesamt!«

Verzweiflung überkam Elena.

»Aber was können wir tun? Wird es wieder geschehen?«

Jetzt legte sich sein Kopf auf die Seite und er blickte sie direkt an. Seine Augen waren von einem Schleier überzogen. Trotz ihrer Magie musste er Schmerzen leiden. Mit jedem Moment wich das Leben mehr aus ihm.

»Ich fürchte, es wird wieder geschehen. Und wieder und wieder, bis von den Gesegneten Inseln nichts mehr übrig ist. Spürt Ihr das nicht?«

Elena schüttelte den Kopf.

»So wie die Ebbe etwas mit sich nimmt, so hat dieses … Phänomen einen Teil unserer Magie mit sich genommen. Es … wir sind … Nahrung.«

Seine Stimme wurde leiser, die Worte verschwammen.

»Nahrung? Für wen?«

»Für was? Ich weiß nicht …«

Am liebsten hätte sie ihn gepackt und geschüttelt, doch das war nur der Zorn in ihr, der sich ein Ziel suchte. Astos war nicht dieses Ziel.

Seine Lippen bewegten sich, doch die Worte waren nicht zu verstehen. Elena beugte sich vor, hielt ihr Ohr an seinen Mund.

»Mein Sohn … mein Sohn …« Und immer wieder: »Mein Sohn.«

Schon wollte sie sich erheben und die Kammer verlassen, als sie unvermittelt eine Berührung spürte. Das uralte Amulett ihrer Familie war aus ihrer Kleidung gerutscht und hing herab, berührte Astos' Wange.

Seine Augen blickten sie an, seltsam klar und verständig.

»Wart Ihr betroffen?«

In seiner Stimme lag nun wieder Kraft.

»Nein … ich denke nicht.«

»Euer Vorfahr, der Wanderer, jener, der aus dem Nebel trat – Ihr kennt die Legenden?«

Natürlich kannte Elena sie.

»Der lange Pfad, die Flucht, der ewige Nebel …«

»Das Orakel«, unterbrach sie Astos. »Er brachte dieses Amulett auf die Inseln, nicht wahr?«

Sie nickte.

»Nichts und niemand auf den Gesegneten Inseln kann Euch helfen, Königin. All unsere Macht beruht auf der arkanen Energie unserer Heimat.«

Seine Stimme klang jetzt wieder deutlich, sogar stark, von jenem Selbstbewusstsein durchdrungen, das er immer ausgestrahlt hatte. In diesem Moment war er kein sterbender Mann am Rande des Todes, sondern ihr Hofarkanist, Mächtigster seines Ordens.

»Dann sind wir verloren?«

»In jenem Amulett wohnt eine seltene Macht«, stellte er fest. Seine Hand wand sich unter der Decke hervor, er legte zwei Finger darauf. »Ich denke, es hat Euch beschützt und bewahrt.«

Die Worte rasten durch ihren Geist, Ideen tauchten auf, Hoffnung keimte.

»Können wir es nutzen? Als Fokus eines Rituals vielleicht?«

»Nein, es ist zu … wild, zu alt, zu weit jenseits unserer Magie. Aber Euer Vorfahr hat es auf Geheiß des Orakels gesucht und gefunden … dort liegt vielleicht die Lösung.«

»Was, beim Orakel? Aber …«

»Ja, dort.«

»Aber wir wissen nicht, wo es ist. Es ist eine Legende,

im Land des ewigen Nebels, ich meine … ich habe es immer nur für eine Geschichte gehalten.«

Astos' Hand fiel zurück. Er schloss die Augen. Der Moment der Stärke, den er sich genommen hatte, schien vorüber.

»Sucht das Orakel, Königin. Dort liegt unsere Hoffnung.«

»Ich kann doch jetzt nicht die Inseln verlassen.«

»Hier werdet Ihr keine Lösung und keine Hilfe finden. Je länger Ihr hier verweilt, desto mehr Schrecken wird über uns kommen. Findet das Orakel, findet die Quelle, findet Heilung.«

Elena blickte zu Kaleona, die mit den Schultern zuckte.

»Findet … das … Orakel.«

Sein Atem ging gequält, jeder Zug ein schreckliches, langes Pfeifen. Es war, als habe er den Rest seiner Lebenskraft ausgegeben, um noch einmal mit klaren Worten zu ihr zu sprechen.

»Ich … vergebe … ihm … meinen … Sohn.«

Sie legte ihm noch einmal die Hand auf die Schulter. »Es ist gut«, sagte sie, wohl wissend, dass es eine Lüge war.

Sein Gesicht verzog sich zu einer Maske des Schmerzes.

»Das … Orakel …«

Seine Augen öffneten sich, doch in ihnen lag nichts mehr. Sein Atem verstummte.

Elena senkte das Haupt.

AIDAN

Es war bereits hell, als Aidan wieder aufwachte. Revus hatte ein kleines Feuer in Gang gebracht und irgendwas brutzelte in der Pfanne, die er darüberhielt.

Der Rest des Schlafs war Dunkelheit gewesen, ohne Träume, und Aidan war dankbar dafür. Fast hätte er sich einreden können, dass alles nur ein böser Traum gewesen sei, doch tief in sich wusste er, dass es nicht so war.

Doch er verbarg die Sorgen vor seinem Freund, als er sich betont langsam streckte und dann zusammenzuckte, weil sich die vielen kleinen und größeren Wunden schmerzhaft meldeten.

»Frühstück?«

Er nickte und schälte sich aus der Decke, auf die sich feiner Morgentau gelegt hatte. Zuerst legte er sie beim Feuer aus, damit sie ein wenig trocknen konnte, dann verschwand er kurz in den Büschen, um sich schließlich zu Revus zu gesellen und seine hölzerne Schale mit zwei Spiegeleiern zu füllen.

»Wo hast du die denn her?«, fragte er mit vollem Mund. Sie waren köstlich, mit ein wenig Salz und Pfeffer – Revus wusste, wie man auch aus wenig viel machen konnte.

Sein Freund zwinkerte ihm als Antwort nur zu.

»Entweder hast du eine Dame genug beeindruckt, dass sie dir ein Verpflegungspaket gepackt hat …«

Aidan ließ den Rest unausgesprochen, bis Revus eine Augenbraue hob und fragte: »Oder?«

»Oder du bist ein Eierdieb …«

»Oh, das schmerzt«, erwiderte sein Freund mit gespielter Betroffenheit. »Wann hätte ich jemals etwas gestohlen?«

»Na ja … da war dieser dicke Händler …«

»Das war Raub, guter und ehrlicher Raub mit vorgehaltener Waffe. Und außerdem war es deine Idee, weil dir nicht gefiel, wie er seinen Diener behandelt hat.«

Beide lachten, als sie sich erinnerten, wie sie den aufgeblasenen Kerl gefesselt auf seinem Wagen zurückgelassen und die Hälfte aus der geraubten Börse heimlich an den geschundenen Diener weitergegeben hatten.

»Das wäre doch eine Karriere für uns. Straßenräuber, die den Reichen ihre schlecht verdienten Silberlinge abluchsen und sie an die Armen geben.«

Aidan schnaubte.

»Nein, denk mal, was für Lieder über solche Helden des Volks geschrieben werden würden … von uns selbst …«

Revus hob an: »Aidan und Revus, das waren zwei Gesellen …«

»Gesellen?«, unterbrach Aidan kopfschüttelnd.

»Erster Entwurf, sei doch nicht immer gleich so kritisch. Man würde uns lieben, die singenden Räuber, oder raubende Sänger, je nachdem. Wir könnten armen Menschen helfen und …«

Vor Aidans geistigem Auge schossen die Traumbilder wieder empor. Revus' Stimme verschwand, wurde zu einem undeutlichen Murmeln. Dann sah er die Dörfler, armes Volk, ohne Frage, und musste wieder an den Moment denken, als das furchtbare Wesen nach seinem Blut gegiert hatte.

»Scheiße.«

Revus hielt in seinem Monolog, der inzwischen bei Prinzessinnen und Liebschaften angekommen war, inne.

»He, so schlecht ist die Vorstellung auch wieder nicht.«

Aidan seufzte.

»Nein, das meine ich nicht. Ich ... wir müssen zurück.«

Es dauerte einige Momente, bis Revus begriff.

»Was ... zurück ins Dorf?«

Aidan erhob sich, stellte das halb verzehrte Frühstück ab. Seine Haut kribbelte, in seiner Magengrube breitete sich ein flaues Gefühl aus.

»Ja, in das verdammte Fischerdorf.« Er atmete tief durch. »Du hattest recht.«

»Selbstverständlich. Womit?«

Aidan wies auf das Meer. »Diese ... Bestien kommen zurück. Und mehr von ihnen. Die Leute müssen Schutz suchen. Und wir beide wissen, dass sie dabei Hilfe brauchen werden.«

Er begann, mit dem Fuß Erde auf das Feuer zu schieben und es zu löschen.

Revus stand auch auf, tat aber nichts.

Aidan blickte ihn an.

»Komm schon, hilf mir, das Lager abzubrechen ... bevor ich meine Worte noch bereue.«

Revus grinste nur und schlug ihm auf die Schulter. Gemeinsam hatten sie in kürzester Zeit ihre Siebensachen gepackt. Aidan hatte sogar noch den Rest Spiegelei hinuntergeschlungen, bevor er seine Schale auswusch und verstaute. Dann machten sie sich auf den Weg.

Es war später Nachmittag, als sie im Dorf ankamen. Weder Aidans Hoffnung, dass die Fischer bereits davongezogen waren, noch seine Befürchtung, dass sie nur Leichen und geplünderte Häuser finden würden, bewahrheiteten sich.

Zu Aidans großer Erleichterung war Revus den Weg über nicht weiter in ihn gedrungen, weshalb er seine Meinung geändert hatte. Sein Freund war einfach nur froh, dass es geschehen war. Aidan warf ihm einen Seitenblick zu und musste grinsen. Gerade wollte er noch ein abenteuerliches Leben von Raub und Gesetzlosigkeit beginnen, doch jetzt würde er – ganz der selbstlose Revus – sein Leben für einige Dutzend Menschen aufs Spiel setzen, die er nicht länger als einen Abend kannte.

Zumindest war keines der Boote auf dem Wasser und die Dörfler hatten Wachen auf den Klippen postiert. Immerhin.

Aber zwischen den Hütten war sonst niemand zu sehen. Aidan ging ein Stück weit zu einer der Wachen.

»He! Wo sind alle?«

»Taverne«, kam die Antwort, dann drehte die junge Frau mit dem Speer wieder um und sah hinab aufs Meer.

»Taverne klingt gut«, erklärte Aidan und fügte hinzu: »Sogar trotz Seetang-Ale.«

»Aye, ein Ale ist jetzt genau richtig. Marschieren macht durstig.«

Sie betraten den Schankraum, der gerammelt voll war. Fast alle Dorfbewohner schienen versammelt zu sein. Hitzige Stimmen verstummten, als die beiden Neuankömmlinge aus dem Honiglicht des vergehenden Tages in den Dunst traten.

»Ihr«, erklang von irgendwo eine Stimme.

»Aye«, bestätigte Aidan. »Wir.«

Der Bärtige trat hervor. Seine Stirn war schweißbedeckt. »Warum seid Ihr zurückgekehrt?«

»Wie ist dein Name?«, erwiderte Aidan.

Nach einem kurzen Zögern kam die Antwort: »Brin.«

»Hast du hier das Sagen?«

Der Bärtige blickte in die Runde. Einige Dutzend Gesichter, alt und jung, Frauen und Männer, alle bis auf die Wachen – und die Toten. Er zuckte mit den Schultern. »Mein Wort hat Gewicht.«

Aidan nickte. Die Gemeinschaft war zu klein, um mehr Struktur zu benötigen; es gab niemanden, dem sie Rechenschaft schuldig waren oder einen Anführer, der bestimmte. Deshalb saßen sie zusammen und redeten.

»Nun, Brin«, begann er. »Dann sag deinen Leuten, dass sie von hier verschwinden müssen.«

Sofort brandeten Stimmen auf, Protestrufe, aber auch Zustimmung. Die Dörfler waren gespalten. Aidan hatte gehofft, dass sie die Warnungen ernst genommen hatten, aber es brauchte viel, um Menschen aus ihrer Heimat zu vertreiben und dazu zu bringen, alles hinter sich zu lassen und ins Ungewisse zu ziehen. Ein Teil von ihm verstand das, ein anderer schalt sie für ihre Dummheit. Als jemand, den es nie lange an einem Ort gehalten hatte und dessen Heimat immer die Straße gewesen war, wollte er ihnen zurufen, dass Ungewissheit besser war als sicherer Tod. Aber er hielt sich zurück und wartete, bis Brin wieder Ruhe in die Versammlung gebracht hatte.

»Wir beraten darüber«, erklärte Brin fast ein wenig schuldbewusst, was Aidan lächeln ließ.

Die Menschen hier waren nicht reich, um es freundlich zu sagen. Tatsächlich waren sie eher arm. Doch sie hatten ein Auskommen, Dächer über ihren Köpfen, Essen auf ihren Tischen und bislang eine Zukunft. *Und furchtbares Ale*, fügte er mit einem Schaudern hinzu, bekam aber dennoch Lust auf einen Krug.

»Und während ihr beratet, nähern sich die Monster wieder«, stellte Aidan laut fest.

»Das weißt du nicht! Wir haben sie vertrieben!«

Aidan seufzte. »Für den Moment. Es waren nur wenige. Aber es werden mehr kommen.«

Wieder wurden Stimmen laut, erklang Widerspruch.

»Ich habe es gesehen«, rief er so laut, dass alle verstummten. »Ich weiß es. Sie kommen wieder. Und wieder. Selbst wenn ihr einige tötet … andere kommen. Und sie werden euch mit hinab in die Tiefe ziehen und …«

Das Bild einer feurigen See tauchte vor ihm auf. Er verstummte und rieb sich die Augen. *Ich habe vor Fürsten und Königinnen gesungen. Meine Worte haben Herzen bewegt, haben Menschen bewegt.* Er sah auf, ließ den Blick über die versammelten Menschen wandern. Das, was in ihren Mienen lag, was in ihren Augen schimmerte, war Angst.

»Hört mir zu. Ich weiß nicht, woher diese Wesen kommen. Oder warum sie kommen und was sie wollen. Aber ich weiß, dass sie wiederkommen werden. Und dieses Dorf … ihr könnt es nicht verteidigen. Ihr seid keine Krieger, ihr habt keine Waffen.«

Wieder ließ er den Blick schweifen, fixierte Einzelne, hielt für Bruchteile von Herzschlägen ihre Aufmerksamkeit gefangen.

»Eure Hoffnung liegt in der Flucht. Ich wünschte, es wäre anders, aber wir können es nicht ändern. Revus und ich, wir können euch aber helfen.«

Er deutete auf seinen Freund, der eine Hand auf den Griff seines Schwerts legte und jenes um Vertrauen bittende Lächeln auflegte, das ihm den Gang durchs Leben so einfach machte.

Wieder kam Bewegung in die Versammlung, doch die Stimmen waren verhaltener, ruhiger, was Aidan als gutes Zeichen wertete.

»Brin, du siehst es doch auch so, oder?«, fragte er leiser und der Bärtige nickte niedergeschlagen. Offensichtlich fiel ihm der Gedanke schwer, aber zumindest verstand er die Notwendigkeit.

»Wir haben Läufer nach Kast geschickt«, berichtete er. Als er jedoch Aidans verständnislosen Blick bemerkte, fügte er hinzu: »Das Dorf im Landesinneren.«

»Ah ja, Palisade und alles. Das klang gut.«

Brin schüttelte den Kopf.

»Sie haben uns abgewiesen. Ihr neuer Anführer hat gesagt, dass es dort keinen Platz für uns gibt.«

Aidan fluchte.

»Deshalb auch die Beratung. Wir wissen nicht, wohin.«

»Was ist im Süden?«, mischte sich Revus ein.

Brin zuckte mit den Schultern.

»Ödland. Ein paar Höfe, hauptsächlich Schafe. Es wird karger und karger, bis es dann nur noch Fels und Geröll gibt. Angeblich wird es weit, weit im Süden wieder grüner, mit großen Städten und mächtigen Reichen, aber …«

Den Rest ließ er unausgesprochen. Wenn die Karten, die Aidan im Laufe seines Lebens gesehen hatte, stimmten, dann gab es tatsächlich fantastische Länder jenseits der Großen Ödnis, aber bis auf einige wagemutige Kaufleute mit mächtigen Schiffen gab es zu ihnen kaum Kontakt.

»Was ist mit Gorint?«

»Im Norden? Drei oder vier Tage mit einem Pferd, aber mit all den Leuten? Eher sechs. Oder mehr.«

»Und es liegt am Meer«, gab Revus zu bedenken.

Aidan nickte. »Aber es hat Mauern und eine Festung, wenn ich mich recht erinnere. Die südlichste Stadt der Freien Baronien, nicht wahr?«

Revus nickte.

»Dort gibt es also Soldaten, einen Baron. Und von dort aus gibt es Wege und sogar Straßen, die fort vom Meer führen. Zudem sollten sie gewarnt werden.« Aidan überlegte kurz. »Zumindest falls sie nicht schon selbst Erfahrung mit diesen Monstern gemacht haben.«

Es war kein Pfad, den Aidan gewählt hätte, wenn es andere Wege gegeben hätte.

»Sicher, dass Kast keine Möglichkeit ist? Ich meine, wenn wir dorthin ziehen und erst einmal da sind, werden sie uns schon helfen, oder?« Aidan sah sich im Raum um, erblickte Kinder und Alte. »Wer würde sie abweisen?«

»Können wir es riskieren?« Revus schüttelte den Kopf. »Diese Menschen können nicht von einem Ort zum anderen ziehen.«

Aidan seufzte, aber sein Freund hatte recht.

»Gorint also. Was sagst du?«

Brin nickte langsam.

»Es scheint keinen anderen Weg zu geben, oder?«

»Nein«, stimmte Aidan zu. »Und wir sollten uns beeilen. Je länger wir hier verharren, desto gefährlicher wird es. Am besten brechen wir gleich bei Sonnenaufgang auf.«

Brin schlug laut mit der Hand auf einen Tisch, was die Gespräche verstummen ließ und ihm die Aufmerksamkeit aller einbrachte.

»Wir sollten nach Gorint ziehen«, schlug er vor.

Die meisten murmelten zustimmend oder nickten, aber es gab auch Widerspruch.

Seufzend erklärte Aidan: »Ich brauche ein Ale. Es könnte ein langer Abend werden.«

Seine Worte klangen prophetisch, doch tatsächlich gelang es Revus, Brin und ihm, das ganze Dorf von diesem Vorhaben zu überzeugen. Und obwohl es ihn nach mehr verlangte, begnügte er sich mit zwei Krügen.

ELENA

Auch wenn sie eigentlich alles ausblenden wollte, zwang sich Elena, auf ihrem Rückweg noch einmal all die schrecklichen Bilder anzusehen. Es war ihre Pflicht als Königin. Das Leid ihres Volks hatte auch ihr eigenes Leid zu sein.

»Glaubst du an das, was Astos gesagt hat?«, fragte sie Kaleona leise, als sie zurück in der Ratskammer waren. Jahrzehntelang war die Kammer nicht in Benutzung gewesen, nicht seit die Kleine Halle errichtet worden war. Doch jetzt schien es der sicherste Ort für die Versammlungen zu sein.

»Ich weiß es nicht. Ich bin sicher, dass er seinen Rang nicht aufgrund seiner einnehmenden Persönlichkeit erhalten hat«, erklärte die Leibwächterin, zuckte dann aber zusammen und murmelte: »Verzeiht mir.«

»Nein, nein, du hast schon recht. Sein Rat war immer gut. Aber ...«

Sie wusste nicht weiter. Es war, als sei sie auf einem Floß

auf weiter See, nirgends Land, kein Segel, kein Ruder. Alles war ihr entglitten und sie trieb, ohne zu wissen, wohin. Den Elementen ausgesetzt, schutzlos, hilflos. Es machte sie wütend. Aber es gab kein Ziel für diese Wut – was sie nur noch mehr anfachte.

»Ich will wissen, was die Arkanisten sagen«, stellte sie fest, was Oreus dazu veranlasste, einen Boten auszusenden. Wieder und wieder kamen Meldungen rein, flüsterten Überbringer ihre schlechten Nachrichten. Zwar war der Wahn abgeflaut, aber jetzt machte sich das ganze Ausmaß der Zerstörungen bemerkbar. Überall, nicht nur im Palast, nicht nur in der Stadt, im ganzen Reich. Und wenn den Berichten zu trauen war, auf allen Acht Inseln.

Alles klang deprimierend gleich: Irrsinn hatte von vielen Besitz ergriffen, es war zu Kämpfen gekommen, zu Toten, zu Vandalismus, sinnloser Verwüstung. Die Macht hatte Zeit und Raum selbst verdreht. Die Gesegneten Inseln trieben fern ihrer alten Kreise, niemand konnte sagen, wohin. Man konnte nicht einmal sagen, wie viel Zeit vergangen war.

Dazu kam die Müdigkeit. Allein ihr Pflichtgefühl hielt sie aufrecht. Gemeinsam mit den verbliebenen Räten versuchte Elena, Ordnung in das Chaos zu bringen. So war sie in den Anblick einer Karte des Reichs versunken, als Kaleona an sie herantrat.

Die Arkanistin, die auf ihre Aufmerksamkeit wartete, war ihr unbekannt. Ein schlechtes Zeichen. Sie war jung und sah so erschöpft aus, wie Elena sich fühlte, mit fahler Haut, wirrem Haar, nur notdürftig mit Bändern zusammengehalten, und zittrigen Händen. Die geschmückte Kleidung war verrutscht, der Saum eines Ärmels eingerissen und schmutzig.

»Berichte«, befahl sie, jede Höflichkeit auslassend. Sie war zu ausgelaugt für mehr. Vielleicht war die Frau sogar dankbar, dass sie die üblichen Regeln des Umgangs mit der Königin ignorieren konnte. Jedenfalls begann sie ohne Umschweife.

»Wir führen das große Ritual weiterhin durch.«

Elena hob die Augenbrauen. »Und?«

»Wir … wir hoffen, dass es Wirkung zeigt.«

Am liebsten hätte Elena losgeschrien, doch sie hielt sich zurück. »Hoffen?«

»Ihr müsst verstehen, es gibt keinen Präzedenzfall, keine Erfahrung mit dieser … dieser Angelegenheit. Wir tun unser Möglichstes, um das Reich zu schützen, aber …«

Sie musste nicht weitersprechen, Elena konnte es in ihren Augen sehen. Sogar sie selbst glaubte nicht, dass die Macht der Arkanisten gegen diesen Angriff helfen konnte.

Die Kammer wurde enger, zog sich zusammen. Der Boden wurde weich, bewegte sich. Elena fürchtete schon, dass es einen erneuten Angriff gab. Sie lehnte sich auf den Tisch. Von irgendwoher kamen Stimmen.

Die junge Königin schüttelte den Kopf. Es war keine fremde Macht, die alles veränderte. Ihr Geist, ihr Körper – die Strapazen forderten ihren Tribut.

Mit aller Kraft ihres Willens drängte Elena die Schwäche zurück. Sie ließ ihrer Wut freien Lauf und das heiße rote Feuer in ihr vertrieb die Dunkelheit.

»Könnt ihr uns schützen?«

Die Worte waren so scharf, dass die Arkanistin zurückwich.

»Ich wünschte, wir könnten es mit Sicherheit sagen«, versuchte sie auszuweichen.

Elena sah sie an, in ihr kochte es. *Aber es ist nicht ihre*

Schuld, erkannte sie schließlich. *Sie geben ihr Bestes. Nur reicht ihr Bestes einfach nicht.* Es war keine Frage, dass die Frau von den Anstrengungen ausgemergelt war. Vermutlich war es, wie in einen Spiegel zu schauen … vermutlich war Elena ebenso von den Ereignissen gezeichnet.

Mit einem Seufzen entließ sie die Wut, zumindest jenen Teil, der auf die Arkanistin gerichtet war.

»Ich danke euch allen für eure Dienste«, erklärte sie wieder ruhig. »Wir hier wissen, dass ihr alles tut, was ihr könnt.«

Es war die Wahrheit, die schmerzende, drückende Wahrheit. Die Arkanistin verneigte sich und verließ die Ratskammer. Elena zog sich einen Stuhl heran und ließ sich auf ihn sinken.

»Trinkt etwas«, bat Kaleona und hielt ihr einen Becher mit verdünntem Wein hin.

Sie konnte sich nicht erinnern, wann sie das letzte Mal einen Schluck genommen hatte und tatsächlich belebte das kühle Getränk sie ein wenig.

In ihr reifte eine Entscheidung.

»Ich muss mir ein eigenes Bild machen«, stellte sie fest. »Raus aus dem Palast. Ich muss wissen …«

So genau war ihr nicht bewusst, was sie wissen musste, aber sie ahnte, dass sie es in dieser Kammer niemals finden würde. In ihr wuchs ein Bedürfnis nach frischer Luft, danach, die Enge der Kammer zu verlassen. Vor allem aber wollte sie etwas tun. Mehr als nur lesen und zuhören und sinnieren.

»Ist das eine gute Idee?«, fragte Kaleona leise und ihr Tonfall verriet, dass es keinesfalls eine gute Idee war.

»Glaubst du, hier sind wir sicher, wenn wieder etwas geschieht?«

Kaleona sah sich um, zuckte mit den Schultern.

»Nein, wohl nicht.«

Gemeinsam verließen sie die Kammer und fanden ihren Weg vorbei an einigen Wachen. Wachen, die im Zweifelsfall nur schreckliche Feinde waren.

Es tat gut, hinaus in das letzte Sonnenlicht zu treten. In eine Welt, die normal erschien, auch wenn Elena wusste, dass sie es schon lange nicht mehr war.

»Die Magie umgibt unsere Inseln wie eine Blase«, stellte sie fest. »Umschließt sie, beschützt sie. Wird von uns genutzt, seit ewigen Zeiten.«

Zwar sprach sie mit Kaleona, aber eigentlich waren die Worte eher ein Zwiegespräch mit ihr selbst.

»Doch jetzt erweist sie sich als Falle.«

Sie gingen durch die drei Wasserhöfe, über die in drei Terrassen kühles Wasser aus der Zisterne in schmalen Kanälen hinabfloss. Magie holte das Wasser aus der Tiefe empor, sodass es diesem Weg folgen konnte, bis es wieder in Tunneln verschwand und schließlich als Wasserfälle hinab ins Meer stürzte. Das war nur eines der vielen kleinen und großen Wunder, die auf den Gesegneten Inseln möglich waren. Möglich dank der Magie, die Elena immer als einen fantastischen Freund gesehen hatte. Doch nun war er gegen sie gewendet worden. Sie zermarterte sich das Hirn, wer das getan haben mochte. Und warum. Vor allem warum. Wenn sie herausfinden konnte, mit welchem Ziel es geschah, würde ihr das vielleicht einen Hinweis auf eine Lösung geben.

Doch sosehr sie auch nachdachte, es wollte ihr niemand einfallen. Außerhalb der Acht Inseln waren die Reiche eher Mythen. Es gab keine Kriege, keine Feindschaften, keine Fehden. Die Acht Reiche hatten niemals Eroberungsfeldzüge geführt oder versucht, sich die Welt untertan zu machen. Im Gegenteil – ihr Anliegen war es stets gewesen, sich vom Rest der Welt und seiner Barbarei fernzuhalten.

Sie erreichten das große Tor jenseits des Vorhofs. Die Mauer trennte den Palast vom Rest der Insel, verlief von einer Klippe zur anderen. Das Torhaus selbst war von zwei schlanken Türmen gekrönt. Alle Bauwerke waren aus weißem Stein mit glatter, fast spiegelnder Oberfläche. Die Torflügel waren aus dunklem Holz, in das mit Silber Intarsien eingelassen waren, die Szenen aus der langen Geschichte des Reichs zeigten.

Die dort postierten Soldaten erkannten sie sofort und öffneten das Tor auf ihre Anweisung. Sie sahen erschüttert aus, ängstlich gar, also wechselte Elena einige aufmunternde Worte mit ihnen, obwohl sie selbst nicht so empfand.

Der Weg in die Stadt wand sich in zwei Serpentinen den Hügel hinab, auf dem der Palast errichtet worden war, breit genug für zwei Kutschen nebeneinander, hell gepflastert und von Statuen gesäumt.

Unter ihnen breitete sich die Stadt Arcos aus, benannt nach dem Reich selbst; oder vielleicht hatte die Stadt auch dem Reich den Namen gegeben. Dieses Detail war im Nebel der Zeit verloren gegangen.

Breite Straßen, hohe Häuser, hell im Sonnenschein und mit vielen Innenhöfen, in denen Wasser funkelte. Die Dächer in Blau und Grün, dazwischen Bäume und kleine Parks. Im Laufe der Zeit war die Stadt angewachsen, aber noch konnte man den alten Teil erkennen, jenen nah am Palast, einst von einer Mauer umzäunt und geschützt, die schon längst wieder verschwunden war.

Einen irrationalen Moment lang wünschte sich Elena, dass es die Stadtmauer noch gäbe, aber dann erkannte sie, dass Mauern keinen Schutz vor dem boten, was geschah.

Von oben sah die Stadt friedlich aus, ruhig sogar, aber die junge Königin wusste, dass die Ruhe mit den Leben vieler erkauft worden war. Sie hielt inne und betrachtete den Anblick, den sie schon so oft genossen hatte, der ihr aber nun keine Freude mehr brachte, sondern nur noch Sorge vor dem, was sie dort unten finden mochte. Es war eins, in einem Bericht von der Verwüstung zu lesen, aber etwas ganz anderes, sie mit eigenen Augen zu sehen. Doch war es nicht auch ihre Pflicht als Königin, genau dies zu tun? Nicht an einem fernen Ort, sondern hier unter den Ihren zu sein?

Sie begann den Abstieg.

Als sie den Fuß des Palasthügels erreicht hatten, hörten sie hinter sich das Getrappel von Hufen. Berittene Boten preschten heran, ein halbes Dutzend, und schienen gewillt, sie einfach über den Haufen zu reiten. Doch als Elena eine Hand hob, zügelten sie ihre prächtigen Pferde.

»Wohin reitet ihr?«

»An die Grenzen«, antwortete der Vorderste, ein junger Bursche, der kaum Flaum im Gesicht hatte.

»Warum?«

»Krieg«, kam die lapidare Antwort.

Elena wurde schwindlig. »Unsinn«, erwiderte sie. »Wovon sprichst du?«

»Marschall Oreus persönlich hat uns ausgesandt. Wir haben Befehle. Skaros steckt hinter allem, Skaros hat uns angegriffen!«

Die Stimme des jungen Mannes wurde lauter, erregter. In seinen Augen lag nun ein Wahn, den Elena nur zu gut kannte. Eine Welle der Übelkeit schwappte über sie hinweg.

»Zurück in eure Kasernen«, befahl sie mit Stahl in der Stimme.

Die Boten sahen sich unsicher an, doch der Bursche blickte an ihr vorbei.

»Krieg«, murmelte er, als habe er sie gar nicht gehört. Dann gab er seinem Pferd die Sporen.

Elena musste aus dem Weg springen, rollte sich über den harten Boden ab. Sie fuhr herum. Kaleona sprang vor, packte das Bein des Reiters und riss ihn aus dem Sattel. Die beiden krachten zu Boden, aber die erfahrene Kriegerin war schneller wieder auf den Beinen. Ihre Hand glitt zum Dolch.

»Nicht!«

Elenas Stimme war laut, aber Kaleona zog ihre Waffe dennoch. Der Bote rappelte sich auf, die Leibwächterin war bei ihm, ihr Arm hob sich, dann krachte der Knauf des Dolchs gegen seine Schläfe und er brach zusammen.

Kaleona grinste schwer atmend, ließ den Dolch in der Hand kreisen und steckte ihn mit einer fließenden Bewegung zurück in die Scheide.

»Ihr habt die Königin gehört! Zurück! Und nehmt den da mit!«

Während die restlichen Boten dem Befehl nachkamen, erhob sich Elena wieder. Kaleona blieb zwischen ihr und den Reitern, die Hände auf den Waffen, jederzeit bereit.

Erst als sie davonstoben, den Bewusstlosen quer über sein eigenes Ross gelegt, das sie am Zügel mit sich führten, entspannte sich Kaleona ein wenig.

»Ich hätte den Bastard umbringen sollen«, murmelte sie zu Elenas Entsetzen.

Die junge Königin trat einen Schritt zurück. So hatte sie ihre Leibwache noch nie reden hören.

In ihr keimte Verständnis auf. Sie mochte einen Boten aufhalten können oder auch ein halbes Dutzend. Aber es waren nicht nur sechs oder zehn, es waren alle. Früher oder später würden sie alle von der Magie betroffen sein. Selbst Kaleona. Sie kroch in sie hinein, vergiftete ihren Geist, nahm sie in Besitz und füllte sie mit einem gnadenlosen, grausamen Hass. Es überschwemmte sie, spülte Logik und Vernunft davon, ließ nichts von den Menschen übrig.

Es gab keine Worte für die Tiefe der Verzweiflung, die Elena in sich spürte. Woher kam diese Finsternis? Wer verfügte über solche Macht?

Doch Mutlosigkeit war nicht in ihrem Wesen verankert. Sie traf eine Entscheidung.

»Wir gehen.«

»Wohin?«

»Zum Hafen.«

Kaleona sah sie fragend an, aber Elena lief bereits los. Diesmal rannte sie. Und fragte sich, ob sie so den Zweifeln an ihrer Entscheidung davonrennen wollte.

Der Weg war nicht weit. Das neue Hafenbecken lag ein Stück entfernt, aber der alte Hafen war noch im Betrieb, wurde hauptsächlich von Fischern der Altstadt benutzt, während der neue Hafen den größeren Schiffen vorbehalten war.

Einige der reicheren Bürger hatten Schiffe im alten Hafen, gerade Würdenträger des Palasts, damit sie keinen weiten Weg zu ihren Booten hatten. Die königliche Barke lag im neuen Hafen, aber es gab mehr als genug Schiffe und Boote aller Art im kleinen Becken des alten Hafens.

Die Straßen der Stadt waren gespenstisch leer. Die Menschen blieben in ihren Häusern, hatten sich teilweise verbarrikadiert. Niemand trat ihnen in den Weg, niemand hielt sie auf, niemand stellte Fragen, warum die Königin durch die Gassen lief.

Ihre Leibwächterin folgte ihr anstandslos, aber Elena achtete genau auf sie. Das tiefe Vertrauen war erschüttert; nicht zu Kaleona selbst, aber wohl zu dem, was sie werden mochte.

Der Hafen entpuppte sich als ruhig. Hier hatte die Verwüstung weniger Spuren hinterlassen. Es gab einige Anzeichen – umgestoßene Fischstände, ein gekentertes Boot –, aber im Vergleich zum Palast sah es hier fast normal aus.

Elena wurde langsamer und sah sich genauer um. Sie fand ein schmales Segelboot mit einem kleinen Unterstand am einzigen Mast, kaum für die Fischerei geeignet, aber schnittig und gut in Schuss. Sein hellgraues Holz war von der Sonne gebleicht.

»Dorthin.«

Kaleona knurrte zustimmend.

»Der Bastard«, hörte Elena sie hinter sich murmeln. »Der verdammte Bastard.«

Ihr wurde kalt. Sie liefen die Hafenmauer entlang, bis sie das Boot erreichten.

»Geh du vor«, befahl sie Kaleona, die einen schrecklichen Moment lang zögerte, dann aber mit einem einzigen Satz in das Boot sprang, das wild zu schaukeln begann.

»Es tut mir leid«, flüsterte Elena, als sich die Magie um ihre Finger verdichtete.

Ihre Leibwächterin sah zu ihr auf, ihre Augen verengten sich, die Hände glitten wie Schlangen zu ihren Klingen.

Der arkane Schlag traf sie von der Seite, hob sie von den Füßen und warf sie der Länge nach in das Boot. Kaleona schüttelte benommen den Kopf. Elena keuchte. Die Magie hätte einem Menschen das Bewusstsein rauben müssen, so stark hatte sie den Zauber gewirkt. Doch Kaleona kam auf Hände und Knie hoch, sah über die Schulter zurück, das Gesicht wutverzerrt.

»Hurenkönigin!«

Der zweite Zauber war hastiger, ungelenker, aber er erfüllte seinen Zweck. Der Kopf der Leibwächterin ruckte herum, ihre Arme und Beine gaben nach, sie brach zusammen. Elena atmete tief durch.

Dann sprang sie selbst in das Boot und begann, es zum Ablegen vorzubereiten.

Als sich der Bug auf die Hafenausfahrt richtete, wurde Elena bewusst, was sie gerade tat. Sie verließ ihr Königreich, die ihr anvertrauten Menschen, und das in ihrer größten Krise. Es brach ihr das Herz.

Vorne im Boot wand sich Kaleona in ihren Fesseln. Der Knebel sorgte dafür, dass ihre Worte unverständlich blieben, aber die hasserfüllten Blicke machten deutlich, dass sie nichts lieber wollte, als Elena die Kehle rauszureißen.

Auf eine seltsame Art beruhigte sie der Anblick ihrer hilflos tobenden Leibwächterin. Wenn selbst Kaleona unter den Bann fallen konnte, war niemand sicher.

AIDAN

So unterschiedlich die Bilder auch waren, so sehr fühlte sich Aidan an einen anderen Auszug vor langer Zeit erinnert. Und es waren keine guten Erinnerungen. Dieser Zug war kleiner, nicht einmal sechzig Menschen, dazu eine Handvoll Karren mit Ochsen oder Eseln davor. Wer konnte, trug seine kärgliche Habe auf dem Rücken, der Rest war auf die Wagen verteilt worden und ebenso alle, die nicht laufen konnten. Einige Alte, einige Kinder, einige Verletzte.

Natürlich gab es zu wenig von allem. Auch Revus und Aidan trugen ihr Scherflein, jeweils ein dickes Bündel mit Vorräten, und stapften vorneweg.

Schon bald nach ihrem Aufbruch mussten sie ihr Tempo verlangsamen, da einige nicht mitkamen. So krochen sie das entlang, was die Einheimischen mit einiger Grandeur »Küstenstraße« nannten, was aber eigentlich ein mehr schlecht als recht zu erkennender Trampelpfad war.

Gegen Mittag legten sie die erste Pause ein und zu

Aidans Bestürzung konnte man von ihrem Rastplatz aus noch die Dächer der Hütten erkennen, die sie morgens hinter sich gelassen hatten.

»Bei der Geschwindigkeit erreichen wir Gorint nächstes Jahr im Frühsommer«, kleidete Revus es in Worte. Aber da es keine Möglichkeit gab, die Gruppe anzutreiben, seufzte er nur und zuckte mit den Schultern.

Zumindest führte sie der erste Teil des Wegs noch an den hohen Klippen entlang und hier fühlte sich Aidan halbwegs sicher, da es keine einfachen Wege die steilen Felsen empor gab. Zudem brüllte die Brandung hart gegen den ausgehöhlten Stein; kein guter Ort, um eine nächtliche Kletterpartie zu beginnen.

Nichtsdestotrotz stellten sie eine ganze Reihe Wachen auf und auch die beiden Freunde übernahmen ihren Teil.

Am nächsten Tag ging es nicht schneller voran. Immerhin waren die Dörfler in ihr Schicksal ergeben und es gab keine unnötigen Beschwerden. Es war ein hartes Völkchen, das hier am Ende der Welt lebte, und es wusste, dass Jammern nicht half.

Am dritten Tag sorgte Aidan für eine Rotation auf den wenigen Plätzen auf den Karren, was zumindest für eine gewisse Entlastung sorgte. Und am Nachmittag erreichten sie das Wäldchen, in dem Revus und Aidan übernachtet hatten.

Mit einer gewissen Besorgnis lauschte Aidan in den Wind hinein, doch er hörte keine Melodie, keinen Ruf, nur die See und Blätterrascheln. Dennoch war er froh, als die Entscheidung getroffen wurde weiterzuziehen und das letzte Licht des Tages noch für mehr Marschieren zu nutzen.

Als sie ihr Nachtlager an einer kaum vor dem Wind geschützten Stelle aufschlugen, bezweifelte er dies jedoch. Es war eine kühle Nacht und ein kurzer Regenschauer tat das Übrige, um sie ungemütlich zu machen. Da aber alle das Wetter so ertrugen, ließen auch die beiden Freunde kein Wort der Beschwerde hören.

Von da an ging es ein wenig bergab, als sich die Klippen sanft zum Meer absenkten, bis sie zu einer ausgedehnten Dünenlandschaft wurden. Hier hatte jemand tatsächlich den Weg markiert und er wand sich zwischen sandigen Hügeln umher, auf denen ein hartes graugrünes Gras mit scharfkantigen Blättern wuchs. Von da an war die See nicht weit unter ihnen, nur einen felsigen Strand entfernt. Es gab eine kurze Debatte darüber, ob der Zug tiefer ins Inland gehen sollte, aber letztendlich wurde die Idee verworfen. Zu viel verlorene Zeit, und ohne den rudimentären Weg wäre es für die Flüchtenden noch schwerer geworden.

So zogen sie weiter, langsam und behäbig, und Aidan wurde noch wachsamer. Die Menschen stapften schwerfällig über den sandigen Untergrund, gebeugt unter ihren Bündeln, aber unwillig, ihren wenigen Besitz zurückzulassen. Auch Aidan spürte das Gewicht mit jedem Tag mehr. Er konnte nur ahnen, wie es auf jenen lasten mochte, die fünfzig oder mehr Sommer gesehen hatten. Wie sie weiterhin die Kraft fanden, einen Fuß vor den anderen zu setzen, konnte er nur erahnen. Aber es gab keinen anderen Weg, es musste sein. Vielleicht war es die Absolutheit dieses Wissens, die sie antrieb.

Mehr als einmal verfluchte er sich dafür, umgekehrt zu sein. Längst hätten Revus und er in Gorint sein können, in weichen Betten schlafend, und Pläne schmieden, wie sie diese verfluchte Küste so weit wie möglich hinter sich lassen konnten. Aber er hatte es getan und ein Teil von ihm war froh darüber.

Revus ertrug die Anstrengung mit seiner üblichen heiteren Art. Immer wieder gelang es ihm, die Menschen um ihn herum aufzuheitern, ob mit einem kecken Spruch oder einem Lied.

Am Abend des fünften Tages sank Aidan erschöpft zu Boden und wand sich aus seinem Gepäck. Nur zu gern hätte er einfach die Augen geschlossen und sich ausgeruht, aber es gab zu viel zu tun. Zu vielen musste geholfen werden und es galt, ein halbwegs passables Nachtlager aufzuschlagen.

Irgendwann brannten zwei kleine Feuer aus getrockneten Seetangbrocken und er konnte sich zu Brin setzen. Der stämmige Mann trug auch Anzeichen von Müdigkeit im Gesicht, war aber immer bereit, anderen zu helfen. Aidan verstand, warum sein Wort im Dorf so viel galt.

»Was denkst du? Morgen?«

Es schwang eine gewisse Hoffnung in den Worten mit, ein Hauch von Federbett und Nachtruhe, Sicherheit und Wärme. Leider schüttelte Brin den Kopf.

»Übermorgen. Vielleicht.«

Aidan seufzte. Sechs Tage hatte er gehofft, sieben oder acht würde er bekommen. Zumindest war sein Schlaf tief und fest, bis auf die Stunden vor dem Morgengrauen, wenn er gemeinsam mit Revus Wache hielt.

Mit der Dämmerung erwachte auch das Lager und noch bevor die Sonne ganz aufgegangen war, begann das große Einpacken. Das Frühstück war bescheiden, so wie in den letzten Tagen. Und dann stand Aidan wieder vor seinem Gepäck und musste sich überwinden, es sich auf die Schultern zu laden.

Das Wetter wurde nicht besser. Der Seewind brachte Regen mit sich, Schauer, die über Meer und Land zogen, was die Stimmung noch mehr drückte. Aber der Flüchtlingszug stapfte tapfer weiter, schweigend, aber entschlossen.

Diesmal fanden sie eine bessere Stelle für die Nacht, eine Senke, geschützt vor dem Wind, und sogar der Himmel meinte es gut mit ihnen und der Regen verschwand landeinwärts.

»Morgen«, brummte Brin, als sie gemeinsam den Trockenfisch aßen und dazu ein nicht mehr ganz frisches Brot brachen.

»Der Regen treibt uns voran, was?«

»Morgen kommen wir in Sichtweite und niemand wird noch eine Nacht hier draußen verbringen wollen, wenn das Ziel so nah ist.«

Aidan nickte, spülte den letzten Bissen trockenes Brot mit einem Schluck Ale hinunter und rollte sich unweit der Feuer in seine Decke. Eine Nacht und einen Tag noch, dann waren sie in Gorint und zumindest diese Prüfung war vorüber. Er fiel in einen traumlosen Schlaf.

Nur um viel zu früh von Revus geweckt zu werden, der ihn an der Schulter schüttelte.

»Aufwachen, wir sind in Kadant und die Massen wollen uns zujubeln.«

»Zu kalt für Kadant«, stellte Aidan grimmig fest und öffnete die Augen. Um ihn herum schnarchte es, überall waren schemenhaft Gestalten zu erkennen. »Immerhin gibt es Massen … na ja, eine Masse.«

Revus grinste schief. Sein Gesicht wurde von der letzten Glut des Feuers in Licht und Schatten gehüllt.

»So oder so, es ist Zeit.«

Leise alles und jeden verfluchend entledigte sich Aidan seiner Decke, band den Schwertgurt um die Hüften und streckte sich. Zum Glück schmerzten die Wunden von dem nächtlichen Kampf kaum noch. Natürlich schien dafür sein Körper mehr oder weniger eine einzige Blessur zu sein, durchzogen von einem dumpfen Erschöpfungsschmerz.

»Gehen wir«, befand er schließlich, als ihm bewusst wurde, dass es keineswegs besser wurde, je wacher er war, und gähnte herzhaft.

Mit steifen Gliedern folgte er Revus hinab zum Strand. Das Rauschen des Meeres in der Flut war laut, die Wellen brachen sich mit selbst in der Dunkelheit sichtbaren weißen Schaumkronen. Sie suchten eine Stelle, die halbwegs windgeschützt war, gleichzeitig aber auch gute Sicht auf das Meer bot, und hockten sich hin.

Die Zeit verging langsam. Immer wieder drohten Aidan die Augen zuzufallen, doch dann wechselten sie einige Worte oder er ging ein paar Schritte und hielt sich so wach.

»Wenigstens regnet es nicht«, stellte Revus fröhlich fest, zu fröhlich für Aidans Geschmack. Auf jeden Fall zu heiter für die Stunden direkt vor Sonnenaufgang, wenn die Nacht endlos zu sein schien.

Aber bevor er eine entsprechende Bemerkung machen konnte, sah Aidan etwas im Wasser. Sofort war er hellwach und kroch auf allen vieren zur Kuppe empor, legte sich hin und versuchte zu erkennen, was dort trieb. Etwas Dunkles inmitten des Wellenschaums, mit jeder Welle ein wenig den Strand emporgespült, dann wieder mit ins Wasser gezogen.

»Ich sehe es auch«, erklärte Revus ohne Aufforderung, der nun neben Aidan lag.

»Wir müssen uns das ansehen.«

Ohne ein weiteres Wort machten sie sich auf den Weg. Zu lange kannten sie einander, als dass sie sich hätten absprechen müssen. Revus deckte Aidans rechte Flanke und er die linke seines Freunds. Geschickt schlichen sie voran, nutzten die spärliche Deckung im Gras, bis sie schließlich den Strand selbst erreichten. Im offenen Gelände beeilten sie sich, tief geduckt, bis hin zum tiefen Teil des Strands, wo der Boden von der langsam ansteigenden Flut nass war.

Der schwarze Gegenstand trieb im Wasser, er war groß, überschlug sich, und Aidan befürchtete das Schlimmste. Schnell liefen sie durch das Wasser, warteten eine Welle ab und packten die Gestalt. Denn genau darum handelte es sich: Es war der leblose Körper eines Menschen, Spielball der Wellen. Gemeinsam zogen sie ihn aus dem Wasser an den Strand und legten ihn schnaufend ab.

Aidan bückte sich neben den Körper, doch er musste nicht wirklich genau nachsehen, um festzustellen, dass es eine Leiche war.

»Bei der Harmonie«, zischte Revus, als er die großen Wunden erblickte, die den halb nackten Leib überzogen. Es war ein Mann, vielleicht jung, doch vom Wasser aufgebläht wie ein Schwamm. Die Haut weiß und wächsern, das Gesicht aufgedunsen. Die Augen seelenlos und aufgerissen. Es war ein furchtbarer Anblick.

Kreisrunde Male bedeckten den Leib, waren durch Haut und Fleisch gebohrt, handtellergroße schreckliche Wunden. Aidan schloss die Augen.

»Das waren sie«, stellte Revus das Offensichtliche fest.

Aidan nickte, sah sich dann aufmerksam um. »Sie sind in der Nähe.«

»Die Leiche ist schon einige Zeit im Wasser«, widersprach Revus. »Könnte von sonst woher angespült worden sein.«

»Nein. Sie sind hier.« Aidan sprang auf die Füße. »Komm, wir müssen die anderen warnen.«

Sie eilten zurück zum Lager. Überall lauerten tiefe Schatten, überall schienen die Seeteufel auf sie zu warten. Doch sie kamen bis ans Feuer, ohne dass sie einen bemerkten.

»Brin«, knurrte Aidan und schüttelte den Bärtigen unsanft. »Wach auf! Wir müssen hier weg!«

Obwohl er versucht hatte, halbwegs leise zu sein, weckte seine Warnung auch andere.

»Was ... was ist?«

Schlaftrunkene Gesichter wandten sich ihm zu.

»Sie sind hier«, berichtete Aidan. »Schnell, weck alle auf. Wir müssen los, nur das Nötigste und ...«

Jenseits einer Düne ertönte ein Schrei. Aidan fluchte und zog sein Schwert.

»Schaff die Leute hier weg«, rief er über die Schulter, während er in Richtung des Schreis stürmte.

Zusammen mit Revus überquerte er den Dünenkamm und seine schlimmsten Befürchtungen bewahrheiteten sich. Einer der Dörfler stand zitternd in der Senke unter ihnen, neben ihm zwei der Kreaturen, die ihn festhielten, ihre monströsen Köpfe an seinen Hals und seine Brust gepresst.

»Zurück«, brüllte Aidan, während er mit einem einzigen Satz die Düne hinabsprang und seine Klinge mit beiden Händen auf den nächsten Feind hinabsausen ließ. Die zähe Haut bot Widerstand, doch sein wilder Hieb durchtrennte sie, schnitt durch Sehnen, Fleisch und Knochen. Die Kreatur taumelte zurück, ihr Arm fiel klatschend zu Boden und zuckte dort wie ein Fisch auf dem Trockenen.

Revus hatte den zweiten angegriffen, doch das Monster hatte schneller reagiert, war ihm halb ausgewichen und schleuderte nun den Dörfler auf ihn. Beide gingen mit umherschlagenden Armen zu Boden.

Hinter sich hörte Aidan Rufe, Schreie. Er konnte nur hoffen, dass sich die Flüchtlinge zusammenfanden. Ihm gegenüber war jetzt ein tödlicher Feind.

»Steh auf«, rief er Revus zu, dann sprang er vor. Angriff schien ihm die beste Taktik zu sein. Er ließ eine Serie von Schlägen auf seinen Gegner niederprasseln, die diesen zurücktrieb und seine Klinge in dunkles Blut tauchte, aber es gelang ihm nicht, einen gefährlichen Treffer zu landen. Zu schnell, zu geschickt war sein Gegner, zu dick die Haut.

Er packte den Schwertgriff mit beiden Händen, hieb eine schnelle Kombination von unten und wieder zurück, doch sein Feind duckte sich zur Seite weg, sprang dann vor und blockierte den zweiten Schlag, indem er Aidan die Schulter gegen den Arm rammte. Der Treffer warf ihn zurück und beinahe wäre das Schwert seinen Fingern entglitten.

»Komm her!«, schrie er und trat dann schnell einige Schritte zurück. Sein Feind tat ihm den Gefallen und folgte ihm. Die Klinge zuckte auf sein Gesicht zu, wurde von einer Klauenhand zur Seite geschlagen. Das Monster schoss auf ihn zu, Aidan führte einen schwachen Hieb, doch die Kreatur packte einfach seine Klinge, hielt sie fest, zog Aidan näher heran.

Die zweite Pranke packte seinen Hals in einem eisernen Griff. Aidan riss an seinem Schwert, doch er war bereits zu nah heran und es verkeilte sich zwischen ihnen. Die leblosen schwarzen Augen waren direkt vor seinem Gesicht, der schreckliche Mund mahlte. Eine lange Zunge fuhr hervor, glitt feucht über Aidans Gesicht. Er brüllte auf. Seine Linke ließ ab vom Schwert, fand den Dolch an seinem Gürtel. Näher und näher kam der Mund seinem Hals. Er riss den Arm hoch, brach den Griff für einen Moment – und rammte dem Seeteufel seinen Dolch bis zur Parierstange ins Auge.

Sofort ließ das Wesen von ihm ab, taumelte nach hinten, die Pranken kratzten über sein eigenes Gesicht. Aidan sog gierig Luft in die Lungen, doch sobald er sich gefangen hatte, drang er auf die Kreatur ein, führte seine Klinge in einem beidhändigen Stich, hinter den er sein ganzes Gewicht legte.

Gemeinsam mit dem Seeteufel stürzte er zu Boden und spürte, wie sich sein Schwert tief in seinen Feind grub. Ein Zucken ging durch den Leib, er bäumte sich auf, doch Aidan klammerte sich an das Heft des Schwerts und ließ nicht locker, drückte es mit einem Schrei nach oben. Plötzlich lag der andere ganz still da.

»Aidan!«

Revus stand neben ihm, die Klingen in den Fäusten.

»Spät kommt er, doch er kommt«, presste Aidan zwischen tiefen Atemzügen hervor.

»He! Es sah so aus, als hättest du alles unter Kontrolle.«

Aidan musste lachen. Seine Schultern bebten. Doch dann wurde ihm bewusst, wo er sich befand. Er wälzte sich herum, kam auf die Knie, packte sein Schwert und zog es aus dem toten Körper.

»Noch mehr?«

»Keine Ahnung.«

Sie liefen zu dem Dörfler, doch für ihn kam jede Hilfe zu spät. Der erste Seeteufel war nicht unweit davon gefallen, zuckte noch kläglich, während schwarzes Blut aus der schrecklichen Wunde quoll. Revus gab ihm den Gnadenstoß und musste sich dabei regelrecht auf seine Klinge lehnen, um sie ihm in den Leib zu treiben.

Aidan war schon halb die Düne empor, getrieben von Angst und Sorge. Erschöpfung und Müdigkeit waren verschwunden. Er hatte diese Menschen hierhergeführt, auf seinen Rat hatten sie gehört. *Ich kann nicht noch einmal …*

Als er die Kuppe erreichte und ins Lager hinabsah, durchströmte ihn Erleichterung. Überall liefen Menschen umher, doch es war keine Schlacht, kein Gemetzel. Brin trieb sie an, drängte sie zum Aufbruch.

»Wir müssen hier weg!«

Aidans Ruf durchschnitt das Chaos. Alle blickten zu ihm empor. Er deutete auf eine Frau, die gerade ihr Bündel schnürte.

»Nein! Lasst alles hier.«

Seine Worte schienen sie zu überzeugen, vielleicht war es aber auch sein wildes Antlitz oder der Anblick seiner blutverschmierten Klinge.

»Zwei Wagen«, befahl Brin. »Für diejenigen, die nicht laufen können. Los! Los! Wir können alles holen, wenn wir erst einmal in Sicherheit sind!«

Tatsächlich gelang es ihnen, so weit Ordnung zu schaffen, dass die Schwachen und Verletzten auf zwei Wagen gelegt wurden. Und dann setzte sich der Zug in Gang. *Langsam, viel zu langsam,* erkannte Aidan voller Sorge.

Doch die Furcht trieb sie schon an. Schneller ging es nicht. Gemeinsam mit Revus lief er die Kolonne auf und ab, spähte in die Finsternis. Fast schon glaubte er, es wäre doch nur ein kleiner Angriff gewesen, als er einen Schrei vernahm.

»Da!«

Sofort rannte er zu der jungen Frau am Ende des Zugs, die mit einem Fischspeer in die Dunkelheit deutete. Gestalten bewegten sich zwischen den Dünen – dunkle Wesen, humanoid, aber mit seltsamem Gang, als wären sie im Gehen an Land ungeübt. Mit schnellem Blick erkannte Aidan ein gutes Dutzend, doch in den Schatten mochten sich mehr verbergen. Er fluchte.

»Sie sind hinter uns! Alle, die eine Waffe haben, zu mir!«

Vorne erklangen Angstrufe, ertönte Schluchzen, Gebete. Revus tauchte an seiner Seite auf.

»So viele«, hauchte sein Freund und schluckte.

Aidan sah ihm in die Augen. »Wir halten sie auf«, sagte er schlicht. »Dann können die anderen fliehen.«

Revus nickte ernst. Einige der Flüchtenden gesellten sich zu ihnen. Sie trugen Hackmesser, hastig erstellte Speere, hier und da einen Säbel oder eine alte schartige Klinge. *Wer hätte gedacht, dass ich einmal in einem solchen Kampf sterben würde?*

»Hört zu«, wandte er sich an die versammelten Kämpfer. »Bleibt zusammen. Gebt einander Deckung. Verstanden?«

Einige nickten, aschfahle Gesichter in der Nacht.

»Wenn ihr sie trefft, bluten sie. Wir haben bereits zwei von ihnen erschlagen«, fügte Revus hinzu.

»Ihr kämpft für jene dort«, rief Aidan und wies über seine Schulter auf die kleine Kolonne, die bereits in der Dunkelheit verschwand. »Ihr kämpft für die Euren!«

Ein zerrissener Kampfschrei ertönte, einige hoben ihre Waffen. Fast wirkten sie wie Soldaten – doch die Wirklichkeit war eine andere, wie Aidan wusste. Er hatte Seite an Seite mit Soldaten gestanden, hatte Schlachten geschlagen, hatte Männer und Frauen angeführt. Dies war kein glorreiches Gefecht. Dies war eine einfache Rechnung: Unser Leben für die Hoffnung der anderen.

Dann waren die Kreaturen heran.

»Zusammen«, brüllte Aidan und hieb nach einem anstürmenden Wesen, das die Frau neben ihm zu Boden riss. Sein Schlag schleuderte es zur Seite, warf es von ihr hinunter. Katzengleich kam sie auf die Füße, ihren Speer immer noch mit beiden Händen gepackt. Sie drang auf den gestürzten Feind ein – doch Aidan konnte nicht zusehen, musste sich seiner Haut erwehren. Klauen griffen nach ihm, kratzten über seine lederne Kleidung, zerfetzten sie, schnitten durch Haut. Seine Klinge traf einen Schädel, trieb den Feind wieder zurück.

Revus kniete über einem gestürzten Feind, sein Dolch zuckte wieder und wieder hinab. Aidan schleuderte seinen eigenen auf einen Seeteufel, der seinen Freund anstürmte, und lenkte ihn lange genug ab, damit Revus aufspringen konnte.

Hastig blickte sich Aidan um. Ihre improvisierte Schlachtreihe war zersplittert. Ein Verteidiger lag schreiend am Boden, zwei Feinde an ihm, die mit Klauen seinen Leib aufrissen. Links wälzten sich Gestalten über den Boden, Aidan konnte nicht sagen, wer oder wie viele.

»Bleibt zusammen!«

Langsam schloss sich ihre Reihe wieder. Die Feinde schlichen vor ihnen auf und ab, wie Haie, die um einen hilflosen Schwimmer kreisen, doch für den Moment standen sie noch.

Zwei Seeteufel lagen leblos vor ihnen. Aidan wagte

nicht zu schauen, wie viele der Verteidiger gefallen waren. Stöhnen und Schmerzensschreie erklangen.

»Es war dennoch richtig, zurückzukehren«, stellte Revus trocken fest. Er ließ seinen Dolch zurück in die Scheide gleiten und legte Aidan die Hand auf die Schulter. »Egal was geschieht: Ich bin froh, dass wir es getan haben.«

Aidan nickte stumm und legte seine Hand auf die seines Freunds.

»Lass es nicht so enden«, bat er leise. »Wir müssen ihnen die Zeit verschaffen, wie auch immer.«

Dann griffen die Seeteufel wieder an. Diesmal durchbrachen sie die dünne Reihe der Verteidiger im ersten Ansturm. Aidan fand sich Rücken an Rücken mit Revus wieder, umgeben von Feinden. Sie tanzten einen tödlichen Reigen, ihre Klingen wirbelten umher, hielten Feinde auf Abstand, schnitten, stachen. Jenseits ihres eigenen Kampfs sah Aidan Tod und Vernichtung. Die Frau mit dem Speer lag auf dem Boden, kroch rückwärts von einem Feind davon, dem ihr Speer in der Seite steckte. Der Seeteufel zog ihn heraus und zerbrach ihn wie ein Stöckchen. Der Mann mit dem Säbel, ein bulliger Fischer, starrte auf seinen gebrochenen Arm, aus dem helle Knochenenden hervorragten. Zwei Seeteufel zerrten eine schreiende, zuckende Gestalt davon.

Doch Aidan und Revus erwehrten sich ihrer. Aidan sprang vor, zwischen die Speerkämpferin und ihren Gegner, trat ihm auf die Wunde, hieb ihm die Klinge in den Hals, als er stürzte. Revus war bei ihm, deckte ihn.

Aber es waren zu viele. Überall waren Feinde, überall stürzten ihre Leute. Aidan brüllte voller Wut und Verzweiflung auf, seine Hiebe waren fürchterlich, doch es gab einfach zu viele Gegner.

Eine Pranke traf ihn in die Seite, wirbelte ihn herum. Er ging auf ein Knie, etwas rammte ihn an der Schulter und er stürzte zu Boden. Das Schwert fiel ihm aus den tauben Fingern. Er rollte sich ab, zog seinen Dolch. Dunkle Gestalten über ihm, dunkle Gestalten überall um ihn herum.

Leblose Augen, Klauen, mahlende Mäuler.

Ein Licht flammte auf, heller als die Sonne. Aidan hob die Hand vor die Augen. Eine Gestalt raste die Dünen empor, von der See her, umgeben von einem Halo aus Licht. Langes Haar, eine schimmernde Rüstung, eine lange Klinge. Alle Geräusche verschwanden, als würde das Licht sie aufsaugen. Die Wesen wichen zurück, wandten sich ab. Dann hüllte das Licht sie alle ein.

Aidan sprang auf, warf sich auf den nächsten Feind, riss ihn mit sich zu Boden, stach auf ihn ein, und wieder, und noch einmal.

Klingen waren zwischen den Seeteufeln, Feinde stürzten, wichen zurück, flohen. Rannten kopflos davon in die Dunkelheit, nur fort, fort vom Licht. Aidan jubelte.

Das Licht erlosch.

ELENA

Die frühe Morgensonne tauchte die Szenerie in graues kaltes Licht. Es nahm dem Anblick einen Teil seines Schreckens. Die Überlebenden waren dabei, die Toten von den Kadavern ihrer Feinde zu trennen und in einer Reihe niederzulegen. Es war eine abgerissene Bande, gekleidet in Lumpen; zumindest sah es für Elena so aus.

Die Monstren, die diese kleine Gruppe Menschen angegriffen hatten, waren verschwunden. Zurück waren nur ihre eigenen Toten geblieben, verdreht, mit graugrüner Haut, geformt wie Menschen – nein, wie verspottete Abbilder von Menschen, mit Armen und Beinen und einem Kopf, dabei aber so fremdartig und schrecklich. Ihr Anblick ließ Elena schaudern.

Fast zwanzig Schritt entfernt war Kaleona zu Boden gesunken. Sie sah ebenso erschöpft und müde aus, wie Elena sich fühlte, und mied ihren Blick. Als die junge Königin zu ihrer Leibwächterin ging, erhob sie sich und trat einen Schritt zurück.

»Bleib«, bat Elena sanft.

Kaleona blickte zu Boden. »Ich bin … es ist nicht sicher für Euch.«

»Unsinn«, widersprach Elena, ohne ihre Stimme zu heben.

»Ihr versteht nicht. Ich … ich habe es gespürt. Es war in mir. So viel Zorn, so viel Hass, so viel Pein. Ich …«

Ihre Stimme brach und sie rieb sich mit der Hand über das Gesicht. Von der sonst so stolzen und selbstsicheren Kriegerin war nur noch ein Schatten zu sehen. Elena ging zu ihr und legte ihr die Hand auf die Schulter.

»Sieh mich an.«

Ein langes Zögern. Dann blickte Kaleona langsam auf. Ihre Augen waren von Schmerz und Sorge verschleiert, aber da war ein Funkeln von Widerstand im hellen Blau.

»Es war nicht deine Schuld. Das warst nicht du!«

»Nein … ich sollte niemals so denken«, entgegnete Kaleona. »Ich war eine Gefahr für Euch. Ich!«

»Auf den Gesegneten Inseln ist jeder Mensch eine Gefahr für alle geworden. Es gibt keinen Schutz, keine Hilfe, keine Abwehr. Nicht für dich, nicht für mich.«

Zweifel lag in Kaleonas Miene, aber sie sagte nichts.

»Deshalb mussten wir fort, so sehr es auch schmerzt. Und wir haben den Einfluss hinter uns gelassen. Du musst dir keine Sorgen mehr machen. Die Gefahr ist vorüber.«

Elena spürte, wie Kaleona bei ihren Worten zitterte. Es war ein Schock, so als würde ein Fels erbeben.

»Es kam aus mir«, hauchte die Leibwächterin. »Es war nichts Fremdes. Es war in mir, aber es war auch ich. Ich fühlte mich nicht kontrolliert oder unterworfen. Es war, als bräche sich etwas in mir Bahn.«

Die Beschreibung ließ Elena schlucken. Sie fröstelte

und es war nicht der kühle Wind vom Meer, der durch das Gras strich und über ihre Haut fuhr.

»Es ist vorbei«, wiederholte sie, so sicher, wie sie es vermochte. Auf dem Meer hatte sie es gespürt, die Magie der Acht Inseln hinter sich lassend, während sie in die Welt hinausfuhr, wo die arkanen Energien schwächer und ferner waren. Kaleona, die sich vorher in ihren Fesseln umhergeworfen hatte, war ruhig geworden und ihre Augen groß, als Verständnis über sie gekommen war.

Aber obwohl Elena fest daran geglaubt hatte, dass ihre Leibwächterin wieder Herrin ihrer selbst war, hatte sie gezögert, die Fesseln zu lösen. Der Effekt war hinterhältig, er ließ an Vertrauten und Geliebten zweifeln, brach Bande und selbst wenn er verging, hinterließ er Misstrauen. Aber das durfte nicht sein.

»Wir haben nur einander«, sagte sie leise. »Ich vertraue dir mein Leben an, wie immer. Vertraust du mir?«

Kaleona nickte und Elena zog sie näher, blickte ihr in die Augen, lehnte die Stirn an die ihrer Leibwache.

»Gut.«

So standen sie an der fremden Küste, blendeten alles andere aus. Nach einer kleinen Ewigkeit brach Elena die Bande wieder und trat zurück.

»Weil wir nur uns haben. Wir sind in der Fremde, in den Barbarischen Landen, und wir suchen nach einer Lösung, nach Hilfe. Und jeder Augenblick ist kostbar.«

Gemeinsam gingen sie zurück zu der kleinen, verloren wirkenden Gruppe. Jetzt blieb Kaleona wie gewohnt an ihrer Seite, auch wenn noch immer die Sicherheit in ihrer Haltung, ihrem Schritt fehlte. Elena hatte nie geglaubt, ihre Leibwächterin jemals ohne zu erleben, aber jetzt und hier, nach diesen Erlebnissen, war sie nur allzu menschlich.

Zwei Männer kamen auf sie zu, einer hochgewachsen, der andere etwas kleiner, etwa so groß wie Kaleona. Ihre Gesichter waren fahl und bärtig, Erschöpfung zeichnete sich in ihnen ab. Für Elenas Empfinden war ihre Kleidung grob, dickes Lederzeug, gezeichnet von Reisen und Kämpfen, befleckt von Blut. Beide trugen Verwundungen, frische und ältere, nur notdürftig verbunden. So ungefähr hatte sie sich die Barbaren tatsächlich immer vorgestellt.

»Ich bin Aidan«, stellte sich der Größere vor, dessen langes dunkles Haar zu einem Zopf gebunden war, aus dem der Wind einige Strähnen gezupft hatte. Sein Begleiter hatte kürzere Locken, ebenfalls dunkel.

»Das ist Revus«, fuhr Aidan fort. Er hatte eine tiefe, angenehme Stimme. »Wir schulden Euch Dank. Ihr habt uns gerettet.«

Die beiden neigten ihre Häupter vor ihr. Es war ein seltsamer Moment der Höflichkeit, gerade hier, wo so etwas weit entfernt zu sein schien.

»Ich bin …« Sie zögerte. Kannten die Menschen der Barbarischen Lande sie? Hatten sie die Geschichten gehört?

»Elena«, schloss sie. »Meine Begleiterin ist Kaleona.«

Sie blickte auf die Kadaver der grotesken Wesen.

»Was sind das für Kreaturen?«

»Seeteufel«, sagte Revus, was nichts erklärte.

»Wir wissen es nicht«, gestand Aidan. »Sie kamen vor einigen Tagen aus dem Meer. Diese Menschen sind auf der Flucht vor ihnen. Wir haben noch nie zuvor so etwas gesehen.«

»Ihr solltet nicht allzu lange hier verweilen«, stellte Elena fest. »Wohin seid ihr unterwegs?«

Die beiden Männer sahen einander an.

»Gorint.« Als Aidan ihren fragenden Gesichtsausdruck

bemerkte, wies er die Küste entlang. »Eine Hafenstadt, etwa einen Tag von hier in diese Richtung.«

Natürlich hatte sie Karten der Welt studiert. Aber da die Barbarei immer fern und unwichtig erschienen war, hatte sie diesem Teil der Welt keine wirkliche Aufmerksamkeit geschenkt. *Gorint?* Der Name sagte ihr nichts, da war sie sicher. In den Acht Reichen konnte sie jeden noch so kleinen Marktflecken benennen, jedes Fischerdörfchen. Aber sie konnte nicht einmal sagen, wo genau sie sich befanden. Die Veränderungen und Ereignisse der letzten Tage hatten die Gesegneten Inseln von ihrem angestammten Kurs gerissen, hatten Raum und Zeit verdreht. Jetzt wünschte sie, vor ihrem überhasteten Aufbruch nach Karten gesucht und ihre Position bestimmt zu haben, aber sie wusste, dass keine Zeit dafür gewesen war.

»Eine große Stadt?«

Aidan runzelte die Stirn, dann grinste er schief.

»Nein, im Gegenteil. Aber die nächste in der Umgebung. Andere Flüchtlinge sind vorausgezogen. Wir haben versucht, die Seeteufel von ihnen wegzuhalten.«

»Verstehe.«

Elena überlegte, wurde jedoch aus ihren Gedankengängen gerissen.

»Woher seid ihr gekommen? Und wo liegt euer Ziel?«

»Ein Boot«, erläuterte Elena wortkarg. »Wir sind ein Stück die Küste hinab angelandet und …«

Sie hatte sich wenig Gedanken darüber gemacht, was sie erzählen sollte, wenn sie erst einmal die Barbarischen Lande erreicht hatte. Sie wusste zu wenig über die Bewohner, über das, was hier geschehen war, seit der Angriff auf die Acht Reiche begonnen hatte. Vertrauen bildete sich nicht leicht.

»Wir haben den Kampf gehört«, warf Kaleona ein. »Als wir gesehen haben, wer hier kämpft, haben wir uns entschieden, Euch zu helfen. Ich hoffe, das war kein Fehler?«

Es lag eine Schärfe in ihrer Stimme, die Aidan die Augenbrauen hochziehen ließ.

»Was? Nein, natürlich nicht. Es ist gut und wir sind euch beiden sehr dankbar. Ich habe mich nur gefragt … nun ja, ihr seht nicht aus wie Fischer …«

Er ließ es unausgesprochen, aber natürlich waren Elenas und Kaleonas Rüstungen und Kleidung prachtvoll im Vergleich zu dem, was die Menschen hier trugen. Und das, obwohl es keine Prunkrüstungen waren, keine güldenen Brustplatten besetzt mit allerlei Steinen, sondern in Elenas Fall nur geschmeidiges Lederzeug, besetzt mit kleinen, kreisrunden Platten, die mit Sonnensymbolen verziert waren. Kaleona trug einen Panzer aus Ringen, dunkelgrauer Stahl, durch die rote Bänder geflochten waren. Auf den Inseln hätte ihre Kleidung und Rüstung als schlicht gegolten, doch im Vergleich mit diesen abgerissenen Gestalten wirkten sie wohl weitaus prächtiger, als sie eigentlich waren.

»Wir sind Reisende«, beantwortete Elena die unausgesprochene Frage, ohne es wirklich zu tun. »Gorint ist die nächste größere Siedlung?«

»Größer ist relativ. Aber ja.«

Elena sah zu Kaleona. »Dann ist Gorint unser Ziel.«

Die Leibwächterin nickte.

»Dann schließt ihr euch uns an?« Aidan deutete auf das kleine Grüppchen Überlebender. »Wir könnten eure Hilfe gut gebrauchen. Und wir werden den Rest der Flüchtlinge bald einholen. Sie sind deutlich langsamer als wir.«

Skeptisch blickte sich Elena um. Ihr Boot hatten sie einen kurzen Fußmarsch entfernt den Strand hochgezogen. Es wäre ein Leichtes, es zu finden und wieder in See zu stechen. Jetzt, da sie wussten, wo ihr nächstes Ziel lag, mussten sie nur die Küste entlangsegeln. Der Wind stand halbwegs günstig; er würde sie nach Gorint bringen.

»Wir müssen bald aufbrechen«, gab Revus zu bedenken. Er sprach mit einem leichten Akzent, der seine Worte wie einen geschmeidigen Singsang klingen ließ. »Wir wissen nicht, ob nicht mehr von diesen Dingern unterwegs sind.«

»Wir werden euch begleiten«, entschied Elena. Dies war nicht ihr Volk, aber der Anblick der Monstren – und ihrer entstellten Opfer – ließ sie eine gewisse Nähe zu den Menschen empfinden.

Jetzt verneigte sich Aidan mit einer eleganten Bewegung, die Elena an höfische Sitten erinnerte.

»Wir danken Euch!«

»Schon gut«, wiegelte sie ab. »Wir haben ein gemeinsames Ziel.«

»Und wie es aussieht, auch gemeinsame Feinde«, fügte Kaleona grimmig hinzu. Sie ging einige Schritte bis zu einem der erschlagenen Seeteufel und stieß das Wesen mit der Stiefelspitze an. Dunkles Blut vermengte sich mit einem fast durchsichtigen Schleim, der klebrige Fäden zog. Der Körper war offensichtlich schwerer, als er aussah, und unter der geschuppten Haut lagen starke Muskeln. Zwischen den langen, in Klauen endenden Fingern lagen Schwimmhäute und die Füße waren groß, breit und flach. Sie wirkten nicht, als wären sie gut zum Laufen geeignet, aber Elena hatte in der Nacht selbst erlebt, wie schnell und geschickt die Monstren waren.

»Die Haut ist wie Rüstung«, berichtete Aidan. »Und sie sind stark, unmenschlich stark. Die Klauen schneiden wie Klingen, aber am schlimmsten …«

Er formte die Lippen zu einem Kreis. Elena wusste, was er meinte. Die Münder der Wesen waren besonders schrecklich, rund und schwarz wie Löcher, mit einem Ring seltsamer spitzer Zähne.

Eine junge Frau kam zu ihnen, sah Elena schüchtern an, senkte aber den Blick, als Elena lächelte.

»Wir sind fertig.«

Es war ein flaches Grab, in das sie die sieben Toten gelegt hatten, kaum bedeckt mit sandiger Erde. Ein starker Wind würde sie freilegen, das musste allen bewusst sein. Doch niemand wollte länger bleiben. Es war in ihren Augen zu lesen. Angst. Nur nicht bei Aidan und Revus, die offensichtlich die Anführer waren. Elena fragte sich, ob sie vielleicht Soldaten waren, Beschützer dieser einfachen Leute.

»Dann brechen wir auf.«

Der kleine Trupp setzte sich in Bewegung. Ein Verwundeter musste gestützt werden, doch die anderen konnten allein laufen, auch wenn niemand ohne Mal davongekommen war. Niemand bis auf Elena und Kaleona.

Der graue Morgen wich einem nicht weniger grauen Tag. Wolken zogen über das Meer, wurden von schnellen Winden vorangetrieben. Jenseits der Acht Inseln war die Welt matter und blasser.

Aber Elena hatte keine Wahl. Sie hatte hierherkommen müssen und nun führte sie ihr Weg nach Gorint. Die einzige Hoffnung war, dass sie ihr nächstes Ziel von dort aus finden konnte, zusammengestückelt aus den Legenden ihres Ahnen und dem vermutlich kärglichen Wissen der

Barbaren. Der Anblick der trottenden Gestalten verhieß nichts Gutes, doch irgendwo musste es selbst in diesen finsteren Landen weise Frauen und Männer geben, die ihnen helfen konnten.

AIDAN

Es dauerte nicht lang, bis sie zum Rest der Flüchtenden aufschlossen. Aidan dankte insgeheim der Harmonie, dass sie die Kolonne wohlbehalten vorfanden. Sein größter Albtraum war gewesen, dass noch mehr Seeteufel aus dem Meer gestiegen waren und den Haupttrupp überfallen hatten. Zum ersten Mal seit dem Angriff empfand er so etwas wie Sicherheit, als er die Flüchtlinge erblickte.

Kaum waren sie gesichtet worden, hatte man auf sie gewartet. Brin kam ihnen ein Stück entgegen. Seine Miene war sorgenvoll und er warf Aidan einen fragenden Blick zu. Der schüttelte den Kopf. Brin zog die lederne Kappe vom Kopf, um sich über das schütter werdende Haar zu streichen.

»Aber wir haben sie vertrieben und einige erschlagen«, erklärte Aidan mit so viel Zuversicht in der Stimme, wie er angesichts der Gefallenen aufbringen konnte. Es waren Söhne und Töchter gewesen; einfache Menschen und Freunde, keine Krieger. Und dennoch hatten sie sich einem furchtbaren Feind entgegengestellt, um jene zu schützen, die sie liebten. Das hätte Aidan gern gesagt, doch die Worte kamen ihm nicht über die Lippen.

»Wer ist das?«, erkundigte sich Brin und wies mit einem Nicken auf die beiden Neuankömmlinge.

»Reisende«, erläuterte Revus mit einem Hauch Sarkasmus in der Stimme, aber Aidan führte aus: »Sie haben uns geholfen. Ohne sie hätten wir den Morgen nicht erlebt.«

»Dann gebührt ihnen unser aller Dank.« Brin senkte das Haupt, was Elena mit einem feinen Lächeln zur Kenntnis nahm.

Als sie zum Hauptzug der Flüchtlinge aufschlossen, kamen Fragen auf, wurden Namen gerufen.

Brin zeigte die Küste entlang. »Wir haben es überstanden, aber noch sind wir nicht in Sicherheit«, stellte er fest, ohne auf die Rufe einzugehen. »Wir ziehen weiter, so schnell wir können.«

Es dauerte einen Moment, bis die frisch Verwundeten auf den Wagen Platz genommen hatten und alle so weit verteilt waren, dass es weitergehen konnte. Aber dann setzte sich die Kolonne wieder in Bewegung. Aidan und Revus liefen ein Stück Richtung Meer abseits, behielten das Wasser im Auge wie einen Feind.

Die beiden Neuankömmlinge hatten sich gemeinsam mit Brin an die Spitze gesetzt. Die Kleinere des Duos, deren blondes Haar im Wind wehte, ging voraus, während die Größere ihr folgte und immer zwischen ihr und den Flüchtlingen blieb, Hände auf den Klingen und stets die Aufmerksamkeit auf die Menschen um sich gerichtet.

»Ein seltsames Paar«, stellte Revus fest und Aidan nickte.

»Aber das sagen Leute auch über uns.«

Sein Freund grinste, aber nur kurz. Sie beobachteten die beiden Frauen eine Zeit lang, bis Kaleonas finsterer Blick auf sie fiel.

»Was denkst du, woher sie kommen? Hast du solche Kleidung schon einmal gesehen?«

Aidan versuchte sich an die vielen Moden zu erinnern, die ihm auf seinen Reisen begegnet waren, an Kostüme und Uniformen, Rüstungen und Kleider, aber nichts kam seinen Erinnerungen gleich. Alles an ihnen war filigran verziert, jeder Knopf, jede Brosche, jeder Saum. Es war von einer Kunstfertigkeit und zeugte von einem Reichtum, den er überwältigend fand. Und er hatte schon mit Königen gespeist und vor Fürsten gesungen. Die reichste Händlerin der Welt hatte ihn in ihren privaten Gemächern empfangen – zugegeben, dabei war weitaus weniger Kleidung im Spiel gewesen. Er hatte wundervolle Stoffe gesehen, beeindruckende Rüstungen, großartige Handwerkskunst; aber dennoch erschien ihm ihr Anblick einzigartig.

»Kann ich nicht behaupten«, murmelte er. »Dieser Stil … erinnert mich an gar nichts.«

»Vielleicht aus dem Süden«, vermutete Revus. »Jenseits der Großen Ödnis. Das würde erklären, warum sie nicht einmal wissen, wo sie hier sind, und die Gegend nicht kennen.«

Nachdenklich nickte Aidan, blieb aber voller Zweifel. Er hatte mit Händlern gesprochen, die in die großen Städte des weiten Südens gefahren waren, nach Ban Rakst und Ban Danir, die Leuchtenden Zwillinge mit ihren Gewürzmärkten, und sogar noch weiter, bis ins geheimnisvolle Tishanin, wo es angeblich Bestien mit menschlichen Antlitzen und tausend weitere Wunder gab. Nichts von ihren Erzählungen erinnerte ihn an das Aussehen der beiden Frauen.

»Sie wirkt ein wenig hochnäsig«, fasste er seinen Eindruck in Worte. »Und die andere, diese Kaleona ... ich würde wetten, dass sie ihr Geschworenes Schwert oder so was ist.«

»Ich glaube nicht, dass sie uns mag.«

Revus nickte in die Richtung und wieder handelte sich Aidan einen abweisenden Blick ein.

»Oder sie mag einfach niemanden.«

»Oder sie hat von uns gehört. Das würde ihre Abneigung auch erklären.«

Sie lachten leise.

»Wie dem auch sei, erst einmal müssen wir Gorint erreichen. Wenn wir das geschafft haben und diese Menschen in Sicherheit sind, können wir vielleicht das Mysterium der Fremden lüften.«

»Das wäre nicht das Einzige, was ich lüften möchte«, entgegnete Revus, hob einen Arm und schnüffelte an seiner Achsel.

»He, runter damit, sonst wird mir schlecht.« Aidan wedelte angeekelt mit der Hand vor dem Gesicht herum. »Aber ja, ein Bad wäre gut. Vielleicht finden wir in irgendwelchen Taschen noch ein paar Münzen für neue Kleidung.«

»Und Ale«, fügte Revus mit Schmatzgeräuschen hinzu.

»Aber ohne Seetang!«

»Einverstanden!«

Sie stapften weiter, sparten aber ihren Atem jetzt für den Weg. Das Meer war grau, mit hohen Wellen, die sich weiß am Strand brachen. Aber nichts kroch aus ihnen hervor und lange bevor die Sonne unterging, tauchten die Mauern von Gorint vor ihnen auf.

Es war keine große Stadt. Es war keine prächtige Stadt. Auf ihren Wanderungen hatten sie Städte bereist, in deren Mauern Gorint zehn- oder zwanzigmal Platz gefunden hätte. Städte, deren Paläste goldene Kuppeln trugen und deren weiße Türme bis in den Himmel zu ragen schienen. Aber der Anblick der dunklen Stadtmauern ließ Aidans Herz dennoch höher schlagen, und die Flüchtlinge brachen in Jubel und Dankesrufe aus.

Revus schlug ihm auf die Schulter.

»Ein Bad und ein Ale!«

Unbewusst beschleunigten alle ihre Schritte und die beiden Freunde liefen voraus zu der Spitze der Kolonne, gesellten sich zu Brin, Elena und Kaleona.

»Und, was haltet Ihr davon?«

Aidan wies auf Gorint, das sich nah am Meer an einen kleinen Hügel zu klammern schien. Am Wasser erhob sich eine Festung über die Stadtmauer, vermutlich dort, wo die Einfahrt in den Hafen lag. Auch sie war aus dunkelgrauem Stein gemauert, wirkte klobig und untersetzt; kein Turm krönte sie.

»Es ist … eine Stadt«, erwiderte Elena betont emotionslos, aber ihre Miene sprach Bände. Der Anblick beeindruckte sie nicht, was Aidan durchaus verstehen konnte, sondern schien sie eher zu enttäuschen. Mit einem Mal fühlte er das Verlangen, Gorint zu verteidigen, obwohl er selbst nicht gerade angetan war.

»Feste Mauern, Soldaten, Sicherheit. Tavernen, warmes Essen, ein Dach über dem Kopf.«

»Ist es das, wonach man in diesen Landen strebt?«, erkundigte sich Elena mit einer Höflichkeit, die Aidan wütend machte.

»Nein«, entgegnete er hitzig. »Es ist das, wonach jene

streben, die alles verloren haben.« Er wies auf den abgerissenen Haufen Flüchtlinge, der ihnen folgte.

Elena nickte.

»Wer herrscht über diesen Ort?«, erkundigte sich Kaleona.

»Äh …« Aidan zögerte, blickte dann Hilfe suchend zu Brin.

»Ein Baron.«

»Ein Baron? Wie ist sein Name?«

Schweigen antwortete der Frage. Aidan sah Elena und Kaleona einen vielsagenden Blick wechseln.

»Ich bin sicher, wie auch immer der Name ist, man wird uns mit offenen Armen empfangen«, erklärte er trotzig. Worte, die er schon kurze Zeit später bereuen sollte, als sich ihm vor dem Tor zwei Soldaten in alten Brustpanzern und langen Speeren gegenüberstellten und erst den Flüchtlingstrupp und dann ihn misstrauisch beäugten.

»Was ist denn das für eine Prozession?«, fragte die Kleinere der beiden, eine junge Frau mit rotem Haar, schiefer Nase und einem breiten Mund.

»Ein Betteltrupp?«, vermutete ihr Kompagnon, deutlich älter, schlecht rasiert, mit grauem Haar und ebensolchen Stoppeln. Er schniefte, zog die Nase hoch und hustete ausgiebig.

»Keine Bettler«, erklärte Aidan freundlich und setzte sein gewinnendstes Lächeln auf, was aber keine direkte Wirkung zeigte. »Wir sind gekommen, um Gorint zu warnen.«

»Wovor? Davor, dass bald Bettler unsere Straßen unsicher machen?«

Aidans Lächeln gefror. »Keine Bettler«, wiederholte er und sah den Graubart an. »Wir mussten fliehen.«

»Eh, ich kenne die«, mischte sich die Soldatin wieder ein. »Die kommen aus diesem Kaff, dieses Fischerkaff im Süden.«

»Genau. Das Dorf ...« Aidan sprach das Wort extra betont aus. »... wurde angegriffen.«

»Angegriffen.«

Ungläubigkeit schwang in der Stimme der Soldatin mit. Der Graubart hustete wieder und spie einen Schleimball auf den Boden. Aidan lächelte noch immer, aber in ihm wuchs der Wunsch, die unbehelmten Köpfe der beiden gegeneinanderzuschlagen und ein wenig Verstand in sie hineinzuprügeln.

»Das sagte ich.«

»Von wem?«

»Von ... äh.« Erst jetzt fiel ihm auf, dass die Geschichte für skeptische Ohren seltsam klingen musste. Aber es gab kein Zurück. »Seeteufeln.«

»Was, wie der Fisch?«

»Nein, verdammt, nicht wie der Fisch«, entfuhr es ihm. »Bist du tumb, Mann? Glaubst du, die Menschen laufen vor einem Fisch davon?«

Sein Ausbruch beeindruckte die beiden Soldaten nicht. Sie sahen sich an und er wusste, dass sie sich stumm darüber absprachen, dass er ein Wahnsinniger sein musste.

»Kreaturen aus dem Meer«, fuhr er ruhiger fort. »Monster. Wir haben sie auch zum ersten Mal gesehen, aber sie haben uns angegriffen und einige getötet. Wir fürchten, dass auch Gorint vor ihnen nicht sicher ist.«

»Ach so, Monster aus dem Meer. Natürlich.«

Der Graubart setzte ein gehässiges Grinsen auf, musste dann aber gleich wieder husten. Mit kaum gespielter Verzweiflung sah Aidan zu Revus und Brin. Seine Bitte, ihn reden zu lassen, kam ihm jetzt wie Narretei vor, obwohl er sonst sicher war, Menschen überzeugen zu können. *Vielleicht habe ich mich zu lange Zeit vor allen verborgen und es verlernt?*

»Ja, Monstren aus dem Meer«, erklang eine starke Stimme hinter ihm. Elena trat vor, baute sich vor den beiden Wachen auf und musterte sie kalt. »Ist das die Art, wie Gorint Menschen in Not empfängt? Ist das die Gastfreundschaft, die in Gorint gepflegt wird?«

Sofort war Kaleona heran und stellte sich einen Schritt hinter Elena. Selbst von der Seite sah sie in ihrem Panzer und mit den beiden Klingen an den Hüften beeindruckend aus.

»Ich habe die Situation im Griff«, flüsterte Aidan, was ihm nur ein arrogantes Handwedeln von Elena einbrachte. Er fluchte leise. Niemand beachtete ihn mehr; alle Aufmerksamkeit war auf die beiden Frauen gerichtet.

»Und wer seid Ihr?«

Die Soldatin beäugte Elena von unten, die Stirn in Falten gezogen. Der Graubart hingegen versuchte ein Lächeln, das jedoch von Kaleonas grimmigem Blick im Keim erstickt wurde.

»Mein Name ist Elena und ich vertrete diese armen Menschen.«

Seit wann?, schoss es Aidan durch den Kopf, aber er biss sich auf die Zunge. Ihr Erscheinungsbild und Auftreten schien zumindest einen gewissen Eindruck zu schinden.

»Und ihr werdet jetzt jemanden zum Baron schicken, der von unserer Ankunft berichtet. Oder wollt ihr wirklich, dass man erfährt, dass ihr uns mit dummen Fragen aufgehalten habt?«

»He, das sind keine dummen Fragen«, protestierte die

Soldatin, aber Elena strafte sie mit Nichtbeachtung und wandte sich an den Graubart. Jetzt setzte sie eine freundliche Miene auf und schenkte ihm sogar ein Lächeln.

»Ich bin sicher, der Baron möchte dringend informiert werden. Meinst du nicht, dass er mehr über die Gefahr wissen will?«

Der Soldat rieb sich über das stoppelige Kinn, warf einen schnellen Seitenblick auf seine Kameradin und nickte ihr dann zu.

»Lauf los.«

»Was? Ich bin doch nicht …«

»Los jetzt, das ist ein Befehl.«

Zwar grummelte sie laut, gehorchte aber und ging halbwegs schnell durch das Stadttor.

Elena wandte sich mit Triumph im Antlitz zu Aidan um, der gequält lächelte und ein Seufzen unterdrückte. Während Elena und Kaleona den Soldaten zu Brin führten und auf ihn einredeten, trat Revus heran und wippte auf den Zehen.

»Sag nichts«, brummte Aidan.

»Was? Was sollte ich sagen? Das lief doch ganz hervorragend.«

»Sie hält sich für was Besseres. Mischt sich einfach ein, kennt hier niemanden. Sie spricht für uns. Ha!«

»Aber es hat funktioniert.«

Aidan warf ihm einen Blick zu, in dem Dolche lagen. Er erwog, auf seinen eigenen Anteil daran zu verweisen, begnügte sich dann aber mit einem simplen »Aye«.

»Also ich mag sie«, bekannte Revus gut gelaunt, was Aidan die Augen verdrehen ließ.

»Ein paar Tage, ohne unter einen Rock zu schauen, und schon machst du dieser Prinzessin schöne Augen!«

»Oh, glaubst du wirklich, dass sie eine Prinzessin ist?« Ein spöttisches Funkeln lag in Revus' Augen.

»Ach, lass mich einfach in Ruhe.«

Aidan atmete tief durch. *Bad und Ale,* dachte er und musste beim Gedanken an heißes Wasser und kühles Ale lächeln.

»Du magst sie auch!«

»Ich mag ein Bad und ein Ale«, erwiderte Aidan. So langsam senkte sich die Erkenntnis in seinen Geist, dass sie es geschafft hatten. Und hier konnten sie die Flüchtlinge hinter sich lassen und auch die Prinzessinnen oder was sie sonst waren. Gorint mochte klein und abgelegen sein, jetzt gerade aber wirkte es wie die einladendste Stadt der Welt.

ELENA

Obwohl ihre Erwartungen nicht hoch gewesen waren, wurden sie noch deutlich untertroffen. Gorint war ihr als kleine Stadt beschrieben worden, aber niemand hatte davon gesprochen, wie geduckt und grau die Häuser waren, wie eng sie zusammenstanden, wie viele schief und offensichtlich alt waren. Zwischen ihnen führten Straßen und Gassen entlang, auch wenn Elena die schlammigen, stinkenden Pfade kaum so nennen mochte. Es schien, als würde aller Unrat einfach auf die Straßen geworfen und geschüttet, in der Hoffnung, dass er ganz allein seinen Weg den flachen Hügel hinab ins Meer finden würde.

Doch die Flüchtlinge waren von ihrer Ankunft in Gorint ganz begeistert, wobei Elena hoffte, dass es vor allem ihre Hoffnung war, endlich in Sicherheit zu sein. *Es kann doch niemand dieses schmutzige kleine Städtchen als wundervoll empfinden?*

Die ganze Zeit wich Kaleona nicht von ihrer Seite. Die Leibwächterin war offenbar erst mal über ihre Erinnerungen an die eigene Flucht hinweggekommen und schien ihren Lapsus nun mit erhöhter Wachsamkeit kompensieren zu wollen. Elena war dankbar dafür, denn ihr selbst fiel es schwer, diese Menschen einzuschätzen. Auf den Gesegneten Inseln fühlte sie sich in ihrer Heimat, ihrem Element. Hier allerdings war sie wie ein Fisch an Land.

Der Hauptteil der Flüchtlinge war durch das Stadttor zu einem kleinen Platz nahe des Hafens geführt worden, dem Fischmarkt, wie ihnen erklärt worden war, wo sie sich ausruhen konnten. Die Anführer waren aufgefordert worden, mit einer kleinen Delegation von Soldaten und Würdenträgern der Stadt zu kommen. Selbstverständlich hatte sich Elena dieser Gruppe angeschlossen.

Sie wurden zu einem größeren Gebäude geführt, das auf dem höchsten Punkt des Hügels errichtet worden war, nahe der Stadtmauer. Es bestand aus großen Steinquadern, wirkte massig, halb wie eine Festung. An der Front hatte jemand einige Fresken auf den Stein gemalt, die aber so verblasst waren, dass man nicht mehr erkennen konnte, was sie einst dargestellt haben mochten.

»Der Baron wird Euch im Palast empfangen«, erklärte der alte Soldat.

Elena blickte sich suchend um, bevor sie verstand, dass er dieses Gebäude meinte. Sie verkniff sich einen Kommentar zu Palästen im Allgemeinen, sondern nickte stattdessen und lächelte dankbar.

»Am besten gehen Brin und ich rein und reden mit ihm«, schlug Aidan vor.

Der bärtige Anführer der Flüchtlinge nickte, fügte dann aber hinzu: »Und Elena.«

Aidan verzog kurz das Gesicht, bevor er seufzend einwilligte.

»Dann komme ich auch mit«, beschied Kaleona mit einer Entschlossenheit in der Stimme, die keinen Widerspruch duldete.

Aidan wies mit dem Daumen über die Schulter auf Revus. »Wir alle dann.«

Einen kurzen Moment sahen sie einander an, dann gab es zustimmendes Gemurmel.

Das Gebäude war innen so dunkel, wie es von außen wirkte. Die Fenster waren klein und trüb, ließen nur wenig Licht hinein. Es gab eine große Halle direkt hinter dem Portal, das aus dickem Holz gefertigt war. In einem breiten Herd prasselte ein fröhliches Feuer. Immerhin war es dadurch relativ warm.

Der Raum wurde von einem länglichen Tisch aus dunklem Holz dominiert, an dem fast zwei Dutzend Stühle standen. Einige eiserne Kerzenleuchter mit mehreren Armen standen darauf, allerdings war keine der Kerzen entzündet.

An der Rückwand führte eine breite Treppe empor und diese Stufen schritt nun eine Frau hinab, die einen langen, grünen Mantel mit hellbraunem Pelzbesatz an den Schultern trug. Ein eiserner Reif saß auf ihrer Stirn und hielt die braunen Haare zurück. Elena fiel es schwer, ihr Alter zu schätzen, aber sie war nicht mehr ganz jung, mochte vielleicht vierzig Sommer gesehen haben.

Als sie am Fuße der Treppe ankam, trat Elena einen Schritt vor und verbeugte sich so vor ihr, wie sie es vor einem Herrscher eines der anderen Acht Reiche getan hätte, auch wenn sie nicht sicher war, ob diese Barbaren die Geste als mehr als nur höflich erkennen würden.

»Ihr sprecht für die Neuankömmlinge?«

Sie hatte eine Stimme, die Befehle gewöhnt war.

Elena nickte, aber es war Aidan, der antwortete: »Aye.«

Er machte ebenso eine Verbeugung und stellte sich neben Elena.

»Verzeiht, wenn ich das so offen ausspreche, aber niemand von euch beiden wirkt wie ein Fischer …«

Jetzt gesellte sich Brin zu ihnen. Die lederne Kappe hatte er in den Händen und knetete sie nervös.

»Ich bin Fischer, Herrin.«

Die Frau lächelte und winkte einen der Männer, die sie begleitet hatten, heran.

»Hol doch unseren Gästen etwas Gewürzwein.«

Der Mann machte einen Kratzfuß und verschwand hinter einer niedrigen Tür.

»Mein Name ist Rafel, Baronin Rafel von Gorint.«

Aidan übernahm es, ihre kleine Gruppe vorzustellen, wobei er nur bei den Namen blieb und sonst nichts preisgab.

»Mein Ehegatte ist leider erkrankt und nicht in der Lage, Euch gebührend zu empfangen«, erklärte die Baronin, als sie jeden von ihnen begrüßt hatte.

»Wir wünschen ihm eine schnelle Gesundung«, erwiderte Elena.

»Oh, er wird bald sterben, fürchte ich.« Die Baronin seufzte. »Die Frage ist nur, wie bald, und ob er zuvor noch lange leiden muss.«

Elena schluckte. Sie warf einen raschen Blick auf Aidan, der ebenso überrascht zu sein schien wie sie. Entweder waren die Sitten ihm hier auch unbekannt, oder die Antwort der Baronin entsprach ihnen nicht.

»Mein … Beileid«, brachte sie schnell genug hervor, um die unangenehme Stille zu durchbrechen.

»Aber setzt Euch doch. Ihr müsst erschöpft sein.«

Dankbar nahmen sie am Tisch Platz. Rafel wählte einen Stuhl ihnen gegenüber, sodass es wie ein Tribunal wirkte. Elena war es durchaus gewöhnt, sich zu erklären, aber selten hatte sie sich in einer Position wie dieser befunden. Das letzte Mal, als sie ihren Eltern einen ihrer geheimen Ausritte hatte beichten müssen.

»Wir sind sehr dankbar«, begann Aidan. »Wir sind aus großer Not und Todesgefahr geflohen.«

Der Bedienstete kam zurück mit einem Tablett voller Zinnbecher, in denen warmer, gewürzter Wein schwappte. Er stellte sie recht linkisch vor ihnen auf.

»Bislang habe ich nur Gerüchte gehört. Was genau ist geschehen?«

Aidan räusperte sich.

»Es waren Kreaturen aus der See, die in der Nacht angriffen. Erst nur wenige, aber sie haben Menschen getötet. Wir fürchteten, dass sie in größerer Zahl wiederkommen würden. Und wir hatten recht, denn auf unserer Flucht wurden wir nachts überfallen. Wieder gab es Tote, doch wir konnten sie zurückschlagen.« Er wies auf Elena und Kaleona. »Auch dank dieser beiden Kriegerinnen.«

Die Baronin musterte sie eingehend. In ihrer Miene war nichts zu lesen.

»Das klingt nach einer fantastischen Geschichte«, kommentiere sie schließlich trocken.

»Herrin.« Brin strich sich nervös über den Bart. »Ich wünschte, es wäre anders. Aber genauso ist es gewesen.«

»Ich habe diese Kreaturen gesehen«, pflichtete Elena ihm bei. »Es waren Monster, ganz und gar unmenschlich.«

»Niemand würde Heim und Herd verlassen und seine ganze Habe, wenn es nicht um Leben und Tod ginge«, bekräftigte Aidan, woraufhin alle fünf nickten. »Und wir wollten Gorint warnen. Wir wissen nicht, woher sie kamen und was ihre Ziele waren, aber wir befürchten, dass die Stadt nicht sicher ist.«

Hinter ihnen schnaubte jemand. Elena sah über die Schulter und erblickte einen der Begleiter, einen grimmigen Mann in einer verkratzten Brustplatte, der einen breiten Schnauzbart trug, in dessen Braun sich bereits eine Menge Grau geschlichen hatte.

»Ja, Hauptmann?«

»Wir haben Wachen auf den Mauern und Türmen und an jedem Tor«, erklärte er mit einer tiefen, brummigen Stimme. »Wir sind sicher … falls es diese *Monster* überhaupt gibt.«

»Oh, es gibt sie«, konterte Aidan schnell. »Und Eure Mauern und Türme in allen Ehren, aber sie steigen aus der See. Habt Ihr eine Mauer am Hafen, Hauptmann?«

Derart angegangen, wedelte der Hauptmann mit einem ausgestreckten Finger vor Aidans Nase herum.

»Hör zu, Jungchen, von einem Lappen wie dir muss ich mir nicht sagen lassen, wie ich meine Arbeit zu erledigen habe. Ist das klar?«

Bevor Aidan antworten konnte, hob die Baronin die Hand und sagte leise, aber bestimmt: »Danke, Hauptmann. Wir alle sind uns bewusst, dass Ihr die Stadt pflichtbewusst beschützt. Es kann dennoch nicht schaden, einige Wachen am Hafen zu postieren, nicht wahr?«

Sie lächelte freundlich, aber Elena hörte den Stahl unter der Seide. Der Hauptmann grummelte etwas in seinen Bart hinein, nickte dann aber zackig.

»Natürlich nicht, Herrin.«

»Gut, gut.«

Elena spürte einen gewissen Respekt für die Baronin in

sich aufsteigen. Ebenso wie sie selbst war sie für das Wohlergehen ihrer Untergebenen verantwortlich und ebenso wie sie selbst musste sie nicht nur ihren Wünschen, sondern auch ihren Charakterzügen Rechnung tragen.

»Verzeiht mir bitte«, bat Aidan ruhig. »Der Marsch war anstrengend und ich bin sehr erschöpft.«

Die Baronin lächelte nachsichtig.

»Keinen Tag Richtung Süden liegen in den Dünen die Kadaver der Monster, die wir erschlagen haben. Falls Ihr Beweise sucht, dort sind sie zu finden. Und wenn ich Euch einen Rat geben darf?«

Aidan hielt inne, bis Rafel ihre Zustimmung signalisierte.

»Warnt Eure Nachbarn. Warnt Eure Fischer und warnt Eure Seeleute. Wir wissen zu wenig, aber es ist besser, die Nachrichten verbreiten sich schnell, und andere können sich vorbereiten.«

»Das ist ein guter Ratschlag. Aber Ihr habt mir noch gar nicht gesagt, woher Ihr stammt.«

»Wieder bitte ich um Verzeihung. Mein Freund Revus und ich sind wandernde …«

»Ich bin Barde«, übernahm Revus mit einem einnehmenden Lächeln.

»Ah, ich wusste doch, dass mir der Name geläufig erschien. Ihr habt in Restek gesungen.«

»Allerdings. Aber das ist Jahre her«, gestand Revus. »Auf der Hochzeit der Tochter des Barons von Restek.«

»Wenn ich mich recht erinnere, hattet Ihr einen Kompagnon, der Euch begleitet hat?«

Ihr Blick fiel auf Aidan, der einen Schluck Gewürzwein nahm und dann in den Becher starrte.

»Wir, äh, singen nicht mehr gemeinsam«, erläuterte

Revus schnell. Für einen Augenblick lagen unausgesprochene Fragen in der Luft, dann jedoch wandte sich die Baronin an Elena und sah sie fragend an.

»Wir sind per Schiff gereist. Es war Zufall, dass wir auf den Kampf gestoßen sind.«

Es war nur eine kleine Unwahrheit. Nachdem sie die Küste erreicht hatten, hatte Elena dank ihrer Verbindung zu den arkanen Energien der Welt gespürt, dass unweit von ihnen Menschen waren. Dass diese gegen seltsame Monstren kämpften, war jedoch eine Überraschung gewesen.

Bevor Rafel weitere Fragen stellen konnte, führte die junge Königin aus: »Wir sind auf der Suche nach den Landen des Ewigen Nebels.«

»Hm. Ich kann nicht behaupten, dass mir das ein Begriff wäre. Aber es ist wohl gut, dass Ihr diese Reise angetreten habt, denn so konntet Ihr diesen armen Menschen helfen.«

Die Baronin erhob sich. »Und das werden auch wir tun. Gorint ist keine reiche Stadt, aber wir teilen, was wir haben, gern mit Euch. Und wir danken Euch für die Warnung, die ihr uns überbracht habt. Ich muss das Gehörte überdenken, bevor ich weitere Pläne schmieden kann.«

Aidan und Elena murmelten zustimmend, dann zog sich die Baronin zurück und die Audienz war vorüber.

»Kommt mit mir.«

So wie es der Hauptmann sagte, war es mehr Befehl als Bitte, nichtsdestotrotz folgten sie ihm. Er führte sie gemeinsam mit dem Graubart hinab zu dem kleinen Hafen, wo die Flüchtlinge bereits auf sie warteten. Brin überbrachte die guten Neuigkeiten, was Freudenrufe und Tränen hervorbrachte. Dann wurden sie von den Soldaten zu einer Halle gebracht, die sonst offensichtlich als Lagerhaus diente. Es war kühl und muffig, roch nach altem Fisch und Öl, aber es war trocken. Erschöpft sanken die meisten zu Boden. Einige errichteten aus ihrer wenigen verbliebenen Habe Lagerstätten, kümmerten sich um die Verletzten. Kurz darauf erschienen mehr Soldaten, die Körbe mit Brot und getrocknetem Fisch trugen, ein anderer Trupp rollte ein kleines Fässchen Branntwein und ein größeres mit Wasser herein. Der Hauptmann erlaubte es ihnen, in der Mitte der Halle ein Feuer zu machen, nachdem sie einige Schindeln vom Dach entfernt hatten.

Zu behaupten, dass es warm und heimelig war, wäre eine Lüge gewesen, aber für die Flüchtlinge waren selbst diese kleinen Dinge – ein warmes Feuer, ein voller Bauch, ein Becher verdünnter Branntwein und vor allem ein Dach über dem Kopf – ein Grund für größte Dankbarkeit. Immer wieder sah Elena, wie sie den Soldaten ihren Dank aussprachen.

Sie selbst suchte sich einen Platz nahe des großen Tors, entledigte sich ihrer Rüstung und aß langsam ein Stück Brot.

Nach kurzer Zeit gesellte sich Revus zu ihnen, der zwei Krüge mit dünnem Branntwein mitgebracht hatte und sie ihnen reichte.

»Es gibt in Gorint sicherlich auch ein Gasthaus oder zwei«, erklärte er schließlich, nachdem Kaleona und Elena getrunken hatten. »Mit ein paar Münzen in der Tasche kommt man dort sicherlich besser unter.«

»Wie heißt die hiesige Währung?«

Die Frage schien ihn zu überraschen. Er lachte auf, dann zog er eine kleine Silbermünze aus der Tasche.

»Segovisches Silber ist die einzige Münze, die überall anerkannt wird. Ansonsten muss man sich mit Geldhändlern und -verleihern herumschlagen, die einen immer übers Ohr hauen wollen.«

Er reichte Elena die Münze, die sie genauer inspizierte. Sie zeigte einen doppelköpfigen Adler auf der einen Seite und das Porträt einer Person auf der anderen, obwohl die junge Königin nicht sagen konnte, ob es ein Mann oder eine Frau war.

»Segovisch ...« Sie überlegte. Eine Erinnerung stieg in ihr auf. »Wie der Segovische Bund?«

»Ja, genau. Weit im Norden liegt er, aber der Ruf seines Silbers ist gut und gilt auch hier.«

Eine alte Handelsstadt, Segov, die mehr und mehr Gebiete an sich gebunden hatte, manchmal mit Krieg, meist jedoch mit Worten und Silber. Fast zivilisiert hatte ihr Lehrmeister sie vor vielen Jahren genannt, nur um dann auf all jene anderen Länder zu sprechen zu kommen, die seiner Meinung nach nicht einmal in die Nähe von Zivilisation kamen. Barbaren, Wilde, selbst wenn sie in steinernen Hallen saßen und ihren Wein aus goldenen Pokalen tranken.

»Erzähl mir von diesen Landen«, bat Elena. »Gorint ... Rasteck?«

»Restek«, korrigierte sie Revus. Er setzte sich im Schneidersitz vor sie. »Nun, das sind zwei Städte der Freien Baronien. Freistädte, wenn man so will. Einst gehörten sie zum Fürstentum von Alviar, aber sie haben sich schon vor einiger Zeit losgesagt. Jede Stadt hat ihren eigenen Baron und ist selbstständig; nur im Kriegsfall helfen sie einander. Oh, und natürlich gibt es Handelsabkommen und geringere Zölle und so weiter, aber fragt mich nicht nach genauen Zusammenhängen. Die Politik der Freien Baronien ist angeblich sehr komplex.«

Elena nahm noch einen Schluck. Der Branntwein wärmte sie angenehm von innen.

»Gorint ist die südlichste der Freien Baronien und, soweit ich weiß, auch die kleinste. Restek ... Restek ist eine schöne Stadt, mit hundert Brücken, so heißt es, gelegen in einer Lagune auf Dutzenden Inseln. Eine reiche Baronie, mit gutem Silber für gute Sänger.«

»Und Alviar?«

»Einst eine große Stadt, die größte südlich der Hornberge. Aber jetzt ist sie nur noch ein Schatten ihrer selbst. Ein Erdbeben. Manche sagen, Strafe für Hochmut. Andere behaupten, die Magier von Alviar hätten sich mit Kräften eingelassen, die ihr Verständnis überstiegen.«

»Und was glaubst du?«

Er grinste.

»Ich glaube an ein Erdbeben. Ich denke nicht, dass die Bewohner von Alviar schlimmer waren als die anderer Orte. Manchmal geschehen schreckliche Dinge einfach so. Aber ich war vor dem Untergang nie dort, es geschah Jahre, bevor ich geboren wurde, und vielleicht war die Stadt wirklich jener Hort der Verruchtheit, wie man sagt.«

»Ich glaube nicht daran«, pflichtete Elena ihm bei.

»Jetzt ist wenig geblieben. Nur noch ein Bruchteil der alten Bevölkerung lebt in der Stadt, der Großteil der Gebäude sind nur Ruinen, und Schafe weiden inmitten von überwucherten Palästen, von denen nur noch wenige Mauern stehen. Es gibt eine ganze Reihe trauriger Lieder über das Schicksal von Alviar der Stolzen.«

Er sang leise einige kurze Strophen von Pracht und Untergang, ein wehmütiges Lied, das sich nach alten, besseren Zeiten sehnte.

Und alles, das vergangen ist,
sich stets mit unserm Heute misst.
Und alles, was noch kommen mag,
ist niemals wie vor Jahr und Tag.

»Und im Süden?«, erkundigte sich Elena, nachdem er verstummt war.

Er zog eine Augenbraue hoch; offenbar hatte er angenommen, dass sich die junge Königin im Süden auskannte. *Das war also ihre Vermutung.* Ihre Miene blieb unbewegt und so erklärte er: »Die Große Ödnis, ein raues Land, das nur wenige Heimat nennen. Umherziehende Hirten hauptsächlich, kleine Stämme. Ihr könnt froh sein, dass Ihr nicht dort gelandet seid. Nichts als Fels und Geröll für Tage in jede Richtung und Wasser nur, wenn man weiß, wo man suchen muss. Kein Wild, kaum Pflanzen.«

»Dann können wir uns wohl in der Tat glücklich schätzen.« Sie sah zu Aidan, der ein Stück abseits saß und mit einer jungen Frau redete, die in der Nacht unter den Kämpfern gewesen war. »Ihr seid viel gereist?«

»Weiter als die meisten«, war seine bescheidene Antwort.

»Erzählt mir davon.«

»Einmal die Rote See hinunter und wieder hinauf. Durch die Hornberge – einmal im Winter! – und auf die Inseln inmitten des Kleinen Meeres. Quer durch den Segovischen Bund bis in die Städte der Blauzungen im Osten und zu den Steingeborenen im Norden. Und jetzt bis an den Rand der Großen Ödnis.« Sein Blick wurde versonnen, als er sich an all die Orte erinnerte. Lächelnd schüttelte er den Kopf. »Wir haben so manche Sohle durchgelaufen.«

»Wart Ihr jemals im Land des Ewigen Nebels?«

Jetzt wurde er wieder ernst und schüttelte den Kopf.

»Nein. Ich habe noch nicht einmal davon gehört.«

Ihr Herz sank. Sie wusste nun, wo sie war, sie kannte ihr Ziel, aber sie wusste nicht, wohin sie sich wenden musste, um es zu erreichen. Alviar, Segov, die Hornberge – ihr Vorfahr hatte all diese Orte bereist und noch mehr. Es musste irgendwo an diesen Gestaden sein.

»Darf ich … darf ich fragen, woher Ihr stammt und warum Ihr dieses Land des Ewigen Nebels sucht?«

In Revus' Miene stand nur freundliche Neugier. Dennoch war da eine Stimme in Elenas Geist, die sie vor allzu viel Offenheit warnte. Hinter ihr begann Kaleona, ihre Klinge mit einem Schleifstein zu schärfen. Ob es als Warnung gedacht war oder nicht, Elena spürte den Blick ihrer Leibwächterin im Nacken.

»Wir sind über das Meer gekommen. Und ich suche nach den Spuren meines Vorfahren, der einst in diesen Landen gelebt hat.«

»Ah, sozusagen eine Queste?«

»Eine was?«

Er suchte nach Worten.

»Eine Reise, eine Aufgabe, bei der Ihr Abenteuer zu überstehen und Feinde zu besiegen habt. Viele der großen Epen erzählen so eine Geschichte. *Der Feuerprinz* zum Beispiel, der den Mord an seinem Vater rächen und den geraubten Schatz seiner Familie zurückerobern musste. Oder *Wolfsjunge und Mondmädchen*, bei dem er von ihrem Vater auf einen wahnwitzigen Weg gesandt wird, um ihre Hand zu erhalten, und sie ihn schlussendlich vor dem Schwarzen König retten muss. *Der Verlorene König* muss nicht nur sein Reich wieder erringen, sondern auch die

Welt vor Stahlkrone retten, der sie mit Krieg überziehen will. Oder …«

Elena unterbrach ihn lachend. »Ja, etwas in der Art. Nur weit weniger romantisch, nehme ich an. Wir sind keine Helden aus Geschichten und Balladen. Einfach nur zwei Menschen auf der Suche nach der Vergangenheit.«

Jetzt war es an ihm zu lachen.

»Sie alle waren einfach nur Menschen, die taten, was sie glaubten tun zu müssen. Zu Helden haben wir sie gemacht.«

Sie sah ihn verständnislos an.

»Wir Barden.«

AIDAN

»Du hast ja gute Laune«, stellte Aidan angesäuert fest, als Revus zu ihm herüberkam. Dann wies er auf die junge Frau. »Das ist Arene.«

Revus lächelte sie an und schlug dann Aidan auf die Schulter.

»Warum auch nicht? Wir haben einen harten Marsch und gefährliche Kämpfe hinter uns und sind fürs Erste in Sicherheit.«

Zu einem Teil stimmte es, aber Aidan deutete durch das Tor der Lagerhalle auf das Hafenbecken, dessen Wasser behäbig gegen die Kaimauer schwappte. Am Himmel zogen sich dunkle Wolken zusammen. Es sah nach Regen aus.

»Sicherheit?«

»Für den Moment«, erwiderte sein Freund und wandte sich an Arene: »Wie geht es der Wunde?«

Die junge Frau hob den Arm, doch als er die Höhe ihrer Schulter erreichte, verzog sie das Gesicht vor Schmerzen. Sie hatte wenig mehr als zwanzig Sommer gesehen und war nie weiter als bis nach Gorint gekommen. Stattdessen hatte sie fast ihr gesamtes Leben im Fischerdorf verbracht – zumindest den Teil, in dem sie nicht mit irgendeiner Nussschale auf See gewesen war. Ihre Haut war gebräunt und vom Seewind gezeichnet, ihre Hände rau, aber sie hatte ein schönes Lachen und helle, aufmerksame Augen.

»Wird schon wieder«, erklärte sie tapfer.

Eines musste man den Leuten hier im Süden lassen: Es war nicht ihre Art, sich zu beschweren. Sie ertrugen Mühsal und Entbehrungen ihres Lebens ohne Jammern.

»Sie hat einen erwischt«, erklärte Aidan mit einem gewissen Stolz. Er hatte ihr das Leben gerettet, einen Feind von ihr abgedrängt inmitten des nächtlichen Chaos'. »Hat ihm die abgebrochene Hälfte ihres Speers ins Auge gerammt.«

Er machte eine geschmeidige Bewegung mit beiden Händen.

»Einfach so.«

Sie schüttelte lachend den Kopf.

»Nichts war einfach.«

»Aye«, stimmte Revus ihr zu. »Aber wir haben es überstanden.«

Aidan hob seinen Holzbecher. »Auf uns. Und auf jene, die wir verloren haben. Ihr Opfer ist unsere Pflicht!«

Sie stießen zu dritt an und tranken. Es war kein besonders schmackhaftes Getränk, aber hier und jetzt war es besser als so manches, was an königlichen Höfen serviert wurde.

Mit einer gemurmelten Entschuldigung erhob sich Arene und ging zu einigen anderen Fischern, die am Feuer saßen und Fische auf langen Stöcken brieten. Der Geruch trieb Aidan das Wasser in den Mund, obwohl er vorhin einige Bissen hartes Brot und Trockenfisch gegessen oder besser mit genug Branntwein heruntergespült hatte.

»Und, was hast du in Erfahrung bringen können?«

Revus blickte zu Elena und Kaleona, die leise Zwiesprache hielten.

»Nicht viel. Keine Ahnung, woher sie kommen. Nicht aus dem Süden, nicht aus dem Norden. Übers Meer, hat sie gesagt.«

Aidan zermarterte sich das Hirn, was jenseits des Meeres liegen mochte, aber bis auf einige skurrile Geschichten von Ländern, in denen kopflose Menschen auf Händen gingen, kam ihm nichts in den Sinn.

»Aber ihre Vorfahren kamen von hier, und sie suchen nach ... deren Spuren oder so.«

»Oder so?«

»Das Land des Ewigen Nebels. Sagt dir das was?«

Langsam nahm Aidan noch einen Schluck.

»Klingt mystisch«, stellte er schließlich fest. »Ewiger Nebel, hm.«

»Vielleicht Lorsanum? Es heißt, da ist die Hälfte des Jahres Nebel.«

Es war etwas Wahres daran, auch wenn bei ihrem Besuch in der Handels- und Hafenstadt auf der gleichnamigen Insel brüllend heißer Sommer geherrscht hatte. Ein Völkchen mit trockenem Humor lebte dort, dessen Schiffe man die gesamte Küste der Roten See entlang treffen konnte. Neblig hin und wieder vielleicht, aber kaum ein Land des Ewigen Nebels.

»Lorsanum ist nicht gerade ein mystischer Ort«, entgegnete Aidan dementsprechend. »Und ihre Bewohner haben keine Zeit für so einen Unsinn, solange sie all das Gold zählen müssen, das sie verdienen.«

Er trommelte mit den Fingern einen schnellen Rhythmus auf seinen Oberschenkel.

»Wenn sie wissen, wo dieses seltsame Land liegt, dann verschwinden sie, ja?«

»Ich nehme es an.«

»Gut. Sehr gut.«

Revus versetzte ihm einen spielerischen Hieb. »He, sie sind netter, als du tust.«

Aidan schnaubte. »Jeder hübsche Hintern verdreht dir den Kopf.«

Es gelang ihm, Revus' vieldeutigen Blick auf Arene zu ignorieren.

»Nein, wirklich. Du und ich, wir kennen Hunderte von denen. Mehr Gold als Verstand. Glauben, dass jeder nach ihrer Pfeife tanzen muss. Niemand hat mal ordentlich Nein zu ihnen gesagt.«

»Früher hättest du das als Herausforderung gesehen«, stichelte Revus grinsend. »Ich kann mich nicht erinnern, damals solche Tiraden von dir gehört zu haben. Aber da hatte deine Zunge ja auch Besseres zu tun ...«

Obwohl er versuchte, wütend zu sein, musste Aidan lachen.

»Den Punkt will ich dir zugestehen. Aber damals war ich auch jung und naiv. Heute ...«

»Bist du ein alter Furz, der sich anhört wie meine Mutter.«

»Die hätte dir besser einige Male den Hosenboden stramm gezogen! Dann würdest du jetzt Respekt vor ihr zeigen.«

»Oh, ich habe großen Respekt vor meiner Mutter«, erwiderte Revus und hielt sich treuherzig die Hände vor die Brust. »Die Frau kann ganze Armeen mit einem einzigen Blick dazu bringen, ihre Waffen niederzulegen, nach Hause zu gehen und darüber zu sinnieren, was für eine Enttäuschung sie für ihre Eltern sind.«

Einmal nur waren sie so weit in den Osten gereist, dass sie Revus' Elternhaus besuchen konnten. Sein Umgang missfiel ihr, und da sein einziger Umgang Aidan war, hatte er viele dieser Blicke ertragen müssen. Ihn schauderte.

»Ernsthaft, du hast sie doch kämpfen sehen. Glaubst du wirklich, dass sie verwöhnte Gören sind?«

»Diese Kaleona nicht«, stimmte ihm Aidan halb zu. »Die macht mir eher Angst. Aber Elena? Hast du nicht gesehen, wie sie sich nach vorne gedrängelt hat, um für diese Menschen zu sprechen, die sie erst in der letzten Nacht überhaupt kennengelernt hat?«

Zu Aidans Überraschung schürzte Revus die Lippen und nickte.

»Aye. Und? Es hat geklappt, oder nicht?«

Aidan verdrehte die Augen.

»Ja, irgendwie schon. Aber ich …«

»Du hättest das auch geschafft. Ich weiß. Aber sie mit ihrer Kleidung und ihrem Auftreten, das war einfach passend.«

Sosehr es ihn auch ärgerte, er musste Revus recht geben. Nicht, dass er es aussprach – *so weit kommt es noch!* –, aber sein Freund würde sein Schweigen schon zu deuten wissen.

»Und jetzt?«

Die Frage riss ihn aus unschönen Gedanken.

»Wir suchen uns eine bessere Unterkunft.« Aidan warf einen Blick auf Arene, die ihn über die Schulter mit einem

Lächeln erwiderte. »Und nette Gesellschaft. Wir nehmen ein Bad. Wir trinken ein, zwei, fünf Ale.«

»Zustimmung in allen Punkten.«

»Dann finden wir heraus, wo das Land des Ewigen Nebels liegt.«

Verwundert sah Revus ihn an und Aidan grinste breit.

»Und schicken die beiden dahin. Und egal, wohin sie reisen, wir wählen die entgegengesetzte Richtung.«

Aber statt sich zu erheben und sich irgendwo ein Zimmer zu suchen, blieben sie sitzen und tranken weiter. Ein Teil war Erschöpfung, der Unwille des ganzen Leibs, sich weiter zu bewegen, egal, wo er sich befand und wie verlockend ein Bad und Ruhe klangen. Aber ein anderer Teil war eine Verbindung, die entstanden war, ein Band mit den Flüchtlingen. Gemeinsam erlebte Not, gemeinsam vergossenes Blut.

Boote wurden in den Hafen gerudert und an der Einfahrt angeleint, mit Wachen an Bord. Soldaten patrouillierten auf den Mauern und vor allem auf der Festung direkt am Hafen. Im Vergleich zu den Armeen und Kriegsschiffen anderer Länder waren es keine mächtigen Maßnahmen, aber es legte sich ein Gefühl von Sicherheit über die Lagerhalle. Oder zumindest wurde die Verantwortung abgegeben an jene, die dort draußen Wache hielten.

Erst als ihnen ein Bote eine Einladung der Baronin zum gemeinsamen Abendmahl überbrachte, kam wieder Leben und damit Bewegung in die beiden.

Es dauerte nicht lange, bis sie nahe am Hafen ein Gasthaus gefunden, dort einen Raum gemietet und ein Bad bestellt hatten.

Mit einem vergnügten Glucksen sank Aidan in das heiße Wasser im hölzernen Badezuber und wusch sich

Schmutz und Blut der langen Tage und Nächte von der Haut. Obwohl das Wasser an seinen zahlreichen größeren und kleineren Wunden und Verletzungen schmerzte, war es doch ein Labsal.

Eine genüssliche Rasur später saß Aidan mit nassen Haaren im Hinterhof und bürstete und schrubbte den schlimmsten Dreck von der Kleidung. Neben ihm war Revus damit beschäftigt, die Löcher grob zu flicken. Sie würden nicht gerade edel erscheinen, aber zumindest auch nicht mehr wie Bettler aussehen.

»Ich brauche ein neues Hemd«, stellte Aidan fest, als er sich den blutbefleckten, löchrigen Fetzen besah, der ihm nach den Kämpfen geblieben war.

»Ich brauche ein neues Alles«, konterte Revus, und Aidan brummte zustimmend.

»Zum Glück sind wir nur in Gorint«, fuhr sein Freund fort. »Kannst du dir vorstellen, was für ein Aufsehen so ein Auftritt in, sagen wir, Pashk verursacht hätte?«

»Pashk … hm … lange Roben in schrillen Farben, viel Schminke im Gesicht, seltsame Hüte mit klirrenden Ketten auf dem Kopf?«

»Genau.«

»Der Auftritt war der schlimmste meines Lebens«, stellte Aidan fest. »Dieses Ding auf dem Kopf balancieren … pure Folter. Erinnere mich nicht daran!«

Aber auch wenn ihre Reisekleidung weit entfernt von höfischen Gewändern war, so gelang es ihnen doch, den widerstandsfähigeren Teil wieder herzurichten. Außerdem konnten sie nach einigem Herumfragen noch Ersatz für Hemden und Tücher erwerben.

»Und?«

In Revus' skeptischem Blick konnte Aidan erkennen,

dass er immer noch wie ein Herumtreiber aussah, aber zumindest wie ein Herumtreiber mit neuem Hemd. Sein Freund hatte es hingegen geschafft, wieder halbwegs zivilisiert auszusehen, bis hin zu dem roten Tuch, das er mit elegantem Knoten kühn um seinen Hals geschlungen hatte.

Aber immerhin waren sie mit ihren Waschungen und Reparaturen fertig geworden, als eine Soldatin sie abholte und zum Palast geleitete, gerade noch rechtzeitig, bevor ein eiskalter Wind von See einen kühlen Regenschauer mit sich brachte.

Sie waren die Letzten, die ankamen. Brin stand schon ein wenig verloren in einer Ecke, während Elena mit der Baronin sprach und Kaleona ihren inzwischen schon gewohnten Schritt Abstand hielt.

Eine Reihe von Würdenträgern der Stadt waren anwesend, dazu einige Diener. Es gab eine kurze Vorstellungsrunde, bei der sich Aidan keinen einzigen Namen merken konnte und den Leuten stattdessen im Geist Spitznamen gab: Salzgesicht, Feuerbart, Breitmaul …

Äußerlich jedoch gelang es ihm, stets höflich zu lächeln und sich seine Erschöpfung nicht anmerken zu lassen. Endlich nahmen alle an der langen Tafel Platz. Diesmal saß Baronin Rafel vor Kopf, dazu die Stadtbewohner auf der einen und die Neuankömmlinge auf der anderen Seite.

Während die Diener Platte um Platte mit Essen auftischten, von frisch gebackenem Brot über gerösteten und gekochten Seefisch und einen Schmorbraten bis hin zu süßem Gebäck und einem warmen Pudding, unterhielten sich die Gäste angeregt.

Draußen donnerte es, aber Aidan nahm das Gewitter

kaum zur Kenntnis. Er schaufelte sich Essen auf den Teller, ließ sich Ale in seinen Pokal füllen und genoss für den Moment nur die Zivilisation, so rustikal sie hier am Ende der Welt auch sein mochte. Zwei Plätze weiter aß Elena wenig und hantierte mit zwei Messern, während die anderen Gäste bis auf Kaleona herzhaft zugriffen und sich alles mit den Händen in den Mund steckten.

»Wir haben den Ort des Angriffs untersucht«, berichtete die Baronin schließlich. »Aber obwohl dort jede Menge Spuren waren, gab es keine Seeteufel.«

»Sie haben ihre Toten beim ersten Angriff auch wieder mit ins Meer genommen«, erwiderte Aidan nachdenklich. »Vielleicht sind sie zurückgekehrt und haben das wieder getan?«

Die Baronin zuckte mit den Schultern. Zumindest schien sie nicht daran zu zweifeln, dass die Monstren existierten, was Aidan ihr hoch anrechnete. Er verfiel in brütendes Schweigen und überlegte, welchen Grund die Kreaturen haben mochten. *Vielleicht bestatten sie so ihre Toten? Oder* – er verzog das Gesicht – *sie fressen sie auf.*

»Keine Sorge, ich habe alle Wachen und Soldaten angewiesen, besonders aufmerksam zu sein«, riss ihn Rafel aus den unappetitlichen Gedanken.

»Das ist gut zu hören.«

Aidan hob seinen Pokal und prostete ihr zu, bevor er trank. Ein Lächeln blitzte kurz auf ihren Lippen auf, dann beugte sie sich zu einem der Würdenträger zur Seite und teilte leise einen Scherz mit ihm. Die Erinnerung an die Monster sorgte für ein mulmiges Gefühl bei Aidan. Für einen Moment blendete er die Gespräche und die anderen Gäste aus und lauschte hinaus in die Nacht, doch bis auf Regen und hin und wieder Donner hörte er nichts.

Es dauerte nicht lange, bis Revus die Anwesenden mit Geschichten unterhielt und es würde noch schneller gehen, bis er ein Lied zum Besten gab.

Schön war sie, mit schwarzem Haar.
Ihr Blick erhellt die Sterne.
Zu schön für einen Sangesmann,
der außer singen wenig kann
und würd' er doch so gerne.

Aidan war nur recht, dass die Aufmerksamkeit auf seinem Freund lag; dadurch hatte er selbst Zeit und Muße, die Anwesenden zu beobachten und sich seine Gedanken zu ihnen zu machen. Seine Schlussfolgerung war einfach: Die Würdenträger waren froh, eine Ausrede für ein Festmahl zu haben und waren tatsächlich angetan, Revus' Geschichten zu lauschen. Bei ihnen konnte Aidan keine Falschheit entdecken. Die Baronin war schwieriger zu durchschauen, aber bislang hatte sie sich als exzellente und großzügige Gastgeberin erwiesen und Misstrauen erschien ihm nicht angebracht.

»Auf das generöse Gorint!«

Der Trinkspruch seines Freunds stieß auf allgemeine Gegenliebe und Aidan hob seinen Pokal und fiel in ihn ein. Von draußen war der Regen zu hören, aber in der Halle war es dank Kamin und Kerzen angenehm warm. Aidan erlaubte sich, in diese Wärme abzusinken.

Als Brin austreten ging, lehnte er sich zu Elena hinüber. »Revus hat mir erzählt, dass Ihr auf der Suche nach dem Land des Ewigen Nebels seid. Ich bin sicher, wir können Euch helfen«, erklärte er gönnerhaft.

Sofort hatte er ihre ungeteilte Aufmerksamkeit.

»Wie? Wisst Ihr, wo es liegt?«

»Nein, das nicht. Aber wir sind weit gereist und kennen die alten Geschichten und Legenden und vor allem die Lieder. Wenn es diesen Ort gibt, dann haben wir davon gehört. Da bin ich sicher.«

Sie lächelte ihn dankbar an.

»Vielleicht könnt Ihr uns morgen mehr berichten von dem, was Ihr über diesen Ort wisst«, schlug er vor. »Möglicherweise hilft uns ja ein Detail weiter.«

»Selbstverständlich. Mein Vorfahr hat ihn gefunden, nachdem er aus Alviar …«, sie zögerte kurz, »… abgereist war.«

Die Formulierung ließ Aidan grinsen.

»Keine Schande darin, wenn man abreist«, erklärte er leutselig. Das Ale löste seine Zunge. »Revus und ich, wir sind auch hin und wieder … abgereist.«

Er tippte mit dem Finger an seine Nase und schenkte ihr einen wissenden Blick, der bei ihr aber auf Eis traf. *Verdammt, was denke ich mir? Hochnäsige …*

»Wie dem auch sei, er brach von dort auf, aber leider weiß ich nicht, in welche Himmelsrichtung. Er war auf der Suche nach …«

Sie verstummte, als ein helles Glockenläuten vom Hafen erklang. Sofort wich alle Wärme aus Aidans Leib. Er musste die Baronin nicht ansehen, um zu wissen, dass dies ein Alarm war.

BATTLEDAY'S DAWN

Wait for the night to fall
It's battleday
Wait for the bards to call
It's metalday
Wait for a light for all.
On battleday's dawn
Battles are won.
One for all – all for one.

ELENA

Die ausbrechende Panik und Hektik erzeugte bei Elena einen bitteren Geschmack im Mund. Zu sehr erinnerte es sie an die schrecklichen Ereignisse auf den Gesegneten Inseln. Kaleona sprang auf, ihr Stuhl wurde nach hinten geschleudert und fiel krachend zu Boden. Die Leibwächterin hatte die Hände auf dem Dolch, aber Elena schüttelte kurz den Kopf.

Auch Aidan sprang auf.

»Sie sind hier«, rief er in den Tumult hinein. »Sie kommen durch den Hafen.«

Es war keine Vermutung, sondern eine einfache Feststellung, und Elena war geneigt, ihm zuzustimmen.

Stimmen wurden laut, Fragen, Rufe, wildes Durcheinander.

»Die Menschen müssen in Sicherheit gebracht werden«, wandte sich die junge Königin mit all der ihr innewohnenden Autorität an Rafel. »In dieses Gebäude, in die Festung, wo auch immer sie vor Angreifern geschützt sind.«

Die Baronin blickte sie einige Momente lang an, dann nickte sie zu Elenas Erleichterung.

»Schafft die Leute in die Festung«, befahl sie ihren Untergebenen. »Und holt sie hierher. Der Hauptmann soll eine Verteidigungslinie am Hafen errichten. Wir werfen die Bestien zurück ins Meer!«

»Das ist unser Stichwort«, erklärte Aidan. Sie hatten ihre Waffengurte beim Eintritt in die Halle abgelegt, nun schnallten er und Revus sie sich wieder um die Hüften. Er zog den Gurt fest, versicherte sich, dass die Schwertseite gut saß, und schob seinen Dolch auf den Rücken, sodass der Griff zur Seite stand.

Elena blickte zu Kaleona, die nickte. Aidan und Revus legten sich gegenseitig die Hände auf die Schultern und hielten kurz inne, bevor er zur Tür trat und in die Nacht hinauslief.

»Ihr entschuldigt uns?« Elena zog ihre eigene Klinge. »Wir werden benötigt.«

Ohne auf eine Antwort zu warten lief sie hinaus, gefolgt von ihrer Leibwächterin. Sie brauchten keine Worte, um sich zu verständigen. Kaleona würde nicht von ihrer Seite weichen.

Der Regen kam wie die Wellen der Brandung über das Land, Guss um kalten Guss wehte heran. Schon nach wenigen Schritten klebte Elenas Haar an ihrer Haut und sie spürte, wie ihr das Wasser kalt unter Kleidung und Rüstung lief. Auf den Gesegneten Inseln hätte sie im Kriegsfall eine Rüstung aus dem besten Stahl geschützt, von Kopf bis Fuß, beschlagen mit Runen, in denen arkane Energien gesammelt waren. Aber sie war nicht in ihrer Heimat, und auch wenn die leichte Rüstung, die sie trug, nach den Maßstäben der Barbaren ein Wunder sein mochte, war sie doch kein Vergleich. *Es war keine Zeit zum Packen gewesen*, erinnerte sich die junge Königin an ihre überhastete Flucht. *Und jetzt ist keine Zeit, der Vergangenheit nachzuhängen.*

Vor ihnen waren Aidan und Revus zu sehen, schemenhaft in Dunkelheit und Regen. Die Glocke läutete noch immer, frenetisch fast, und vom Hafen her waren Schreie und lautes Gebrüll zu hören.

Ein Leben lang war Elena darauf vorbereitet worden, einmal mit der Waffe in der Hand ihr Leben und das anderer zu verteidigen, doch obwohl sie ihre Lehre ernst genommen hatte, war dies immer fern erschienen. Andere Pflichten waren größer und wichtiger gewesen. Innerlich dankte sie ihren Ausbildern, denn jetzt warf sie sich zum dritten Mal in kurzer Zeit in den Kampf.

Menschen kamen ihnen entgegen, ängstliche Gesichter tauchten wie Geister vor ihr auf und verschwanden wieder. Männer, Frauen, Kinder. Es war nicht ihr Volk, aber Elena war fest entschlossen, für sie zu kämpfen.

Am Hafen fanden sie Chaos. An der Mole war ein kleines Schiff in Brand geraten; die Flammen leckten fast bis zur Spitze des einzigen Mastes empor. Sie warfen ein wildes Schattenspiel auf den Kai, wo Gestalten in tödlichen Kämpfen miteinander rangen. Das Glockenläuten kam von der kleinen Festung, von wo ebenfalls Kampfgeräusche herüberwehten.

Während Aidan und Revus vorstürmten, verlangsamte Elena ihren Schritt und blickte sich um, versuchte, die Situation zu verstehen. Mehr dunkle Gestalten krochen über die Hafenmauer, zogen sich aus dem Wasser empor, die gesamte Länge des Hafens entlang.

»Haltet sie auf«, befahl Aidan brüllend und warf sich in die Schlacht. »Treibt sie zurück!«

Er und Revus tauchten in das Getümmel ein, wirbelten zwischen Freund und Feind hindurch, ihre Klingen schrieben lange Bögen im Feuerschein.

»Wir müssen die Straße hier blockieren«, stellte Elena fest. Sie wies mit der Spitze ihrer Klinge auf die Festung. »Dort kommen sie nicht ohne Weiteres vorbei und sonst führt kein Weg empor. Schneiden wir sie hier ab, können die Menschen entkommen.«

Sie liefen das letzte Stück und positionierten sich entsprechend.

Die Szenerie war albtraumhaft. Es gab keine klaren Gefechtslinien, eher Knäuel von Angreifern und Verteidigern. Einige Menschen flohen noch. Elena sah Brin eine Gruppe von Flüchtlingen aus der Lagerhalle führen.

»Hierher!«, rief sie in den Regen und kam ihnen einige Schritte entgegen.

Ein Seeteufel glitt zwischen den Soldaten hindurch, aber Kaleona warf sich vor sie. Die beiden Klingen stießen zu, durchbohrten die Kreatur, dann stemmte die Leibwächterin einen Fuß auf ihre Brust und trat sie zurück.

Brin erreichte sie.

»Sind das alle?«

Er sah sie mit großen Augen an.

»Ich weiß es nicht.«

»Bring sie in Sicherheit!« Dann suchte sie das Getümmel ab. »Aidan! Aidan!«

Sein Schwert schnitt durch einen Hals, er warf seinen Feind zu Boden, riss dann den Kopf herum.

»Die Halle!«

Er nickte, rief etwas, sprang dann zurück und zog Revus mit sich.

»Zieht Euch zurück!« Elena legte arkane Macht in

ihre Stimme, sodass sie lauter als der Donner selbst war. »Kämpft hier, steht zusammen!«

Einige der Soldaten kamen dem Befehl nach, Schritt für Schritt. Andere waren zu sehr in Kämpfe verwickelt. Elena schloss die Augen. Der Regen, die Kälte, Schreie voller Wut und Pein, alles verschwand. Da war nur noch eines: arkane Macht. Sie sammelte sie, zog sie zusammen. Es war schwieriger als auf den Gesegneten Inseln, die Energien waren schwächer, verzweigter, aber sie legte all ihr Können in das Muster, das sie wob.

Licht.

Es erfüllte den Hafen, strahlend weiß, nahm der Nacht ihre Dunkelheit, badete jeden Stein, jeden Tropfen in Helligkeit – und jeden Feind.

Elena stand im Zentrum des Lichtscheins.

»Zu mir!«

Das plötzliche Strahlen hatte die Angreifer verwirrt. Einige fielen unter beherzten Gegenangriffen, andere zogen sich kurz zurück. Es gab den Soldaten die Möglichkeit, sich zu sammeln, was sie sehr nötig hatten.

Aidan und Revus kamen aus der Lagerhalle, Gestalten vor sich hertreibend. Sie trugen einen Verletzten zwischen sich und erreichten Elena.

»Brin!«

Der Bärtige kam gerade wieder die Straße hinabgelaufen. Aidan hob den Verletzten auf seine Schulter.

»Hoch zum Palast. Sucht alle Waffen, die ihr finden könnt. Schafft alle rein und verrammelt Türen und Fenster.«

Aidan keuchte und stützte sich auf seine Knie.

»Sind sie weg?«, fragte eine junge Soldatin, aber Elena schüttelte den Kopf.

»Nein, sie kommen wieder. Wir halten sie hier auf. Ihr da.« Sie deutete auf fünf relativ Unverletzte. »Wir brauchen Barrikaden.«

Sie sahen einander verwirrt an.

»Möbel, Wagen, von mir aus zieht Boote hier hoch. Wir müssen die Straße abriegeln. Los! Los!«

Schnell wuchs vor ihnen eine Barrikade; einem beherzten Angriff würde sie nicht standhalten, aber sie würde ihn verlangsamen und die Soldaten schützen.

Der versammelte Trupp spähte zur Wasserfront. Von der Festung drang noch immer Kampfeslärm zu ihnen, aber das Läuten der Glocke war verstummt. Elena konnte nicht sagen, ob es ein gutes oder ein schlechtes Zeichen war.

Ein Schemen taumelte aus den Schatten in den Lichtkreis, stützte sich mit einer Hand an der Wand ab, die andere auf den Leib gepresst.

»Hauptmann!«

Soldaten stürmten vor, umringten ihren Kommandeur, zogen ihn in die temporäre Sicherheit ihrer improvisierten Stellung. Sein Gesicht war aschfahl, der Schnauzbart hing nass herunter. Blut quoll unter seiner nur halb angelegten Brustplatte hervor, vermengte sich mit dem Regen und wurde mit ihm davongespült. Elena blickte Aidan an, der neben ihm kniete und wütend den Kopf schüttelte.

»Die Festung.« Die Stimme war leise, schwach, schien bereits von allem Leben verlassen zu sein. Der Hauptmann hustete. »Sie erklimmen die Mauern.«

»Verdammter Dreck«, entfuhr es Revus.

Der Sterbende sah zu ihnen hoch, ein Flehen in den Augen. Quälend langsam hob er den Arm.

»Viele … sind dorthin … geflohen. Sie dürfen nicht … dürfen … nicht …«

Sein Arm fiel herab, der Kopf rutschte zur Seite, sein Mund hing halb offen, die Augen blickten in eine Welt, in die Lebende nicht sehen durften.

Elena atmete aus.

»Wir sind zu wenige«, jammerte jemand.

»Wir müssen fliehen!«

»Nein!« Elena wies mit dem Schwert hinter sich. »Noch immer sind da draußen Menschen. Sie fliehen in den Palast. Wir müssen sie schützen!«

»Was ist mit der Festung?«

Darauf wusste sie keine Antwort. Sie konnten sich nicht aufteilen, konnten ihre geringen Kräfte nicht noch weiter aufsplitten.

»Wir halten sie auf.«

Aidan hatte sich wieder erhoben und strich sich mit dem Handrücken eine nasse Strähne aus der Stirn.

»Aber …«

Aidan fiel dem Soldaten ins Wort. »Wir halten sie auf«, erklärte er mit einer solchen Sicherheit in der Stimme, dass alle Fragen verstummten.

Elena trat zu ihm.

»Sie dürfen nicht in die Festung gelangen.«

Er nickte. Sie legte ihm die Hand auf den Arm. Einen langen Moment sahen sie einander in die Augen.

»Werden sie nicht.«

»Gut.«

»Haltet die Stellung. Jeder Moment zählt.«

Für eine Ewigkeit blieben sie so stehen, zumindest erschien es Elena so, doch es war nur ein Atemzug, ein Herzschlag. Dann sprangen Aidan und Revus über die Barrikade und rannten in Richtung Festung. Elena sah ihnen nach, bis die Dunkelheit jenseits ihres Lichts sie verschluckte.

»Hier stehen wir«, rief sie schließlich, als sie sich von dem Anblick losgerissen hatte. »Und wir weichen nicht! Hier an diesem Ort werden wir gemeinsam kämpfen! Für Gorint!«

Der Name bedeutete ihr nicht viel, aber den Soldaten war er Heimat. Es waren nicht viele Kehlen, die jubelten, aber genug. Da war noch Angst in den Gesichtern, Furcht in den Augen, doch dahinter lag mehr. Entschlossenheit.

Dunkle Gestalten krochen über die Kante der Hafenmauer, kamen aus der dunklen See in das Licht. Sie versammelten sich, mehr und mehr entstiegen der Finsternis wie Dämonen. Schwarze, kalte Augen, der schreckliche Kopf, die Klauen.

Wie auf einen lautlosen Befehl hin stürmten sie los, warfen sich mit wilder Wut gegen die Barrikade.

»Haltet!«, schrie Elena. Für mehr als ein Wort war keine Zeit, dann war der Feind heran. Die Ersten sprangen auf die Barrikade, Waffen wurden geschwungen, Speere suchten ihr Ziel. Elena hieb nach einer Klauenhand, stieß die Spitze ihrer Klinge in ein monströses Gesicht. Neben ihr focht Kaleona wie eine Dämonin, schweigend, ein Wirbelsturm aus Stahl und Zorn, dabei jeder Angriff wohlgesetzt, jeder Stoß ein Treffer.

Holz wurde zerfetzt, Klauen rissen ganze Planken aus ihrer Barrikade. Ein Feind kletterte hinüber, sprang zwischen die Verteidiger. Elena fuhr herum, ihre Klinge glitt durch die Luft, schnitt quer über seine Brust. Der Stahl der Gesegneten Inseln war scharf, die Waffe von arkaner Macht durchdrungen. Haut platzte auf, Fleisch wurde zertrennt, das Monster stürzte zu Boden, ein schwarzer Brei ergoss sich auf den Boden.

»Haltet!«

Ob es die Macht ihrer Stimme war oder das Verlangen der Soldaten, die Ihren zu verteidigen, sie standen gemeinsam, erwehrten sich des grausamen Ansturms.

Doch mehr und mehr Kreaturen stiegen aus dem Wasser und bedrängten die Verteidiger. Wie eine Flut baute sich ihr Angriff auf, wie eine gewaltige Welle, die alles mit sich reißen und zerstören würde.

AIDAN

Donnerschläge folgten auf Blitze. Als Aidan aus dem Licht Elenas lief, war er für einen Moment wie blind, dann zuckte es über ihm durch die Schwärze und einen albtraumhaften Augenblick lang sah er die Festung vor sich. Schwarze Gestalten wucherten wie eine Krankheit an ihren Mauern.

Der Regen prasselte auf sie nieder, hart und kalt, aber Aidan spürte ihn kaum. Der steinerne Boden am Hafen war nass und rutschig. Überall lagen Leiber, Gefallene, Erschlagene. Er und Revus stürmten an ihnen vorbei. Jetzt war nur Zeit für die Lebenden.

Vor dem Haupttor der Feste lag ein kleiner Platz, auf dem es offenbar ein wildes Gefecht gegeben hatte. Aidan sprang über den Kadaver eines Seeteufels. Vor ihnen erklangen Schreie und die unverkennbaren Laute eines Kampfs.

Das Tor lag wie ein dunkles offenes Maul vor ihnen, gesplittertes Holz ragte in die Öffnung. Aidan stürmte hindurch. Fackeln an den Wänden beleuchteten eine

Szenerie des Grauens. Der Boden war übersät mit Toten. Sie lagen mit verdrehten Gliedmaßen und schrecklichen Wunden dort, waren an den Wänden zusammengesunken, bildeten groteske Mahnmale des Kriegs. Blut, rot und schwarz vermengt, bedeckte alles.

Im Eingang war es überraschend ruhig. Irgendwo wurde gekämpft, draußen tobten Regen und Donner, doch hier war das weiter entfernt.

Innerlich verfluchte sich Aidan dafür, nicht die Stadt und die Hafenfestung erkundet zu haben, als noch Zeit dafür gewesen war. Von außen wirkte die Feste klein, aber es war ein großes Gebäude mit vielen Türen und Treppen.

»Hoch«, rief er Revus zu und erklomm zwei oder drei Stufen auf einmal. Sie erreichten einen weiteren Gang, tauchten im Rücken von Feinden auf, die gerade eine Schar Soldaten bedrängten.

Ohne nachzudenken warf sich Aidan auf die Gegner. Sein Schwert fand einen Hals. Revus rammte einem Seeteufel den Dolch in den Rücken.

»Angriff«, rief er den Verteidigern zu. Einige der Feinde wandten sich ihnen zu, andere waren von ihrem unvermuteten Auftauchen verwirrt. Aidan duckte sich unter einer Klaue weg, riss seine Klinge herum, traf jedoch die steinerne Wand und blieb hängen. Seine Linke zog den Dolch aus der Scheide. Er wirbelte zur Seite, entging einem weiteren Angriff, stach mit dem Dolch zu. Als sein Gegner zurückwich, verpasste ihm Aidan einen Schlag mit dem Schwertknauf gegen die Stirn. Der Seeteufel stürzte zu Boden. Ein Soldat warf sich auf ihn, hackte mit einem Beil wieder und wieder auf ihn ein.

Aidan sah sich um. Kein Feind stand mehr. Eine Handvoll Soldaten sah ihn erschöpft und dankbar an.

»Sind noch mehr in der Festung?«, brachte er schnell hervor, dann sog er gierig Atem ein. Einen Herzschlag lang Ruhe, bevor sie weitereilen würden.

»Ich … nein, ich glaube nicht.«

Es war die rothaarige Soldatin, die sie am Tor so abweisend empfangen hatte. Ein übler Schnitt überzog ihre Stirn, ihr ganzes Gesicht war rot von Blut, aus dem helle Augen starrten. Ihre schiefe Nase war noch krummer als zuvor, sie sah gebrochen aus. Aidan nickte ihr zu, während er allmählich zu Atem kam.

»Aber sie kommen über die Mauern«, erklärte sie. »Sie klettern sie hoch … einfach so.«

»Dann schmeißen wir sie wieder runter«, erwiderte Aidan grimmig. »Wo sind die Menschen?«

»Keller.«

»Sind sie dort sicher?«

»Es gibt nur einen Zugang. Die Tür ist dick und stark.«

Aidan dachte an das Tor der Festung, ebenfalls dick und stark. Sie mussten den Eingang sichern und die Feinde von der Festung werfen.

Er deutete auf drei der Soldaten. »Ihr – verrammelt das Tor. Und bewacht es. Sie dürfen uns nicht in den Rücken fallen.«

»Ich gehe mit ihnen«, erklärte Revus.

Aidan wollte widersprechen, da er seinen Freund an seiner Seite wissen wollte, doch er nickte nur. Es war die richtige Entscheidung. Sollte das Tor angegriffen werden, konnte Revus' Anwesenheit den Unterschied zwischen Sieg oder Niederlage bedeuten.

»Los! Kommt mit!«

Mit diesen Worten verschwand sein Freund, raste die Treppe wieder hinunter und war fort.

»Wo geht es auf die Wehrgänge?«

Die Rothaarige führte den kleinen Trupp zu einem weiteren Treppengang. Er war schmal und steil und am oberen Ende erwartete sie eine kleine verschlossene Pforte. Aidan hieß sie innehalten und legte die Hand an den Türknauf. Er atmete einmal durch, dann riss er die Pforte auf.

Regen schlug ihm entgegen. Im Schein eines Blitzes sah er Soldaten mit Feinden ringen.

»Angriff!«

Sein Schrei war lang gezogen. Als er verklang, war Aidan schon auf den Zinnen und führte einen beidhändigen Schlag nach dem ersten Gegner. Hinter ihm rannten die Soldaten, brüllten aus voller Kehle.

»Macht sie nieder!«

Sein Schwert traf einen Kopf, ein Feind stürzte zu Boden. Aidan schlug die Klauen des nächsten zur Seite, warf sich mit der Schulter gegen dessen Brust und schleuderte ihn über die Brüstung.

Gemeinsam hackten und schlugen sie eine Bresche durch die Angreifer, halfen den Soldaten, nahmen mehr und mehr von ihnen mit in ihrem Sturm.

»Fünf dort entlang«, befahl Aidan laut und wies in die andere Richtung. Der Wehrgang führte einmal um die Festung herum und umgab einen kleinen Innenhof.

»Gewinnt die Festung zurück! Werft sie hinab!«

Bevor sie antworten konnten, war er schon weiter. Menschen kämpften und starben überall, Feinde waren über die Zinnen gestiegen.

Aidans Sturmangriff riss Soldaten mit sich. Ein Seeteufel fiel, dann ein zweiter. Sie kreisten die Feinde ein, drängten sie fort von den beinahe überwältigten Verteidigern. Es gelang ihnen, die Gegner zu isolieren, und gegen vier oder fünf Soldaten hatten selbst die furchtbaren Seeteufel wenig Aussicht auf Sieg.

Als Aidan nach vorne blickte und nur Soldaten sah, blieb er schnaufend stehen. Sein Schwertarm brannte mit dem Feuer der Erschöpfung, seine Finger waren taub von Schlag um Schlag. Seine Seite schmerzte, ebenso sein Hals. Ein Teil von ihm wusste, dass er verletzt war, dass Klauen ihn getroffen hatten, aber der Schmerz war fern und unwichtig. Er würde kommen, wenn dies alles vorbei war. *Falls ich noch lebe,* dachte Aidan. *Wenn nicht, ist es auch egal!*

So schnell er sich noch vorwärtsschleppen konnte, ging er zu der Seite der Feste, die auf den Vorplatz wies, und beugte sich über die Brüstung. Vor dem Tor war keine Bewegung zu erkennen. Er konnte nur hoffen, dass Revus sie entweder aufgehalten oder gar zurückgeschlagen hatte.

Nirgends kamen mehr Feinde die Wände emporgeklettert, um die Festung war keine Bewegung. Doch in Elenas Licht und im Aufzucken der Blitze sah er etwas im Hafenbecken, das ihm das Blut in den Adern gefrieren ließ.

Keine zwanzig Soldaten standen mit ihm oben auf den Zinnen. Er wusste nicht, wie viele bei den Gefechten gefallen waren, geschweige denn, wie viele Gorint aufbieten konnte. Sie sahen nicht aus wie die harten Legionen des Ostens, sondern eher wie einfache Menschen, die eine Rüstung übergestreift und die nächstbeste Waffe gegriffen hatten.

Unten, in Richtung Hafen, sah er das Licht Elenas. Der Regen dämpfte die Geräusche, Donner übertönte sie, aber es gab keinen Zweifel, dass dort noch gekämpft wurde. Trotz des Lichts war kaum etwas zu erkennen, zu dicht fiel der Regen.

»Wir können die Feste nicht halten«, erklärte er nach kurzer Überlegung. »Die Menschen müssen hoch zum Palast gebracht werden.«

»Aber …«

»Wir sind zu wenige«, schnitt er den Protest ab. »Noch ein solcher Angriff wäre unser Ende.«

Wieder fiel sein Blick auf das Licht Elenas, das zu flackern begann. Er wandte sich an die rothaarige Soldatin.

»Nimm dir fünf und führ alle hoch. Beeilt euch, solange hier Ruhe herrscht.« Dann blickte er sich um. »Der Rest kommt mit mir. Wir werden unseren Kameraden da unten zur Seite stehen.«

Ob sein Plan ihnen gefiel oder nicht, es gab kein Murren. Sie alle liefen hinab, trennten sich erst ganz unten, wo Revus mit seinen Leuten das Tor bewachte.

»Es kamen ein, zwei, aber wir konnten sie vertreiben.«

Aidan nickte.

»Gut. Wir geben die Feste auf und verstärken Elenas Position.« Er beugte sich zu seinem Freund vor. »Ich muss zum Hafenbecken kommen.«

Als er das hörte, sah Revus ihn mit großen Augen an, dann ballte er die Faust.

»Wirst du. Wir geben dir Deckung.«

Schnell war das improvisierte Bollwerk an der Tür beiseitegeräumt und sie traten wieder hinaus in die kalte Dunkelheit des Sturms. Eine Straße führte den Hügel empor zum Palast, die andere zu Elena.

Aidan wies zum Palast. »Egal was geschieht, haltet den Palast«, rief er der Rothaarigen hinterher, die einen ganzen Pulk von verängstigten Menschen in den Regen trieb. Auf ihre Antwort wartete er nicht, sondern sprintete gleich los. Regen peitschte in seine Augen, seine Sohlen schlitterten über den rutschigen Untergrund, doch dann erreichte er den Lichtschein, der ihm jetzt kleiner erschien.

Vor ihm fand ein erbitterter Kampf um die Barrikade statt. Ein Teil war bereits weggerissen worden, doch Elena stand in der Lücke, strahlend hell, ihre Klinge wie ein Spiegelbild der Blitze am Himmel, schnell und tödlich. Andere stachen mit Speeren durch Lücken, hieben mit Klingen und Äxten nach Feinden.

Irgendwo tief aus sich holte Aidan noch eine letzte Reserve Kraft, mehr als er glaubte aufbringen zu können. Er brüllte einen Kampfschrei, sprang zwischen zwei Verteidigern hindurch, stieß sich ab und flog regelrecht über die Barrikade.

Im Spiel von Licht und Schatten sah er Feinde, Dutzende von Feinden zwischen sich und dem Wasser. Sein Ansturm riss zwei um, einen dritten traf sein Schwert und drang tief in den Leib.

»Stürmt«, befahl Revus. »Stürmt! Stürmt!«

Aidan drang weiter vor, duckte sich, parierte, hieb und stach in wilder Wut. Andere waren bei ihm, das Licht bewegte sich. Der unverhoffte Angriff trieb die Seeteufel zurück, wie ein Keil drangen die Soldaten in ihre Reihen ein, gezogen von Aidans Ansturm.

Sein Schwert trennte eine Klaue von einem Arm. Ein Wesen tauchte wie ein Geist vor ihm auf, doch Revus warf es mit einem Tritt zurück. Neben sich sah er Kaleona einen solchen Klingentanz aufführen, dass er sich fragte, ob sie selbst auch ein Teufel war. Elena war neben ihr, Licht, strahlendes Licht, das ihre Feinde blendete und hasserfüllt aufschreien ließ.

Eine Klaue kratzte über Aidans Rücken, Blut vermischte sich mit Regen. Er konnte nicht stehen bleiben, durfte nicht stehen bleiben. Weiter, weiter, immer weiter. Er sog Luft in die Lungen.

Und schrie.

Es war ein Triumphschrei, ein Wolfsgeheul, ein uralter Laut, stark wie der Sturm, schnell wie der Wind, lauter als jeder Donnerschlag. Er zerriss die Nacht so sehr, wie es Elenas Licht tat. Regen wurde davongeweht, die Seeteufel vor ihm taumelten zurück und stürzten ins Wasser.

Sofort sprang er in die Lücke, sein Schwert glitt ihm aus den Händen. Im Schein von Elenas Licht sah er das Hafenbecken, das Wasser wirkte, als würde es kochen, nicht nur vom Sturm gepeitscht – unzählige schwarze Gestalten waren darin, schwammen auf sie zu, erklommen die Kaimauer, Dutzende, Hunderte, mehr. Eine Sturmflut von Feinden.

Aidan erreichte die Kante der Mauer – und sprang. Alles schien sich zu verlangsamen. Es war, als glitte er nicht durch Luft, sondern durch zähflüssigen Honig. Er konnte jeden Regentropfen sehen, wie sich Elenas Licht auf ihnen spiegelte, mit ihnen spielte. Sah einen Blitz langsam zwischen den Wolken entlangkriechen. Sah die Masse ihrer Feinde, ihre schwarzen Augen, so leer und kalt.

Aus ihm brach die alte Macht hervor. Ein Ruf, ein Lied, eine ewige Harmonie. Wie eine Welle rollte sie über alles hinweg. Lange hatte er sie in sich verborgen gehalten, sich vor ihr verborgen. Doch jetzt bahnte sie sich ihren Weg. Eine Musik von jenseits der Erschaffung aller Welten, das Echo eines Lieds so alt wie das Leben selbst. Es hielt die Welt in ihren Grundfesten zusammen. Alles war diese Harmonie, war von ihr gebunden, geformt, belebt.

Doch sie konnte auch zerstören.

Das Wasser spritzte auf. Stein knirschte, die Erde erbebte. Zu lange hatte die Macht auf diesen Moment gewartet, zu lange war sie gezähmt gewesen. Jetzt war sie frei.

Das Licht erlosch. Aidan stürzte in das kalte Wasser des Hafens. Der Aufprall trieb ihm die Luft aus den Lungen. Er wirbelte umher, Dunkelheit überall, nur Wasser, kein Oben und kein Unten. Er wollte atmen, musste atmen. Sein Mund öffnete sich, seine Arme und Beine machten schwache Bewegungen, er wusste nicht, wohin sie ihn trieben. In seiner Brust flammte ein Feuer auf, er musste atmen.

Eine Hand packte ihn, riss ihn empor. Sein Kopf durchbrach die Wasseroberfläche. Gierig sog er die Luft ein.

Es hätte still sein sollen. Doch noch immer tobte der Sturm, noch immer waren da Verletzte, die um Hilfe schrien. Er blickte sich nach seinem Retter um, erwartete, Revus zu sehen, doch es war Elena, die den Arm um seinen Leib geschlungen hatte.

Gemeinsam schwammen sie zurück bis zur Hafenmauer, wo sich Aidan prustend und Wasser ausspuckend festhielt. Um sie herum trieben Leichen. An der Kante kniete Revus, hielt ihm eine Hand hin und zog ihn hoch.

Aidan lag auf der Kaimauer, zu schwach, um mehr zu tun als sich auf den Rücken zu drehen und zum Himmel emporzuschauen, über den immer noch Blitze zuckten und aus dem kalter Regen fiel.

Elena beugte sich über ihn.

»In dir steckt mehr, als es den Anschein hat.«

»Haben …«

Mehr konnte er nicht sagen, bevor sein ganzer Leib von einem Hustenanfall durchgeschüttelt wurde.

»Wir haben gesiegt«, beantwortete sie die Frage dennoch. »Dank dir.«

ELENA

Obwohl der Sturm vorübergezogen war, hingen noch immer graue Wolken tief am Himmel. Die See war ebenso grau, getrieben von einem immer noch scharfen Wind, der weiße Wellenkämme auf sie zauberte.

Im Hafenbecken war das Wasser deutlich ruhiger. Zwei Ruderboote fuhren umher, sammelten Kadaver ein und brachten sie zu der Festung an Land. Elena wusste nicht, was mit ihnen geschehen würde und es kümmerte sie in diesem Moment auch nicht.

Überall in der Stadt waren Spuren der gestrigen Nacht zu sehen. Wo nicht gekämpft worden war, hatten entweder der Sturm oder Menschen in panischer Flucht allerlei Schäden angerichtet. Am Hafen selbst war überall das Vermächtnis der Schlacht um Gorint zu sehen. Nicht einmal der starke Regen hatte sie wegspülen können.

Doch am schwersten wogen die Toten. Aufgebahrt in der Halle am Wasser, in Reih und Glied auf dem Boden, notdürftig mit allerlei Tüchern bedeckt. Viele Soldaten der

Stadt, aber auch zu viele Bürger und Flüchtlinge, von einem gnadenlosen Feind dahingerafft. Der Anblick drehte Elena den Magen um und erinnerte sie an die Dringlichkeit ihrer eigenen Reise.

Zum ersten Mal seit Langem war Kaleona nicht bei ihr. Die Kriegerin hatte zwar protestiert, aber Elena war unerbittlich geblieben – erst einmal mussten ihre Wunden versorgt werden. Niemand war ohne Verletzung geblieben; diese Nacht würde bei ihnen allen Spuren hinterlassen.

Auch Elena spürte das Brennen eines langen Schnitts an ihren Arm. Der Verband war eng, die Wunde von einem Heiler gut gereinigt. Sie überlegte, Magie gegen die Schmerzen zu wirken, aber sie entschied sich dagegen. Einerseits steckte ihr die Erschöpfung in den Knochen und jedes Formen von arkaner Macht war anstrengend. Andererseits erschien es ihr angesichts der Toten auf dem harten Steinboden nicht richtig. Die Schmerzen waren nichts im Vergleich zu ihrem Opfer.

Sie kniete neben einem Tuch nieder, eine Decke, rot und blau kariert, kleine Vierecke aus verschiedenen Stoffen. Es war ein zu fröhliches Bild. Vorsichtig hob sie eine Ecke an. Ein junger Mann, bleich. Jemand hatte zwei kleine Steine auf seine Augen gelegt, damit sie geschlossen blieben. Elena versuchte sich einzureden, dass er nur schlief, aber es ging nicht. Er lag nicht nur ruhig dort; das Leben hatte ihn verlassen, das war offensichtlich. Seufzend legte sie die Decke respektvoll zurück.

Als sie die Straße zum Palast hochging, sah sie Aidan auf den Überresten der Barrikade sitzen. Er hatte einen hölzernen Humpen in der Hand und lehnte an einer Hauswand. Direkt neben seiner Schulter waren tiefe Kratzer im Stein zu erkennen, wo eine Klinge in der Nacht ihre Spuren hinterlassen hatte. Dennoch war es kaum zu glauben, dass es geschehen war. Es wirkte fern und unwirklich, wie ein Traum.

»Ale?«

Er hielt ihr den Humpen hin. Erst wollte sie den Kopf schütteln, dann zuckte sie mit den Schultern und nahm einen langen Zug. Sie hatte zusammen mit ihm gekämpft, Blut vergossen, was war da schon ein gemeinsames Trinkgefäß? Außerdem war sie durstig.

»He, lass mir auch noch ein wenig drin.«

Irgendwie schaffte er es, gegen jede Vernunft zu grinsen, als er den Humpen wieder entgegennahm und noch seltsamer war, dass sie das Lächeln selbst kurz erwiderte.

»Lange Nacht«, stellte er fest und blickte zum Hafen. »Ich muss gestehen, dass mir so ziemlich alles wehtut.«

»Immerhin können wir noch Schmerzen empfinden«, erwiderte sie mit der Erinnerung an die Toten.

»Aye. Wir sind die Glücklichen.«

Es geschah nicht oft, dass Elena nicht wusste, was sie sagen sollte. Worte kamen ihr oft leicht über die Lippen, ebenso war sie sich ihres Wegs fast immer bewusst.

»Gestern Nacht …«

Er seufzte. »Ich war mir nicht sicher«, erklärte er, als sie nicht weitersprach. »Ich hatte nur die Hoffnung, dass es funktionieren würde.«

»Der Gesang … ich habe noch nie so etwas gehört.«

Er nahm einen tiefen Schluck Ale, sah an ihr vorbei. Fast schien es, als würde er schweigen wollen, doch dann antwortete er: »Es ist eine Art der Magie. Ich habe … ich wollte die Seeteufel vernichten.«

»Ich weiß nicht, was sonst geschehen wäre«, gestand Elena. Wieder und wieder hatte sie die Schlacht vor ihrem geistigen Auge ablaufen lassen. Wieder und wieder hatte sie die erdrückende Übermacht gesehen, die wenigen Soldaten. Man musste kein großer Stratege sein, um zu wissen, dass ihr Kampf beinahe aussichtslos gewesen war.

»Danke.«

Er prostete ihr spöttelnd zu und trank mehr Ale.

»Ich ... ich wusste nicht einmal, ob ich es kann.« Seine Stimme war leise, rau, gebrochen. »Es ist ...«

»Eine Gabe«, brachte sie seinen Satz zu Ende.

Seine Miene verzog sich. »Oder ein Fluch. Wer kann das schon sagen?«

»Aber es ist Magie?«

»O ja. Uralte Magie. Überall ist Harmonie, um uns herum, in uns, alles ist von ihr durchdrungen. Sie ist so sehr Teil der Schöpfung wie die vier Elemente. Sie hält alles zusammen. Und ich kann ... ich weiß nicht, wie ich es beschreiben soll. Ich kann sie hören ... nein, mehr spüren als hören.«

Elena hatte Legenden gehört, von den großen Barden vergangener Zeitalter, vom Bardenruf, aber sie hatte es immer nur für genau das gehalten – Legenden.

»Du kannst Magie wirken«, stellte er fest. »Von großer Macht, wie es scheint. Vielleicht verstehst du, was ich meine.«

Elena nickte.

»Es fällt mir hier schwer. Die arkane Energie ist überall, aber nicht überall gleich stark.«

Er schnaubte.

»Bislang dachte ich, Magier wären Leute, die ein Leben lang studieren müssen, damit sie in einem stundenlangen Ritual ein funzeliges Licht erschaffen können. Alte Frauen und Männer, die sich vor der Welt verkriechen, weil es ihnen schon die Nase bluten lässt, wenn sie eine Münze schweben lassen.«

Jetzt musste Elena tatsächlich lachen.

»Du tust ihnen sicherlich Unrecht!«

»Nein, ich habe ein oder zwei Magier in meinem Leben getroffen. Das war eine vollkommen akkurate Beschreibung.«

Er reichte ihr noch einmal den Humpen Ale, und sie trank dankbar einen weiteren Schluck. Die in ihren Mantel gewobene Magie hielt sie warm, aber sie spürte die Kälte des Winds dennoch.

»Wenn du ein Barde bist«, begann sie in Ermangelung besserer Worte, »bist du dann jemand Besonderes? Diese Macht ist doch selten?«

Sofort verengten sich seine Augen, und seine Gesichtszüge verschlossen sich.

»Nein, bin ich nicht.«

»Aber ...«

»Kein aber«, schnitt er ihr hitzig das Wort ab. Sie zuckte regelrecht vor ihm zurück. Er funkelte sie wütend an, erhob sich dann, stürzte den Rest Ale hinunter und blickte in den Humpen.

»Ich brauche mehr.«

Ohne sie noch einmal anzusehen wandte er sich ab und stapfte die Straße hoch. Verwundert blieb Elena einen Moment stehen, bevor sie ihm langsamer folgte.

Einige Menschen kamen ihr entgegen. Die Straßen waren trotz des rauen Wetters nicht leer. Das schaffte eine gewisse, irgendwie beruhigende Normalität.

Ein Stück vor ihr erreichte Aidan die Pforte des Palasts, sah sich kurz um und wartete dann auf Elena. Schweigend öffnete er ihr die Tür, ebenso schweigend trat sie hindurch.

Innen herrschte Zwielicht; durch die Fenster drang kaum Licht, das Feuer im Kamin war fast zur Gänze heruntergebrannt und es flackerten nur zwei Kerzen auf dem langen Tisch, der an die hintere Wand geschoben worden war. Die meisten waren wieder in ihre eigenen Häuser zurückgekehrt und die Flüchtlinge waren auf andere Unterkünfte verteilt worden, so gut es ging. Aber einige Gestalten waren dennoch hier. Auf dem Boden lagen einige Verletzte und am Tisch saßen die Baronin und eine Handvoll ihrer Würdenträger.

In der hintersten Ecke hatte sich Kaleona eine kleine Lagerstatt errichtet und schlief. Elena mochte ihrer Leibwächterin die Erschöpfung nicht verübeln. Revus saß abseits an der Tafel und sang leise vor sich hin.

Aidan nahm neben seinem Freund Platz, füllte seinen Humpen aus einem Krug auf dem Tisch nach und streckte sich. Auch Elena gesellte sich zu ihnen.

»Sie haben Boten in alle Himmelsrichtungen geschickt«, berichtete Revus und unterdrückte ein Gähnen. »Na ja, in fast alle. Eigentlich nur nach Norden und Osten.«

»Kein Wunder, im Süden ist niemand mehr.«

»Wird Hilfe kommen?«, fragte Elena.

Aidan zuckte mit den Achseln.

»Keine Ahnung. Aber zumindest sind die anderen Freien Baronien gewarnt.«

»Immerhin.«

Eine Zeit lang schwiegen sie alle drei. Elena sehnte sich danach, sich selbst einen ruhigen Ort und eine weiche Decke zu suchen und einfach nur zu schlafen. Niemals hätte sie geglaubt, dass sie so müde sein könnte, dass ihr selbst eine der rauen Decken und ein harter Steinboden verlockend erscheinen würden. Aber noch konnte sie sich nicht ausruhen.

»Wie sind Eure Pläne?«, erkundigte sie sich vorsichtig, durch Aidans abweisendes Auftreten besorgt.

»Weg von hier«, erwiderte er. »Weg vom Wasser.«

»Habt Ihr kein Ziel?«

Er nahm noch einen tiefen Schluck.

»Nein. Wir gehen, wohin der Wind uns weht. Wie Steine, die einen Berg hinabrollen, landen wir einfach irgendwo. Wir haben kein Heim, keine Heimat, kein Ziel.«

Es war nicht einfach für Elena, das zu verstehen. Ihr ganzes Leben lang war ihre Heimat Mittelpunkt und Ziel ihres Lebens gewesen. Sie zu verlassen, war ihr nie in den Sinn gekommen, geschweige denn sich von ihr in solcher Form loszusagen.

»Und Ihr?«

»Wie gesagt, wir sind auf der Suche nach …«

»Dem Land des Ewigen Nebels. Ja, ich erinnere mich.«

»In unserer Heimat … es geschehen schreckliche Dinge.« Ihre Worte waren zögerlich. Unwillig, allzu viel preiszugeben, blieb sie vage. »Wir hoffen, dass wir dort eine Lösung finden.«

»Im Nebel?«

Aidans Stimme klang spöttisch, aber Revus mischte sich ein, bevor Elena antworten konnte: »Was geschieht? Hat es etwas mit den Seeteufeln zu tun?«

Die Frage überraschte sie. Bislang war es ihr nicht in den Sinn gekommen, dass es eine Verbindung geben könnte. Zu wenig wusste sie über die Mühen und Kämpfe dieser Länder.

»Nein«, war ihr erster Einfall, dann aber gestand sie: »Ich weiß es nicht. Vielleicht.«

Revus warf einen Seitenblick auf Aidan, der missmutig in seinen Humpen starrte, als läge an dessen Grund die Lösung all seiner Probleme.

»Und Ihr glaubt, dass die Ursache im Land des Ewigen Nebels zu finden ist?«

Sie schüttelte den Kopf.

»Nein, nicht die Ursache. Es soll dort ein Orakel geben. Wir glauben, dass es die Antwort auf unsere Fragen kennt.«

Jetzt stieß Revus Aidan seinen Ellbogen in die Seite.

»Ein Orakel!«

»Hm? O ja, ein Orakel!«, ahmte Aidan seinen Freund mit gespieltem Enthusiasmus nach, bevor er wieder in sich zusammensank. »Und?«

»Mann, hast du schon so viel Ale intus? Die Saga vom Orakel in den Tälern der Ewig Durstigen Schlange?«

»He! Genauso fühle ich mich.«

Revus verdrehte die Augen und wandte sich an Elena, hob die Rechte und begann, eine alte Weise zu singen.

Im Nebel schläft die Zuversicht.
Im Dunst ruht das Gewissen.
Für den, der zweimal sehen kann
und sich erwehrt dem droh'nden Bann,
eröffnet sich das Wissen.

Am Laufe jenes großen Stroms,
der Berge hat zum Ziele,
verirren sich, seit Jahr und Tag,
jene, die die Neugier plagt.
Es sind heut' nicht mehr viele.

Und je mehr du meinst zu wissen,
desto mehr wirst du vergessen.

Sie lauschte wie gebannt.

»Kein Land des Ewigen Nebels«, stellte sie fest, und er nickte betrübt, bevor sich seine Miene wieder aufhellte.

»Aber ein Orakel. Es ist das einzige seiner Art, das ich aus allen Liedern, Balladen, Sagen und Mythen kenne. Vielleicht ist es ein und dasselbe?«

»Also ich mag die Schlange«, sagte Aidan bestimmt und hob den Humpen wieder an die Lippen. »Klingt nach einem vernünftigen Tier.«

»Wo soll denn dieses Orakel seinen Sitz haben?«, fragte Elena, ohne ihm Beachtung zu schenken.

»Dem Lied nach in den südlichen Ausläufern der Hornberge, am Verlauf des Großwassers.«

Als er ihren fragenden Gesichtsausdruck bemerkte, fügte er hinzu: »Ein gewaltiger Fluss. Wir haben ihn ein-, zweimal überquert, aber jenseits der Berge ist er so breit, dass man ein Boot oder eine Fähre braucht. Weiter in den Bergen gibt es eine große und uralte Brücke. Niemand weiß, wer sie errichtet hat, aber ihr Anblick ist atemberaubend. Dreißig Schritt und mehr sind ihre Bögen hoch.«

Seine Hände malten die Form der Brücke durch die Luft. Auf den Gesegneten Inseln gab es solche Brücken an vielen Stellen, aber Elena nickte nur und lächelte.

»Ein Orakel«, murmelte sie mehr zu sich selbst. Sie hatte auf mehr gehofft, auf Erklärungen, einen klaren Weg, aber Revus' Lied hatte ihr Hoffnung geschenkt.

»Leider sagt das Lied nicht, welcher Art es ist.« Revus klang wahrhaft mitfühlend. »Aber ich meine, ein Orakel ist ein Orakel, oder nicht?«

»Ich nehme es an.«

Neben ihnen seufzte Aidan.

»Dann habt ihr beiden ja ein Ziel«, stellte er fest und sah zu Kaleona hinüber. »Zumindest sobald sie wieder aus ihrem Schläfchen erwacht.«

Eine scharfe Erwiderung lag Elena auf der Zunge, aber sie schluckte sie hinunter. Sie war zu müde, um sich wegen einiger unbedachter Worte zu streiten.

»Erst einmal schlafe ich auch«, erklärte sie und erhob sich mit steifen Gliedern. »Aber ja, dann werden wir aufbrechen.«

AIDAN

Das Hochgefühl nach der Schlacht war einem tiefen Abgrund gewichen, der Aidan zu verschlingen drohte. Bislang ging sein Plan, ihn mit Ale zu füllen, nicht wirklich auf. Statt die Schärfe der Welt abzudämpfen und ihre Klinge in seiner Seele zumindest stumpf zu machen, wurde er nur noch missmutiger.

Einst hatte er sich geschworen, seine Macht – Talent hatte es vor so vielen Jahren einer seiner Lehrmeister genannt – nie wieder einzusetzen. Und lange genug war es ihm geglückt. Auf den Reisen fernab jener Orte, an denen sein Name Bedeutung hatte, konnte er sich verbergen – vor der Welt, vor allem aber vor sich selbst.

Närrisch war er gewesen in seinem Glauben, den Schmerz aus sich getilgt zu haben, ihn wie Unkraut mit Stumpf, Stiel und Wurzeln aus seinem Innersten gerissen und gebannt zu haben. Doch es war stets nur eine schwärende Wunde gewesen, bereit, jederzeit wieder aufzubrechen und ihren giftigen Eiter in seinen Geist zu ergießen.

Überlebt zu haben, gesiegt zu haben, das hatte ihm für kurze Zeit einen Höhenflug beschert; fast wie sein Leben einst von einem Moment zum nächsten gewesen war. Doch so hoch er gestiegen war, so tief war er nun wieder abgestürzt.

Er blickte in seinen Humpen. Durch den letzten Rest braunen Ales konnte er schon wieder den Boden sehen. Dass es bislang nicht geklappt hatte, sich damit ausreichend zu betäuben, musste ja nicht heißen, dass es aussichtslos war, also füllte er noch einmal aus dem Krug nach.

»Wir sollten auch schlafen«, schlug Revus vor, aber Aidan graute es vor der Vorstellung, allein mit seinen Gedanken und Erinnerungen zu sein.

»Was? Willst du nicht lieber noch ein Lied singen?«

Da Revus nicht gewillt schien, hob Aidan selbst an:

Fragen quälen meinen Geist,
der keine leichte Antwort weiß.
Es vernebelt mir die Sicht,
ich denke viel, doch weiß es nicht.

Lieder, Ale und schönes Weib
sind der beste Zeitvertreib.
Und vergess ich erst die Tage,
dann vergess ich auch die Frage.

Er hob den Humpen, prostete seinem Freund zu und trank. Der Morgen würde kein guter werden, so viel stand fest, aber er war noch fern und die Nacht mit ihrer Dunkelheit nah.

»Du bist betrunken, du bekommst kaum noch eine

klare Note raus«, schalt ihn Revus, aber Aidan tat die Kritik mit einem Handwedeln ab.

»Ein Trinklied! Genau so muss es gesungen werden!«

»Ich habe keine Lust mehr auf Trinklieder«, entgegnete Revus mit einer Erschöpfung in der Stimme, die Aidan innehalten ließ. Sein Freund senkte den Blick.

»Denkst du nicht, dass es an der Zeit ist, einen anderen Pfad einzuschlagen?«

»Was, doch wieder nach Süden?«, missverstand ihn Aidan mit voller Absicht, doch Revus ging nicht auf das Geplänkel ein.

»Es ist alles so lange her. Und gestern Nacht, haben wir da nicht bewiesen, dass immer noch mehr in uns steckt?«

Ein Teil von Aidan wollte es glauben, wünschte sich nichts sehnlicher, als es glauben zu können. Doch da war der Abgrund, tief und dunkel und hoffnungslos. Er verzog das Gesicht.

»Wie oft müssen wir dieses Gespräch noch führen?«

Beide seufzten.

»So lange, bis es in deinen dicken … Dickschädel geht«, knurrte Revus.

»Vielleicht bist du der Dickschädel«, konterte Aidan. »Immer wieder die gleiche Leier. Du kennst so viele Melodien – warum immer nur diese?«

Sein Freund suchte sichtlich nach Worten. Die Lippen bewegten sich, seine Hände fuhren durch die Luft.

»Weil ich an dich glaube.«

Es war wie ein Schlag in die Magengrube. Ein kurzer Augenblick der Freude, gefolgt von Verzweiflung.

»Dann bist du ein Narr.«

Leise Worte, fast geflüstert. Die Wahrheit musste nicht laut ausgesprochen werden.

»Und was ist mit gestern Nacht? Und mit den Nächten davor? Wie viele wären ohne dich tot? Wie viele hätten diese Monster in ein nasses Grab gezerrt? Ihr Blut vergossen? Ihr Blut getrunken!«

Darauf erwiderte Aidan nichts, aber in seinem Kopf tanzten die Worte. *Und wie viele würden sterben – wieder sterben?* Bilder von Schlachtfeldern, von Blut, von Toten. So viele Gesichter, so viele leere Augen. Die Bürde war zu groß.

»Lass uns wenigstens mit den beiden ziehen«, bat Revus und nahm Aidan den Humpen aus der Hand.

»He!«

»Hör mir zu! Trinken kannst du danach noch genug.«

Auch wenn er bezweifelte, dass er genug trinken konnte, um wirklich zu vergessen, blickte Aidan seinen Freund ruhig an.

»Wir helfen ihnen auf ihrer Queste.«

Aidan schnaubte.

»Queste … immer alles wie in den alten Sagen, was?«

»Queste, Suche, Reise, was auch immer.« Revus schlug seinen Einwand mit der Rechten zur Seite. »Nur wir und sie. Was kann da schon geschehen? Aber vielleicht finden wir etwas. Vielleicht erfahren wir, warum dies geschieht, warum es jetzt geschieht.«

Aidan legte den Kopf zur Seite.

»Es könnte zusammenhängen«, fuhr Revus schnell fort. »Mit dem, wovon sie aus ihrer Heimat berichtet haben. Das Orakel könnte es wissen.«

»Falls es ein Orakel gibt«, wandte Aidan ein. »Bislang hast du nur ein altes Lied.«

»Zweifelst du?«

Er zögerte, dann sackten seine Schultern herab.

»Nein.«

»Also, was sagst du? Was haben wir zu verlieren? Wir helfen ihnen, finden das Orakel und befragen es.«

Es klang einfach, so viel musste Aidan ihm zugestehen. In Gorint hielt sie nichts, also würden sie ohnehin bald weiterziehen. Ein Orakel irgendwo im Gebirge klang verlockender als eine Küste voller Seeteufel und die Vorstellung, mit Elena zu reisen, hatte durchaus ihren Reiz. *Ein Orakel finden, das klingt zumindest spannend. Wer weiß schon, was das für ein Ort ist? Wir reisen gemeinsam, trotzen den Gefahren, erleben Abenteuer und … nein!*

»Und was dann?« Seine Worte klangen verwaschen. Zumindest machte das Ale seine Zunge schwer. »Was dann?«

»Was meinst du?«

»Wir begleiten sie, wir finden das Orakel, es hat auf alles eine Antwort. Und dann?«

Revus schwieg.

»Wir wissen beide, was dann. Wir wissen, worauf es hinausläuft. Ein großer Moment, von Barden besungen.«

»So muss es nicht sein …«

Aidan schüttelte müde den Kopf, nahm den Humpen und trank.

»Aidan.«

»Geh doch mit ihnen«, fauchte er Revus an, von der Heftigkeit seiner eigenen Reaktion überrascht. Doch er taumelte weiter am Strang der roten Wut entlang, die in ihm brannte. Es war kein gutes Gefühl, aber wenigstens konnte er ihrem Lodern nun ein Ziel geben.

»Lass mich doch einfach zurück.«

Für einen Herzschlag nur lag Revus' Seele offen vor ihm in sein Antlitz geschrieben, getroffen, waidwund. Dann verschwand sie wieder hinter einer Maske.

»Habe ich das je?«

Sie beide kannten die Antwort darauf. Aidan wollte sich entschuldigen, wollte seinen Freund um Verzeihung bitten, doch etwas hemmte ihn, nahm ihm Worte und Sinn. Lange saßen sie so, in Stille aneinander gebunden.

»Du hast recht«, erklärte Aidan schließlich. »Wir sollten schlafen.«

Es war wie ein Abkommen. Revus nickte. Ein kurzes Lächeln, kaum Blickkontakt, dann schlurfte Aidan zu seinem Lager und ließ sich mit vom Alkohol schweren Gliedern auf die Decke sinken. Er packte eine Ecke, rollte sich halb in sie ein. Der Gedanke, seine Stiefel auszuziehen, war lächerlich. Sie waren viel zu weit weg, zu schwer, waren wie ein Teil von ihm. Er schloss die Augen.

Vielleicht hatte das Ale doch gewirkt; jedenfalls konnte sich Aidan, als er wieder aufwachte, an keine Träume erinnern. Das war die gute Seite der Medaille. Auf der anderen stand, dass er sich schon lange nicht mehr so schlecht gefühlt hatte. Es war nicht einmal die Übelkeit, die ihm zu schaffen machte oder das beständige dumpfe Wummern hinter seinen Augen. Auch der fürchterliche Geschmack in seinem staubtrockenen Mund war es nicht allein. Seine Kleidung fühlte sich klebrig und viel zu heiß an, seine Stiefel waren wie Folterinstrumente, die auf seine Füße drückten. Jede Bewegung war eine Qual, seine diversen Wunden und Verletzungen stachen aus diesem Meer der Pein hervor. Einige Zeit lang blieb er einfach liegen – mit geschlossenen Augen, denn Licht war über Nacht zu seinem Feind geworden und brachte nur noch mehr Schmerz. Träge versuchte er herauszufinden, ob es einen Teil seines

Leibs gab, der nicht brannte, stach oder anderen Kummer bereitete. Vielleicht ein Teil seines linken Ellbogens.

Doch es half nichts. Vorsichtig öffnete er die Augen, stöhnte und hob dann eine Hand vors Gesicht. Die Bewegung kostete Kraft, die er kaum noch hatte und selbst das wenige Licht, das zwischen seinen Fingern hindurchkroch, war ihm nicht willkommen.

Du bist ein Kämpfer, redete er sich ein. *Du hast Seeteufel besiegt, du wirst auch mit diesem Tag fertig.* Es war ein schöner Gedanke, aber jetzt gerade wirkte er wie eine Lüge.

»Du siehst zerstört aus.«

Ein Schemen im grellen Licht. Aidan blinzelte.

»Danke«, brachte er mit trockener Stimme hervor. Ihm wurde ein Becher gereicht. Einen schrecklichen Augenblick lang glaubte er, es sei Ale, ein kruder Scherz, doch dann entpuppte es sich als Wasser. Klar und kühl. Er nahm einen vorsichtigen Schluck, ließ ihn im Mund umherrollen, bevor das Wasser eine kalte Spur seine Kehle hinablegte. Dann schloss er wieder die Augen, hob eine Hand, würgte. Wie durch ein Wunder gelang es ihm, alles unten zu behalten.

Ein Lachen ließ ihn zusammenzucken.

»Erheitere ich dich?«, fragte er ohne aufzusehen.

»Ein wenig«, gestand Revus und setzte sich neben ihn.

»Wie viel?«

»Zwei Humpen …«

Aidan traute seinen Ohren nicht.

»Zwei?«

»Nachdem du wieder hochgekommen bist. Davor? Keine Ahnung. Irgendwas zwischen fünf und zehn, schätze ich.«

Zehn, dachte Aidan und versuchte nachzurechnen,

doch der gestrige Abend war zum größten Teil eine verschwommene Abfolge von Bildern. Einige Erinnerungen stiegen empor, ungewollt, wie faulige Blasen im Sumpf. Besser nicht daran denken.

»Wie lange …?«

»Es ist Mittag, also noch alles im Rahmen. Die ganze Nacht war ruhig. Keine Angriffe, nicht mal ein Hinweis darauf, dass es im Meer irgendwas außer Fischen und Seetang gibt.«

»Nie wieder Ale«, murmelte Aidan, nicht zum ersten Mal im Leben, und, wie er sich in diesem Moment der Schwäche gestand, wohl auch nicht zum letzten Mal.

»Natürlich.«

Der sanfte Spott in Revus' Stimme hätte Aidan an einem normalen Tag vielleicht verärgert, doch heute war in seinem schmerzenden Schädel kein Platz mehr für solche Kleinigkeiten.

»Ich brauche …«, begann er, verlor den Faden, überlegte, was er wohl brauchen könnte, und schloss: »Frische Luft. Ein Bad. Eine Rasur.«

»Aye, du brauchst ein Bad.«

Aidan sah auf. Inzwischen hatten sich seine Augen dankenswerterweise an die Helligkeit gewöhnt. Helligkeit, die sich als recht dunkel herausstellte, da es in der Halle des Palasts kaum Lichtquellen gab und die Fenster zum größten Teil geschlossen waren. Revus hielt ihm die Hand hin. Aidan ergriff sie dankbar und ließ sich auf die Beine ziehen. Die Welt tanzte und drehte sich, doch sein Freund war da, Aidan lehnte sich an ihn, ließ ihn sein Fels sein.

»Verdammte Scheiße«, brachte er hervor, nachdem der schlimmste Anfall von Übelkeit vorbei war.

Sie stapften hinaus in den grauen Tag.

Es dauerte Stunden, bis sich Aidan nur noch schlecht fühlte. Stunden, in denen er Revus bat, ihn im Badezuber zu ertränken, sich nichts sehnlicher wünschte, als diesen Verräter von einem Leib hinter sich zu lassen und sich einige Male heftig übergab.

Aber wie der dazugehörige Rausch verging auch der Kater irgendwann oder trat zumindest in den Hintergrund. Draußen dämmerte es bereits, als Aidan frisch gebürstet, rasiert und in halbwegs sauberer Kleidung auf den Platz vor dem Palast trat und tief durchatmete.

»Heute wird das mit der Abreise nichts mehr«, stellte er entschuldigend fest. »Sieht so aus, als würden wir noch eine Nacht in diesem Kaff verbringen.«

»Aye.«

»Vermutlich wird das Elena nicht gefallen.« Aidan konnte sich gut vorstellen, dass eine Pause wegen übermäßigem Genuss von Ale bei ihr nicht gerade auf Begeisterung traf. »Aber manchmal …«

Manchmal braucht man das eben, beendete er den Satz für sich selbst.

»Äh, die beiden sind heute Morgen mit dem ersten Licht der Sonne aufgebrochen«, berichtete Revus.

»Was? Heute Morgen? Aber …«

»Du hast sehr deutlich gemacht, was du von der Idee hältst, sie zu begleiten. Sowohl ihr gegenüber als auch mir. Ich denke, deine Botschaft wurde verstanden.«

Aidan wollte protestieren, wollte es auf das Ale schieben, aber dann erkannte er, dass es nicht so war. Er hatte mit Absicht abgelehnt, aus gutem Grund, und auch wenn es ihn seltsam schmerzte, Elena nicht mehr zu sehen, war ein großer Teil von ihm froh.

Keine Abenteuer, keine Helden. Er ließ die Neuigkeiten sacken und nickte dann.

»Gut. Wir können uns morgen auf den Weg machen.«

Revus erwiderte nichts, sondern starrte auf die graue See. Zum ersten Mal seit vielen Monden war da eine Distanz zwischen ihnen, ein Riss. Bislang hatte Aidan immer gewusst, dass sein Freund ihm zur Seite stand. Über alles hatten sie sprechen können. Doch jetzt fehlten ihm die Worte, um jenen Abgrund zwischen ihnen zu überbrücken.

Es war kein gutes Gefühl.

Aber es würde schon wieder vergehen. Wenn sie diesen Ort erst einmal hinter sich gelassen hatten, die Erinnerungen verblassten und nur noch der Augenblick wichtig war. Keine Vergangenheit, keine Zukunft, nur das Jetzt.

Ein Tag der Ruhe, eine letzte Nacht in Gorint, dann konnten sie verschwinden.

Und so fand der nächste Morgen sie außerhalb der Stadtmauern, die Bündel auf einem Packpferd, frei wie der Wind, der heftig von Land blies.

»Wohin?«, fragte Revus und sah sich um. Viele Möglichkeiten hatten sie nicht.

»Süden, nein danke.« Aidan schüttelte sich. »Norden? Warum nicht, aber wohl kaum am Meer entlang, was?«

»Erst einmal nach Osten dann?«

Aidan nickte.

»Der Osten ist es. Dann schauen wir mal.«

Sie setzten sich in Bewegung. Aidan sang ein langes Reiselied, was er seit vielen Monden nicht mehr gemacht hatte.

Von Tür zu Tür, von Ort zu Ort,
von Fluss zu Fluss, nur weiter fort.
Vom Berg zum Tal und durch die Felder
quer'n Lichtungen und schwarze Wälder.

Und sind wir einmal angekommen,
mein Lebenszweck wär mir genommen.
So begeb ich mich in Schlafes' Schoß.
Und ziehe morgens wieder los.

Doch seine Hoffnung, dass Revus in die Melodie einfallen würde, erfüllte sich nicht.

»Und was ist mit dir?«, fragte er das ruhige Pferd und rieb es zwischen den Ohren. »Bist du ein Musikliebhaber?«

»Es ist eine Stute«, erklärte Revus, was sonst sicherlich einen Lacher wert gewesen wäre.

»Eine Stute?« Aidan flüsterte. »Dann komm, Süße, auf in die ferne Welt.«

Es gab keinen Grund, sich zu beeilen, also taten sie es nicht. Mittags gab es eine ausführliche Rast und eine warme Mahlzeit. Ihnen beiden steckten die letzten Tage noch in den Knochen.

Den Nachmittag nutzten sie, um noch ein wenig Land zwischen sich und die See zu bringen, suchten aber auch früh einen windgeschützten Lagerplatz in einer kleinen Kuhle und entfachten dort ein kleines Feuer.

»Man kann den Gorintern ja nachsagen, was man will«, erklärte Aidan mit vollem Mund. »Aber großzügig sind sie.«

In der Pfanne brutzelten noch zwei Würstchen und einige Zwiebelscheiben. Auf ihren Reisen hatten sie sich an jede Art der Verpflegung gewöhnt, von Festessen wie in Gorint bis hin zu kargen Mahlzeiten, die einen fast hungriger zurückließen als zuvor. Aber zumindest die nächste Zeit würden sie nicht darben, dafür hatten die dankbaren Menschen von Gorint gesorgt. Brot, Käse, Wurst, Schinken, getrockneter Fisch und allerlei Leckeres mehr war in ihrem Packsattel.

»Ich halte die zweite Wache«, stellte Revus fest und rollte sich in seine Decke ein.

»Schon satt?«

Ein zustimmendes Brummen ertönte aus dem Bündel, also hob Aidan die Pfanne vom Feuer und aß den Rest mit seinem kleinen Messer, bevor er sie mit ein wenig Wasser ausspülte. Während von Revus schon bald ein leises Schnarchen zu hören war, legte sich Aidan seinen Mantel um die Schultern, suchte sich eine gute Position und setzte sich.

Die Nacht kam langsam, die Dunkelheit kroch über die Welt. Der Himmel wurde schnell dunkel, da die Wolken die Sonne verdeckten, aber das Zwielicht hielt sich lange.

Während er gegen die Müdigkeit kämpfte, malte sich Aidan einige Ziele aus, die sie ansteuern konnten. Keine Hafenstädte darunter, so viel war sicher. Vielleicht sollten sie ihre momentane Richtung beibehalten und weiter nach Osten ziehen. Es gab die großen Handelsstraßen, auf denen sie sich als Wachen verdingen konnten und wenn sie erst einmal weit im Osten waren, konnten sie sehen, in welche der Turmstädte es sie dort zog. Es war ein guter Plan, wie Aidan zufrieden feststellte, und er würde ihn Revus gleich morgen beim Frühstück vorschlagen.

Im Laufe seiner Überlegungen hatte sich dann doch

die Nacht auf die Welt herabgesenkt. Das Feuer war bis auf eine dünne Glut heruntergebrannt, und mit den Wolken war es eine dunkle Nacht. Aidan wickelte sich fester in seinen Mantel und starrte in die Finsternis. Seine Aufmerksamkeit galt vor allem der Richtung, aus der sie gekommen waren, dort, wo die See lag. Aber zwischen den Felsen und Büschen bewegte sich nichts.

Dennoch war er unruhig, obwohl er nicht einmal sagen konnte, warum. Kein Lied lag im Wind, die Welt blieb still. Aber sein Geist war es nicht. Schließlich erhob er sich und legte ein wenig Holz nach. Schon bald leckten wieder kleine Flammen empor. Nervös blickte er sich um, schalt sich dann aber für dieses schale Gefühl in seiner Brust. *Das ist die hundertste Nacht, die du unter freiem Himmel verbringst! Die Dunkelheit ist dein Freund, nicht dein Feind!* Aber so richtig wollte er sich selbst nicht glauben.

Die Ereignisse der letzten Nächte hatten ihre Spuren nicht nur auf seiner Haut, sondern auch in seinem Inneren hinterlassen. Wunden und Narben, ebenso schmerz- und dauerhaft wie jene, die seinen Leib zierten.

Eine Bewegung ließ ihn aufschrecken. Er wollte Revus etwas zurufen, seinen Freund wecken, doch mit einem Mal fand er sich auf dem Rücken wieder, ohne Luft in der Brust für einen Schrei. Über ihm eine dunkle Gestalt, kalte, nasse Klauen, die sich auf seinen Mund pressten. Direkt vor seinem Gesicht zwei große schwarze Augen, kalt und leer wie ein Abgrund. Er wollte sich aufbäumen, aber das Wesen hielt ihn fest, drückte ihn hinunter. Kühler, nach Salz und Seewasser riechender Atem strich über sein Gesicht. Aidan schrie, aber unter den Klauen, die sein Gesicht wie Eisenklammern umschlossen, kam nur ein gedämpftes Murmeln hervor.

Der Mund der Kreatur öffnete sich, dieses groteske Loch. Die Erinnerung an den perversen Kuss durchzuckte Aidan, gab ihm schier übermenschliche Kraft. Die Wunde an seinem Hals flammte in brennendem Schmerz auf.

Ein Wort entrang sich diesem fremden, schrecklichen Mund. Aidan riss die Augen auf.

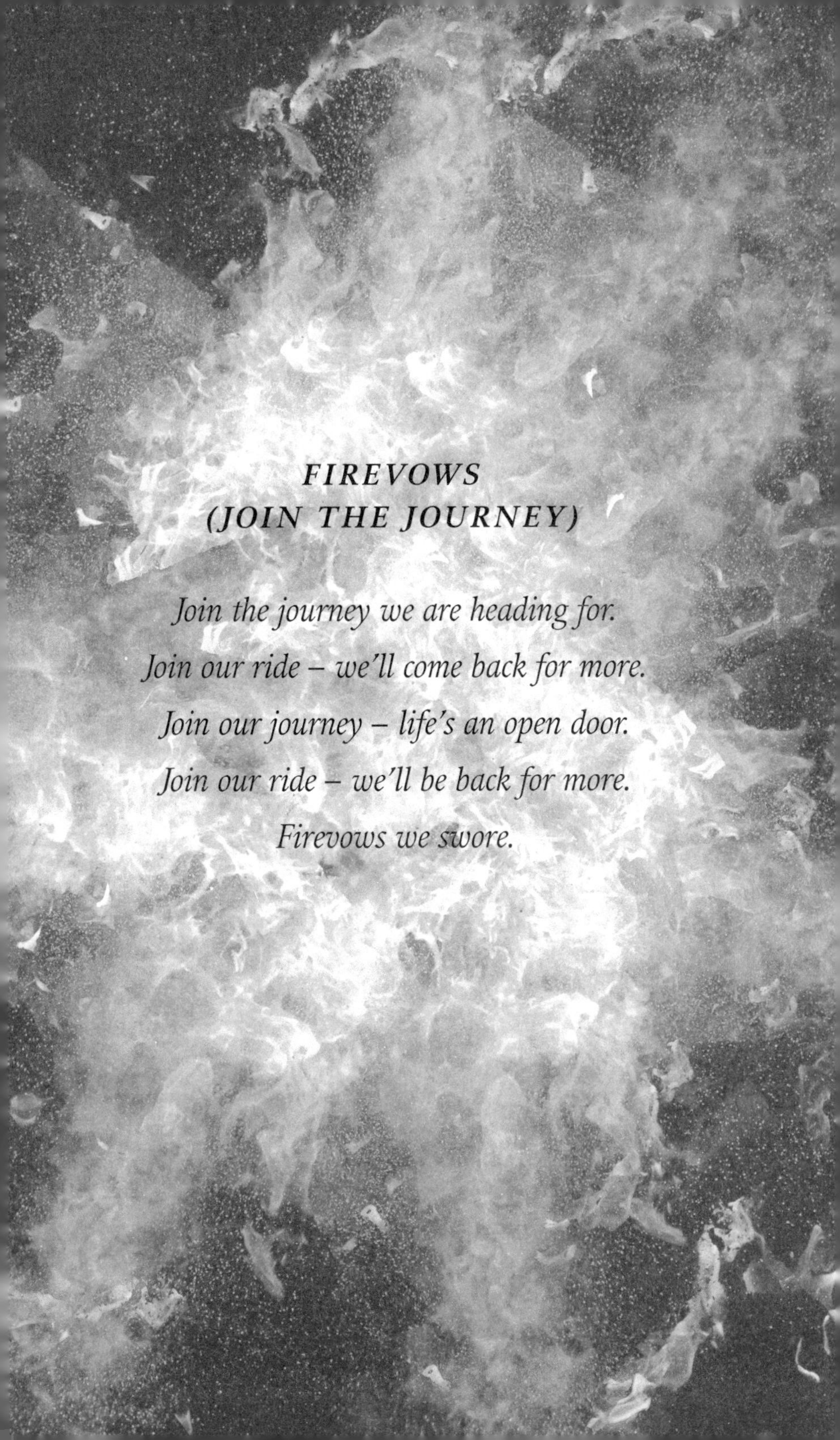

FIREVOWS
(JOIN THE JOURNEY)

Join the journey we are heading for.

Join our ride – we'll come back for more.

Join our journey – life's an open door.

Join our ride – we'll be back for more.

Firevows we swore.

ELENA

Zuerst führte ihr Weg sie fort von der See und tiefer ins Inland hinein. Die Karten, die für Elena kopiert worden waren, zeigten eine Straße, die von dort nach Norden in Richtung der Berge führte.

Der Abschied war kurz ausgefallen. Baronin Rafel hatte ihnen die Karten, genügend Vorräte und dazu zwei Reitpferde überlassen und sich noch einmal im Namen von allen Gorintern bedankt. Als letzte Gabe hatte sie ihnen dicke Mäntel gegeben, dunkel, fast schwarz.

»Darunter sieht man Euren Reichtum nicht so«, waren ihre kryptischen Worte gewesen.

Elena hatte darauf hinweisen wollen, dass sie kaum mehr besaßen, als sie am Leib trugen und dass Rüstung und Waffen für ihre Heimat recht einfach waren, hatte sich aber nur für die Freundlichkeit bedankt.

Für ein letztes Wort war auch noch Revus aufgetaucht, der mit einem entschuldigenden Lächeln verkündet hatte, dass Aidan auch alles Gute für die Reise wünsche.

Einerseits war Elena froh, dass sie nun wieder unterwegs waren. Andererseits war sie verärgert, dass der Barde es nicht einmal für nötig gehalten hatte, persönlich mit ihnen zu sprechen. Aber nach den unerfreulichen Worten des vorherigen Abends war das vielleicht gar nicht so schlecht.

In der Schlacht hatte er etwas gezeigt, das sie bewundert hatte. Nicht nur die Macht seiner Stimme, sondern Tatkraft und die Fähigkeit, andere zu begeistern und anzuführen. Wie er dort aufgetreten war, umgeben von Chaos und Zerstörung, hatte allen Hoffnung gegeben. Und diese Hoffnung hatte er nicht enttäuscht.

Vielleicht hatte Elena zu viel in diese Momente hineingedeutet. Er schien ein Mann von Weitblick und Können zu sein, doch die Illusion war schon am nächsten Tag zerbrochen. Nur für sich selbst in der Welt zu sein, das lag jenseits ihres Verständnisses. Kein Ziel, keine Loyalität, nur das eigene Leben – es war ihr fremd.

So war es wohl besser, dass sie nun wieder allein mit Kaleona war. Sich mit derart selbstbezogenen Begleitern herumzuschlagen, wäre für ihre Queste tödlich.

Die Pferde trotteten den schmalen Weg entlang. Es waren keine besonderen Tiere, eher klein und mit unauffälligem nussbraunem Fell. Aber Rafel hatte ihnen versichert, dass sie ausdauernd waren. Nicht geeignet für die Schlacht oder schnelle Ritte, wohl aber für lange Reisen.

Zumindest kannten sie die Landschaft hier gut und folgten dem Weg fast ohne ihr Zutun. Es war ein grauer Tag, noch immer bestimmt von den tiefen Wolken, die schnell über den Himmel zogen. Im Inland war in der Ferne hier und da ein Riss in der Wolkendecke zu sehen, helle Strahlen von Sonne und blauer Himmel. Mit ein wenig Glück würde ihnen ein weiterer Regenguss erspart bleiben und es würde aufklaren.

Nicht dass besseres Wetter die Landschaft in ein besseres Licht gerückt hätte. Im Gegenteil, das fahle Licht passte gut zu der kargen Gegend. Der Erdboden war recht hell und felsig. Überall lagen Steine, von kleinem Geröll bis hin zu großen Findlingen. Dazwischen wuchsen vor allem zähes Gras und einige niedrige Büsche, vom beständigen Meereswind geformt. Das Leben klammerte sich hier an die Erde, gegen die Macht von Wind und Wetter. Es war ein raues Land, aber genau darin lag eine gewisse Anziehungskraft.

Für Elena, die immer nur die fruchtbaren Lande der Gesegneten Inseln gekannt hatte, waren die Anblicke neu und aufregend. Es erschien ihr wie ein Wunder, dass Menschen diese Landschaft zu ihrer Heimat gemacht hatten und es nötigte ihr Respekt ab.

Vögel flogen schnell in den Winden über ihnen, schwarze Gestalten vor grauen Wolken, groß und mit breiten Schwingen, die sie nur selten schlugen. Manchmal sahen sie Zeichen von Menschen, eine Rauchfahne aus einer kleinen Hütte, eine Schafherde hinter einer niedrigen Natursteinmauer, aber sie begegneten weder Reisenden noch Bewohnern dieser Lande.

Es war Elena recht. Sie kannten die Gebräuche der Menschen zu wenig und noch lag ihr Weg deutlich vor ihnen, sodass sie keinerlei weitere Hilfe benötigten.

»Wir sollten früh genug einen Lagerplatz suchen«, schlug Kaleona vor und sah skeptisch zum Himmel empor. »Abseits des Wegs, wenn möglich.«

»Das klingt vernünftig«, pflichtete Elena ihr bei.

Ihre Leibwächterin war so wenig gesprächig wie immer.

Sie saß steif im Sattel. Ihre Verletzungen waren nicht gefährlich, beeinträchtigten sie aber deutlich. Elena konnte nicht sagen, wie oft Kaleona in der Schlacht von Gorint ihr aller Leben gerettet hatte und dass die Barrikade nicht gefallen war, hatten sie ihr und ihren Klingen zu verdanken.

Die Landschaft zog vorbei. Bevor es dämmerte, fanden sie einen geeigneten Platz und schlugen ihr Lager auf. Die Nacht war lang, doch ihr Schlaf nur kurz, da sie abwechselnd Wache hielten.

Zumindest war das Wetter am nächsten Tag wärmer. Immer noch zogen Wolken am Himmel, doch zerrissener und mit Phasen von wärmendem Sonnenschein. Licht und Schatten wanderten über die Landschaft.

Am dritten Tag kreuzte der Weg eine Straße und Elena schlug die Richtung nach Norden ein. Straße war als Bezeichnung ihrer Meinung nach ein wenig übertrieben, da es hauptsächlich ein breiterer Weg war, zu beiden Seiten von Gräben gesäumt, doch es gab keinen Zweifel, dass dies die Südstraße war.

Nun begegneten sie hin und wieder auch anderen Reisenden. Die meisten hoben lediglich eine Hand zum Gruße oder riefen ihnen einen solchen zu, aber manchmal wechselten sie auch einige Worte und tauschten Neuigkeiten aus. Elena verbreitete so das Wissen um die Seeteufel und ihre Angriffe an der Küste und erfuhr im Gegenzug, dass im Norden zwei Dörfer von unbekannten Angreifern zerstört worden waren.

»Denkst du, es gibt einen Zusammenhang?«

Kaleona zuckte mit den Schultern.

»Ich weiß es nicht, aber wenn ich raten müsste, würde ich Ja sagen. Wilde Magie in unserer Heimat, seltsame

Feinde in den Ländern der Barbaren? Angriffe, Krieg, Tod? Es klingt zu ähnlich.«

Vielleicht würden sie auf ihrer Reise also nicht nur das Unheil von den Acht Reichen abwenden, sondern auch den Bewohnern der Barbarischen Lande helfen. Die Vorstellung erfüllte Elena mit einem Hochgefühl. Mochte Aidan nur an sich selbst denken, ihre Sorge galt stets dem größeren Ganzen.

»Dann sollten wir uns noch mehr beeilen.«

Doch obwohl sie beide die Dringlichkeit spürten, konnten sie die Pferde nicht schinden. Sie ritten, so schnell sie es wagten, gaben den Tieren jedoch genug Ruhepausen.

Tage vergingen. Auf dem Weg nach Norden veränderte sich die Landschaft. Wo einst das Grau von Felsen dominiert hatte, zeigte sich mehr und mehr Grün. Immer häufiger sahen sie Gehöfte und an der Straße sogar einige Gasthäuser, in denen sie einkehren und ruhigere Nächte verbringen konnten. Das Volk war freundlich und schien Gastlichkeit zu schätzen, auch wenn ihre Häuser klein und krude waren. Alles hier war einfach, von der Kleidung über das Essen bis hin zu den Gästezimmern. Aber es war besser, als in der Wildnis zu schlafen und Elena sorgte dafür, dass die Menschen für ihre Gastfreundschaft entlohnt wurden.

Bald schon konnten sie in der Ferne am Horizont die blauen Schemen von Bergen ausmachen. Das Land wurde hügeliger. Aus Gehöften wurden Dörfer, einmal kamen sie sogar durch eine Stadt namens Ilres, Teil der Freien Baronien, größer und pompöser als Gorint, aber immer noch weit entfernt von den Städten ihrer Heimat.

Zur Sicherheit hüllten sie sich in ihre Mäntel, suchten eine einfache Unterkunft am Stadtrand und brachen in aller Frühe wieder auf. So schnell, wie sie die Stadt betreten hatten, verschwanden sie wieder und erfuhren nie, zu welchem Gebäude die drei hohen Türme gehörten, die sie zuerst gesehen hatten. Sie interessierte nur ihr Ziel.

Es war generell eine seltsame Reise; sie vermieden nicht direkt jeden Kontakt, aber sie suchten ihn auch nicht, ein ungewöhnliches Verhalten in diesen rauen Landen, wo Gesellschaft Schutz und Sicherheit bedeutete. Doch je weiter sie kamen, desto öfter brach Elena die stumm getroffene Abmachung ihrer Isolation und fragte bei den Menschen nach, ob sie schon einmal vom Land des Ewigen Nebels gehört hatten. Mit jedem Kopfschütteln und jedem Nein stahlen sich mehr Zweifel in ihren Geist.

Was ist, wenn dies alles Narretei ist? Wenn wir etwas suchen, das gar nicht existiert? Und die ganze Zeit leidet unsere Heimat und wir sind fern und helfen nicht. Es war eine furchtbare Vorstellung.

Aber dann kehrte ihre Entschlossenheit zurück. Die Erinnerung an das Chaos auf den Acht Inseln war zu frisch und damit auch an ihre eigene Hilflosigkeit. Dort konnten sie nichts tun, nicht helfen, niemanden beschützen. Hier gab es zumindest Hoffnung.

Bald erreichten sie das hügelige Land, das zu den Hornbergen führte. Zum größten Teil waren sie von saftigem Gras bedeckt, auf dem oft Schafsherden zu sehen waren, doch immer wieder wurde das Weideland von Wäldchen und Wäldern durchbrochen. Irgendwo in diesen Landen endete das Gebiet, das die Freien Baronien als ihr Eigen beanspruchten und die Anzeichen von Zivilisation waren wieder spärlicher gesät.

Einst hatte alles zu dem Reich von Alviar gehört, doch mit dem Fall der großen Stadt war viel verloren gegangen.

Auf einigen der Hügel sahen sie Ruinen von Türmen, aufgegeben in jenen dunklen Tagen und dem nagenden Zahn der Zeit schutzlos ausgeliefert.

Immer wieder konsultierte Elena die Karte, auch wenn ihr Weg recht eindeutig vor ihnen lag. Ihr Ziel musste auf dieser Seite der Hornberge liegen. Die Straße führte auf den Schwertschlag zu, einen der großen Pässe, der angeblich die Berge wie sein Namensgeber durchschnitt.

Auf und ab ging die Straße, Hügel empor und wieder hinab in ein Tal. Sie durchquerte kleine Bäche und Flüsschen und führte einmal sogar über eine niedrige, massige Brücke aus dicken Quadern.

Aus kleinen Wäldchen wurde ein großer zusammenhängender Wald, hohe Bäume mit dunklen Blättern, dazwischen Nadelbäume, die frischen Duft verströmten. Elena erjagte ihnen hin und wieder Wild, das sie über ihren Feuern brieten.

An den Überresten eines solchen Feuers saßen sie am noch trüben Morgen auf einer schmalen Lichtung nahe der Straße und aßen die Reste ihres Abendmahls, kalt und mit dem letzten Kanten Brot. Bislang hatten sie dieses immer wieder bei Höfen oder in Dörfern auffüllen können, doch wenn sie auf dem heutigen Abschnitt ihrer Reise keine Siedlung fanden, würden sie ohne Brot auskommen müssen.

Elena seufzte, aber es gab Schlimmeres.

»Wir brauchen frisches Wasser«, stellte Kaleona fest und hielt ihren schlaffen Wasserschlauch hoch. »Ich schaue mal, ob hier was in der Nähe ist.«

Es lag Elena auf der Zunge, sie zu bitten, vorsichtig zu sein, aber sie hielt die Worte zurück. Kaleona war immer vorsichtig.

Stattdessen begann sie, ihr Lager abzubauen und ihre Habseligkeiten in den Bündeln zu verstauen. Als sie ihren Sattel hochhob, bemerkte sie, dass ihr Reitpferd ängstlich schnaubte. Seine Ohren drehten sich nach hinten und vorne, in den Augen war viel Weiß zu sehen.

»Ruhig«, murmelte sie, legte den Sattel wieder auf den Boden und trat langsam heran. »Was ist denn?«

Hufe scharrten über den Boden. Elena runzelte die Stirn, sah sich plötzlich alarmiert um.

»Hörst du was?«, fragte sie leise, während ihre Hand zum Griff ihrer Klinge wanderte. »Oder riechst du es?«

Für einen Moment befürchtete sie, dass die Monster aus Gorint sie verfolgt hatten, dann aber wurde ihr klar, dass die Seeteufel so weit im Inland, im Vorgebirge sogar, wohl kaum zwei Reiter einholen würden. Falls sie überhaupt so weit entfernt von der See sein konnten.

Ein Knacken im Wald ließ sie herumfahren. Als sie Kaleona erkannte, atmete sie erleichtert aus, doch als sie das Antlitz ihrer Leibwächterin erblickte, kehrte die Sorge mit noch größerer Gewalt zurück.

»Da ist etwas im Wald«, berichtete Kaleona leise. Ihre Stimme war ruhig, aber es lag ein Drängen darin, das Elena nur allzu gut kannte.

»Die Pferde haben es auch gemerkt.«

»Wir sollten aufbrechen. Schnell.«

Gemeinsam packten sie hastig zusammen und sattelten die Pferde. Was sich als schwierig herausstellte, da sie unruhig tänzelten und offensichtlich halb verrückt waren vor Angst.

Aus dem Wald erklang ein Heulen. Elena wirbelte herum. Dann noch eins, näher und aus einer anderen Richtung.

»Wölfe?«

Kaleona schüttelte den Kopf. Die Klingen waren wie durch Magie in ihren Händen erschienen.

Elena zog ihre eigene.

»Größer. Glaube ich.«

Noch ein Heulen, lang, wild. Es sandte Schauer über Elenas Rücken.

Es kam nun aus allen Richtungen, wurde stärker, ebbte ab, wurde von neuen Kehlen aufgegriffen, getragen und weitergereicht. Elena konnte nicht einmal vermuten, wie viele es sein mochten, doch vor ihrem geistigen Auge sah sie Dutzende riesige Wölfe, die durch das Unterholz strichen.

Rücken an Rücken standen sie und spähten in das dichte Grün.

Eine Bewegung, eine Gestalt, menschengroß.

Aidan trat auf die kleine Lichtung.

AIDAN

»Hat euch niemand gesagt, woher die Heulenden Hügel ihren Namen haben?«

Auch wenn ihnen Gefahr drohte, genoss Aidan den Anblick der beiden Frauen, die ihn mit offenen Mündern anstarrten.

»Die Horden hausen hier«, erklärte er und trat ganz auf die Lichtung. »Meistens versteckt vor Menschen, aber manchmal …«

Er musste nicht weitersprechen. Das Heulen machte es überdeutlich. Hinter ihm kam Revus aus dem Unterholz, die Waffe in der Hand, wobei er sich aufmerksam umblickte.

»Ich dachte, ihr beiden geht, wohin der Wind euch weht?«

Der Spott in Elenas Stimme kratzte Aidan nicht. Er verneigte sich tief vor ihr.

»Ja. Und der Wind hat uns hierhergeweht. Zu Euren Diensten, meine Dame.«

Kaleona stöhnte.

»Ich bin sicher, dein Witz ist überall beliebt. Aber wir sollten von hier verschwinden.«

Die Nüchternheit in ihrer Stimme vertrieb Aidans Amüsement. Tatsächlich war es nicht der richtige Augenblick für ein Spiel von Wortwitz und schnellen Zungen.

Gemeinsam beluden sie die Pferde.

»Ihr seid zu Fuß hier?«

Aidan nickte betrübt.

»Wir hatten ein Pferd, aber wir mussten es zurücklassen. Haben es an einem Gehöft gegen Vorräte eingetauscht. Es ging einfach nicht mehr, eine gemeinsame Reise wäre ein Albtraum geworden.«

Offensichtlich wollte Elena mehr wissen, aber er winkte ab.

»Später. Los jetzt!«

Sie brachen durch einige Büsche und erreichten die Straße. Elena und Kaleona führten die Pferde an den Zügeln, was darauf hinauslief, dass sie sie an panischer Flucht hinderten, denn das Heulen folgte ihnen und war zu beiden Seiten der Straße, hinter ihnen und auch voraus.

»Was ist das?«

»Wilde Bestien«, erklärte Aidan, während sie liefen. »Die Menschen hier nennen sie nur die Horde. Raubtiere, aber schlauer als die meisten. Sie jagen in Rudeln, hetzen ihre Beute.«

»So, wie sie uns hetzen?«

»Vermutlich. Aber sie sind schlau, wie gesagt. Vielleicht erkennen sie Waffen und Rüstungen und überlegen sich, dass wir als Beute zu gefährlich sind.«

Sie hasteten weiter. Hier und da war zwischen den Bäumen Bewegung zu sehen. Kaum mehr als Schemen, geduckt huschend, größer als Ponys, mit dunklem Fell, das sich mit den allgegenwärtigen Schatten des Waldes verband und mit ihnen verschmolz.

Es bedurfte keiner Rufe, keiner Befehle, um die kleine Reisegruppe anzutreiben. So schnell sie konnten, folgten sie der Straße durch den Wald. So weit im Westen war Aidan noch nie in die Berge gezogen und die Heulenden Hügel kannte er nur aus Geschichten. Selbst als Alviar dieses Gebiet für sich beansprucht und die Straße durch den Wald geschlagen hatte, war es Wildnis geblieben, nur an wenigen Orten gezähmt und auch dort stets bedroht.

An ihrer rechten Flanke wurde das Heulen unvermittelt lauter, fordernder. Doch der Angriff kam von links. Aidan sah den Schatten aus dem Augenwinkel und wich zurück. Kaleona wirbelte herum, ihre Klingen beschrieben silberne Kreise durch die Luft.

Ein Jaulen, und Aidan wurde getroffen, taumelte zurück, prallte gegen Elenas Ross. Dichtes Fell streifte über seine Haut, er spürte warmen, stinkenden Atem, sah gelbe Fangzähne. Dann war der Angreifer wieder verschwunden.

Das Pferd stieg, Elena wurden die Zügel aus der Hand gerissen. Hufe rasten an Aidans Kopf vorbei. Er duckte sich, bekam einen Schlag gegen die Schulter. Dann galoppierte das Ross davon, dicht gefolgt vom zweiten. Die Pferde flohen in Todesangst, den Weg zurück, den sie gekommen waren.

Und das Heulen folgte ihnen. Schon nach wenigen Herzschlägen war es ein ganzes Stück im Süden. Es verlor seine grausame Qualität.

Elenas Lippen bewegten sich, sie schien lautlos zu fluchen. Müßig fragte sich Aidan, wie es wohl klang, wenn sie jemals Zorn oder Hass tatsächlich freien Lauf ließ und nicht immer so schrecklich kontrolliert war.

»Die Pferde trugen all unsere Vorräte«, erläuterte sie nach kurzer Pause zwar mit angestrengter Stimme, aber so ruhig, dass Aidan sie schütteln wollte.

»Besser sie als wir«, erwiderte er ebenso ruhig und wies auf Revus' Bündel. »Wir haben noch genug. Es wird vielleicht ein wenig eng nur mit unseren Decken, aber …«

»Weiter«, unterbrach ihn Kaleona unwirsch. »Wir wissen nicht, ob diese Dinger zurückkommen.«

Ihre Miene duldete keinen Widerspruch und so fielen sie hinter ihr in einen schnellen Marsch. Die Pferde waren verloren. Aidan hoffte, dass sie der Horde entkamen oder sie wenigstens weit genug wegführten, damit die kleine Gruppe aus den Heulenden Hügeln entkommen konnte.

»Hast du das Vieh gesehen?«, flüsterte Revus mit Ehrfurcht in der Stimme.

»Nein, nicht richtig. Ich war zu sehr damit beschäftigt, nicht gefressen zu werden.«

»Es war riesig, ging mir bestimmt bis zur Brust. Wie ein Wolf, aber viel größer und massiger, nicht so lange Beine und zottiges Fell. Du hattest Glück.«

Aidan war gewillt, seinem Freund zuzustimmen. Da war nur ein verschwommener Anblick von Reißzähnen und einem Maul, das ohne Probleme seinen Kopf hätte umschließen können. Alles war so schnell gegangen, dass er sich nur noch an einzelne Bilder erinnerte.

»Kaleona?«

»Ich glaube, sie hat es getroffen. Sonst …«

Sonst hätte es mich erwischt, führte Aidan den Satz im Geiste weiter. Sie war schnell und stark und stets auf der Hut. Es war gut, sie auf und an seiner Seite zu wissen.

Bald war das Heulen nur noch in der Ferne zu hören. Vor allem jedoch wurde es weiterhin leiser und leiser. Dennoch marschierten sie schnell und ohne Zögern. Es gab keine Beschwerden, kein Zögern. Sie alle gingen bis an ihre Grenzen, mit nur zwei kurzen Pausen, bevor sie nahe des Sonnenuntergangs einen Lagerplatz suchten.

Für viele Worte war kein Atem da gewesen. Auch jetzt sanken sie erschöpft zu Boden, erledigten nur das Notwendigste und verzehrten schweigend ein kaltes Mahl.

Erst nachdem die Sonne längst den Himmel verlassen und der Nacht ihre Zeit eingeräumt hatte, stellte Elena die Frage, auf die Aidan gewartet hatte.

»Warum seid Ihr hier?«

Er wollte schon eine schnippische Antwort geben, besann sich dann aber.

»Weil Ihr Hilfe braucht.«

Eine einfache Wahrheit. Elena nickte.

»Aber Ihr wolltet doch nicht …«

»Wir haben uns anders entschieden«, unterbrach sie Aidan sanft und warf einen Blick zu Revus, der auf dem Rücken lag und zum Sternenhimmel emporstarrte.

»Vielleicht ist Eure Suche nur persönlich. Vielleicht hat es mit allem nichts zu tun. Aber wir befürchten, dass die Angriffe nicht nachlassen werden. Und ein Orakel kann uns vielleicht sagen, woher sie kommen. Oder noch besser, was wir tun müssen.«

In der Dunkelheit war es schwierig, in Elenas Antlitz zu lesen, aber er glaubte ein Lächeln zu erkennen. Innerlich musste er seufzen. Natürlich war sie jetzt selbstzufrieden. Sie bekam ihren Willen.

»Ich bin froh, dass ihr Euch so entschieden habt«, erklärte sie schließlich. »Es war die richtige Wahl.«

Erst rettet man sie vor der Horde, dann wird man zum Untergebenen und Helferlein degradiert und muss sich noch anhören, dass sie von Anfang an recht hatte. Ganz so deutlich hatte sie es zwar nicht gesagt, wie Aidan zugeben musste, aber er konnte es an der Selbstgefälligkeit ihrer Stimme hören. Erst Revus, jetzt Elena. Nicht zum ersten Mal dachte er daran, wie unkompliziert das Leben doch sein könnte, wenn er einfach als einsamer Wolf durch die Welt ziehen würde.

»Aber ich habe mir das Bett so bereitet und nun muss ich darin liegen«, murmelte er vor sich hin.

»Was hast du gesagt?«

»Äh, nichts, nichts, nur dass mein Bett hier im Wald ungemütlich ist.«

Es war nahe genug an der Wahrheit, um sie zufriedenzustellen. Der Boden war weich genug, aber von Steinen, Stöcken und Wurzeln durchsetzt und dank des verlorenen Reisegepäcks war er nur in seinen Mantel gewickelt.

Schweigen senkte sich auf ihr Lager herab. Sein Blick wanderte zum Himmel empor, wo die Sterne über der Welt in ihrem ewigen Tanz kreisten. Der Wind raschelte in den Blättern. Der Hauch einer Melodie lag darin, doch Aidan schloss sie aus seinem Geist aus und beachtete es gar nicht.

Irgendwer würde ihr schon lauschen. Hauptsache, es war nicht er.

ELENA

»Wir haben noch eine Überraschung für Euch«, erklärte Aidan, als sie am nächsten Morgen beim Morgenmahl zusammensaßen. Diesmal hatten sie ein kleines Feuer entfacht und genossen die Wärme. Die Nacht war ruhig geblieben, kein Heulen, kein Angriff.

»Na ja, zwei eigentlich«, mischte sich Revus noch kauend ein.

»So? Welche denn?«

»Wir sind recht sicher, dass wir unser Ziel genauer kennen.«

Theatralisch machte Aidan eine Pause, um auf ihre Reaktion zu warten. Elena warf einen Blick auf Kaleona, die innegehalten hatte und nun mit den Schultern zuckte.

»Das ist gut.«

Offenbar war Aidan damit nicht zufrieden.

»Wir haben in Ilres Nachforschungen angestellt. Dort gibt es eine Bibliothek«, fügte er großspurig hinzu.

»Und Gelehrte.«

Ein finsterer Blick auf Revus, dann nahm er den Faden wieder auf.

»Ja, auch Gelehrte. Wie dem auch sei, wir haben uns trotz unserer großen Eile die Zeit genommen, dort zu suchen. Um Euretwillen.«

»Danke?«

Jetzt lächelte er gönnerhaft.

»Wir müssen tatsächlich zum Großwasser. Dorthin, wo es die Einheimischen das Weiße Band nennen. Es gibt ein Tal oder so etwas, wo der Fluss in die Tiefe stürzt. Das soll das Tal der Ewig Dürstenden Schlange sein.«

»Durstigen«, korrigierte ihn Revus, was ihm noch einen finsteren Blick einbrachte.

»Durstige Schlange. Also ihr Tal.«

»Aber waren wir nicht schon vorab so schlau?«

Verwirrt runzelte er die Stirn. Dann schnippte er mit dem Finger.

»Äh, ja, natürlich. Aber wir haben einen Reisebericht gefunden, ziemlich versteckt, also nur dank unserer großen Sorgfalt und peniblen …«

Revus fiel ihm ins Wort: »Ein Mann namens Catos war dort und er nannte dieses Tal das Land von Ewigem Nebel.«

Ein Blitz durchfuhr Elena. *Catos. Mein Vorfahr. Ein Bericht hier, aus seiner Feder? Das bedeutet, wir sind auf dem richtigen Weg!*

»Catos? Seid ihr sicher?«

In gespielter Entrüstung legte Aidan die Hände auf sein Herz.

»Zweifelt Ihr daran, dass wir lesen können? Nur weil wir nicht in Reichtum aufgewachsen sind und uns keine Hauslehrer auf Schritt und Tritt begleitet haben?«

Abwehrend hob Elena die Hände.

»Schon gut, so war es nicht gemeint. Es ist nur so ... Catos ist der Name meines Urahns. Von ihm wissen wir vom Land des Ewigen Nebels.«

»Im Bericht hieß es Land von Ewigem Nebel«, berichtigte Revus sie nun auch, woraufhin Elena und Aidan wie mit einer Stimme »ist ja gut« sagten. Sie sahen einander an und brachen in Gelächter aus. Ein Hochgefühl ergriff von ihr Besitz. Endlich gab es mehr als nur Vermutungen, endlich war sie sicher, dass zumindest ihr Weg der richtige war. *Und so wie mein Vorfahr dank des Orakels die Acht Inseln gefunden hat, so werde auch ich dort unsere Rettung finden.*

»Was ist die zweite Überraschung?«

Kaleonas nüchterne Stimme riss sie aus ihren hochfliegenden Gedanken. Neugierig blickte sie zu Aidan und Revus, die ebenfalls ernster wurden.

»Also ... wir haben da ...«, druckste Revus herum, bis ihm Aidan zur Seite sprang.

»Später«, erklärte er. »Noch ist es nicht wichtig. Alles zu seiner Zeit. Lasst uns jetzt erst einmal dieses Tal finden und sehen, ob wir recht haben.«

»Nun gut, wenn Ihr meint. Dann brechen wir bald auf.«

Den Rest des Frühstücks hatten sie schnell verzehrt, dann fanden sie sich auch schon auf der Straße wieder, folgten ihrem Lauf mit schnellem Schritt. Nach Norden ging es, durch hügeliges Land, das steiler und steiler wurde, felsiger und felsiger. Es war eine anstrengende Passage, aber zumindest hatten sie nun Gesellschaft, auch wenn sie dafür ihre Pferde verloren hatten. Elena hoffte, dass die beiden Rösser jener Horde entkommen waren.

»Euer Vorfahr ist weit herumgekommen«, merkte Aidan am Nachmittag an, als sie gerade durch ein flaches

Tal stapften. Der Wald war schon deutlich dünner geworden, die Bäume standen weiter auseinander und es gab große Lichtungen.

»Ja, allerdings.«

»Einige der Orte kannte nicht einmal ich. Oder Revus«, fügte er nach kurzem Nachdenken hinzu. »Und wir waren schon überall.«

Sie zog eine Augenbraue hoch, was ihn seine Aussage revidieren ließ: »Fast überall.«

Einige Schritte lang schwiegen sie, dann gestand Elena: »Ich war noch nirgends.«

Das schien ihn zu überraschen.

»Nur in Eurer Heimat?«

Sie nickte. Bislang war ihr das nicht als Makel erschienen – waren nicht alle Lande jenseits der Acht Inseln von Barbarei geprägt? Aber nun fühlte sie sich, als ob es kein gutes Licht auf sie warf. Vielleicht war es ihr Kontakt mit diesen sogenannten Barbaren, vielleicht war es das gemeinsam vergossene Blut, aber in ihr reifte die Erkenntnis, dass sie über diese Länder geurteilt hatte, ohne sie wirklich zu kennen.

»Meint Ihr nicht, es wäre langsam an der Zeit, uns von Eurer Heimat zu erzählen?«

Es lag kein Vorwurf in seiner Stimme und seine Miene war offen. Noch immer war ihr nicht wohl bei dem Gedanken, aber sie wusste auch, dass Aidan und Revus ihnen halfen, ohne dafür etwas zu verlangen. *Wann, wenn nicht jetzt, ist Vertrauen gerechtfertigt?*

Trotzdem zögerte sie. Die Welt um sie herum war still. Kein Vogel rief, kein Wind wehte. Fast als erwarte selbst die Natur gespannt ihre Antwort. Sie gab sich einen Ruck.

»Wir stammen von den Gesegneten Inseln.«

Ihre Fingerspitzen kribbelten.

Aidans Augen wurden groß, Revus hielt inne.

»Was, *die* Gesegneten Inseln? Also die Acht Inseln? Wir sprechen von den Landen, die auf dem Ozean treiben und sich den Sterblichen entziehen?«

Beinahe wäre Aidan gegen Revus geprallt, so sehr war seine Aufmerksamkeit auf Elena gerichtet.

»Ebenjene«, gestand Elena. »Also, sie entziehen sich offensichtlich nicht den Sterblichen und sie treiben auch nicht umher.«

Doch dann fiel ihr ein, dass dies gar nicht mehr stimmte. Von ihrem angestammten Kurs weggerissen trieben sie derzeit sehr wohl einem ungewissen Schicksal entgegen.

»Ich habe sie immer nur für Legenden gehalten«, hauchte Revus. »Und jetzt seid Ihr hier, Fleisch und Blut.«

Mit einem unsicheren Lächeln breitete Elena die Arme aus.

»Nicht nur Legenden«, stimmte sie zu. »Wir sind ganz normale Menschen. So wie Ihr.«

Als sie es aussprach, erkannte sie die Wahrheit in ihren Worten. Die Menschen dieser Lande waren nicht besser oder schlechter als jene ihrer Heimat. Sie lebten ihre Leben, schnitten sich eine Existenz aus ihrer harschen Landschaft, liebten, lachten und sangen ebenso wie auf den Gesegneten Inseln. Sie sorgten sich um die Ihren, kämpften für sie und waren ebenso mutig oder ängstlich, stark oder schwach, gescheit oder dumm wie überall sonst auf der Welt.

»Ich kann es kaum glauben.« Noch immer stand Aidan der Mund offen. »Es ist, als ob Ihr direkt aus einem der alten Epen entstiegen seid.«

»Und ihr beiden Bänkelbarden sprecht mit der Königin

von Arcos«, knurrte Kaleona und drängelte sich zwischen sie. Sie schob die beiden fort von Elena und sie konnte spüren, wie seit Tagen unterdrückter Zorn auf das ungebührliche Verhalten an die Oberfläche brach. »Also zeigt etwas mehr Respekt!«

Für einen kurzen Moment huschte Widerspruch über Aidans Züge, verschwand aber so schnell wieder, dass Elena nicht sicher war, ob sie ihn wirklich erkannt hatte. Statt einer scharfen Erwiderung verneigte er sich tief.

»Verzeiht uns, Hohe Herrin.«

Seine Haare fielen ihm ins Gesicht und verdeckten es halb. Aus seiner Stimme konnte sie nicht herauslesen, ob er spöttelte oder ernst war. Vermutlich Ersteres, aber sie ging nicht darauf ein.

»Seit einiger Zeit ist unsere Heimat bedroht. Gewaltige Magie, jenseits aller Vorstellungskraft. Uns wurde geraten, den Fußspuren meines Vorfahren – Catos – zurück bis zum Orakel zu folgen, da dort Hoffnung liegen könnte.«

Endlich erhob sich Aidan wieder. Tausend Fragen lagen in seinem Blick und noch mehr, aber sie konnte ihn nicht zur Gänze deuten.

»Deshalb sind wir hier«, schloss sie ihren kurzen Bericht.

Revus schlug Aidan auf die Schulter. »Die Acht Inseln! Wie oft hast du schon von ihnen gesungen?«

»Da glaubte ich noch, sie wären ein Mythos.«

»Ha, du hast Esren damals so verspottet, als er nach ihnen suchen wollte! Du hast ihn einen Narr genannt! Wer ist jetzt der Narr?«

Aidan fuhr herum und hielt seinem Freund einen Finger unter die Nase. »Willst du behaupten, dass Esren kein Narr war? Der Mann wusste nicht einmal, wie herum man eine Laute hält!«

Revus wischte den Einwand einfach beiseite.

»Er war ein Idiot, aber bei den Acht Inseln hatte er recht und du unrecht.«

»Auch ein blinder Seeteufel findet mal eine Muschel«, knurrte Aidan.

Kaleona und Elena wechselten einen Blick, amüsiert in ihrem Fall, enerviert in Kaleonas.

»Sollen wir vielleicht weiterziehen? Oder gibt es noch über diesen Esren zu berichten?«, fragte sie zuckersüß.

Revus feixte, während Aidan losstapfte.

Nach einigen Schritten drehte er sich um.

»Ja, was jetzt? Auf, auf, Ihre Hochherrliche Hoheit will, dass wir uns eilen!«

Auch wenn die Aufforderung eine Frechheit war, kamen sie ihr nach. Elena öffnete den Mund, um etwas zu erwidern, aber Revus legte ihr die Hand auf den Arm.

»Keine Sorge, er kriegt sich schon wieder ein. Das ist ein Schock, müsst Ihr wissen. Äh, Königliche Hoheit?«

Der letzte Teil war eine Frage, die sie schnell beantwortete.

»Elena genügt vollkommen.«

Er lächelte.

»Aber es ist die Wahrheit? Ihr seid die Königin von ...«

»Arcos. Ja, das ist die Wahrheit.«

Er ließ einen leisen Pfiff ertönen. »Eine echte Königin ...«

»Eine Königin mit schmerzenden Füßen und großem Hunger, die seit Tagen kein Bad genommen hat.« Sie schenkte ihm ein Lächeln. »Hier und jetzt zählt nur, dass wir so bald wie möglich unser Ziel erreichen.«

Eine kurze Zeit schwiegen sie. Aidan war einige Dutzend Schritte voraus und legte ein gutes Tempo vor. Kaleona lief hinter Elena, stets die aufmerksame Leibwächterin.

»Ihr müsst uns von Eurer Heimat erzählen. Wir wissen so wenig über die Acht Inseln. Ich meine, ich habe noch nie den Namen Eures Reichs gehört – wenn Ihr mir verzeiht, dass ich das so sage.«

Es verwunderte Elena nicht, dass dieses Wissen jenseits der Meere unbekannt war. Isolation war stets das Ziel der Acht Reiche gewesen und dank ihrer Magie hatten sie es meistens erreicht. Geschichten wie die ihres Urahns, der allein und gezielt die Gesegneten Inseln gesucht und gefunden hatte, waren selten.

Also begann sie, Revus von den Wundern ihrer Heimat zu berichten. Von den Städten und ihren Palästen, Türmen und Kuppeln, von den Menschen, der Magie, dem ewigen Frühling. Es gab so viel zu erzählen, so viele Einzelheiten, so vieles, was sie vermisste. Jedes Wort war Freude und Schmerz zugleich, bittersüße Erinnerung an ihre Heimat. Und mit jedem Wort wuchs ihre Entschlossenheit, alles zu tun, um sie zu retten.

Irgendwann hatten sie Aidan eingeholt, der nun auch ihren Schilderungen lauschte. Sein Zorn schien verraucht zu sein, so schnell vergangen wie gekommen.

Manchmal meldete sich sogar Kaleona zu Wort, fügte ein Detail hinzu oder schmückte etwas aus. Erst jetzt erkannte Elena, dass sie ihre Heimat ebenso vermisste wie sie selbst. Die stoische Kriegerin wirkte immer so, als ob ihr die Fährnisse des Lebens nichts anhaben konnten, aber hinter den Schutzmauern ihrer Seele war sie ebenso gebunden wie Elena selbst.

Stundenlang, nein, tagelang hätte Elena von den Gesegneten Inseln erzählen wollen, aber irgendwann versiegten die Worte. Stolz und Freude konnten den Schmerz und die Angst nicht mehr übertünchen. Die beiden Barden ließen ihre Fragen ruhen, als würden sie dies erkennen und respektieren.

Stattdessen stimmte Revus ein trauriges Lied an, in das Aidan bald einfiel. Es erzählte von der Suche nach den Gesegneten Inseln, von langen Reisen, enttäuschter Hoffnung, Verrat, Liebe und der Erkenntnis, dass wahrer Frieden nur im Herzen reifen konnte.

Hundert kalte Nächte lang
zu Tausenden wir gehn.
Es kommen niemals alle an,
das muss ich verstehen.

Am End' der Reise wird's gewahr:
Nichts heißt es, dort zu sein.
Der Weg zum Frieden, wunderbar,
wohnt nur in mir allein.

Nie zuvor hatte Elena dieses Lied gehört, aber sie konnte die Klage und Erkenntnis darin gut verstehen. Langsam, zögerlich zunächst, stimmte sie als Antwort eines der Lieder ihrer Heimat an, eine alte, ruhige Weise, weit entfernt von den komplexen Harmonien der großen Komponisten der Gesegneten Inseln. Ein Lied der Menschen über ihr Leben, das sie als Kind von ihrer Kinderfrau gelernt hatte.

Hilf uns in den Schlaf hinein
in unserer ersten Nacht.
Führ uns bis zu jener Zeit,
die zu Eltern uns gemacht.

Und nach den Jahren, die man uns gibt,
singen wir Kindern dieses Lied.

Beide Barden hörten ihr schweigend und mit großer Aufmerksamkeit zu. Beim Refrain sang Aidan einige Worte mit, und kurz darauf erklang auch Revus' Stimme, untermalte die Melodie mit einem tiefen Summen.

»Ihr müsst uns mehr Lieder Eurer Heimat vorsingen«, befand Aidan nach langem Schweigen. »Wir würden sie gern lernen.«

Das ließ Elena kurz auflachen.

»Ich bin keine Sängerin«, erklärte sie, woraufhin sich sein Antlitz verfinsterte.

»Nur Königin?«, frage er kalt.

»Nein.« Sie bemühte sich, die Schärfe aus ihren Worten zu halten. »Aber ich habe keine gute Gesangsstimme. Ich bin keine Bardin. Nicht wie Ihr.«

Revus winkte ab, doch es war Aidan, der antwortete: »Eure Stimme ist wundervoll. Vielleicht ein wenig ungeübt, aber mit etwas Lehre und Unterweisung könntet ihr an allen Höfen dieser Lande auftreten.«

Sein Lob ließ sie erröten. Wenn die beiden sangen, konnte man sich in der Musik verlieren. Wenn sie gemeinsam sangen, drangen die Harmonien durch die Welt und erfüllten alles. Nicht einmal auf den besten Konzerten ihrer Heimat hatte sie so etwas erlebt.

Die Straße führte das Tal weiter entlang, schlängelte sich zwischen Hügeln hindurch, vorbei an Klippen und großen Felsen. Der Bewuchs wurde kärglicher, die Flanken der Hügel steiler. Hatte die Straße vorher noch über sie geführt, suchte sie jetzt ihren Weg zwischen ihnen, wie ein Fluss, der sein Bett tief in Täler gräbt.

Vor ihnen ragten die Berge hoch empor. Aus verschwommenen Schemen waren Manifeste der Ewigkeit geworden, in Fels gegossene Beharrlichkeit, dunkelgrau, gekrönt mit weißen Häuptern. Der Anblick war überwältigend; auf den Acht Inseln gab es keine Berge von dieser Majestät und Elena raubte der Gedanke an ihre schiere Größe den Atem.

Wolken zogen an ihnen vorbei, sammelten sich, hin und wieder verbargen die Berge ihre Spitzen darin. Ein kalter Wind pfiff durch die karge Landschaft, zwang die vier Reisenden, ihre Mäntel enger um den Leib zu schlingen.

Es ging nur noch bergauf, selbst in den Tälern stieg die Landschaft weiter und weiter an. Es war ein mühseliger Weg, doch die Aussicht, dass ihr Ziel nicht mehr weit entfernt war, gab allen Kraft.

»Keine Reisenden«, stellte Elena fest.

»Die Straße ist alt«, erklärte Aidan. »Erbaut von Alviar, bevor es fiel, in der Hoffnung, dieses wilde Land dem Willen der Stadt zu unterwerfen. Doch bevor das geschehen konnte, brach die Katastrophe über sie herein.«

»Und jetzt?«

»Die meisten Reisenden nehmen entweder den Flüsternden Pass weiter im Westen, da der direkt zu den ersten Städten des Segovischen Bundes führt, oder fahren per Schiff die Küste entlang. Diese Straße erfüllt kaum noch einen Zweck und über kurz oder lang wird sie wohl wieder von der Wildnis verschlungen werden.«

Es war nicht einfach, das zu verstehen. Auf den Gesegneten Inseln wurden alle Bauwerke für die Ewigkeit errichtet. Beständigkeit war nicht nur das Ziel, sondern lag hinter allem, war Basis und Fundament. Hier eroberten die Menschen ihr Leben aus der Wildnis, doch sie konnten alles, was sie schufen, auch wieder verlieren. Der Gedanke betrübte sie.

»Reiche erheben sich und fallen. Imperien werden begründet, erobern ferne Lande und zerbrechen. Ich habe einst in den Wüsteneien des Ostens eine Statue gesehen, oder vielmehr die Überreste einer Statue, nur noch Sockel und Beine, titanisch groß. Einst muss sie einen König, Kaiser oder Gott gezeigt haben. Doch niemand, der dort hauste, wusste, wer dies war.«

Dies gab Elena einiges zu verdauen.

»Nicht einmal die Barden dort«, fuhr Aidan fort. »Und so ist es hier auch. Aber irgendwann wird sich hier wieder ein Volk erheben, wird Straßen bauen, den Wald roden und die Wildnis vertreiben. So ist der Lauf der Welt.«

Am Nachmittag des dritten Tages nach dem Verlust ihrer Pferde an die Horde erreichten sie endlich das Großwasser. Es war ein breiter Fluss, eng in sein Bett gezwängt, der schnell floss und gurgelnd Fels und Stein einschloss. Weiß schoss er an vielen Stellen dahin, wild und ungestüm, nur um dann wieder breit und friedlich zu fließen.

Dort, wo die Straße ihn passierte, gab es eine Furt, einen langen, breiten Bereich. Hier stand das Wasser an der tiefsten Stelle nur bis zur Hüfte.

Als Elena eine Hand in das Wasser hielt, spürte sie die Kälte der hohen Berge.

»Die Wasser kommen aus den Tälern und münden alle in das Großwasser, das sie schließlich bis zum Meer trägt. Wir haben Glück, jetzt gerade ist es nicht so stark; im Frühjahr, wenn der Schnee schmilzt, ist der Fluss viel reißender.«

Sie lauschte Aidans Erklärung.

»Unser Ziel liegt flussaufwärts. Falls uns euer Vorfahr nicht einen Bären aufgebunden hat.«

»Warum sollte er?«

»Na ja, in dem Reisebericht klang er schon ein wenig wie ein …« Aidan suchte nach dem richtigen Wort. »Herumtreiber?«

»Also genau wie ihr beiden?«

Er lachte auf. »Sehr ähnlich wohl.«

Elena beschirmte ihre Augen mit der Hand und blickte den Flusslauf entlang nach Osten. Es gab keinen Pfad, der dort entlangführte.

Mühsam arbeiteten sie sich über Fels und Stein vor. An einigen Stellen war der Fluss breit und es gab genügend Platz auf Kieselstränden oder flachen Felsen. Aber gerade dort, wo er von Fels eingeengt war, mussten sie oft mehr klettern als laufen. Das Gestein war von einem hellen Grau, wobei manche der Findlinge, die im Flussbett lagen, dunkler waren, durchzogen von fast rötlichen Adern. Büsche und niedrige Bäume wuchsen aus Felsspalten und auf den wenigen Flecken von Erde.

Sie hielten sich an der südlichen Seite des Großwassers. Im Norden gab es oft hohe Felswände, die teilweise bis über den Fluss ragten. Dort einen Weg zu suchen, wäre noch beschwerlicher und vor allem gefährlicher gewesen.

Immer wieder mussten sie auch im Süden Pfade suchen, die sie erst vom Fluss wegführten, da ihnen große Felsen und unpassierbare Stücke den Weg versperrten.

Je weiter sie vorankamen, desto höher ragten die Klippen auch am Südufer des Flusses empor, bis sie sich schließlich in einem Tal wiederfanden, durch das sich der Fluss seinen Weg suchte. Hier war der Weg noch schwieriger, da sie oft klettern mussten und es nur wenig gangbare Pfade gab.

So kamen sie nur langsam voran. Dennoch erreichten sie am zweiten Tag eine Stelle, an der der Fluss so breit und ruhig war, dass er wie ein See wirkte. Das Tal öffnete sich vor ihnen. In der Ferne war ein Brausen zu hören, ein monotones, beständiges Geräusch.

Wolken verbargen die Berge und ihnen voraus hingen sie so tief, dass Elena den Verlauf des Flusses nicht einmal hundert Schritt weit sehen konnte. »Hier sollten wir rasten«, schlug sie vor.

Aidan beobachtete den See aufmerksam, als erwarte er, jeden Moment eine Eingebung zu haben.

Es gab an ihrem Ufer genügend Platz für ein Lager und in der Nähe standen Bäume in einem kleinen Hain zusammen. Ausreichend für Feuerholz.

Kurz darauf brannte ein Lagerfeuer, auf dem sie ein wenig Trockenfleisch brieten. Es roch nicht unbedingt köstlich, aber sie alle hatten großen Hunger.

An dem See war die Stimmung so friedlich, dass Elena ganz in ihre Gedanken und Hoffnungen versank. Bald schon würden sie das Orakel finden und dann konnte sie auf die Gesegneten Inseln zurückkehren und ihrem Volk helfen. Ihre lange Reise stand kurz vor dem Finale.

Erst als Kaleona aufsprang und ihre Klingen zog, erwachte sie aus ihren Tagträumen. Eine Gestalt entstieg dem Wasser, glitt geschmeidig durch die flachen Wellen, erhob sich in schrecklicher Unaufhaltbarkeit.

»Seeteufel!«

Der Warnschrei ließ Elena das Blut in den Adern gefrieren. Sie griff nach ihrem Schwert.

»Wartet!«

Aidan sprang auf, stellte sich zwischen sie und das Monstrum, das nun am felsigen Strand stand. Wasser lief über die dunkle Haut, die schwarzen Augen blinzelten mit dicken, wulstigen Lidern.

»Das ist die zweite Überraschung«, erklärte Aidan mit ausgebreiteten Armen, positionierte sich zwischen Kaleona und der Kreatur. »Darf ich vorstellen? Sein Name ist Sash.«

Ungläubig blickte Elena auf das Wesen, das trotz des vollen Tageslichts immer noch unwirklich erschien. Dunkle, fast schwarze Haut, geschuppt. Der haarlose Leib und Schädel, die großen Pranken mit den Klauen. Doch vor allem die schwarzen seelenlosen Augen.

»Was?«, brachte sie stammelnd hervor.

Kaleona stand ein Stück vor ihr, die Waffen bereit.

»Wir hätten es vorher berichten sollen«, stellte Revus fest. »Dann wäre der Schreck geringer ausgefallen.«

»Was?«, fragte Elena noch einmal und schüttelte den Kopf. »Sash? Im Namen der Harmonie, was redet Ihr da?«

Aidan sah Revus auffordernd an, der schüttelte aber den Kopf.

»Ich kann das erklären.«

»Das bezweifle ich«, knurrte Kaleona. Sie deutete mit ihrer Schwertspitze auf den Seeteufel. »Er ist einer von denen …«

»Unbestreitbar«, pflichtete ihr Aidan bei. »Aber dennoch ist er unser Verbündeter. Er hat uns gesucht und, kurz nachdem wir Gorint verlassen hatten, gefunden. Zuerst dachte auch ich, dass er ein Feind sei, aber dann hat er um Frieden gebeten. Und sich erklärt.«

Vorsichtig ließ Elena ihre Klinge wieder in die Scheide gleiten. Sie legte Kaleona die Hand auf die Schulter. Ihre

Leibwächterin warf ihr einen schnellen Blick über die Schulter zu, dann senkte sie ihre Waffen. So weit, sie wegzustecken, ging sie nicht, aber das hatte Elena auch nicht erwartet.

»Frieden«, brachte die Kreatur hervor. Ihr Mund war widerlich, das Wort seltsam verdreht, aber klar verständlich.

Elena schluckte.

»Eine große Gefahr. Mein Volk ist ihr untertan. Ich musste fliehen.«

Es klang, als erinnere sich das Wesen nur zögerlich an menschliche Sprache.

»Es wird alle verzehren. Hilfe.«

»Seht Ihr?« Aidans Stimme klang hoffnungsvoll. »Er ist kein Feind.«

»Willst du sagen, dass dein Volk zum Angriff getrieben wird?«, fragte Elena, ohne auf Aidans Einwurf einzugehen. Selbst nach allem, was sie erlebt hatte, nach Kampf und Tod und langer Reise, war dieses Gespräch am Rande des Sees so seltsam, dass sie es kaum begreifen konnte.

Die Kreatur machte eine Geste, die sie nicht deuten konnte und sagte dann: »Ja.«

»Ihr hättet das vorher erklären müssen«, wandte sich Elena wütend an Aidan.

»Ich habe es dir gesagt.« Entschuldigend hob Revus eine Hand. »Aber wir waren nicht einmal sicher, ob wir ihn wiedersehen würden. Sash hat versprochen, das große, kalte Wasser bis zum donnernden See emporzuschwimmen und uns hier zu erwarten, aber …«

Seine Stimme verklang.

Kaleona keuchte empört auf. »Aber! Aber!«

Mehr sagte sie nicht, doch ihre Klingen wanderten

zurück in die Scheiden. Auch Elena entspannte sich ein wenig.

»Also wird er uns zum Orakel begleiten?«

Aidan nickte.

»Sash ist ein … Weiser? Also seines Volks. Er sagt, er kann den Gesang der Wellen hören. Sie haben etwas geweckt, tief am Grund des Meeres.« Als er ihre Miene bemerkte, beeilte er sich zu erklären: »Ohne Absicht.«

»Etwas geweckt«, wiederholte Elena nachdenklich, und eine schreckliche Ahnung kam über sie.

»Sash wollte uns hier treffen, weil er nicht gut über Land reisen kann.«

»Das ist doch mal eine erfreuliche Neuigkeit«, knurrte Kaleona, aber Aidan ignorierte sie.

»Ich glaube …«, hob er an. Sein Tonfall ließ Elena aufhorchen. »Ich glaube, das Land des Ewigen Nebels liegt direkt vor uns.«

Er wies auf die tief hängenden Wolken.

»Das Tal der Ewig Dürstenden Schlange.«

THE ORACLE

Once for all. Hear your call. Dragonfall.
Create an army. Unite in Harmony.
No escape. Face your Fate. Save the eight.
Fulfill your purpose, your voice is precious.

AIDAN

Die Felsen ragten wie Inseln aus einem Nebel, der so dicht und endlos war wie ein Meer aus Gischt. Es war ein unwirklicher Anblick, so als hätten Himmel und Erde die Plätze getauscht. Das helle Grau des Gesteins war durchbrochen von Grün; Leben, das sich gegen jede Vernunft an den Fels klammerte und dort wuchs, wo es eigentlich nichts hätte geben sollen.

Dunkle Vögel glitten wie Schatten zwischen den Felsen umher, tauchten in den Nebel ein, stiegen aus ihm auf, ein wilder Tanz im fahlen Licht des Morgens. Manchmal ertönte ihr Ruf, heisere Schreie, doch es war das monotone, alles durchdringende Rauschen, das Aidan mehr spürte als hörte. Ein ewiges Geräusch, so alt wie die Felsen selbst. Sein Ursprung war nicht zu erkennen, blieb unter dem Nebel verborgen. Wassermassen donnerten tief unter ihnen zwischen den Felsen umher, und Aidan stellte sich vor, wie sie in Kaskaden in das Zwielicht hinabstürzten.

Dieser Ort war fern der Wirklichkeit, sein Anblick,

seine Laute, selbst das Licht, alles schien wie aus einer anderen Welt zu sein. Urtümlicher, ungebändigter, es lag ein Hauch von Ewigkeit in der feucht-kühlen Luft, der Aidans Leben und Sorgen klein und weit weg erscheinen ließ.

Auch Elena lauschte in den Nebel hinein. Aidan suchte in ihrer Miene nach Anzeichen dafür, dass sie ebenso wie er empfand, doch er fand keine. Sie war angespannt, ihr Mund eine dünne Linie, die Brauen zusammengezogen, doch sie schien ganz darauf ausgerichtet zu sein, was vor ihnen lag. Auf die Zukunft.

»Es gibt einen Pfad«, erklärte sie. Die kleine Gruppe machte halt. Obwohl sie noch nicht weit gekommen waren an diesem jungen Tag, zeigte der frühe Aufbruch Wirkung. Aidan sah müde, blasse Gesichter. Die Strapazen der Reise, die Flucht, die ständige Bedrohung war allen anzusehen. Allen bis auf Elena, deren Antlitz hätte aus Marmor gemeißelt sein können. Der leichte Feuchtigkeitsfilm, der sich auf sie alle gelegt hatte, ließ den Rest verschwitzt und erschöpft aussehen, doch bei Elena wirkte er wie ein Glanz. Aidan fragte sich, ob dies ihre Kraft war, ihr Wille, der sich so manifestierte, oder ob es seine eigene Einbildung war.

»Dort«, stellte sie fest und wies auf den Rand der Schlucht, die sich nebelverhangen vor ihnen auftat. Es war ein schmaler Pfad, direkt in den Fels geschlagen, der sich an seinem Rand entlangschlängelte und dann hinabführte.

Revus warf einen skeptischen Blick über die Kante und schüttelte den Kopf. Er öffnete den Mund, aber Aidan kam ihm zuvor: »Nein, es kann nie einfach sein.«

Er ließ den Rucksack von seinem Rücken gleiten und löste das Seil von dessen Seite.

»Wir sollten uns aneinander festbinden, um uns zu sichern«, schlug er vor und hielt das raue Seil hoch.

Elena zog eine Augenbraue hoch, aber Kaleona nickte und nahm es ihm aus der Hand.

»Gute Idee.«

Eigentlich hatte Aidan gedacht, er würde vorangehen, aber die Leibwächterin reichte das Ende an Elena, die es geschickt um ihre Hüfte schlang. Aidan seufzte und befestigte das Seil an seinem Waffengurt. Nach einer kurzen Weile waren die fünf miteinander verbunden. Es fühlte sich seltsam passend an. Nun würden sie das Schicksal jedes Einzelnen teilen.

Ohne viel Federlesen stieg Elena den Pfad hinab, der sich als breiter herausstellte, als er auf den ersten Blick gewirkt hatte. Lange, flache Stufen waren in den Fels geschlagen, der zwar nass und rutschig war, aber nicht sonderlich steil abfiel.

Die ersten Schritte waren einfach, aber dann verschlang sie der Nebel. Aidan hatte erwartet, dass er nicht nur die Sicht einschränkte, sondern auch Geräusche dämpfte, aber die Schritte der anderen, hier und da ein leises Fluchen und sein eigenes Atmen waren selbst über das beständige Rauschen des Wassers hinweg zu hören.

Der Nebel, der von außen wie eine undurchdringliche Mauer gewirkt hatte, zog in Schwaden um sie herum. Manchmal öffnete er sich und Aidan konnte den Felsen auf der anderen Seite der Schlucht erkennen, dann wieder waren sie so von dem Dunst eingehüllt, dass das Seil vor ihm im weißgrauen Nichts verschwand und selbst die Felswand direkt neben ihm nur noch ein Schemen war.

Hatte der Ort schon von außen fremd gewirkt, so war

er nun noch weiter entrückt und mit jedem Schritt, den Aidan tat, wurde dieser Eindruck stärker.

Niemand sprach. Der Pfad führte sie immer weiter hinab, tiefer in den Schlund hinein. Aidans Kleidung hing nun durchnässt an ihm, seine Haare klebten in langen Strähnen auf seiner feuchten Haut. Die Luft war kühl, aber er fror nicht.

Dann stieg der Pfad mit einem Mal wieder an. Er wand sich um eine Felsnase, die in die Schlucht hineinreichte, führte sie durch einen kurzen Tunnel, dessen Wände dunkelgrün bemoost waren und öffnete sich schließlich auf ein kleines Plateau. Äste hingen von oben herab, Boten ungesehener Bäume. Von ihren Blättern fielen immer wieder dicke Tropfen auf den nassen Stein.

Zu ihrer Rechten war der Anfang einer Brücke zu sehen, die in weit geschwungenem Bogen in das Nichts des grauen Nebels führte. Zuerst prüfte sie mit einem Fuß, ob der Stein halten würde, dann trat Elena entschlossen auf die langen Steinplatten und führte sie weiter.

Rechts und links gab es nun nichts mehr, keine vertraute, beruhigende Wand aus Fels, keine Pflanzen, nur das Brausen und das Weißgrau des Nebels. Immerhin verbarg er, wie tief man stürzen würde, sollte ein Fuß ausrutschen.

Langsam kamen sie voran, jeder Schritt vorsichtig. Selbst Elena, getrieben von ihrem klaren Geist, nahm sich Zeit und verströmte eine Aidan bislang unbekannte Ruhe.

Endlich erreichten sie das gegenüberliegende Ende und traten wieder auf festen Boden. Hier war eine Plattform wie ein Vorhof aus dem Stein geschlagen worden, halb überhangen von Fels, in den Bilder von Drachen und anderen Gestalten geschnitten worden waren. Moos und sonstige Pflanzen bedeckten die Kunstwerke, gaben ihnen einen uralten Anschein, verstärkt durch den verwitterten Fels. Doch hier und da waren Bildnisse freigeschabt worden, hatte jemand Risse geflickt und Linien nachgezogen. Dieser Ort war nicht vollkommen verlassen.

In beide Richtungen am Felsen entlang gab es Pfade. Die fünf standen zusammen, erholten sich einen Atemzug lang, bewunderten die Kunstfertigkeit der Steinbilder, zögerten den Moment der Entscheidung hinaus.

Rechts ging es auf das inzwischen deutlich lauter gewordene Donnern des Wassers zu, linker Hand führte der Weg fort davon.

Aidan sah in das unmenschliche Antlitz von Sash. Noch immer konnte er in den dunklen Augen nicht lesen, keine Regung erkennen.

»Welchen Weg?«, fragte Elena.

Aidan schloss die Augen. Das Rauschen hüllte ihn ein. Die Nässe, die Kälte, alles verschwand, als er sich nur dem Geräusch hingab. Es hatte seine eigene Harmonie, ein Auf und Ab, kaum merklich, fast wie ein Herzschlag. Es füllte alles aus, jede dieser Schluchten, drang in alle Felsen ein. Es war dieser Ort.

Aidan ließ von sich selbst ab und gab sich dem Laut hin. Er konnte ihm nachspüren, ihm auf seinen verschlungenen Pfaden folgen. Es gab etwas, einen dunkleren Ton, ein hallendes Echo. Er öffnete die Augen und wies nach rechts: »Dort entlang.«

Niemand stellte seine Worte infrage.

Elena führte sie weiter, folgte dem steinernen Weg inmitten von all dem Wasser. Das Rauschen wurde lauter, ein Brausen und Donnern, das jeden anderen Ton verschluckte, jedes Wort, jeden Schritt. Sie hangelten sich am Fels entlang.

Mit einem Mal riss der Nebel vor ihnen auf und sie blickten in einen Abgrund. Unvorstellbare Wassermassen stürzten von oben herab, in einem Halbkreis von fünfzig Schritt oder mehr, hier und da von Fels unterbrochen. Das Wasser fiel und fiel in weißem Schaum, stürzte in die Tiefe, um sich unten in einem brodelnden Kessel zu vereinen, aus dem Nebel in wallenden Schwaden aufstieg.

Die Macht der Natur war mehr als nur ein Gedanke, eine Vorstellung, sie war wirklich, ließ sich auf der Haut und in den Fingern spüren.

»In den Legenden heißt es, dass dort unten eine gewaltige, ewig gefräßige Schlange haust«, rief Sash. »Die alles Wasser der Welt verschlingen will.«

Aidan blickte hinab und konnte es fast glauben. Lange standen sie wie gebannt. Vögel flogen durch den Kessel, glitten durch den Nebel, jagten einander.

Dann spürte Aidan einen Zug an seinem Leib und sah Elena, die einige Schritte vorgegangen war.

»Wir müssen weiter.«

Unwillig lösten sie sich von dem Schauspiel und folgten ihr. Weiter näherten sie sich dem gewaltigen Wasserfall und nun war die Luft noch nasser, noch mehr erfüllt vom Donnern. Immer wieder wehte der Wind Schauer auf sie herab. Aidan musste die Lider senken und schützte die Augen mehr schlecht als recht mit der Linken, während er sich rechts am Fels entlangtastete.

Dann glitt seine Hand ins Leere. Im Sprühen der Gischt konnte er kaum etwas erkennen. Sein Fuß zögerte, die Bewegung zog ihn weiter. Er taumelte einen Schritt zur Seite und spürte, wie der Abgrund nach ihm rief und ihn lockte.

Hände packten ihn, zogen ihn vorwärts. Unvermittelt

nahm das Dröhnen des Wasserfalls ab und der beständige Regen ließ nach. Aidan blinzelte sich die Tropfen aus den Augen und fand sich in einer Höhle wieder, die etwas Schutz bot.

Nach und nach folgten ihm die Gefährten, schüttelten die Köpfe, rieben sich das Wasser aus den Haaren, oder, in Sashs Fall, fuhren sich mit einer langen Zunge über die Augen.

Die Höhle war lang gestreckt, der Boden gerade, die Wände offensichtlich bearbeitet. Auch hier waren Bilder in den Fels geschlagen worden, doch es waren vor allem Linien, die Kreaturen ergaben, in seltsam verschlungenen Mustern Leiber ausfüllten und ihnen Kontur gaben. Es war eine fremdartige Kunst, sie wirkte uralt und dabei dennoch von großer Kraft, als sei in die Linien mehr als nur ein Bild gebunden.

Mit von der Kühle ungelenken Fingern öffnete Aidan die Knoten, und so löste sich ihr Band wieder. Die Höhle war groß und verzweigt, mit kleinen Grotten und Gängen, ein verwinkeltes Labyrinth. Überall war der Fels bearbeitet und geschmückt worden. Ein Stück tiefer hinein fanden sie eine trockene Stelle, an der sie rasten konnten.

Doch es war ein Gang, der sie wie magisch anzog. Er führte tiefer in den Felsen hinein, in Richtung Wasserfall, und seine Wände waren geschmückt mit Bildnissen von Drachen. Es gab keinen Zweifel, dass dies ihr Pfad sein musste.

Als sie sich ein wenig erholt hatten, wies Elena auf die Dunkelheit vor ihnen.

»Ich gehe«, sagte sie schlicht und strich sich die nassen Haare aus der Stirn.

»Und ich werde dich begleiten.«

Aidan hatte Widerspruch erwartet, aber sie sah ihn nur an und nickte dann. Als sich Kaleona erhob, schüttelte sie hingegen den Kopf.

»Jemand muss den Pfad bewachen«, erklärte sie. »Und diese Höhlen erkunden.«

»Mein Platz ist an Eurer Seite.«

Elena blickte in die Dunkelheit.

»Nicht hier.«

Etwas lag in ihrer Stimme, eine Macht, die keinen Widerspruch duldete und Kaleona fügte sich.

Aidan ließ seinen Rucksack bei Revus, drückte seinem Freund noch einmal die Schulter, bevor er sich abwandte und Elena in die Dunkelheit folgte.

Er sah ihre Gestalt nur noch undeutlich vor sich, als sie einige leise Worte sprach und mit einem Mal ihre beiden Hände in einem hellen weißen Licht aufleuchteten und ihnen den Weg erhellten.

»Beeindruckend«, murmelte er leise, aber sie hörte ihn dennoch.

»Nein, eigentlich nicht. Das ist ein sehr einfacher Zauber.«

Das magische Licht beschien den Gang, der schnurgerade in den Fels führte. Unter ihm schienen sich die Linien der Steinbildnisse zu bewegen, als wären es wahrhaftig lebendige Wesen, die dort nur gefangen waren. Der Anblick war so seltsam, dass Aidan Tränen in die Augen stiegen und ihm schwindlig wurde, weshalb er den Blick abwandte und sich auf den Boden konzentrierte, auf seine Schritte, die ihn tiefer und tiefer führten.

Hinter ihnen wurde das Rauschen des Wasserfalls leiser. Aidan konnte nicht sagen, wie weit sie gegangen waren, als vor ihnen ein diffuses Licht erschien.

Jetzt hüllte sie Stille ein, nur ihre Schritte und ihr Atem waren zu hören. Der Gang öffnete sich vor ihnen und sie fanden sich in einer gewaltigen Kaverne wieder. Hier wallte wieder Nebel auf, doch es war kein Laut zu hören. Lichtstrahlen fielen wie Speere herab, Lanzen im Nebel, hoch oben von einer ungesehenen Decke. Ob sie noch unter Fels waren oder sich über ihnen Himmel befand, war nicht einmal zu erahnen.

Elena löschte die Lichter an ihren Fingern mit einem einzigen Wort.

Etwas glitt durch den Nebel. Ein Schatten, ein Schemen tanzte zwischen dem Licht. Eine gewaltige Gestalt, lang und gewunden. Der Nebel waberte umher, schien von dem Schatten ungestört zu bleiben. Ein großer Kreis freien Raums war um Elena und Aidan, als zögere der Nebel, diesen zu betreten.

»Wir suchen das Orakel«, rief Aidan schließlich. Seine Stimme hallte in der großen Kaverne wider. Er trat einen Schritt vor und es war, als weiche der Nebel vor ihm zurück. Elena folgte ihm.

»Wir brauchen Antworten!«

Ihre Stimme war laut, fordernd. Der Schatten glitt auf sie zu – und aus dem Nebel formte sich etwas, nahm Gestalt an, ein gewaltiges Haupt, gekrönt von hohen Stacheln und weißen Augen, umrahmt von dunklen Schuppen. Ein Drachenkopf aus Nebel, halb durchsichtig, aber nicht weniger beeindruckend als einer aus Knochen, Schuppen und Fleisch. Er schien sie zu betrachten, lange, dann wurde er wie von einer Böe davongeweht.

»Dann fragt«, erklang eine tiefe, uralte Stimme aus dem Nebel, drang von allen Seiten auf sie ein.

Aidan atmete durch.

ELENA

Überall um sie herum war Magie. Elena musste sich nicht für die Macht öffnen, so alles durchdringend und allumfassend waren die Energien. Jeder Hauch des weißen Nebels war ihr Spielzeug, getragen, gehalten, geschaffen von Magie. Selbst das Licht, das von oben in die Höhle zu fallen schien, war nur eine Manifestation von Lanzen aus Magie.

Doch es war eine alte, urtümliche Macht, die hier zwischen Fels und Stein hing. In ihrem Kern war sie roher und ungestümer als die filigranen Muster, die Elena weben konnte, doch dahinter verbarg sich ein ungleich komplexerer Teil, der diese gewaltige Macht zusammenhielt.

Es fiel Elena schwer, sich nicht in diesem berauschenden Anblick zu verlieren. Doch da war mehr – so wild und frei die Energie auch wirkte, es gab ein Zentrum, einen Willen, der sie lenkte, der sich mit ihr verband, sie formte und selbst von ihr gebildet wurde. Ein Konstrukt, das Elena kaum erfassen, geschweige denn begreifen konnte.

Es lag sicher jenseits ihrer Fähigkeiten und fast, glaubte sie, jenseits der Möglichkeiten aller sterblichen Magier.

Dieses Wesen – ein besseres Wort fand sie nicht, auch wenn es kaum beschrieb, was sie mehr erfühlte als sah – war es nun, das sprach.

»Dann fragt.«

Die Worte rissen Elena aus ihrer Betrachtung und gaben ihr Halt, sich wieder auf den Moment zu fokussieren.

»Etwas Schreckliches geschieht«, sagte Aidan vorsichtig, wie um Worte ringend. »Die Welt ändert sich.«

»Die Acht Inseln haben ihren uralten Weg verlassen«, fügte Elena hinzu. »Eine unbekannte Macht ist über uns gekommen. Sie verbreitet Zwietracht und Hass und treibt uns in Streit und Krieg.«

Die Präsenz schwieg, aber der Nebel bewegte sich schneller. Die beiden fanden sich jetzt auf einer kleinen offenen Fläche umgeben von hellgrauen Wällen. Formen bildeten sich heraus, schienen ihnen etwas zeigen zu wollen, aber sie lösten sich zu schnell wieder auf, gerade bevor Elena etwas erkennen konnte. Doch die ständige Veränderung griff auf ihren Geist über, die Aufregung stieg auch in ihr auf.

»Unbekannt ist die Macht nicht, die du beschreibst«, stieg die Stimme des Orakels schließlich aus dem Chaos auf.

»Nur allzu rasch vergessen von jenen wie Euch, deren Lebensspanne die der Bäume nicht übersteigt.«

Gespannt blickte Elena das Orakel an, suchte seinen Blick, schwieg aber.

»Du trägst des Rätsels Lösung um den Hals«, erklang die Stimme des Orakels erneut und Elenas Hand fuhr zu dem Amulett.

»Mein Erbe?«

Jetzt zog sich der Nebel mit einem Ruck zurück, und die ganze Größe der Kaverne eröffnete sich ihnen, erhellt von Lichtstrahlen aus düsterem Himmel.

Ein einzelner Arm des Nebels drang in die freie Fläche vor, zielstrebig, erhob sich vor ihnen und türmte sich zu einer gewaltigen Form auf. Noch war die Gestalt nicht zu erkennen, doch sie wand sich, bildete Gliedmaßen und einen Leib. Zwei gewaltige Flügel entfalteten sich zuckend, reckten sich empor, schlugen ein, zwei Mal. Ein Drache erhob sich, gewaltig, majestätisch, ein Wunder und von atemberaubender Anmut und Schönheit.

Dann zuckte sein Haupt zu ihnen, und Elena erschrak. Eine Fratze des Zorns und Hasses sah auf sie herab, so lebensecht, dass ihr der Atem stockte. Neben ihr atmete Aidan scharf ein, und seine Hand fuhr zum Griff seines Schwerts.

Der Drache schwebte nun in der Mitte der Kaverne, füllte sie aus, beherrschte sie ganz. Und doch, trotz seiner Größe, spürte Elena, dass sein Hass ihr galt, direkt ihr. *Nein,* wurde ihr dann bewusst. *Allem Leben!*

Die Kreatur, in deren Bewegung eine Eleganz lag, die keinem Sterblichen vergönnt war, bog und wand sich, schien in der Luft zu tanzen, zog mit Klauen, Flügeln und Schweif komplexe Muster, die in Nebel gegossen Form annahmen. Sie stiegen empor, formten sich zu einem einzigen Objekt, einer unregelmäßigen Kugel, die jedoch vom Drachen zu Boden gerissen wurde.

»Drachensturz«, flüsterte Aidan ehrfürchtig und gab Elenas Gedanken so einen Namen.

Sie kannte es nur als das Feuer aus dem Himmel, gerufen vom Fünften Drachen, doch hier zeigte es sich als etwas anderes, Solideres, das nun auf den Drachen zuraste. Nebel wand sich wie Flammen um diesen Kern, der Drache wirbelte auf den Rücken, wirkte mehr Magie, doch es war zu spät.

Sein Leib wurde getroffen und hinabgerissen, stürzte auf den Felsboden – und verging in einer Aufwallung von Nebel. Wie kreisförmige Wellen in einem Teich, in den man einen Stein geworfen hatte, schwappte der Nebel über den Boden, erreichte die Nebelbänke am Rande der Kaverne und vermengte sich mit ihnen.

Aber etwas blieb in der Mitte des Bodens zurück, kleine Nebelfelder, die umeinanderkreisten. Es dauerte einige Augenblicke, bis Elena erkannte, was sie sah.

»Die Acht Inseln.«

»Geboren aus Krieg und Tod, aus Stein und Feuer, aus Blut und Macht«, kam die Stimme von überall aus dem Nebel. »Und gebunden.«

»Was soll das heißen?«, rief sie und sah sich wild um, obwohl sie wusste, dass die Präsenz überall zugleich war. »Gebunden? An ihn?«

Der Gedanke war schauerlich. Jedes Kind lernte die Geschichte des Drachensturzes und wie die Welt von einem Ort der Harmonie zu dem geworden war, den sie nun bewohnten. Der Fünfte Drache hatte sie alle verraten und seinem Willen geopfert. Es konnte nicht, es durfte nicht seine Macht sein, die ihrem Volk das Leben schenkte.

»Du trägst ein Fragment jener Zeiten um deinen Hals«, kam die Antwort. »Beschlagen und geschmiedet. Ein Zeichen von Macht und gleichzeitig auch Schutz vor ihr. Es heißt, einst spülten seine Schuppen wie Steine an die Küsten der Meere, geschlagen von seinem Leib, Relikte seiner Hybris, und die Sterblichen nahmen und banden sie.«

Das Amulett wog nun schwer um ihren Hals. Ein Erbstück, alt, ja, aber nie hatte sie geahnt, dass es mehr als das sein könnte.

»Aber warum? Warum geschehen all diese Dinge?«

Aidans Frage riss sie aus ihren düsteren Vorstellungen. Er trat einen Schritt vor, blickte fordernd in den Nebel.

Wieder kam Bewegung in die weiße Wand. Wirbel durchzogen sie, Arme tasteten sich aus ihr hervor, vereinten sich. Ein unförmiger Koloss baute sich auf, ein Berg, ein Gebirgszug. Doch darin war eine andere Gestalt zu sehen, kaum wahrnehmbar, nur ein Schemen. Elena lehnte sich vor, versuchte zu erkennen und erschrak, als sie es tat.

Der Fünfte Drache war dort verborgen, eingeschlossen, vergraben und vergessen. Nicht tot, nicht vernichtet. Nur besiegt von seinem eigenen Zorn. Begraben unter dem Schutt seines eigenen Kriegs, gefangen im Labyrinth seiner finsteren Sehnsüchte. So gewaltig, so schrecklich, dass keine Macht gegen ihn bestehen konnte.

»Tausend Seelen zerren an seinen Träumen. Werkzeuge tragen sein steinernes Gefängnis ab. Noch ist er in beidem gefangen, Leib und Geist, verloren in Fels und Phantasmen. Aber er erwacht. Und in ihm lodert ungezügelt Zorn und Hass.«

Elena war wie betäubt. Sie hatte mit furchtbaren Botschaften gerechnet, hatte sich auf schreckliche Nachrichten vorbereitet, doch dies überstieg ihre Vorstellungskraft. Der Fünfte Drache – so wie alle Drachen! – war ein Geschöpf von Mythen und Legenden, aus uralten Zeiten, vor Äonen aus sich selbst geboren, unsterblich und von unfassbarer Macht. Eine Kreatur aus Träumen … oder bei ihm aus Albträumen. Ein Wesen für Lieder und Balladen, mehr im Geiste als real existierend. Jenseits der Vorstellungskraft sterblicher Geister.

Aidan schüttelte den Kopf.

»Sie werden ihn aufhalten, nicht wahr?«

Seine Stimme war von zerstörerischer Ungewissheit erfüllt, durchdrungen von einem Flehen nach Rettung, das auch Elena verspürte.

Das Nebelbild zerbarst. Nun drehten sich die Nebelwände um sie herum, tobten in einem stillen Sturm, in dessen Auge sie standen. Aus dem Chaos formten sich wiederum Bilder, Drachen, groß und mächtig, tauchten auf, verschwanden wieder, zogen in einem frenetischen Tanz wilde Kreise. Andere Gestalten waren zu sehen, doch der Drachenflug zerriss sie, zerschlug sie in kleine Nebelwölkchen, ungeformt und ohne Substanz.

»Keine Harmonie, kein innerer Zusammenhalt. Die Macht zu kämpfen, keine Macht zu helfen. Eure Welt würde vergehen, verbrannt von Feuer, davongeweht von Winden, zerschmettert von Erde, weggespült von Wasser. Nichts kann widerstehen, alles wird vergehen.«

Die Bewegung stoppte so abrupt, wie sie begonnen hatte. Der Nebel, gerade noch Sinnbild kosmischer Zerstörung, wurde wieder zu fließenden Wänden. Aus ihnen lösten sich vier Drachenköpfe, die aus vier Himmelsrichtungen auf die beiden zukamen. Jeder war kaum vom Nebel geformt, aber dennoch anders und unverwechselbar. Wie auf einen ungehörten Befehl hin verschwanden sie, lösten sich in Nebel auf, der harmlos zu Boden trieb und den Fels vor Blicken verbarg.

Doch zuvor, für einen kurzen Moment nur, hatte Elena den Blick der vier auf sich gespürt. Eine Aufmerksamkeit, die nicht an ihrer Haut innehielt, sondern sie ganz durchdrang, Körper und Geist, und von ihr Besitz ergriff.

»Ihr.«

Die Stimme war laut und fordernd. Ein einziges Wort nur, das dennoch durch Mark und Bein fuhr.

»Euch gilt der Ruf. Ihr seid die Harmonie. Bringt in Einklang, was getrennt, was zerborsten ist. Sterblichen ward diese Welt geschenkt. Es ist an Euch, sie zu verteidigen! Euch wurde die Macht dazu gegeben.«

Zu Elenas Überraschung schnaubte Aidan verächtlich. Er drehte sich im Kreis, deutete um sie herum.

»Was können wir ausrichten gegen solchen Zorn? Was Ihr von uns verlangt, ist unmöglich!«

Der Nebel zog sich zurück, gab mehr und mehr von der Kaverne frei. Elenas Gedanken rasten. Tausend Fragen schossen durch ihren Geist, wurden erwogen und verworfen.

»Dann ist eure Welt verloren«, kam die Antwort wie aus weiter Ferne. »Du hörst den Ruf, Barde. Du hörst den Ruf. Folge ihm. Es ist deine Pflicht, deine Bürde. Dein Schicksal. Höre den Ruf. Folge dem Ruf …«

Mit diesem letzten Wort verschwand der Nebel in der Dunkelheit und jegliche Magie von diesem Ort. Die Lichtlanzen erloschen und die beiden fanden sich in vollkommener Finsternis wieder. Neben sich hörte Elena Aidan mit den Zähnen knirschen und einen unterdrückten Fluch sprechen.

Mit einer schnellen Geste wand sie einen Hauch von Magie um ihre Finger, der sich in dem weißen Schein manifestierte, mit dem sie ihnen schon den Weg hierher geleuchtet hatte.

»Was bedeutet das?«

Sie blickte Aidan an, dessen Antlitz jedoch abweisend geworden war.

»Orakel, uralte Drachen, Prophezeiungen«, murmelte er und sah zu Boden. »Wer kann das schon sagen?«

Er wollte sich abwenden, aber sie packte sein Handgelenk und hielt ihn fest. Für einen Moment wich er ihrem Blick aus, dann sah er ihr in die Augen. Widerstand lag in ihnen, aber auch mehr – Schmerz?

»Die Welt, unsere Welt, nicht nur meine Heimat, Aidan. Alles ist bedroht, wenn diese Worte wahr sind. Das Orakel sprach mit dir. Du bist der Barde, nicht wahr?«

Er atmete tief durch. Einen Herzschlag lang schien er leugnen zu wollen, doch dann nickte er stumm. Seine Züge wurden weich und verletzlich, nur um sich gleich wieder zu verhärten und eine Mauer um sein Herz zu errichten. Er entzog seinen Arm ihrem Griff, seine Stimme war leise: »Und dennoch kann ich nichts tun.«

Ohne sie anzusehen, wandte er sich dem Tunnel zu, der sie in die Kaverne des Orakels geführt hatte und trat vor. Elena rührte sich nicht. Er ging einige Schritte, verließ den Kreis ihres Lichts und tauchte ins Zwielicht ein. Als er merkte, dass sie ihm nicht folgte, hielt er inne und sah sich zu ihr um. So stand er da, gefangen zwischen Licht und Dunkelheit, in ihm der Wunsch zu gehen, zu fliehen, doch noch dem Licht zugewandt.

»Warum?«, flüsterte sie. Eigentlich hätte sie schreien wollen, ihn an den Schultern packen und ihm Verstand in den Schädel pressen, doch dieser eine Augenblick, als sie den Schmerz in ihm gesehen hatte, hielt sie zurück.

Er rieb sich mit der Hand über das Gesicht und strich sich die Haare nach hinten. Sie konnte seinen Atem hören, tief und schwer, als ringe er mit sich.

»Nicht hier«, erwiderte er schließlich ruhig. »Lass uns zurückgehen.«

Mehr sagte er nicht, doch das Versprechen auf Wahrheit in seinen Augen ließ Elena nicken. Gemeinsam verließen sie diesen Ort und trugen das Licht in die Dunkelheit der Höhlen.

AIDAN

Die Dunkelheit der Höhlen spiegelte Aidans Gemüt wieder. Er verfluchte sich dafür, auf sein Herz statt auf seinen Verstand gehört zu haben. Revus' Einflüsterungen, die ihn hatten weich werden lassen. *Nein, es war meine Entscheidung, meine ganz allein. So wie damals, als es auch meine Entscheidung gewesen war und wie ich nun mit ihr leben muss – jeden Tag.*

Das Licht Elenas, bislang sein Signal in der Dunkelheit, erschien ihm nun kalt und hart. Es erhellte, aber es tauchte auch alles in Schatten, zeigte die Unebenheiten und Hässlichkeit des Felsens, verbarg Schönes in der Dunkelheit. Dennoch folgte er ihr. Was sonst konnte er tun?

Die anderen warteten auf sie; Kaleona und Revus zusammen, Sash abseits. Es war den beiden nicht zu verübeln, dass sie sich in seiner Nähe unwohl fühlten.

»Und?«

Aidan antwortete nicht, sondern ließ sich an der Wand zu Boden sinken und legte die Ellbogen auf die Knie, die

Finger verschränkt. Sein Freund blickte ihn an, aber Aidan studierte ausgiebig den Felsboden.

»Es ist viel schlimmer, als wir befürchtet haben«, berichtete Elena schließlich. »Der Fünfte Drache erwacht.«

Stille erfüllte die Höhle. Es gab keine Worte, um auf dieses Wissen zu antworten. Noch immer hatte Aidan selbst es nicht wirklich verinnerlicht. Es wäre einfacher zu glauben, dass Geschichten und Märchen über Trolle und Riesen wahr seien, über Halblinge und Feenvolk. *Aber ein Drache? Der Drache?*

Natürlich kannte er die Geschichte, sie wurde in unzähligen Liedern besungen.

Wenn der Tag weicht vor der Nacht
und Götter um den Schlaf gebracht.
Wenn starke Winde, alle vier,
sich unheilvoll versammeln hier.
Dann naht eine dunkle Macht.
Denn der Fünfte ist erwacht.

Wie die Fünf Drachen die Welt erschufen, aus den vier Elementen, gebunden von der Harmonie des Fünften. Ihre einzelnen Lieder zu einem triumphalen Gesang durch ihn gelenkt. Wie er den anderen ihre Macht neidete, er, der alles verband und nicht erkannte, dass all ihre Macht auf seiner fußte. Der schreckliche Krieg, der drohte. Ohne seine Harmonie war die elementare Macht der Vier aus aller Balance geworfen und ein Kampf hätte ihre ganze Schöpfung vernichtet.

Doch dann ertönte der Bardenruf, erklang auf den alten Melodien des Weltenlieds, getragen von den Vieren, und die Barden antworteten. Sie gaben den Vieren jene Harmonie, die ihnen geraubt worden war, für einen flüchtigen Augenblick nur. Doch lang genug. Der Fünfte wurde geschlagen, von Feuer, Wasser, Luft und Erde. Es heißt, ein Stern stürzte auf ihn herab, begrub ihn unter sich.

»Die Gesegneten Inseln.« Elenas Stimme klang brüchig wie nie zuvor. »Sie sind die Überreste jenes titanischen Kampfs. Durchdrungen von seiner Macht. Davon haben wir gezehrt, deshalb sind wir hilflos gegen seinen Einfluss.«

Zum ersten Mal, seit er sie getroffen hatte, sah er Furcht in Kaleonas Antlitz. Es war vernünftig, Angst zu haben. Er selbst spürte Panik in sich aufsteigen. *Der Bardenruf, der Bardensturm, immer wieder Bardenruf und Bardensturm!*

»Was können wir tun?«

Guter alter Revus, immer optimistisch, immer auf der Suche nach Lösungen. Aidan spürte Elenas Blick auf sich ruhen, aber sie sagte nichts. Immerhin.

»Er wurde doch schon einmal besiegt, nicht wahr?«

»Durch die Vier«, erwiderte Aidan niedergeschlagen. »Und es hat fast die Welt gekostet.«

Schweigen fiel erneut über die kleine Gruppe, als jeder versuchte, dies alles zu verarbeiten. Aidan legte den Kopf zurück, bis er an der kalten, harten Höhlenwand lehnte und schloss die Augen. Ein Rhythmus lag im fernen Wummern des Wasserfalls. *Nein!*

»Ich muss mein Volk schützen.«

Es war das erste Mal, dass Sash sprach. Seine tonlose Stimme war von einer Endgültigkeit erfüllt, die Aidan frösteln ließ. Es war eine einfache Feststellung, die sich nicht um Hindernisse kümmerte, mochten sie noch so groß sein. Mochten sie ein Fünfter Drache sein.

Zum ersten Mal beneidete Aidan den Seeteufel. Diese

Gewissheit um die eigene Aufgabe, den eigenen Platz in der Welt. Sich dessen immer bewusst zu sein, selbst im Angesicht der größten Bedrohung, des unfassbaren Schreckens, war eine Fähigkeit, die er selbst schon lange verloren hatte.

Einst, vor scheinbar unendlich vielen Jahren, hatte er sie auch besessen. Heute wusste er, dass es bei ihm nur die Unvernunft der Jugend gewesen war. Die Selbstüberschätzung eines gesegnetes Lebens, dem immer alles leicht und vieles in den Schoß gefallen war.

Eine Berührung ließ ihn aufblicken. Revus hatte sich neben ihn gesetzt.

»Was denkst du?«

Aidan zuckte mit den Schultern.

»Ich denke, wir sollten von hier verschwinden. Uns einen schönen Ort suchen. Das Leben genießen.«

Solange wir noch können, war die logische Fortführung, doch er sprach sie nicht aus.

Revus schüttelte den Kopf.

»Wir können ...«

»Nein! Wir können nicht«, zischte Aidan, aus dem schwarzen Abgrund seiner Seele kochte eine dunkle Wut empor. »Verstehst du das nicht? Es ist das Ende.«

Mit einem Mal wirkte Revus müde. Erst jetzt fiel Aidan auf, wie blass sein Freund war, wie dunkel die Ringe unter seinen Augen.

»Hast du dich ausgeruht?«

»Ein wenig«, behauptete Revus. »Nicht viel. Schlechte Träume.«

»Kein Wunder«, befand Aidan.

Sein Freund rieb sich mit beiden Händen über das Gesicht, klatschte sich ein-, zweimal auf die Wangen. Ein gezwungen wirkendes Lächeln erschien auf seinen Lippen.

»Komm schon, wir haben noch nie aufgegeben. Willst du nicht mal lauschen? Vielleicht singt die Welt ja zu dir …«

Aidan schnaubte. Seine Wut kehrte zurück. »So wie damals?«

»Nein. Diesmal …«

Revus verstummte. Aidan schlug mit den Hinterkopf gegen die Felswand, als die Bilder ungewollt vor seinem geistigen Auge auftauchten. Er wusste, was Revus hatte sagen wollen. *Diesmal wirklich. Nicht nur Einbildung.*

»Du kannst tun und lassen, was du willst«, sagte er kalt. »Zieh mit diesen Narren hier mit. Ich bin sicher, dass sie irgendwas versuchen werden. Ein letztes Aufbäumen gegen das Unabwendbare. Ich für meinen Teil werde das nicht tun. Es ist ohnehin nur deine Schuld, dass ich hier bin.«

Die Worte waren gesagt, bevor Aidan sich zurückhalten konnte. Sofort bereute er sie, doch es war zu spät. Das Antlitz seines Freunds wurde hart, jede Wärme wich aus seinen Augen. Da war wieder der Abgrund zwischen ihnen, jener Graben, an dem Aidan immer grub und den Revus stets wieder überbrückte. Er hasste sich selbst dafür, doch vielleicht war es so besser. Vielleicht sollten sie sich trennen und jeder seines Weges gehen.

»Wie du willst«, erwiderte Revus mit einer Kälte, die Aidan bei seinem Freund noch nie erlebt hatte. Er hob die Hand, aber Revus sprang auf die Beine und tauchte in die Dunkelheit der Höhle ein.

Zum ersten Mal seit Langem fühlte sich Aidan ganz und gar allein.

ELENA

Die Angst um ihre Heimat, seit ihrem Aufbruch ein ständiger Begleiter, war nun ein eisiger Hauch in ihrem Herzen. Die Befürchtung, dass die Bedrohung jenseits all ihrer Hoffnungen liegen könnte, hatte sich bewahrheitet. Elena fühlte sich hilflos.

Jede Faser ihres Leibs schrie danach, etwas zu tun. In ihrem Kopf rollten Fragmente von Ideen wie durch Nebel, aber nichts formte sich aus ihnen. Kalter Schweiß stand auf ihrer Stirn.

Neben ihr schritt Kaleona auf und ab wie ein gefangenes Tier hinter Käfigstäben. Revus war verschwunden, Sash ebenso, nur Aidan war noch dort, saß zusammengesunken mit geschlossenen Augen im Halbdunkel.

So düster war Elenas Gemüt, dass sie vermutete, dass Revus und Sash geflohen waren, so erschreckt von den unfassbaren Offenbarungen, dass sie das Weite gesucht hatten.

Aber Flucht war keine Lösung. Vor dieser Bedrohung

gab es kein Versteck, kein Ort der Welt war sicher. Blut und Tod würden über alle kommen. Vielleicht das Ende der Welt. Der Gedanke ließ sie erschauern.

Das Ende der Welt. Dem namenlosen Grauen mit Worten Gestalt zu geben, ließ sie die gesamte Tragweite erkennen. Das Ende der Gesegneten Inseln erschien angesichts der Vernichtung allen Lebens nicht mehr so wichtig.

Ein Teil von ihr wollte sich der Verzweiflung ergeben. Es war so einfach, der Schrecken so groß. In die Dunkelheit in ihrem Inneren hinabsinken, sich von ihr verschlingen lassen. Vielleicht lag dort ein gewisser Friede. Akzeptanz, aller Verantwortung und aller Pflichten entsagen. Wer hätte sie dafür richten sollen? War diese Last nicht zu groß für sterbliche Herzen?

Aber das war nicht sie. Nicht heute, nicht morgen. Jeder Atemzug war nun ein Triumph. Solange sie atmeten, lebten sie. Und solange sie lebte, solange würde sie kämpfen.

Ihr Blick fiel auf Aidan. Das Orakel hatte von ihm gesprochen. Er war der Barde. In ihm lag Hoffnung, auch wenn es in diesem Moment schwierig war, sie zu erkennen. Zusammengesackt, erschöpft, dem Schicksal ergeben. Sie erhob sich und ging zu ihm. Das magische Licht hüllte ihn ein, er sah blinzend zu ihr empor.

Worte schossen ihr durch den Geist, aber es waren wirre Sätze. Sie wusste nicht, was sie ihm sagen sollte, was sie ihm sagen konnte.

Schließlich ging sie vor ihm in die Hocke und legte ihre Hand auf seine. Ihre Blicke verfingen sich ineinander. Sprachlos verharrten sie so.

»Die Worte des Orakels …«

Er ließ sie nicht aussprechen, sondern ließ den Kopf auf die Brust sacken und seufzte.

»Was?«

»Ich weiß, was du sagen willst.«

Die intime Anrede überraschte sie, aber dann wurde ihr bewusst, dass es wohl angesichts des Endes der Welt nicht wichtig war, auf Formalitäten zu pochen. Außerdem gefiel es ihr.

Er hob den Kopf wieder. In seinem Antlitz lagen seine Gefühle in offenem Widerstreit.

»Der Bardenruf!«

Seine Stimme hatte einen sarkastischen Klang.

»Ist es nicht das, was das Orakel sagte? Dass nur die Barden gegen diesen Schrecken stehen können?«

Darauf antwortete er nicht. Sie konnte nicht sagen, ob er nicht wollte oder es sich selbst nicht eingestehen konnte.

»Wir stehen am Abgrund, Aidan. Vor uns nur furchtbare Dunkelheit. Alles … wir könnten alles verlieren.«

»Ich weiß.«

»Warum zögerst du dann?«

Schweigen antwortete ihr. Sie wollte ihn packen und schütteln, Verstand in seinen dicken Schädel prügeln, doch die Trauer in seinen Augen hielt sie gefangen. Er zog seine Hände unter ihren weg.

»Ich bin sicher, da draußen gibt es einen Barden«, erklärte er schließlich leise. »Irgendwer wird den Ruf schon hören. Ist es nicht das, was uns die Lieder lehren? Helden tauchen auf, Barden stürmen, die Welt ist gerettet?«

Seine Finger kratzten über den Felsboden, als suchten sie eine Öffnung, einen verborgenen Ausweg.

»Und wenn du es bist?«

Zorn vertrieb die Trauer.

»Du hast es gehört. Dann sind wir verloren.«

Sie versuchte, ihn zu verstehen. Seine Seele war wund, verborgen unter all den Narben. Sein Lachen, sein selbstbewusstes Auftreten, dahinter verbarg sich ein verletztes Herz, er nutzte es wie Panzer und Schild.

Seine Wut verschwand wieder. Sie war nicht echt, war nicht auf sie gerichtet, auch wenn sie sich in Angriffen äußerte. Sie war nur ein weiterer Schutz, den er um sich selbst errichtet hatte. Er stieß sie fort, um sich nicht öffnen zu müssen.

»Ich habe Angst«, sagte sie schlicht. Es war kein einfaches Eingeständnis. Niemals Schwäche zeigen, immer den Eindruck erwecken, alles sei in ihrer Hand und ihrem Willen unterworfen, das waren die Lektionen ihrer Jugend gewesen. Doch so tat sie den ersten Schritt.

Er blickte sie an, seine Miene ein unlösbares Rätsel. Dann fanden seine Finger wieder ihre Hand. Schweigend hielt er sie fest.

»Und ich glaube an dich.«

Die Worte überraschten Elena selbst. Bis sie es aussprach, hatte sie nicht gewusst, dass sie so empfand. Aber sie konnte jenseits der Masken sehen, vorbei an Panzer und Schild. Und was sie sah, gab ihr Hoffnung.

»An mich?«, brachte er mit rauer Stimme hervor.

»Ja, an dich. Denkst du, weil du selbst nicht mehr an dich glauben kannst, dass es niemand anderes tut?«

»Du wirst enttäuscht werden.«

Sie schüttelte den Kopf.

»Du hast die Menschen beschützt. Du hast dein Leben riskiert. Du hast alles gegeben, was du geben konntest, bis zum letzten Moment.«

Er lachte bitter.

»Ich bin davongelaufen. Ohne Revus …«

»Du bist zurückgekehrt.«

Es war die Wahrheit. Und er wusste es.

»Lauf nicht davon. Bleib bei uns. Hilf uns. Wenn das Ende der Welt – unserer Welt! – kommt, wenn alles, was wir kennen und lieben um uns zerfällt, wenn wir versagen und unsere Kraft nicht reicht, wo willst du dann stehen?«

Einige Momente lang gab sie ihm Zeit, über ihre Worte nachzudenken.

»Willst du dich verstecken und verkriechen? Saufen und huren, bis alles in Flammen steht? Oder willst du an unserer Seite stehen?«

Sein Kiefer arbeitete, seine Zähne mahlten. Sie wusste nicht, ob ihre Worte ihn hinter all seinen Mauern erreichten.

»Ich weiß, dass ich das Ende lieber an deiner Seite erwarten werde als irgendwo sonst. Lieber stehe ich und schreie mit meinem letzten Atemzug meinen Widerstand in die Dunkelheit, als dass ich auf Knien davonkrieche. Wenn ich schon sterben muss, dann auf meine Art, stehend, kämpfend, bis zum Letzten!«

Langes, tiefes Schweigen. Die Gefühle waren aus ihr herausgebrochen, hatten sich in Worte gekleidet, waren in die Luft emporgestiegen ganz ohne ihr Zutun. Aber es tat gut, sie auszusprechen. Ihre Angst war noch da, aber nahm nicht mehr ihre ganze Welt ein. Über den Tod zu sprechen, nahm ihm einen Teil seines Schreckens.

»Verdammt«, murmelte Aidan und atmete tief durch.

»Was sagst du?«

Seine Finger packten ihre Hand in festem Griff.

»Wenn es ohnehin egal ist«, erwiderte er und lächelte fein. »Du hast recht. Was soll's?«

Schnell stand Elena auf und Aidan folgte ihr. Ein neues Gefühl war nun zwischen ihnen, eine Verbundenheit. Feuer, irgendwie, ein gemeinsamer Schwur, nicht ausgesprochen – noch nicht!

Sie standen dicht beieinander, sich noch immer an den Händen haltend. Seine Haut war warm, sein Griff gab ihr Kraft und sie wusste, dass er ebenso empfand. Der Schleier war von seinen Augen gewichen und sie konnte ihn wieder erkennen, mit dem Lächeln und dem Lachen, der allen Fährnissen trotzte.

Unbewusst lehnte sie sich vor, sein Kopf neigte sich ihr entgegen, ihre Lippen öffneten sich. Da waren nur noch seine Augen, die ihr den Blick in seine Seele erlaubten. Ein Atemzug strich über ihr Gesicht, eine Handbreit trennte sie noch, ein Fingerbreit.

»Es gibt dort einen Ausgang.«

Überrascht wirbelten sie beide herum. Sash trat aus der Dunkelheit, schälte sich wie ein schwarzer Schatten ins Licht.

»Äh, gut«, erwiderte Aidan ungeschickt und Elena nickte heftig.

»Ja, sehr gut.«

Der Seeteufel blickte sie mit seinen unergründlichen Augen an.

»Wir sollten bald aufbrechen.«

»Auf jeden Fall«, stimmte Aidan zu.

Elena löste sich von ihm, als Kaleona dazutrat. Einen Herzschlag lang berührten sich noch ihre Finger. Als sie sich lösten, durchfuhr Elena ein Gefühl des Verlusts, wie sie es noch nie gespürt hatte.

Aber da war jetzt mehr.

Hoffnung.

AIDAN

»Könnt ihr es riechen?«

Aidan wandte sich zu dem Rest der kleinen Gruppe um. Das beständige helle Licht von Elenas Magie ließ alle blass aussehen, bis auf Sash, der den Kopf hob, den Mund öffnete und langsam seine lange Zunge herausstreckte. Während Revus nickte, schlossen sich Sashs Augen, doch die Lider kamen von den Seiten, was Aidan immer noch einen Schauer über den Rücken sandte, obwohl er es schon häufiger gesehen hatte.

»Ich rieche nichts«, kam die monotone Antwort. »Aber Luft ist schwierig zu schmecken.«

»Äh, ja«, erwiderte Aidan, lächelte dann aber. »Es kommt von dort vorne. Da gibt es den Ausgang, ich bin mir sicher.«

Tatsächlich verspürte er genau die Zuversicht, die in seiner Stimme lag. Wie oft war es nicht so gewesen, wie oft hatte er Worte gesagt, ohne sie zu fühlen. Doch jetzt nicht mehr.

Schnell ging Aidan weiter, zog die anderen mit sich, folgte dem Geruch von Erde und Pflanzen, von Regen und Gras, der ihnen so vielversprechend entgegenwehte.

Hier waren die Gänge weitaus weniger bearbeitet, keine Verzierungen in den Fels geschlagen, nur hier und dort sah man Spuren, wo der Weg begradigt worden war. Dennoch war es ein Meisterwerk, das ungezählte Stunden gekostet haben musste. Aidan bewunderte den Willen, aus diesen natürlichen Höhlen einen anderen Ort zu machen. Doch als weit vor ihnen ein fahler Lichtschein zu sehen war, erfüllte ihn ein Freudenstrahl bei dem Gedanken, den dunklen Pfad unter der Welt bald hinter sich zu lassen.

Je näher sie kamen, desto mehr Einzelheiten enthüllten sich ihnen. Der Gang wurde zu einer kleinen Höhle, in die durch mehrere Öffnungen Sonnenstrahlen fielen. Ein in den Fels geschlagener Weg führte an der Wand empor, breite, hohe Stufen, die bis zu einem Ausgang gingen, durch den ein feiner Nieselregen fiel.

Von draußen war ein beständiges Rauschen zu hören, zu monoton für Brandung, jedoch eindeutig Wasser.

»Wir sind jenseits der Wasserfälle«, erkannte Aidan. »Der Weg muss uns nach Norden geführt haben.«

Hintereinander erklommen sie die Treppen. Aidan trat als Erster ins Licht des Tages. Die Sonne schien, doch durch Elenas Magie waren seine Augen an die Helligkeit gewöhnt. Tatsächlich stammte der Nieselregen nicht von den dünnen Wolkenbändern am blauen Himmel, sondern wehte über eine Felskante herab in das schmale Tal, das sich vor ihm erstreckte.

Der Weg führte auch außerhalb der Höhle weiter, dieselben Stufen gingen wieder hinab, bis sie sich zwischen Büschen und Bäumen verloren. Durch die grünen Blätter schimmerte das Blau eines kleinen Sees. Insekten summten durch die Luft, ein Vogel sang ein Lied, das Aidan nicht kannte.

Alle, die hinter ihm zurück an die Oberfläche traten, atmeten durch, selbst Sash schien erfreut zu sein, dass die langen, dunklen Gänge hinter ihnen lagen.

»Es ist schön hier«, stellte Elena leise fest. »Ruhig und unberührt.«

Schon lag Aidan ein bissiger Kommentar auf der Zunge; er wollte sie fragen, ob sie gedacht habe, jenseits ihrer gesegneten Inseln gäbe es keine schönen Orte. Doch der Blick in ihrem erschöpften Gesicht ließ ihn innehalten. Zu lange hatte er in ihr nur die Königin gesehen. Jetzt blickte er auf die Frau.

»Allerdings«, sagte er stattdessen leise.

Sie standen Seite an Seite und schwiegen; es bedurfte keiner Worte.

»Ein guter Ort für eine Rast«, zerstörte Kaleona den Moment. Die Kriegerin drängte sich an ihnen vorbei, und da sie sorgsam darauf achtete, ihre Königin zu umgehen, rempelte sie Aidan dabei recht unfreundlich an.

Trotzdem musste er lächeln und schüttelte belustigt den Kopf.

»Was denkst du, Revus? Sollen wir hier das Nachtlager aufschlagen?«

Er sah seinen Freund an, der das Haupt zur Seite geneigt hatte, als lausche er dem endlosen Rauschen des Wassers, und ihn nicht beachtete.

»Revus?«

Jetzt erst sah ihn sein Freund an, langsam wandte er den Kopf, als müsse er sich von einem Sirenengesang losreißen.

»Revus? Alles in Ordnung?«

»Was? Ja, sicher.«

Über Revus' Züge glitt ein schnelles Grinsen, war so schnell wieder verschwunden, wie es gekommen war. Der feine Sprühnebel hatte sich wie ein feiner Film auf seine bleiche Haut gelegt, sodass er müde aussah; ein Eindruck, der durch die tiefen Ringe unter seinen Augen noch verstärkt wurde.

»Eine Rast wird uns allen guttun«, befand Aidan und legte seinem Freund die Hand auf die Schulter.

Wieder schenkte ihm Revus ein Lächeln, so flüchtig, dass er es beinahe verpasst hätte.

»Sicher«, erwiderte er und wandte sich ab.

Aidan folgte ihm in das Tal. Rechts und links erhoben sich die Felswände, sodass es nur einen Weg gab, dem sie folgen konnten. Als sie den Fuß der Treppe erreichten, öffnete sich ihnen ein schmaler Pfad. Einst war er breiter gewesen, doch den Rand der breiten Steinplatten hatten Pflanzen überwuchert, und Äste hingen von beiden Seiten in ihn hinein. Das Blattwerk schützte sie vor dem Sprühnebel, der auch schwächer wurde, je weiter sie sich von der Höhle entfernten. Schnurgerade führte sie der Weg in das kleine Wäldchen, das um einen See herumstand, der an seiner breitesten Stelle keine zwanzig Schritt messen mochte.

Kaleona stapfte vor ihnen entlang, ging das Ufer ab und deutete schließlich auf eine kleine offene Fläche etwas erhöht über dem See.

»Das sieht nach einem guten Ort aus«, befand sie und führte die kleine Gruppe dorthin. Weiches Laub bedeckte das Erdreich und Aidan ließ sich zu Boden sinken. Er hatte gar nicht bemerkt, wie erschöpft er selbst war, aber als er erst einmal saß, hatte er das Gefühl, er könne sich nie wieder erheben.

Der Rest nahm die Gelegenheit sich auszuruhen ebenfalls dankbar wahr. Nun, da sich der Himmel wieder über ihm spannte, erkannte Aidan, dass ihm die Höhlen mehr zugesetzt hatten, als er gedacht hatte. Das magische Licht ersetzte nicht die Sonne und das leise Säuseln des Winds, das entfernte Rauschen des Wassers, Laub, das sich sanft raschelnd bewegte, Tiere – all dies fehlte in der grabestiefen Stille unter der Erde.

Müde streifte er den Rucksack von den Schultern, löste den Schwertgurt von den Hüften und glitt aus seinem Mantel. Zum ersten Mal seit Tagen sah er wirklich an sich hinab. Seine Kleidung war durch die Strapazen ebenso mitgenommen wie er selbst. Der Saum seines Hemds war schmutzig und ausgefranst, hier und da hatte er Löcher flicken müssen. Er sehnte sich nach einem Bad, nach warmem Wasser und sauberer Kleidung, nach einer Nacht in einem Bett, nein, nach vielen Nächten der Ruhe und Tagen des süßen Nichtstuns.

Er lehnte sich zurück, schloss die Augen, versuchte, die Umgebung auszublenden und sich vorzustellen, er sei zurück in den Königlichen Hallen von Estar, wo man ihm jeden Wunsch von den Augen abgelesen hatte. Der weiche Waldboden verwandelte sich in ein Bett, der zerschlissene Mantel wurde zu einer Daunendecke.

Aber bevor er einschlafen konnte, hörte er Stimmen. Nicht der süße Gesang des königlichen Knabenchors, sondern die harschen Worte seiner Reisegefährten, die über die Vorbereitungen für ihr Nachtlager stritten. Einen Moment lang gab sich Aidan dem Gedanken hin, einfach einzuschlafen und alle Verantwortung von sich abzuwälzen, doch dann öffnete er mit einem Seufzen die Augen. Alle waren mindestens ebenso erschöpft wie er selbst; er schuldete es ihnen, sie nicht im Stich zu lassen.

Kaleona war als Einzige auf den Beinen. Sash war nirgends zu sehen. Kurz befürchtete Aidan, dass er sie verlassen hatte, verlassen und verraten, aber dann kehrten Sinn und Verstand zurück.

»Wir brauchen Holz für ein Feuer. Und vielleicht können wir jagen«, schlug Kaleona gerade vor. »Hier scheint es ja Wild zu geben.«

Elena erhob sich, obwohl ihre Leibwächterin kurz protestierte.

»Herrin, wir können …«

»Ich leiste meinen Teil«, entschied Elena und hob die Hand, um jeden weiteren Widerspruch im Keim zu ersticken. Es kostete Aidan einige Überwindung, ebenfalls wieder auf die Beine zu kommen, doch dann redete er sich ein, dass es nur einer letzten Anstrengung bedurfte, bevor sie ein Feuer hatten und ein warmes Nachtmahl. Mit vollem Bauch würde der Schlaf umso süßer und tiefer sein.

Also rappelte er sich auf. Immerhin war es warm genug, sodass er den Mantel einfach liegen ließ und sich nur noch einmal nach seinem Schwertgurt bückte. Zwar glaubte Aidan nicht, dass ihnen hier Gefahr drohte, aber es war immer besser, vorbereitet zu sein.

Revus saß in der Mitte der winzigen Lichtung, die Arme auf den Knien und das Gesicht in den Händen vergraben. Er sah so unendlich ausgelaugt aus, dass Aidan an ihn herantrat und sagte: »Bleib du hier und halte Wache.«

Kaleona öffnete den Mund, warf dann aber einen Blick auf ihn und nickte. Aidan blickte sich um.

»Wo ist Sash?«

Elena deutete auf den See.

»Ah. Oh. Verstehe. Das ist wohl wie seine Heimat, was?«

Die Königin zuckte mit der Schulter.

»Er sagte was von Fischen.«

»Sehr gut. Er macht sich nützlich.« Aidan trat näher an sie und Kaleona heran. »Könnt ihr in ihm lesen? Ich meine, einschätzen, was er fühlt und denkt?«

Die beiden blickten sich an.

»Nein«, antwortete Elena. »Aber alles, was er sagt, hat sich als Wahrheit herausgestellt. Das genügt mir.«

Kaleona sah deutlich misstrauischer aus, sagte aber nichts dazu. Da die Leibwächterin manchmal denselben Blick aufsetzte, wenn sie Aidan ansah, ignorierte er ihn einfach und nickte.

»Ich würde ja jagen gehen, aber ich habe weder Bogen noch Armbrust dabei …«

Elena grinste.

»Keine Sorge, das übernehme ich. Ihr beiden besorgt genug Feuerholz für die Nacht und ich verspreche euch, falls es hier Jagdwild gibt, speisen wir heute Abend wie …«

»Die Könige?«, beendete Aidan ihren Satz mit einem schiefen Grinsen.

»Ha! Nein.« Elena beugte sich mit verschwörerischer Miene vor. »Besser. Ein Kaninchen, frisch über dem Feuer gebraten, von mir gejagt, über Holz, das ihr gesammelt habt. An diesem Ort, unter den Sternen. Welcher König speist schon so?«

Bei dem Gedanken lief Aidan das Wasser im Munde zusammen. Er hatte auf Festen und Bällen die besten Gerichte gekostet, aber jetzt und hier gab es nichts, was er lieber gehabt hätte als genau das, was sie beschrieb. Eine lange Reise, ein hungriger Magen, und dann gemeinsam die Früchte ihrer Arbeit genießen. Wild und frei, der Himmel ihr Dach, es gab keine bessere Vorstellung. Er lächelte und sah ihr in die Augen.

»Wir haben noch eine Stunde Tageslicht«, unterbrach sie Kaleona rüde. »Hoffe ich.«

Ohne ihren letzten Satz genauer zu erklären, stapfte sie mit festem Schritt in das Wäldchen.

Aidan wartete, bis sie im Unterholz verschwunden war, dann beugte er sich ein wenig vor und küsste Elena. Die kurze Berührung ihrer Lippen belebte seinen Geist und vertrieb die Erschöpfung aus Geist und Gliedern.

»Sie hat recht«, flüsterte Elena, machte aber keine Anstalten, selbst zu gehen.

»Bald«, formte Aidan ein lautloses Versprechen mit dem Mund und nickte. Das Funkeln in ihren Augen, als sie seine Gedanken las, ließ ihn erschauern.

»Holz«, stellte er fest, als er sich von ihrem Anblick losreißen konnte. »Richtig. Feuerholz.«

»Für das beste Mahl unseres Lebens.«

Mit diesen Worten verschwand auch Elena und glitt beinahe lautlos zwischen die Farne und Büsche.

Aidan atmete tief durch und sah noch einmal zu Revus, der sich nicht gerührt hatte.

»Leg dich hin«, schlug er vor. »Wir sind bald zurück, und dann gibt es ein Feuer und … ein Festmahl.«

Ohne zu schauen, ob sein Freund seinem Vorschlag nachkam, ging er selbst in das Wäldchen und begann, nach passendem Holz zu suchen.

Es war eine mühselige Arbeit, da die Nähe des Wasserfalls für eine allgegenwärtige Feuchtigkeit sorgte, aber der Wald war unberührt und hier und da gab es genug abgelagertes Holz.

So stapfte Aidan durch den Wald und steckte mehr und mehr Feuerholz in sein Bündel. Lange bevor es dämmerte, hatte er so viel gesammelt, dass er überlegte, seinen Gürtel als improvisiertes Band zu benutzen. Doch als er gerade neben dem Holz kniete und überlegte, wie er seine Waffen und das Bündel transportieren sollte, knackte im Wald ein Ast unter schwerem Schritt.

Statt seinen Waffengurt in eine behelfsmäßige Transportvorrichtung zu verwandeln, zog er Schwert und Dolch.

»Wer geht da?«

Ein Schatten bewegte sich zwischen den Bäumen, trat durch das Laub, wurde zu einer Gestalt – die sich als Revus entpuppte.

»Bei den Vieren! Du hast mir einen Schreck eingejagt«, stellte Aidan lachend fest und ließ die beiden Klingen zurück in ihre Scheiden gleiten.

Revus trat einen Schritt heran und strich sich über das feuchte Gesicht.

»Feuerholz?«, fragte er mit rauer Stimme.

»Ja. Verzeih, du schienst so erschöpft zu sein, wir dachten, es wäre besser, du bleibst im Lager.«

Revus lächelte kopfschüttelnd. »Ich habe alles gehört.«

»Oh. Na gut, aber wenn du schon mal hier bist, kannst du mir helfen, das alles zurückzutragen. Ich habe mich ein wenig übernommen.«

»Überraschung«, erwiderte Revus so grimmig, dass Aidan die Stirn runzelte.

»He, ich wollte nur, dass wir die ganze Nacht ein Feuer haben.«

Revus kam noch einen Schritt näher.

»Ja, so kennen wir dich. Immer so selbstlos.«

Aidan versuchte im Gesicht seines Freunds zu lesen,

doch die Augen waren stumpf, fast glasig, und die Miene unbewegt.

»Du bist der Selbstlose«, sagte er schließlich vorsichtig, unsicher, ob Revus scherzte oder ernst gestimmt war. »Hör mal, ich schaffe das auch allein. Geh doch zurück und bewache unsere Habseligkeiten, ja? Setz dich hin, ruh dich ein wenig aus. Du siehst furchtbar aus.«

Er bückte sich und klaubte das Holz wieder zusammen. Revus strich sich mit der Rechten über das Gesicht, ließ die Hand einige Momente auf seinen Augen ruhen.

»Ich bin müde.«

Aidan sah zu ihm auf.

»Das glaube ich. Du hast schlecht geschlafen. Ich habe dich gehört.«

»Oh, habe ich dich wach gehalten? Verzeihung!«

Jetzt troff Sarkasmus aus Revus' Stimme, und Aidan erhob sich wieder, das Feuerholz war für den Moment vergessen.

»Was? Nein! Ich mache mir nur Sorgen um dich, mein Freund.«

Unvermittelt fiel ihm auf, dass Revus ebenfalls Mantel und Rucksack abgelegt hatte, aber offenbar auch seinen Schwertgurt im Lager gelassen hatte.

»Du solltest nicht unbewaffnet herumlaufen«, stellte er fest, zog den Dolch und drehte ihn mit einer schnellen Bewegung des Handgelenks um, sodass er Revus den Griff entgegenstrecken konnte. Sein Freund blickte auf die Waffe, zögerte, dann schlossen sich seine Finger um den Griff.

»Danke.«

»Natürlich«, erwiderte Aidan und sah auf das Holz hinab. »Also …«

»Also«, fiel ihm Revus ins Wort. »Du und Elena?«

Überrascht blickte Aidan ihn an. Dann stahl sich ein Lächeln auf seine Züge, als er an sie denken musste, und er hob die Schultern.

»Woher weißt du ...«

»Ich habe euch gehört. Am See. Und ich weiß es. Ich kenne dich, mein Freund.« Es klang nicht sehr freundlich. »Aber selbst ein Blinder konnte es bemerken.«

»Was soll ich sagen?« Aidan hob die Hände. »Es ist einfach so geschehen. Sie und ich, wir ...«

Seine Stimme verklang.

Revus grinste finster und schüttelte belustigt den Kopf.

»Natürlich, einfach so. Das größte Unheil, das die Welt je gesehen hat, bricht über uns herein, und es geschieht einfach so. Aidan und die Königin. Wir alle stehen am Abgrund und wer wird gerufen? Natürlich Aidan.«

Jetzt spürte Aidan, wie Zorn in ihm aufstieg.

»Denkst du, ich wollte das? Denkst du, ich habe danach gesucht? Du weißt besser als jeder andere, dass dem nicht so ist –«

»Alles passiert dir immer nur, nicht wahr? Alles geschieht, damit der große Aidan seinen Willen bekommt. Alle müssen Platz machen für dich, andere Leben zählen nicht, alles ist egal, Hauptsache, Aidan gewinnt.«

»Gewinnt?« Aidan stieß einen langen Fluch aus. »Sehe ich aus wie ein Gewinner? Und was soll überhaupt der Preis sein?«

Er wollte noch mehr sagen, wollte seinem Freund harte Worte an den Kopf werfen, wollte fluchen und schreien und die Wunden seiner Seele offenbaren – doch stattdessen glitt er jenseits der Wut in ein Becken der Ruhe. Er sah Revus an, das bleiche Gesicht, die müden Augen, ein Bild der Erschöpfung. Seine Rage verebbte, wurde von jener bleischweren Müdigkeit ersetzt, von der er wusste, dass sie auch seinen Freund in ihren Klauen hielt.

Er strich sich über die unrasierte Wange und nickte.

»Hör mal. Lass uns später darüber reden, ja? Geh schon mal vor, ich bringe das Holz mit und wir klären das alles in Ruhe auf. Nicht hier, so fertig, wie wir sind.«

Mit diesen Worten lächelte Aidan entwaffnend, breitete die Hände zum Friedensangebot aus.

Revus zögerte, nickte dann aber langsam.

»Ich bin auch furchtbar müde«, gestand Aidan und sah zum Himmel empor. »Es dämmert. Bald brennt ein Feuer und wir schlagen uns den Magen voll. Ja?«

Wieder nickte Revus stockend. Er hatte den Kopf ein wenig zur Seite gelegt, als lausche er. Aidan lächelte wieder, dann kniete er sich neben das Holz.

Er hörte Revus' Schritte und überlegte, einfach alle Stöcke und Zweige in die Arme zu nehmen und sich zu beeilen, als ihn eine Hand schmerzhaft an den Haaren packte und seinen Kopf nach hinten riss.

»Kein Friede«, zischte Revus mit hasserfüllter Miene. In seiner anderen Hand funkelte der Dolch im roten Licht der Abendsonne.

THE BETRAYAL

We are doubting all we know
Irritating feelings grow.
Dragged into the depth by an undertow
down below.

Never facing who we are.
Disregarding every scar
That has once been caused by innocence.
Betrayal of us all!

ELENA

Zum ersten Mal seit Langem waren Elenas Gedanken nicht von Sorge erfüllt. Natürlich war da irgendwo in den hintersten Kammern ihres Geistes das Wissen um die Gefahr, in der sie alle schwebten, wenn das Orakel die Wahrheit gesagt hatte, aber dieses Wissen war mehr ein Schatten, den sie in diesen Augenblicken ignorieren konnte. Vielleicht war es auch die Hoffnung, die von ihr Besitz ergriffen hatte. Es gab einen Weg. Noch kannte sie ihn nicht, aber er war da, sie musste ihn nur finden.

Natürlich würde Aidan sich sträuben. Sie lächelte. Er war gut darin, Dinge, die ihm nicht behagten, abzublocken, nichts an sich herankommen zu lassen. Aber sie hatte mehr gesehen – nein, das war nicht richtig: Er hatte ihr Einblick gewährt. Mochte er selbst es auch noch nicht wissen, aber er würde noch erkennen, was er tun musste. Und jetzt war sie sich sicher, dass er das Richtige tun würde. Er war viel besser, als er es selbst von sich dachte und in ihm steckte weit mehr, als sie zuerst in ihm gesehen hatte.

Das Lächeln wollte nicht aus ihrem Gesicht weichen. Sie schalt sich selbst dafür, nannte sich ein dummes Mädchen, aber nach all den Tagen voller Angst und Sorge, all dem Gewicht, das auf ihrer Seele gelastet hatte, war es einfach nur gut, Vertrauen gefunden zu haben.

Eine Bewegung im Unterholz riss sie aus ihren Gedanken. Ein Kaninchen. Beinahe hätte sie aufgelacht, dass ihre eigene Prophezeiung in Erfüllung ging. *Vielleicht sollte ich mich auch Orakel nennen lassen?*

Es war ihr ein Leichtes, mit ihrer Magie nach dem Funken des Lebens zu greifen und ihn von allem Körperlichen zu befreien. Er verschwand, ging auf in der Großen Harmonie, aus der er gekommen war. Mit beschwingtem Schritt holte sie sich ihre Beute und band sie neben den anderen beiden an einem Stock fest, den sie über der Schulter trug. Es würde für heute Abend genügen – ein kleines Festmahl nach der Enthaltsamkeit ihrer hastigen Reise. Wieder musste sie lächeln, als sie an ihren kurzen Wortwechsel mit Aidan dachte.

Noch war der Himmel von der untergehenden Sonne erleuchtet und so entschied sie, nach ihm zu suchen, bevor sie ins Lager zurückkehrte. Vielleicht konnten sie sich sogar einen Moment der Zweisamkeit stehlen.

Die Schatten der Bäume wurden länger, die hereinbrechende Dämmerung verwandelte den Wald in ein Geflecht aus Schemen in der Dunkelheit und wenigen verbliebenen Sonnenflecken.

Nahe des östlichen Waldrands entdeckte sie ihn, am Boden kniend, einen Stapel Feuerholz neben sich. Sie hob die drei Kaninchen empor und wollte ihm gerade zurufen, als sie die zweite Person entdeckte. Es war Revus, der sich offenbar doch zur Hilfe aufgerafft hatte. Enttäuschung ließ sie innehalten, aber dann war der Drang, Aidan zu sehen und seine Stimme zu hören, zu groß.

Unvermittelt trat Revus an seinen Freund heran und packte ihn brutal. Elena blinzelte, begriff nicht, was sie sah. Ein Dolch, Aidans Haupt nach hinten gezwungen, die Kehle entblößt. Die Beute entglitt ihren Fingern, ihr Mund öffnete sich, alles geschah so schnell, sie selbst war so langsam. Für jede kleinste Bewegung brauchte sie eine Ewigkeit. Schnell wie ein Blitz fuhr der Dolch nieder. Aidan rief etwas, doch seine Stimme erstarb, als die Spitze der Klinge seine Haut durchschnitt und sich das grausame Metall in seine Kehle bohrte.

»Nein!«

Elenas Schrei hallte durch den Wald, und ihre Magie folgte dem Ruf. Ungelenkt, wild, ein Schlag aus reinem Instinkt. Revus wurde zur Seite geschleudert, flog durch die Luft, verschwand mit lautem Krachen im Unterholz. Vögel flogen auf, Äste brachen.

Ein Herzschlag, zwei Herzschläge, die wie Glockenhall in ihren Ohren klangen, dann lief die Zeit wieder normal und Elena konnte handeln. Sie raste zu dem gefallenen Aidan, der sich am Boden wand, die Hände gegen die Kehle gepresst. Dunkelrot sprudelte das Blut zwischen seinen Fingern hervor. Rot verschmierte es seine Haut. Rot seine Lippen.

Sie warf sich neben ihm auf den Boden, bedeckte seine Finger mit ihren, in dem verzweifelten Versuch, den Strom aus rotem Nass aufzuhalten.

»Nein, nein, nein.«

Die Worte waren nicht die ihren, kamen einfach so über ihre Lippen, aus dem tiefen, dunklen Brunnen ihrer Seele. Sie konnte den Schmerz in seinen Augen sehen, die

Angst. Sein Mund bewegte sich, doch kein Wort entrang sich seiner wunden Kehle.

»Alles wird gut«, flüsterte Elena heiser auf ihn ein, während sein Leben durch seine Finger rann und den Waldboden benetzte. Tränen liefen ihr über die Wangen. Sie band die Netze der Magie um seine Wunde, doch sie wusste, dass diese Wunde jenseits ihres Könnens lag.

»Kein Barde«, erklang eine finstere Stimme, so dunkel und alt, dass Elena erschauerte und sie sah auf. Revus kroch aus dem Unterholz. Seine Haut war schmutzig, Blut troff aus einer Wunde an seiner Schläfe, aber die Lippen waren zu einem finsteren Lächeln verzerrt.

»Was hast du getan?«, schrie Elena ihn an. Zorn übermannte sie, umnebelte ihren Geist.

Als Antwort lachte er nur. Dann sah er Aidan. Es war, als fiele ein Schatten von ihm ab. Seine Augen wurden klar, in ihnen dämmerte schreckliches Verständnis.

»Was … habe … ich … getan?«, wiederholte er.

Auf allen vieren kroch er auf sie zu. Unbewusst, nur geleitet von Wut, sammelte sich Magie um Elenas Faust.

»Aidan … Aidan.«

Mehr ein Wimmern als Worte. Als Elena ihn erblickte, verrauchte ihr Zorn mit einem Mal. Er kroch zu Aidan, seine Finger glitten hilflos über den Leib seines alten Freunds.

Elena verstand nicht, was hier geschah, konnte die Bilder nicht zu einem sinnvollen Ganzen zusammenfügen, aber sie erkannte, dass ihnen nicht viel Zeit blieb. Der erste Schock war verflogen. Kalte Beherrschung nahm Besitz von ihr. All die Übungen, all die Vorbereitung, jetzt kamen sie ihr zugute.

Noch einmal konzentrierte sie sich, fokussierte alles

auf diesen Moment. Sie ignorierte das Blut, den Schmerz, die Angst. Schloss Aidans flehende Blicke und alles andere aus, zwang sich, nichts davon bewusst wahrzunehmen. Die Macht strömte aus ihrem Inneren, ihr Wille gab ihr Form, zwang sie unter ihre Kontrolle – und lenkte sie auf die furchtbare Wunde.

Am Rande des Sees war es ruhig. Niemand sprach. Elena sah auf ihre Hände hinab. Getrocknetes Blut bedeckte ihre Haut bis zu den Ellbogen, vermischt mit Schmutz. Es kümmerte sie nicht. Sie lagen auf Aidans Brust, und sie würde sie dort nicht wegnehmen, egal was geschah.

Etwas Gutes hatte die Stille. Sie konnte Aidans Atem hören, langsam, jeder Zug schmerzerfüllt, jeder Zug Anstrengung, aber er atmete. Darüber hinaus gab es nichts, was sie hören wollte.

Er hatte das Bewusstsein verloren. Schlaf mochte sie seinen Zustand nicht nennen, aber vielleicht war er dort, wo er sich befand, gefeit gegen die Erinnerung an das, was geschehen war.

Zwischen Elena und Revus saß Kaleona, die Klinge ihres Schwerts quer über die Knie gelegt. Sie ließ den älteren Barden keinen Moment aus den Augen. Er hingegen lag zusammengekrümmt am Boden. Fast willenlos hatte er sich fesseln lassen. Elena wollte ihn hassen, aber da war keine finstere Empfindung in ihr. Vielleicht war sie nur zu leer dafür, vielleicht erregte sein kümmerlicher Anblick genug Mitleid, um ihren Hass zu zerstreuen. Ein Teil von ihr war einfach taub, doch der größere war Sorge und Furcht.

Alles, was gut an diesem Tag gewesen war, lag nun in Trümmern. Die untergehende Sonne hatte nicht nur ihr

Licht, sondern auch jede Hoffnung mit sich genommen. Und auch wenn sie morgen wieder aufgehen würde, die Hoffnung würde verschwunden bleiben.

Unter Elenas Händen hob und senkte sich Aidans Brust. Wie er so dalag, die Augen geschlossen, die Züge entspannt, sah er fast friedlich aus. Wenn nur das Blut nicht wäre, die langen Schlieren, die auf seiner Haut getrocknet waren. Elena wollte sie von ihm waschen, doch das hätte bedeutet, von seiner Seite weichen zu müssen, wenn auch nur für einen Moment, und das konnte sie nicht tun.

Die Dunkelheit in ihr gewann bei diesem Anblick an Kraft, saugte alles Leben aus ihr heraus. Sie sank in sie hinab wie in eine finstere See. Ihr Körper wurde zu schwer für diese Welt, sackte in sich zusammen.

Beinahe erschien es ihr albern, dass sie geglaubt hatte, eine Harmonie in der Welt zu spüren, einen Sinn und Pfad. Jetzt war da nichts mehr, nur schwarzes Chaos ohne Verstand, ein Mahlstrom, der alles verschlingen würde.

Tränen hatte sie keine mehr, stattdessen war es, als ob die Finsternis ihrer Seele aus ihr hervorquoll und die ganze Welt einhüllte. Sie schloss die Augen und ihr Kopf sank tiefer, bis er auf seiner Schulter zu ruhen kam.

So driftete sie zwischen Wachen und Schlafen auf einem Meer der Dunkelheit, ein führerloses Schiff auf gnadenlosen Wellen, ihre Träume so düster wie die Nacht, die sie umgab. Keine Sterne konnten sie erhellen, kein Licht erreichte sie.

Und für diese Zeit gab sie auf, nicht nur sich selbst, sondern alles, was sie hatte erreichen wollen, ihre Träume, ihre Ziele und das, was sie für notwendig erachtet hatte.

Sie kapitulierte vor der Finsternis, die alles verschlang. Sie, die sich gegen jedes Schicksal aufgebäumt hatte, regte keinen Finger mehr und hoffte tief in ihrem Inneren, dass diese Nacht ihre letzte sein möge.

»Elena.«

Die Stimme klang drängend. Mühsam öffnete sie die Augen. Vor sich sah sie die unmenschliche Visage von Sash, direkt vor ihrem Gesicht. Er kniete über ihr.

»Elena.«

Zum ersten Mal hörte sie, wie er ihren Namen sagte. Es war ein seltsames Geräusch, vertraut und dabei doch ungewohnt, geformt von diesem Mund, dem menschliche Sprache fremd war.

»Zurück!«

Kaleona sprang auf, die Hand am Schwert. Der Seeteufel erhob sich, breitete die Arme aus.

»Friede.«

»Lass gut sein, Kaleona«, bat Elena müde. Dann traf sie die volle Wucht der Erinnerung und sie keuchte auf. Kurz, einen halben Augenblick nur, hatte sie geglaubt, alles sei nur ein böser Traum gewesen.

Doch da lag Aidan, leichenblass, die Haut von Schweiß bedeckt, und rang mit dem Tod. Die junge Königin setzte sich auf.

»Elena.«

In dem Wort lang Dringlichkeit.

»Was geschah?«

Sie suchte nach Erklärungen. Die Ereignisse in Sätze zu fassen, war zu schmerzhaft, es brachte die Erinnerungen zurück, die Bilder, das Blut, die endlose Angst.

»Verrat«, erwiderte Kaleona tonlos. Dann fasste sie alles

kurz und knapp zusammen, mit so nüchternen Worten, dass sie wie Feuer in Elenas Geist brannten.

»Die Stimme.« Sash lief gebückt zu Aidan. »Es wollte die Stimme.«

»Was weißt du davon?«

Langsam schälte sich Elena aus der Decke und stand auf. Vorher hatte sie sich durch Hoffnung auf den Beinen halten können, jetzt aber fühlte sich ihr Leib so schwer an, dass es ein Wunder war, dass sie sich überhaupt bewegen konnte.

Mit staksigen Schritten ging sie zu Aidan und sank neben ihm auf die Knie. Seine Augen waren geschlossen, die Lider flatterten. Sein Atem ging schnell und flach, jeder Zug rasselte in seiner Brust. Blut befleckte seine Lippen, troff durch den Verband. *So viel Blut.*

»Ich höre den Gesang der Wellen«, erklärte Sash ruhig. »Ich höre Liebe und Hass im Widerstreit.«

Dann hättest du uns warnen sollen!, wollte Elena brüllen, doch ihr fehlte die Kraft. Sie legte ihre Hand auf Aidans Brust, spürte die Hitze seines Fiebers, spürte, wie gequält sein Atem war. Tränen stiegen ihr in die Augen.

»Er hat Angst!«

Verwirrt blickte Elena den Seeteufel an.

»Natürlich! Er stirbt!«

Sash sprang auf sie zu, was Kaleona zu einem schnellen Schritt zwischen sie reizte.

»Nein! Nein!«

»Hör auf, in Rätseln zu sprechen«, herrschte ihre Leibwächterin ihn so harsch an, dass er zurückzuckte.

»Der Fünfte. Der Fünfte hat Angst!«

Verständnislos lauschte Elena den triumphierenden Worten.

»Die Stimme! Er wollte die Stimme nehmen!«

Jetzt verstand Elena. War Aidan tatsächlich der Barde, der den Ruf vernehmen musste, so war ihm nun die Stimme geraubt. Schwarze Verzweiflung. Alles war zu Asche geworden, jede Freude zu Staub, jede Hoffnung zu Dreck.

»Er hat sie genommen«, erklärte sie leise und sprach nicht aus, was sie noch zu verlieren drohte.

»Noch ist Leben. Noch ist Hoffnung.«

Beinahe hätte die junge Königin verächtlich geschnaubt. Sie musste nur auf Aidans geschundenen Leib hinabschauen, um zu wissen, dass jede Hoffnung vergebens war.

»Ich kenne den Weg.«

Es dauerte, bis die Worte in ihren benebelten Geist sanken.

»Was?« Sie sprang auf die Beine, trat auf Sash zu. »Welchen Weg?«

Wie ein Derwisch aus dem Osten sprang er in das Wasser des Sees und spritzte es umher.

»Die Wellen flüstern es!«

Seine kryptischen Worte verärgerten Elena.

»Sprich!«

»Eine Stimme für eine Stimme!«

Ihr wurde kalt. Sie sah auf Aidan hinab, auf seinen schutzlosen Leib. Es bedurfte keiner weiteren Erklärungen. Ein Opfer. Ein Opfer für die Hoffnung der Welt.

»So soll es sein«, flüsterte sie und kniete sich wieder neben Aidan, strich ihm zärtlich über die Stirn. Einige Herzschläge lang ließ sie ihre Hand verweilen, dann sah sie auf.

»Ich bin bereit.«

»Herrin!« Kaleona schüttelte wild den Kopf. »Ihr könnt doch nicht auf dieses … Ding hören!«

»Es muss sein«, erwiderte Elena ruhig. »Nicht nur für ihn. Für uns alle.«

Ihre Miene duldete keinen Widerspruch. Im Antlitz ihrer Leibwächterin kämpften Pflichtgefühl und Sorge um sie miteinander. Elena lächelte sie sanft an. Von ihr selbst war alle Angst abgefallen. Was immer Sash auch tun würde, solange es Aidan vom Rand des Todes zurückholte, war es jedes Opfer wert.

»Ich mache es.«

Ihr Kopf ruckte herum. Trotz seiner Fesseln hatte sich Revus aufgerichtet. Er war fast so blass wie Aidan und in seinem Gesicht lag tiefe Trauer.

»Ich mache es«, wiederholte er. »Es ist meine Tat, es ist meine Sühne. Nicht Eure und niemandes sonst. Nur die meine.«

Wasser spritzte umher, als Sash aus dem See gerannt kam. Er ging neben Revus in eine schiefe Hocke.

»Ja? Ja?«

»Ja.«

Noch war Elena wie betäubt. *Es ist ein Trick,* schrie eine Stimme in ihr, aber in Revus' Worten lagen nur Ehrlichkeit und Wahrheit. Ein Teil von ihr wollte ihm nicht trauen, aber angesichts seiner Ernsthaftigkeit war das unmöglich. Sie blickte auf Aidan hinab.

»He!«

Kaleonas Schrei schreckte sie auf. Sash hatte begonnen, die Fesseln mit seinen Klauen aufzureißen.

»Freie Entscheidung«, erklärte er hastig. »Freie Entscheidung.«

Die Leibwache zog ihren Dolch und trat an ihn heran,

aber Elena bat sie zurück. Misstrauen lag in der Luft, aber als die Seile von Revus abfielen, hob er die Hände und senkte das Haupt.

»Ich will nur meine Schuld begleichen.«

Elena wechselte einen Blick mit Kaleona und nickte kurz, woraufhin ihre Leibwächterin aus dem Weg trat.

»Was muss ich tun?«

»Zu ihm«, befahl Sash und führte Revus an Aidan heran. Jetzt behielt Elena ihn doch genau im Auge, aber er sank nur neben ihnen beiden auf die Knie.

Mit einem Mal erfüllte ein sonores Brummen das Tal. Sash hatte den Kopf in den Nacken gelegt, den Mund weit geöffnet und … *ist das ein Gesang?*

Es schwoll auf und ab, war wie Ebbe und Flut, unabänderlich, auf eine unbestimmbare Weise ewig, war weniger ein Geräusch als ein Gefühl, ein Brummen in der Magengrube, ein Ziehen in allen Gliedmaßen.

Vor Elenas Augen ballte sich die Magie in ihr unbekannten, fremdartigen Formen. Die Luft war wie von Schlieren durchzogen. Es war alt, urtümlich, weit entfernt von den filigranen Arbeiten der arkanen Meister ihrer Heimat. Es war eine Magie von Wind und Wellen, von Sturm und Bö, so alt und mächtig und unvorhersehbar wie die See selbst.

Beim Anblick dieser fremden Macht schwindelte ihr. Es war, als würde sie in diesen Strudel gezogen, der sich um Sash bildete und nun Revus und Aidan einhüllte. Der Singsang wurde lauter, nahm an Intensität zu, wurde fordernder. Vor Elenas Augen verschwamm die Welt. Kaleona ging auf ein Knie, schüttelte den Kopf.

Alles schien zu vibrieren, die ganze Welt erzitterte im Takt des Gesangs. Er steigerte sich, weiter und weiter, bis Elena glaubte, ihn nicht mehr ertragen zu können. Sie fürchtete, ihr Leib würde in tausend Teile zerspringen, zersplittern wie Glas.

Ein reißendes, rauschendes Crescendo. Sash bewegte sich schnell wie eine Katze. Blut schoss aus Revus' Kehle, ergoss sich in einem Schwall über seine Brust.

Und Aidan schlug die Augen auf.

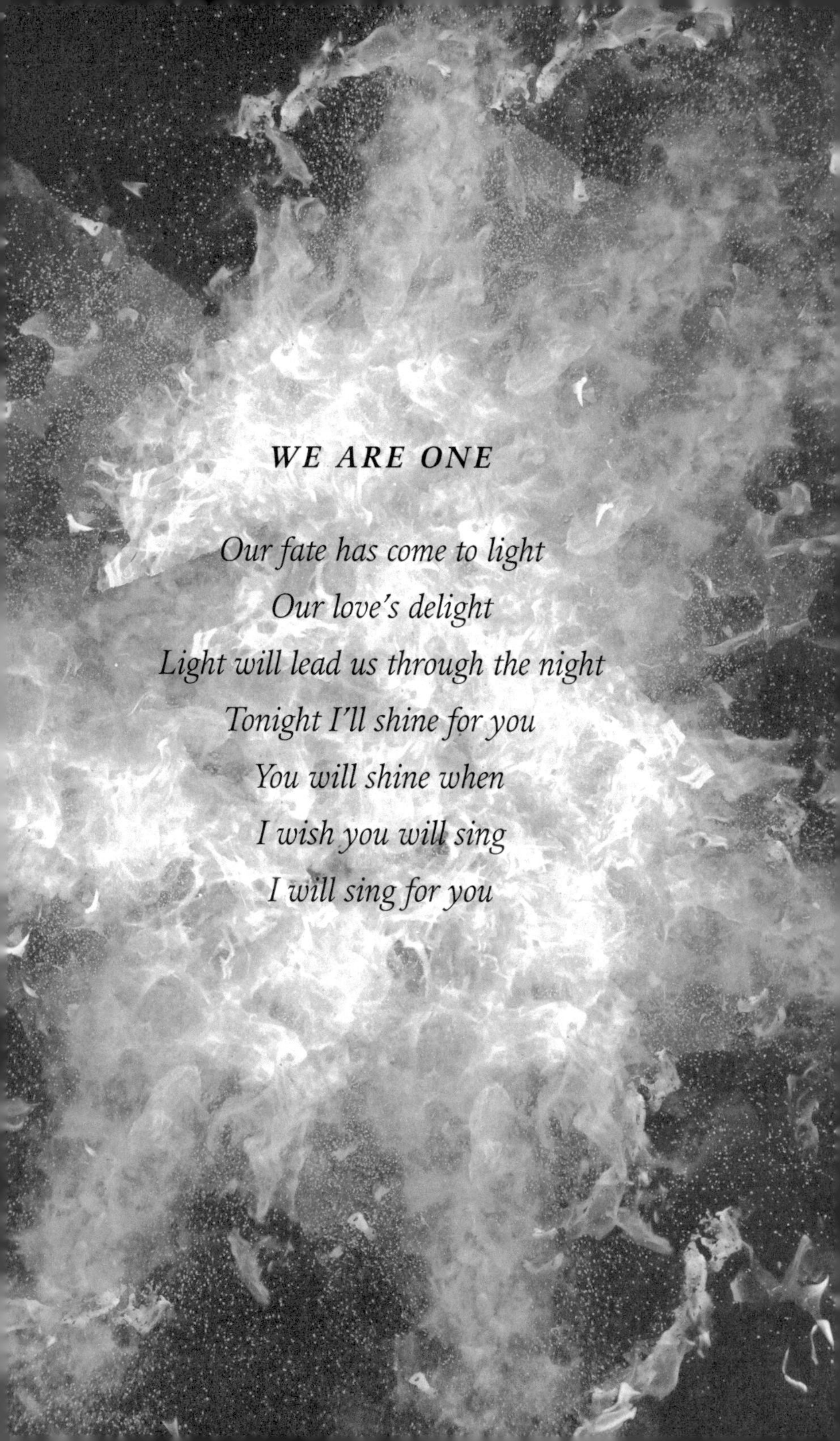

WE ARE ONE

Our fate has come to light
Our love's delight
Light will lead us through the night
Tonight I'll shine for you
You will shine when
I wish you will sing
I will sing for you

AIDAN

Die Höhle war ein kleines Wunder, ein auf den ersten Blick verwirrendes Labyrinth aus Fels und Stein, doch sobald man sich genauer in ihr umsah, eröffnete sie einem ihre Mysterien. Das sanfte Rauschen des herabstürzenden Wassers erfüllte sie; der kleine Wasserfall, der in Kaskaden über Steine sprang und sich schließlich in den Teich ergoss, sorgte für dieses beruhigende, beständige Geräusch. Wohin das Wasser dann verschwand, war nicht zu sehen, irgendein unterirdischer Abfluss im Teich war es wohl.

Durch die Öffnung hoch in den Felsen drang Sonnenlicht in die Höhle, verfing sich zwischen den Säulen und Felsen, malte ein Muster aus Licht und Schatten. Es gab Bereiche, die so dunkel wie die Nacht waren, verborgen hinter Felsnasen und geheimen Eingängen. Aber der Teich selbst war in Licht gehüllt und die sanfte Gischt des Wasserfalls funkelte in allen Farben des Regenbogens, während sie durch die Lichtstrahlen tanzte.

Es war ein magischer Ort, weit entfernt vom Rest der

Welt, verborgen im Tal jenseits des Höhlensystems des Orakels, von kaum eines Menschen Fuß je betreten. Und dennoch konnte nicht einmal dieser Anblick Aidan ein Lächeln entlocken. Geduckt schlich er um eine der natürlichen Säulen herum, lehnte sich an den harten Stein, versuchte, seiner Welt diesen unveränderlichen Halt zu geben, den das Gestein ausstrahlte.

Doch sein Innerstes war in Aufruhr. Sein Leib schmerzte, aber schlimmer war die Pein in seiner Seele. Langsam glitt er an der Säule hinab, bis er auf dem Boden hockte, schloss die Augen und wollte nur noch vergessen.

Wie lange er so im Zwielicht saß, wusste er nicht, doch leise Schritte holten ihn wieder in die Welt zurück. Angst durchfuhr ihn, unbewusst glitt seine Hand zu seiner Kehle, die Fingerkuppen berührten den rauen Stoff des Verbands, aber dann hatte er sich wieder unter Kontrolle und erhob sich rasch.

Es war Elena, die ihm gefolgt war und sich nun mit Erstaunen und Verwunderung in den Augen umsah. Aidan trat aus dem Schatten der Säule.

»Was für ein erstaunlicher Ort«, stellte sie fest und ging an ihm vorbei. Ihre Finger strichen über die Felsen, sie tauchten in Licht und Schatten, wurden Teil ihres Spiels. Ihr Antlitz zeigte ihre Freude, ihr Haar war offen, sie hatte die Rüstung abgelegt und zum ersten Mal sah Aidan sie nicht als die entschlossene Herrscherin.

Als sie den Teich erreichte, kniete sie an dessen Rand nieder und fuhr mit der Hand durchs Wasser.

»Es ist warm!«

Ein helles Lachen entfuhr ihren Lippen, als sie die Hand zum Gesicht hob und sich einige Tropfen klares Wasser auf die Wange strich.

»Ja«, erwiderte Aidan heiser. Jedes Wort schmerzte in seiner Kehle. Lauter konnte er nicht sprechen und der Gedanke zu singen war vollkommen absurd.

Elena sah am Wasserfall empor, der über ein gutes halbes Dutzend Stationen seinen Weg von oben bis hinab zum Teich fand, und nickte.

Ein leichter Sprühnebel aus Gischt umhüllte sie, und als sie sich wieder erhob und Aidan zuwandte, schien das Licht die Luft um sie herum selbst zum Leuchten zu bringen.

Er wollte sich schon abwenden und ihr die Höhle überlassen, als sie die Hand hob.

»Du schuldest mir eine Antwort«, erklärte sie schlicht.

Er schluckte und zuckte sofort zusammen, weil es wie Feuer in seinem Hals war. Protest lag ihm auf der Zunge, Ausreden und Ausflüchte; er wollte auf seine Verletzung hinweisen, sie daran erinnern, dass er dem Tode so nahe gewesen war, dass Sprechen ihm Schmerzen bereitete, aber stattdessen blieb er stehen, so starr wie eine der Felssäulen um sie herum.

Als seine Entscheidung fiel, war es wie der Bruch eines Damms in seinem Inneren. Er ging langsam auf sie zu und setzte sich an den Rand des Teichs. Ohne ein weiteres Wort gesellte sie sich zu ihm, setzte sich so nah neben ihn, dass er ihre Nähe spüren konnte ohne sie anzusehen.

»Es gibt nicht viel zu erzählen«, begann er so leise, dass sie sich ein wenig in seine Richtung lehnte, um ihn besser zu verstehen. Sie schwieg und Aidan suchte nach Worten.

»Einst war ich ein Barde. Ein verdammt guter Sänger. Könige holten mich an ihre Höfe, Königinnen verlangten danach, meiner Stimme zu lauschen. Die Welt lag mir zu Füßen.«

Mit den Worten kamen die Erinnerungen zurück. Paläste, Hallen, Festmahle, eine Prozession von Schönheit, ein wildes Leben, unstet und frei, begehrt und verehrt. Aidan lachte leise, als er daran denken musste, wie er einst gewesen war. Wenigstens seine Kehle schien sich wieder an das Reden zu gewöhnen, oder vielleicht gewöhnte er selbst sich einfach nur an den Schmerz.

»Ich nahm das alles als natürlich hin, als Lauf der Welt. Ich war jung, ich kannte nichts anderes. Alles fiel mir leicht, ich glaubte, ich sei auserwählt, begnadet, vom Schicksal begünstigt.«

Er warf einen Seitenblick auf sie. Ihre Miene war unbewegt, aber in ihren hellen Augen funkelte etwas, das er nicht einordnen konnte. *Verachtung? Oder Verständnis?*

»Und in gewisser Weise war ich das auch«, fuhr er trotzig fort. »Ich genoss das Leben, mehr Ruhm, mehr Gold, das beste Essen, der edelste Wein, die schönsten Frauen.«

Im Nachhinein war alles ein einziges verschwommenes Bild, eine Aneinanderreihung von wilden Szenen. Er hätte nicht mehr sagen können, in welcher Reihenfolge er an welchen Orten verweilt hatte, welche Frauen er zuerst geliebt, welche Genüsse er zuerst gekostet hatte.

»Ich hielt mich für den Nabel der Welt. Die Nabe des Rads des Lebens, alles drehte sich nur um mich. Wenn ich sang, dann waren alle in meinem Bann. Ich konnte Tränen aus dem härtesten Herzen hervorlocken, Freude in dunkelste Seelen pflanzen.«

Er verstummte. Lange hatte er seine Gefühle unterdrückt. Aber darüber zu sprechen, die Erinnerungen aufzuwühlen – er konnte das Verlangen in sich spüren. Die

Kunst, die Stimme, die in ihm war, die er in finstere Ecken seiner Seele gesperrt hatte, von der er sich lossagen wollte.

»Revus?«

Der Name sandte einen Stich durch Aidans Herz. Er wusste, dass sein Freund keine Schuld trug, er war besessen gewesen, kontrolliert von einem so alten Hass, dass menschliche Gefühle nur Spielzeug für ihn waren. Sein Geist verstand das, aber dennoch war der Verrat ein dunkler Fleck in ihm. Trotzdem nickte er.

»Wir kennen uns seit diesen Tagen. Er war schon immer ein begnadeter Sänger und wir zogen gemeinsam durch die Lande, von einem Triumph zum nächsten.«

»Aber so blieb es nicht.«

Aidan lächelte bitter.

»Nein, so blieb es nicht. Wenn uns die alten Lieder eines lehren, dann dass alles enden muss. Und dass Hochmut vor dem Fall kommt, und je größer die Torheit, desto schrecklicher der Sturz.«

Seine Stimme stockte. Die Schmerzen der Gegenwart waren vergessen, überlagert von denen der Vergangenheit, die sich tiefer und grausamer eingebrannt hatten.

»Wir alle kennen die Lieder. Der Bardensturm. Wenn die Welt in der Balance hängt, wenn die Harmonie zu schwinden droht. Helden aus mystischen Zeiten, die dem Ruf folgen. In den Liedern siegen sie immer.«

Die Winde drehen, der Himmel fällt.
Ein Lied aus Landen fern,
ein Ruf, der diese Nacht erhellt,
und Barden, die ihn hör'n.

Die Erde bebt, das Feuer glüht.
Nun endet jene Nacht.
Die Barden folgen diesem Lied.
Das alle einig macht.

Es gab keine passenden Worte, also sprach er einfach das aus, was ihm in den Sinn kam. »In meinem Wahn glaubte ich, so ein Held zu sein. Ich bildete mir ein, den Ruf zu vernehmen. Und als ich vor den Massen davon sang, da glaubten sie mir, denn meine Stimme …«

Die Erinnerungen übermannten ihn und nahmen sie ihm für einen Moment. Eine leichte Berührung an seiner Hand, Elenas warme Finger auf seiner Haut, nur ein Hauch, aber dennoch genug, um ihm Kraft zu geben.

»Sie folgten mir. Und ich führte sie. Gegen die Dunkelheit, wie ich glaubte, gerufen vom Schicksal selbst. Aber es war nur ein kleiner Krieg, einer wie so viele, eine Kriegsherrin gegen den Segovischen Bund. Ich glaubte, dass sie auserkoren sei, eine große Herrscherin zu werden, und dass es meine Aufgabe sei, ihr den Weg zu ebnen. Wir redeten von Freiheit und Reichtum für alle, waren trunken von unserer eigenen Rechtschaffenheit. Ich hielt für Bestimmung und Größe, was lediglich Gier nach Macht war. Sie war nicht besser als tausend andere, die mit dem Schwert in der Hand Leid und Tod über die Welt brachten. Eine Kriegsherrin, wie jedes Zeitalter sie im Dutzend sieht. Doch alle glaubten mir, als ich von Licht und Schatten sang, vom Kampf für das Gute und Gerechte gegen die Finsternis der Welt. Sie folgten mir. Und ich führte sie ins Verderben.«

Wieder blickte er sie an. In seiner Brust kämpften Trauer und Zorn.

»Ein ganzes Schlachtfeld voller Toter. So viel Blut, so viel Leid. Wir kämpften voller Fanatismus und so viele gaben ihr Leben an diesem Tag. Aber ich, ausgerechnet ich, überlebte.«

Das schrecklichste Gefühl in seiner Brust war auch das ihm verhassteste; das Mitleid, das er mit sich selbst empfand. Ein Makel der Schande, für den er sich schämte. Wieder und wieder dachte er daran, dass alles seine eigene Schuld gewesen war, dass er am wenigsten verloren hatte.

»Revus zog mich fort«, sagte er mit tonloser Stimme. »Ich konnte nicht gehen, nicht reden, gar nichts. Seitdem leben wir so. Vagabunden, von Wind und Wellen getrieben, je weiter weg von diesen Ländern, desto besser.«

Gemeinsam schwiegen sie lange Zeit. Die Gefühle ebbten ab. Jahre der Übung halfen Aidan, sie wieder in die Verliese seiner Seele zu sperren. Aber etwas blieb. Eine Ahnung von Freiheit. Die Geschichte zu erzählen, zu teilen – es nahm ihr ein wenig von ihrem Schrecken.

»Er hat das Leben in Luxus und Ansehen aufgegeben«, stellte Elena ruhig fest. »Für dich?«

Aidan nickte. Damals hatte er nur sterben wollen, hatte sich gewünscht, selbst auf dem Schlachtfeld den Tod gefunden zu haben, aber Revus hatte ihn am Leben gehalten, irgendwie. Die Freundschaft hatte seiner Seele dieses bisschen Halt gegeben, an dem er sich aus dem tiefsten Tal hatte hochziehen können.

»Ich schulde ihm alles. Mein Leben, meine Freiheit.«

Und mit diesen Worten löste sich der Knoten der dunklen Gefühle in ihm. Revus hatte ihn begleitet, hatte für ihn alles geopfert, alles hinter sich gelassen. Aidans Zorn auf seinen Freund verrauchte und wurde von Traurigkeit ersetzt. Niemand konnte sagen, was aus ihnen werden mochte. Nur eines war sicher, nichts würde so bleiben, wie es einst gewesen war.

»Alles, was der Fünfte Drache berührt, wird vergiftet.« Elenas Stimme war nun finster und von Bitterkeit erfüllt. »Freundschaft, Liebe, Frieden. Alles.«

Dazu gab es keinen Widerspruch, doch Aidan ahnte, was in ihr vorging. Er zog seine Hand unter der ihren weg.

»Ich kann nicht«, flüsterte er, den Blick gesenkt. »Ich … die Last ist zu groß. Das bin ich nicht, nicht mehr.«

Das Orakel hatte gesprochen. Aber jemand anderes würde dem Ruf folgen müssen. Er wagte es nicht, ihr ins Gesicht zu sehen.

»Ich verstehe«, kam ihre Antwort, fast ebenso leise wie seine eigenen Worte. Überrascht blickte er sie an.

»Mein ganzes Leben bin ich darauf vorbereitet worden zu herrschen. Ich habe alle Lektionen ernst genommen und stets gewissenhaft meine Pflicht erfüllt. Aber …«

Ihre Stimme verklang. Aidan bedrängte sie nicht, sondern ließ ihr die Zeit, die sie benötigte.

»Aber was kann ein Mensch im Angesicht solchen Hasses tun? Welche Macht haben wir, uns diesem Feind entgegenzustellen?«

Jetzt war er es, der ihre Hand nahm. Als sich ihre Blicke trafen, schimmerten ihre Augen. Irgendwie gelang es Aidan, ein wölfisches Lächeln aufzusetzen.

»Ich habe keine Antworten«, gestand er und jetzt war seine Stimme fest, ungeachtet der Schmerzen in seiner Kehle. »Aber wenn es jemanden gibt, der welche findet, dann du.«

Einige Herzschläge lang blieb ihr Antlitz unbewegt, dann erreichte das Lächeln auch ihre Lippen und in ihre

Augen trat jene Entschlossenheit, die Aidan zuerst an ihr bemerkt und trotz aller Sticheleien bewundert hatte. Es war lange her, dass er selbst so empfunden hatte und ein Teil von ihm sehnte sich zurück nach den einfachen Tagen, als das Leben erklärbar war und alle Rätsel gelöst zu sein schienen.

In diesem Moment gelang es Aidan, alles loszulassen und sich nur dem Jetzt hinzugeben. Ihre Blicke blieben ineinander verfangen, ihr Atem ging gemeinsam, ein einziger Laut. Der Wasserfall rauschte, der Klang umschloss sie wie eine Decke. In Elenas Wimpern hingen kleine Tröpfchen und Aidan hätte schwören mögen, dass er noch nie in seinem Leben größere Schönheit hatte erblicken dürfen.

Als sie ihn küsste, war das wie ein Schock, der durch seinen ganzen Leib lief. Ihre Lippen waren warm und weich und er gab sich ihnen hin. Alles war in dieser Berührung vergessen, alle Finsternis wurde von Licht davongespült und Verlangen erfüllte seine Seele, ließ keinen Platz für anderes. Er zog sie zu sich, ihre Hände glitten über seinen Rücken, durch sein Haar. Er konnte sein Begehren in ihren Augen gespiegelt sehen, fühlte das Zittern der Lust in ihrem Leib, der sich gegen seinen drückte.

Sie glitten hinab, bis das warme Wasser des Teichs sie empfing. Wild und voller Lust rissen sie einander die Kleider vom Körper. Es gab keine Worte, keine Notwendigkeit für sie, alles lag in der Sprache ihrer Bewegungen, ihrer Berührungen.

Der Wasserfall tanzte auf ihrer Haut, als sie sich einander hingaben und sich fern der Welt in dieser Höhle der Wunder liebten.

ELENA

Als Elena die Augen öffnete, war sie allein. Eine Decke bedeckte ihren Leib und ihr Kopf lag auf einem weichen Knäuel Kleidung. Sie musste lächeln.

In ihr herrschte eine wunderbare Leere. Irgendwo jenseits des Horizonts ihrer Gedanken lauerten Erinnerungen und Sorgen, aber jetzt waren sie noch fern. Sie genoss dieses Gefühl: keine Verantwortung, keine Pflicht, keine Angst. Schnell schlüpfte sie in ihre Kleidung.

Sie hatten gebadet, gemeinsam, im warmen Wasser dieser Höhle, Haut an Haut, eng umschlungen. Dann waren sie in liebevoller Umarmung eingeschlafen. Es war ein tiefer, ruhiger Schlaf gewesen, nicht die dunkle Schwärze der Erschöpfung der letzten Tage, keine finsteren Träume. Sicherheit und Wärme hatten die Dämonen vertrieben.

Mit der zusammengerollten Decke unter dem Arm trat Elena in einen frühen, noch grauen Morgen. Die Welt hatte sie wieder. Ein feiner Nebel lag in der Luft. Den Weg zurück zum Lager ging sie langsam.

Der Geruch von Rauch wies ihr den Weg und bald sah sie ein kleines Feuer zwischen den Bäumen hervorscheinen. Ihr Herz schlug schneller, als sie Aidans gebeugte Gestalt entdeckte, der mit einem Ast in der Glut stocherte und das Feuer anfachte. Kaleona war abseits damit beschäftigt, ihr Bündel zu schüren, während Revus reglos in seine Decke eingewickelt lag. Von Sash war nichts zu sehen, der See lag still und ruhig da.

Leise glitt Elena neben Aidan und setzte sich. Sein Blick fiel auf sie, ein Lächeln umspielte seine Lippen, dann sah er zu Kaleona und hob die Augenbrauen. Der Gedanke, wie ihre Leibwächterin ihn wohl im Lager begrüßt haben mochte, ließ Elena grinsen. Stumm legte sie den Finger auf seine Lippen, beugte sich dann jedoch geschwind vor und küsste ihn. Seine Augen weiteten sich.

»Ich habe Hunger«, stellte sie fest, als sich ihre Lippen voneinander lösten.

»Ich auch.«

Seine Stimme klang schon viel besser, weniger heiser, mit mehr Kraft hinter den Worten. Die uralte Magie zeigte eine Wirkung, die Elena für unmöglich gehalten hatte. Ihr Blick fiel auf Revus. *Aber sie fordert ihren Preis.*

Sanft griffen Aidans Finger die ihren, umschlossen sie, lenkten ihre Aufmerksamkeit zurück auf ihn. In seinen Augen stand der tiefe Schmerz um seinen Freund geschrieben.

»Wir sollten bald aufbrechen«, ließ Kaleona vernehmen. Sofort löste sich Aidans Griff. Es war keine Furcht, die ihn trieb, sondern Respekt. Er wollte Elena die Entscheidung überlassen.

»Wir müssen auf Sash warten«, erwiderte die junge Königin. »Und auf …«

Jetzt sahen sie alle zu ihrem letzten Gefährten. Elena glaubte, eine leichte Bewegung zu erkennen. *Atmete er?*

Mit einem Seufzen ließ sich Kaleona am Feuer nieder und schlug die Beine übereinander.

»Nun gut, ein wenig Ruhe wird uns nicht schaden.«

In ihren Augen lag etwas, eine Regung, die Elena noch nie bei ihr gesehen hatte.

»Wir haben ja nicht alle genug Schlaf bekommen ...«

Zuerst fiel Elenas Kinnlade hinab, dann schüttelte sie den Kopf. *Schalk! Sie verspottet mich!*

»Also ich weiß nicht, was du so getrieben hast«, erwiderte sie grinsend. »Aber ich habe außergewöhnlich gut geschlafen.«

Kaleona zog die Augen zusammen, ihr Blick ruhte nun abschätzend auf Aidan.

»Soso.«

Abwehrend hob er die Hände. »Ich schaue mal, was wir noch an Vorräten haben«, wechselte er abrupt das Thema und begann, ihre Beutel zu durchwühlen.

Tatsächlich zwinkerte Kaleona der jungen Königin zu, dann jedoch warf ihr Aidan einen Kanten altes Brot zu und kurz darauf den Rest harten Käse, den sie noch hatten.

»Kein Festmahl«, berichtete er aus den Tiefen ihrer Vorräte. »Und so wird es auch bleiben, fürchte ich.«

Elenas Magen knurrte vernehmlich.

»Fisch«, erklang Sashs tonlose Stimme vom See. Nur sein Oberkörper ragte aus dem Wasser, feucht glänzend im fahlen Morgenlicht, doch in der rechten Hand hielt er einen großen grauen Fisch mit einer Klaue in den Kiemen.

»Bratfisch.«

Kurz musste Elena überlegen, ob ihr das so früh am

Morgen munden würde, aber dann siegte der Hunger. Sie waren fern der Heimat und aller Frühstücksbräuche. Hier musste man nehmen, was man bekam – und wann man es bekam.

Kurze Zeit später lag der Duft des Fischs in der Luft, den Kaleona auf einen Stock gespießt langsam über dem Feuer drehte. Er ließ Elena das Wasser im Mund zusammenlaufen.

Das Fleisch war heiß und fettig, der Geschmack fremd, aber mit Noten, die Elena an andere Fische erinnerten. Sie stopfte sich einige Brocken in den Mund, spülte sie mit klarem Wasser herunter und erfreute sich an der Wärme in ihrem Inneren.

Als ihr erster Hunger gestillt war, schnitt sie ein wenig mehr in ihre Schüssel und ging zu Revus. Er lag totenstill da, nur sein bleiches Gesicht war zu sehen. Für einen Moment befürchtete Elena, dass alle Lebensgeister ihn endgültig verlassen hatten, aber dann sah sie, dass sich seine Brust langsam hob und senkte.

Sie kniete neben ihm nieder und berührte vorsichtig seine Schulter.

»Revus.«

Leise, fast geflüstert.

Seine Lider flatterten, hoben sich. Kurz flog ein Lächeln über sein Antlitz, dann verzog es sich in Schmerzen. Schnell stellte die junge Königin die Schale ab. Ihr Geist zwang die arkane Energie unter ihre Kontrolle, gab ihr Form, lenkte sie in seinen Leib. Es war nur ein kleiner Zauber, aber er würde dem Schmerz die schlimmsten Fangzähne ziehen.

Dennoch war seine Haut grau wie Asche und ein Schleier lag über seinem Blick. Die Decke bewegte sich, er kämpfte einen Arm frei. Als der braune raue Stoff von seinem Hals glitt, sah Elena den Verband, den sie ihm angelegt hatten. Seine Finger betasteten ihn und er zuckte zusammen, als sie über die feuchtrote Stelle glitten.

»Ich habe Essen«, versuchte sie ihn ein wenig abzulenken. »Fisch, ganz frisch gefangen.«

Noch ein Stück befreite er sich aus der Umschlingung der Decke. Sanft half ihm Elena sich aufzusetzen. Hinter sich spürte sie die Anwesenheit der anderen, hörte ihre Schritte, ihren Atem.

Tiefe Angst lag in Revus' Augen. Sein Mund bewegte sich, öffnete sich, schloss sich.

»D... Da ...«

Mehr ein Keuchen, fast tonlos.

Unbewusst hob Elena die Hand zum Mund. »Trink.«

Kaleona hielt einen flachen Holzbecher mit etwas Wasser vor sein Gesicht. Er beugte sich vor, sie hob ihn an seine Lippen. Wasser floss aus den Mundwinkeln, troff von seinem Kinn. Er schloss die Augen. Der Verband um seinen Hals bewegte sich. Eine Träne rann über seine Wange. Dann schlucke er.

Es dauerte einige lange Herzschläge, doch dann: »Da...nk.«

Ein erleichtertes Seufzen entrang sich ihrer Kehle. Ein Wort nur, geschunden und qualvoll hervorgestoßen, aber immerhin ein Wort. Sie nickte, nun selbst mit Tränen in den Augen, hielt ihm die Schüssel hin. Seine Finger zitterten, doch schließlich gelang es ihm, einen kleinen Fetzen Fleisch zu nehmen und ihn sich zwischen die Lippen zu schieben.

Jeder noch so kleine Bissen bereitete ihm große Schmerzen, trotz ihrer Magie. Lange kaute er an jedem, doch zumindest aß er. Schließlich ließ ihm die junge Königin die Schüssel im Schoß und wandte sich um. Noch immer hielt Kaleona den Becher in der Hand, reichte ihn zwischendurch an Revus. Ein Stück abseits hockte Sash und betrachtete die ganze Szene … *neugierig? Mitfühlend? Freudig?* Elena wusste es nicht zu sagen.

Aber Aidan saß noch immer am Feuer, den Kopf gesenkt, die Schale mit seinem Frühstück achtlos neben sich.

Nicht einmal, als sie sich zu ihm setzte, sah er auf.

Worte waren nicht einfach, also schwieg sie erst einmal, sammelte sich, ihre Gedanken. Versuchte zu verstehen.

»Es war nicht seine Schuld«, erklärte sie schließlich ruhig.

Jetzt blickten sie einander an.

»Wir haben es auf den Gesegneten Inseln erlebt. Es war … wie ein Sturm. Niemand konnte widerstehen.«

In seinen Augen konnte sie nichts außer Schmerz sehen.

»Es war nicht seine Schuld«, wiederholte sie, kräftiger und mit so viel Nachdruck, wie sie mustern konnte.

Er atmete aus, lange, ein Seufzen.

»Ich weiß.«

»Dann solltest du mit ihm reden. Du solltest ihm das sagen. Er hat …«

»Es ist meine Schuld«, fiel er ihr ins Wort.

Jetzt sah sie ihn verwirrt an. »Deine?«

»Er … wir waren immer Freunde. Er stand an meiner Seite. Verflucht, er kämpfte an meiner Seite. Immer. Ich bin durch dunkle Täler gegangen und er hat mich wieder ins Licht geführt. Er hat Blut für mich vergossen.«

»Und du für ihn.«

Ein kurzes Lächeln stahl sich auf seine Lippen.

»Ja, und ich für ihn.«

Doch dann war es verschwunden, ersetzt von einem Ausdruck der Agonie.

»Du verstehst das nicht. Hundertmal hätte er gehen können. Du hast ihn singen gehört. Glaubst du, er musste wie ein Landstreicher herumziehen? Von einer warmen Mahlzeit zur nächsten leben, wenn es denn welche gab? Unter dem Sternenzelt schlafen? Er hätte vor Königinnen und Handelsprinzen singen können und sie hätten ihn gefeiert. Verdammt, sie haben ihn gefeiert!«

Ihre Hand fand die seine, versuchte ihm zu sagen, dass sie da war, hier für ihn, wollte ihm Stärke geben. Seine Finger bebten.

»Und jetzt ... wird die Welt nie wieder seine Stimme hören. Er hat alles für mich aufgegeben, wieder und wieder. Bis zum Letzten.«

Sein Kopf sackte auf seine Brust, seine Schultern bebten. Sie strich ihm über sein Haar, streichelte seinen Nacken.

»Wie kann ich ihm jemals wieder in die Augen sehen?«

Die Pein in seiner Stimme raubte Elena den Atem. Sie war körperlich, roh und grausam. Sie wollte ihm Hoffnung machen, aber es kam ihr in diesem Moment verlogen vor. Revus hatte seine Stimme für die seine geopfert. Keine Magie, keine Kunst konnte das mehr ändern.

»Alles, was der Fünfte Drache berührt, wird böse«, flüsterte sie. Ihre Stimme mochte leise sein, doch darin lag der Stahl verborgen, den sie in ihrem Inneren trug, jene verborgene Kraft, die sie immer vorangetrieben hatte.

»Alles wird schlecht, wird verdorben.«

Aidan rieb sich mit den Händen übers Gesicht. Seine Augen waren gerötet.

»Freundschaft, ja, Liebe. Er zerstört und nimmt.«

Der Gedanke an diesen urtümlichen Schrecken, so weit jenseits aller Vorstellungskraft, mochte an diesem ruhigen Morgen seltsam erscheinen. Die Welt war wie immer, die Sonne schien, noch schwach, aber schon vertrieb sie den Nebel. Das Leben um sie herum erwachte, wie jeden Tag. Alles schien normal.

Doch nichts war mehr normal. Und alles würde nur noch schlimmer werden, so vieles würde vergehen.

Wenn sie es nicht aufhalten konnten.

AIDAN

Eine Nacht jenseits von allem hatte ihnen die Harmonie geschenkt, doch das Licht des Tages beschien jene Welt, die Aidan zu entgleiten drohte. In seiner Brust rangen die Gefühle in einem Widerstreit miteinander, der ihn taub werden ließ.

»Rede mit ihm.«

Es war gut, Elena neben sich zu spüren, ihre Finger mit den seinen verschränkt. Natürlich ergaben ihre Worte Sinn. Da war kein Drängen, kein Wunsch, nur ein Rat. Einer, den Aidan nur zu gern beherzigen wollte, aber irgendetwas hemmte ihn.

Angst.

Er hatte gekämpft, dem Tod ins Antlitz geblickt und dabei gelacht. Stets war das Risiko sein Begleiter gewesen, nie war er zurückgeschreckt. Er hatte vor Fürsten Spottlieder gesungen, war an Wachen vorbei in Schlafgemächer geschlichen, war gejagt und verfemt worden und hatte all das genossen.

Angst, die tief lag. Es war die Angst davor, das zu verlieren, was ihm wichtig war, was ihn all die Jahre am Leben gehalten hatte.

Sein Blick wanderte zu Revus, der in sich zusammengesunken in den Überresten seiner Lagerstatt kauerte. Bleich und blutig, gezeichnet von allem, was ihnen widerfahren war.

Angst, dass er seinen Freund, seinen einzigen Freund verlieren mochte. Der Gedanke, der Welt und dem Schrecken ohne Revus an der Seite gegenüberzutreten, war lachhaft.

Aidan nickte, erhob sich, schlich unsicher zu Revus hinüber.

Als der Schatten auf ihn fiel, sah er auf. Einst war Aidan sicher gewesen, dass er in diesem Gesicht alles lesen konnte, jede Regung kannte, jeden Ausdruck, selbst die verborgenen. Doch nun wusste er gar nichts mehr.

Was sagt man? Welche Worte werden dem gerecht?

Keine, entschied Aidan und schaffte nur ein schwaches Nicken.

Revus öffnete den Mund. »Setzen?«

Für mehr als ein Wort reichte es nicht. Die Ruine dieser einst so großartigen Stimme jagte Aidan einen Stich ins Herz. Am liebsten hätte er sich umgedreht und wäre wieder gegangen, doch er schuldete Revus mehr. Also setzte er sich.

Lange betrachteten sie einander.

»Ver…zeih …«, keuchte Revus.

Aidan schloss die Augen.

»Mir.«

»Ich dir?«

Mit einem Mal kochte Wut in ihm empor. Es war

nicht gerecht. So sollte es nicht sein. So durfte es nicht sein.

»Nein, nein.« Seine Hände ballten sich zu Fäusten. »Du hast nichts getan. Ich verstehe das jetzt, ich weiß es. Es ist nicht deine Schuld.«

Es mochte nur ein Echo der Worte Elenas sein, aber die Wahrheit blieb die Wahrheit. Revus seufzte erleichtert auf. Aidan legte ihm die Hand auf die Schulter.

»Ich habe schändlich versagt.«

Nun war es an Revus, den Kopf zu schütteln. Schwach nur, mit vor Schmerz verzerrtem Gesicht, aber erkennbar.

»Ne…in.«

Aidans Wut verrauchte, denn als er die Miene seines Freunds sah, wurde sie durch Sorge ersetzt.

»Wir schaffen dich hier weg. Wir suchen Heilkundige. Entweder in den Baronien oder im Bund.«

Revus atmete einige Male durch, bevor seine Lippen ein Wort formten.

»Ruf.«

Fast tonlos, aber so schwer, dass es Aidan tief ins Gemüt sackte. Ein Flehen lag in Revus' Augen. Es wäre einfach gewesen, es zu ignorieren. Wer konnte einem Freund schon vorwerfen, sich zu kümmern und zu helfen? Doch diese stumme Bitte wog schwerer als alles andere.

»Ni…cht … um…sonst.«

Revus schluckte, stöhnte auf, schloss die Augen. Seine Hand fuhr zu seiner Kehle. Er schluckte, zuckte dabei zusammen.

»Sprich nicht weiter«, bat Aidan. »Schone dich.«

Selbstschutz. Gern hätte er sich dahinter versteckt. Aber er konnte nicht. Er konnte Revus nicht in die Augen sehen und schweigen.

»Es wird nicht umsonst gewesen sein«, versprach er. Eine stählerne Gewissheit erfüllt ihn. »Niemals.«

Jetzt lag Dankbarkeit in Revus' Augen.

Aidan stand auf.

»Dieses Mistvieh wird bezahlen. Und wenn ich es selbst vom Grund des Meeres hochziehen muss.«

Er wandte sich an Sash.

»Es hat Angst?«

Die Frage schien den Seeteufel zu überraschen.

»Ja.«

»Nicht genug«, rief Aidan. Nun war die Wut wieder da, durchflutete ihn wie sturmgepeitschte See.

Kein Donnerschlag antwortete seinem Schrei. Die Himmel öffneten sich nicht, die Erde blieb still, nicht einmal ein Schwarm Vögel stieg auf.

Doch da war etwas. Fern und leise, mehr Gefühl als Gesang. Ein Ruf. Der Ruf. Und diesmal würde Aidan ihm folgen. Er schloss die Augen, gab sich der Melodie hin. Sie durchzog Luft und Erde, stieg durch seine Füße in seinen Leib, ebenso, wie er sie hörte. Die Welt war von ihr erfüllt. Sie war die Welt.

Wo sich Aidan bislang verschlossen hatte, öffnete er sich nun. Wo Angst ihn beherrscht hatte, sank sein Selbst in Ruhe. Mit jeder Note, jedem Rhythmus wurden seine Gefühle davongeweht, wurden unwichtig und klein. Und nicht nur das. Raum und Zeit traten in den Hintergrund, verloren jede Bedeutung. Sein Körper verschwand, sein Geist löste sich in jenen Harmonien auf, wurde eins mit ihnen.

Er sah. Und er verstand.

Die Welt, wie sie einst gewesen war, wie sie hätte werden können und wie sie war.

Ein Meer, weit und tief. Länder, Küsten, Städte, Schiffe. Licht und Schatten. Und in der Tiefe, verborgen unter den Wellen, ein Sog. Acht Inseln, gefangen in seiner Strömung, mehr Magie als Wasser, gezogen, gefangen durch ihre, durch seine Macht. Gebunden an den Schrecken in der Tiefe.

Sein Bewusstsein tauchte ein in den Ozean, strömte mit dem Wasser, mit der Macht. In ewiger Dunkelheit lag es vor ihm, ein Gefängnis aus Stein, vom Schrecken selbst gerufen, ein Berg seiner Hybris, unter dem er begraben war.

Die Schwärze enthielt keine Geheimnisse für Aidan. Seine Sinne waren eins mit dem Weltenlied. Kreaturen zog der Fünfte Drache an, band sie mit seinem Hass an sich. Stein um Stein schrumpfte sein Gefängnis, wurde abgetragen. Eine Armee, eine Horde, nur seinem Willen untertan.

Durch den Mahlstrom stieg Aidan wieder empor, getragen von Harmonien, älter als die Welt. Weiter und weiter, durch Wasser und Luft, durch Wolken, bis sich unter ihm die ganze Welt erstreckte, in all ihrer Schönheit, wild und gezähmt, ein funkelndes Juwel, ein Geschenk an die Sterblichen.

Punkte des Lichts, Stimmen, die den Gesang aufnahmen, ihn forttrugen, in die Welt brachten. Überall waren sie, warteten sie, gezeichnet vom Schicksal, sich ihrer Macht nicht bewusst.

Es waren viele, Aidan konnte sie nicht zählen. Sie lebten an allen Ecken und Enden der Welt, zogen umher, nur eines hatten sie gemeinsam: ihren Gesang. Einige glaubte er zu erkennen, hier und da verstreut. Eines war nah. Noch eines und ein weiteres.

Doch die Lichter drohten in der weiten Dunkelheit unterzugehen.

Aidan blinzelte.

Die Welt war so groß und unfassbar und wunderbar – und so zerbrechlich. Mit einem Mal wurden die Farben dunkler, wurden schwarz, überall brach feuriges Rot hervor, Länder wurden gespalten, zerrissen, Meere verdampften, bis nichts als Feuer und Schatten blieb. Ein toter Stein, Schlacke und Asche und Rauch. Alles, was gut und lebendig war, verschwunden, verzehrt, vom Hass vernichtet.

»Nein!«

Aidan öffnete die Augen. Er fand sich im Tal wieder, am See, hörte das ferne Rauschen der Wasserfälle, roch den Wald, spürte den leichten Wind auf seiner Haut.

Es war, wie aus einer anderen Welt zurückzukehren. Aidan sog Luft in seine Lungen. Sein ganzer Leib vibrierte, war voller Energie. Alle sahen ihn an.

Für einen Moment genoss er ihre Aufmerksamkeit. Lange war es her, dass er ein Publikum in seinen Bann gezogen und dort gehalten hatte.

»Kannst du reisen?«

Revus überlegte kurz.

»Ich kann deine Schmerzen mit Magie lindern«, bot Elena an.

Tapfer nickte Revus.

»Dann packt alles zusammen. Wir müssen an die Küste.«

Niemand rührte sich. Aidan grinste breit.

»Wir treten dem Mistvieh in den Arsch!«

THE BARDCALL

Winds will change and skies will fall
When the bards arrive.
When the bard's call sounds out loud
We all feel so alive.

Earth will shake and fires burn
When the bards unite.
When the bard's call sounds out loud
We're so alive tonight.

ELENA

Es dauerte nicht lang, bis sie den Weg zum Fluss gefunden hatten; das Rauschen des Wasserfalls lenkte ihre Schritte. Elena hatte sich trotz ihres Angebots große Sorgen gemacht, doch Revus hielt mit. Tatsächlich marschierte er wie ein Besessener.

Der Weg führte sie am Ufer entlang, über breite Felsen, in die an steilen Stellen Stufen geschlagen worden waren. Feuchtigkeit hing in der Luft, bedeckte Stein und Pflanzen, ließ alles um sie herum glänzen.

Anstatt den Weg hinab zum See am Fuße des Wasserfalls zu nehmen, deutete Aidan nach oben.

»Dort muss ich hin.«

Niemand stellte seine Aussage infrage. Es gab keinen Weg nach oben, nur steile Felsen und Bäume und Büsche, die sich an sie klammerten.

»Wartet hier auf mich.«

Er begann den Aufstieg. Auch Elena ließ ihr Bündel von den Schultern fallen und tat es ihm gleich. Sie hatte

Widerspruch erwartet, von ihm oder von Kaleona, doch beide ließen sie anstandslos gewähren.

Es war weniger steil, als sie befürchtet hatte, aber der Fels war nass und rutschig. Sie hangelten sich von Vorsprung zu Vorsprung, zogen sich an Bäumen empor, suchten Risse, in die sie Finger und Zehen klemmen konnten. Es war mühsam und anstrengend, aber sie gaben nicht auf, arbeiteten sich höher und höher, bezwangen den Felsen Stück um Stück. Elenas Muskeln brannten, ihre Arme waren wie Blei, wollten sich kaum noch bewegen. Nur ihr Wille trieb sie weiter.

Als sie endlich die obere Kante erreichten, schob sie sich mit letzter Kraft hinüber und blieb erst einmal schwer atmend liegen. Auch Aidan lag auf dem Rücken, das Gesicht von Schweiß bedeckt, und keuchte.

Doch der Anblick war alles wert. Von oben war der Wasserfall noch erhabener. In einem riesigen Halbkreis ergoss er sich über die Felsen. Es war nicht nur einer, es waren viele, getrennt durch Felsen und Terrassen, gewaltige Massen Wasser, die sich in weißem Schaum herabstürzten. Nebel wallte unten auf, dunkle Vögel glitten zwischen den Felsen umher, tauchten in den Nebel ein und verschwanden, nur um irgendwo wieder zu erscheinen.

»Das ist wundervoll«, hauchte Elena.

Aidan schwieg ergriffen. Lange Zeit sogen sie nur die majestätische Kraft der Wasserfälle in sich auf, dann schritt Aidan wieder los.

Ein schmaler Felspfad führte bis zum Rand des Wasserfalls. Bäume wuchsen an vielen Stellen über die Kante, hingen hinaus in die Leere. Doch am Schluss des Pfads waren sie genau am größten Wasserfall, der sich unter ihnen mit ohrenbetäubendem Rauschen in die Tiefe ergoss.

Vorsichtig lehnte sich Elena vor und spähte hinab. Das Wasser tauchte in den Nebel ein, der nur manchmal aufriss, um ein wildes, strudelndes Schäumen preiszugeben. Man konnte nur allzu leicht glauben, dass dort unten ein uraltes Monster hauste, das all dieses Wasser gierig verschlang.

Eine Felsnase ragte über den Wasserfall empor. Ohne ein Wort sprang Aidan auf sie. Elena hob die Hand, wollte ihn warnen, dass er nicht auf der Nässe den Halt verlor, aber der Wasserfall übertönte all ihre Worte.

Einen Herzschlag lang stand Aidan auf dem Felsen über dem Wasserfall. Seine Figur zeichnete sich vor dem Himmel ab, sein schlanker Leib, die langen Haare im Wind wehend, sein ganzes Sein gespannt wie ein Bogen.

Langsam breitete er die Arme aus. Nebel umwallte ihn, tanzte durch sein Haar.

Und er sang.

Seine Stimme war lauter als der Wasserfall, schnitt durch die Welt, klar und wild und frei. Die Worte waren alt, Elena kannte sie nicht, aber sie konnte ihre Bedeutung spüren. Es war ein altes Lied, uralt.

Mit einem Mal war das Rauschen des Wasserfalls ein Rhythmus, in den ihr Herzschlag einfiel. Wind erhob sich, rasende Böen umspielten sie, zerrten an ihr. Wasser erhob sich unter den Klängen, spritzte empor, fiel wieder hinab.

Die ganze Welt wurde zu seinem Instrument, nein, zu seinem Orchester. Der Himmel selbst warf seine Stimme zurück. Über ihnen drehten sich Wolken in einem wilden Mahlstrom. Blitze zuckten, Donner erklang, passend zu jedem seiner Töne.

Es hätte ein Furcht einflößendes Spektakel sein sollen, doch Elena verspürte keine Angst. Die Melodie war in ihrem Inneren, erfüllte sie.

Aidan sang und die Welt sang mit ihm. Seine Stimme ritt auf dem Wind, schlug mit dem Donner, ließ die Erde erbeben.

Blitze schlugen in Bäume um sie herum ein, Feuer loderten empor. Die Flammen tanzten um Aidan, getrieben vom Wind. Ein Wirbelsturm erfasste sie, tosend und brüllend, doch seine Stimme war lauter, fordernder, wilder. Unbewusst riss Elena die Arme empor, legte den Kopf in den Nacken.

Das Lied war in ihr. Es vertrieb alle Dunkelheit, alle Angst, alle Sorgen. Sie war eins mit der Harmonie.

Eine Stimme mischte sich in das Lied, klar und hell. Es dauerte, bis sie begriff, dass es die ihre war. Als sie die Augen öffnete, streckte ihr Aidan die Hand entgegen.

Ohne einen Ton zu verlieren und ohne Furcht sprang sie neben ihn. Sie kannte die Welt, spürte ihre Harmonie in sich. Der Felsen, auf dem sie stand, der Strom des Wassers, die Winde, die Feuer, die um sie tanzten.

Ihr Lied stieg zu den Himmeln empor. Alle Welt war ihr Publikum. Weit entfernt erklang eine andere Stimme, zögerlich erst, dann lauter, wie befreit. Zu dritt sangen sie, dann zu viert, zu fünft, mehr und mehr. Aidan lenkte sie, führte sie, seinem Lied folgten sie alle.

Es wurde von den Winden getragen, durch die Erde, im Wasser und im Feuer. Es erreichte Herzen in aller Welt, fand neue Kehlen, die es sangen.

Eine gewaltige Harmonie, so unfassbar wie berückend. Und mit einem Mal sah Elena sie. Verborgen hinter der Welt, zurückgezogen, um sie nicht mit ihrer Macht zu bedrohen. Doch das Lied rief sie, gab ihnen jene Harmonie, die ihnen genommen worden war.

Wie Schemen glitten die Vier Drachen durch die Welt,

größer als jeder Berg, gewaltiger als Kontinente, von unverständlicher, uralter Macht.

Mehr Stimmen fielen in den Gesang ein. Das Lied strömte aus Elena, sie kannte es, wie sie noch nie etwas gekannt hatte. Sie verstand die Worte nicht in ihrem Kopf, sondern in ihrem Herzen. Die Harmonie war ihr Pulsschlag, ihr Atem, das Rauschen des Bluts in ihren Adern. Sie war Sängerin und Instrument zugleich, sie war das Lied.

Um sie herum tosten die Elemente, Feuer, Wasser, Erde, Luft, in einem einzigen frenetischen Tanz. Aidan sang lauter und lauter, brachte sie zurück in die Welt.

Ein lautes, alles erfüllendes Finale, ein Schrei, der Welten zerriss und in jedes Herz drang.

Dann Stille.

Elena sank zu Boden. Das Lied verließ sie und mit ihm alle Kraft. Sie wäre gestürzt, doch Aidan hielt sie fest und hob sie zurück auf festes Land.

Der Himmel über ihnen war noch von Wolken bedeckt, Donner rollte in der Ferne, aber der Mahlstrom löste sich auf, die Flammen wurden vom Nebel erstickt und das Rauschen der Wasserfälle war nur noch das Rauschen von Wasserfällen.

»Wusstest du …?«

Benommen sah sie ihn an. Er lächelte.

»Ich hatte es gehofft. Als ich den Ruf vernahm … ich konnte uns alle spüren, jeden Barden und jede Bardin. Und da war eine Präsenz in meiner Nähe.«

Noch immer konnte sie es nicht fassen. Das war mehr, als sie verstehen konnte. Eine Macht ganz jenseits der Magie, älter und stärker, urtümlicher, geborgen in jedem Element der Welt.

»Wir … wir haben sie gerufen.«

»Ja. Sie alle haben uns gehört. Sie alle haben mit uns gesungen. Sie alle werden kommen.«

Langsam setzte sie sich auf. Noch immer drehte sich alles um sie.

»Dafür wirst du benötigt«, stellte sie fest, endlich verstehend.

»Der Ruf der Barden. Jemand muss ihn singen. Und wenn sie alle einstimmen, dann herrscht wieder die verlorene Harmonie. Nur so können die Vier Drachen in die Welt zurückkehren.«

Eine neue Zuversicht erfüllte sie. Die Macht des Fünften Drachen war groß und schrecklich, doch jetzt hatte sie gespürt, dass es nicht die einzige war. Da gab es mehr, ein letztes Geschenk an die Sterblichen, eine Harmonie, die nur ihnen vermacht worden war.

»Wohin kommen sie?«

»Ich habe sie zu den Gesegneten Inseln gerufen. Wir werden deine Heimat verteidigen. Gemeinsam, mit allen Barden.«

»Mit allen Barden«, wiederholte sie fast träumerisch. Er hielt ihr die Hand hin, zog sie auf die Beine.

»Wir alle«, bekräftigte er. »Du und ich. Denn du bist eine Bardin.«

AIDAN

Einst hatte er geglaubt, den Bardenruf vernommen zu haben. Welch eine Hybris! Nun wusste er, wie es war, wenn die Seele in Flammen stand und jedes Wort die Grundfesten der Welt erschütterte, wenn der Wind kam und die Himmel stürzten. Wenn ein Sturm in einem tobte, der einfach hinausmusste, wenn ein Schrei zu einem Lied wurde. Er hätte jubeln, schreien und tanzen können. Alles an ihm, alles in ihm war von einer nie gekannten Energie erfüllt.

Und das Beste war, dass er es mit Elena teilen konnte. Er sah es in ihren Augen, in diesem fast fiebrigen Leuchten. Noch nie hatte er sie so begehrt wie in diesem Moment. Ihre Lippen fanden einander und teilten einen endlosen Kuss.

»Hoffnung«, flüsterte sie schließlich, als sie in enger Umarmung dastanden.

»Wir Barden haben das verdammte Mistvieh einmal bezwungen, wir schaffen es auch ein zweites Mal.«

Auch wenn sie beide wussten, dass dies keineswegs sicher war, so mussten sie doch daran glauben. Und während sie einander in den Armen hielten, schien es tatsächlich nichts zu geben, was sie nicht schaffen konnten; kein Feind war stark genug, als dass sie ihn nicht bezwingen konnten.

Nichtsdestotrotz mussten sie wieder zu den anderen zurückkehren. Der Weg hinab war ebenso anstrengend wie derjenige nach oben, aber wenigstens kannten sie jetzt schon die einfacheren Stellen. Einander helfend kletterten sie die Felsen hinab, bis sie wieder ebenen Boden erreichten.

Ihre Gefährten hatten ein Stück vom Wasser entfernt ein kleines Lager aufgeschlagen, wenn man drei Gestalten im Halbkreis ein Lager nennen mochte. Als sie sich näherten, erhob sich nur Kaleona, die erleichtert aufatmete, als sie Elena erblickte.

»Ihr seid unversehrt!«

»Natürlich. Warum ...«

»Weil die Welt unterzugehen schien«, unterbrach sie die Leibwache unwirsch. Ihre Stimme klang wütend, aber das tat sie eigentlich immer. In ihren Augen lag Erleichterung.

So geht sie mit Angst um, erkannte Aidan. *Sie macht sie zu Zorn.*

»Blitz und Donner! Der Fluss hat geschäumt wie ein Meer im Sturm. Wir haben Feuer gesehen und der Wind hat geheult wie ein hungriges Raubtier!«

Aidan war überrascht von der Wortgewalt der Leibwächterin, die sonst eher geizig mit Worten war.

»Und die beiden waren keine Hilfe«, zischte sie und deutete mit dem Kopf in Richtung ihrer Begleiter.

Sowohl Revus als auch Sash waren zu Boden gesunken und sahen erschöpft aus. Aidan hockte sich zwischen ihnen hin.

»Du hast ihn gehört, nicht wahr?«

Obwohl sein Verband rot von Blut glänzte, nickte Revus mit einem breiten Lächeln.

Aidan atmete durch, schloss die Augen. Er hatte es gehofft und auch geahnt, aber es zu hören, war gut. Revus war ein Barde. Immer noch und trotz allem.

»Ge...sung...en.«

»Ja, wir haben gesungen. Und wie! Es war ... unglaublich.«

Ein besseres Wort gab es nicht dafür. Sein Freund hatte es auch gespürt, also bedurfte es keiner Erklärungen.

»Ich.«

Jetzt blickte Aidan ihn überrascht an.

»Du? Du hast gesungen?«

Revus hob die Hand, hielt Zeigefinger und Daumen hoch, dazwischen ein Stückchen Platz.

»Ein wenig«, verstand Aidan und grinste. »Aber immerhin. Du bist ein Barde, Revus. Egal, was geschehen ist, du bist ein Barde.«

Er legte seinem Freund die Hand auf die Schulter. Sie würden einen Weg finden. Wenn das alles vorbei war, würde es eine Möglichkeit geben. Und wenn Aidan in den Himmel hinaufsteigen oder in die tiefsten Tiefen der Welt klettern musste, er würde seinem Freund die Stimme wiedergeben, die er für ihn geopfert hatte. Eine Queste, eines Barden würdig, und ein Lied, das noch in tausend Jahren gesungen werden würde.

Revus schnippte mit den Fingern vor seinem Gesicht und riss ihn so aus seinen Plänen. Dann deutete er auf Sash und nickte enthusiastisch.

»Du auch?«

»Die Wellen singen zu mir«, erklärte der Seeteufel ruhig. »Und ich zu ihnen.«

»Kein Wunder, dass sie dich zu uns geführt haben.«

Hinter sich hörte er, wie Elena versuchte, Kaleona das gerade Geschehene zu erklären. Es war ein kaum mögliches Unterfangen, wie er ahnte, denn obwohl das Gefühl noch frisch in seiner Brust war, hätte er es nicht in Worte fassen können. Er war nur froh, dass Revus es selbst erlebt hatte.

Noch immer konnte er die Melodie überall spüren. Noch immer verstand er die Harmonie der Welt wie nie zuvor. Zum ersten Mal seit Langem wusste er, was er tun musste. Nicht nur, was er sollte und wollte, sondern da war eine Gewissheit in ihm, als kenne er die Zukunft bereits und müsse sie nur Schritt für Schritt abarbeiten.

»Sie haben geantwortet, Revus.« Das Echo ihrer Stimmen war in seinem Herzen. »Alle, jeder und jede, überall. Sie werden dem Ruf folgen.«

Revus wollte etwas sagen, mühte sich mit den Worten ab, doch Aidan nahm es ihm ab.

»Bardensturm.«

Ein einziges Wort. Immer noch mit so viel Trauer und Bedauern erfüllt. Sein Freund nickte erleichtert.

Aber in dem Wort schwang etwas anderes mit, etwas Neues. Aidan wiederholte es.

»Bardensturm.«

Erlösung.

ELENA

Als sie am großen See unterhalb des Wasserfalls ankamen, hielt Aidan an.

»Wir folgen dem Verlauf. Jenseits der Stellen, wo es das Weiße Band genannt wird, gibt es am Großwasser Siedlungen. Der Fluss ist dort breiter und ruhiger. Ich bin sicher, wir finden dort ein Boot oder ein Floß.«

»Und dann?«

Elena rieb sich den Schweiß von der Stirn. Der Abstieg würde leichter sein als der Hinweg, aber vor ihnen lagen dennoch Tage schwieriger Pfade und Wildnis.

»In der Mündung des Großwassers liegt Restek. Dort gibt es alles, was wir brauchen.«

Der Name kam Elena bekannt vor; dann erinnerte sie sich.

»Die Stadt mit den hundert Brücken?«

Revus schenkte ihr ein Lächeln und hob den Daumen.

»Hundert Brücken, jede Menge Inseln und ein Hafen. Mit Schiffen.«

Aidan trat an sie heran. »Ich weiß, wohin es die Gesegneten Inseln zieht.«

Seine Enthüllung beschleunigte ihren Atem. Ihre Heimat, gefangen im Netz des Fünften Drachens.

»Worauf warten wir noch?«

Gerade als sie weiterziehen wollten, trat Sash Aidan in den Weg. Der Seeteufel war kleiner. Er legte Aidan eine geschuppte Hand auf die Brust.

»Ich gehe hier«, erklärte er ruhig. »Ich bin schneller im Meer als ihr.«

Skeptisch blickte Elena ihn an, aber er deutete auf das fließende Wasser neben ihnen.

»Alles Wasser geht zum Meer. Ich folge ihm.«

Ein Abschied. Elena konnte nicht sagen, dass ihr die schwarzen Augen fehlen würden. Aber ohne Sash hätten sie es vielleicht niemals geschafft. Wer konnte schon sagen, ob sich Aidan und Revus sonst auf die Suche nach ihnen gemacht hätten.

»Wir schulden dir Dank, Freund«, sprach Aidan ihre Gedanken aus und Revus nickte.

»Die Wellen haben von euch gesungen«, erwiderte Sash emotionslos. »Sie haben mich zu euch gebracht. Alles ist in ihrem Lied.«

»Wohin wirst du gehen?«

Er warf einen Blick über die Schulter. Sein Kopf drehte sich dabei weiter, als es möglich sein sollte. Elena erschauerte.

»Ich rufe so viele, wie ich kann. Vielleicht können wir helfen.«

Es klang nicht sehr hoffnungsvoll, aber es fiel Elena auch schwer zu erkennen, was Sash empfand.

»Dann viel Glück auf deiner Reise.«

Ohne ein weiteres Wort sprang Sash in das Wasser. Einen Herzschlag lang war seine dunkle Gestalt unter der Oberfläche zu erkennen, dann schoss sie davon. So schnell, wie er aufgetaucht war, verschwand er wieder.

»Wir haben leider nicht die Möglichkeit, einfach mit dem Fluss schwimmen zu können«, stellte Aidan mit einem Seufzen fest. »Also laufen wir.«

Und so taten sie es. Über die Felsen, kaum sichtbare Wege entlang, durch kleine Wäldchen, über Stock, Stein und Wurzel. Es gab kein Klagen, kein Zögern. Sie halfen einander, wo sie konnten. Sooft der Zauber erlosch, webte Elena neue Magie um Revus' Wunde. Sie konnte sie nicht heilen, aber wenigstens die Schmerzen so weit wie möglich lindern.

Sie alle gaben ihre Bestes, doch es war Aidan, der sie antrieb und mit sich zog. Seine Energie schien unerschöpflich, sein Wille hart wie Granit. Wann immer ihnen der Weg zu beschwerlich zu werden drohte, erklang seine Stimme in einem Lied.

Jedes Mal sandte sie Schauer über Elenas Haut. In ihrer Heimat gab es gute Sänger, großartige Sänger. Revus hatte eine Stimme wie Samt und Seide. Doch Aidan konnte sie alles vergessen lassen. Seine Lieder zogen glühende Streifen über ihre Seele. Wenn er sang, gab es weder Müdigkeit noch Angst.

Je tiefer sie hinabstiegen, desto einfacher wurde der Weg. Sie passierten die Furt, kreuzten die Straße, ließen sie aber hinter sich. Bald führte sie das Großwasser in einen Wald, dunkel und geheimnisvoll. Hier gab es einen richtigen Pfad, geschlagen durch das Unterholz, der bis zur Straße führte. Ein Zeichen von Menschen.

Und tatsächlich erreichten sie ein kleines Dorf an einer

Stelle, wo sich der Fluss in zwei Arme teilte und eine Insel umfloss. Hölzerne Hütten standen auf hohen Pfählen, halb auf Land, halb im Wasser. Rauch stieg über den Dächern empor, Gestalten waren zu sehen. Ein Boot zog langsam den Fluss empor, gerudert von zwei jungen Frauen.

»He!«

Überrascht sahen sich die beiden um. Aidan stand am Ufer und winkte. Langsam kam das Boot näher, hielt jedoch deutlich Abstand zu ihnen.

»Wer seid ihr?«

Keine freundliche Frage, aber es war anzunehmen, dass nicht allzu oft Reisende hier vorbeikamen.

»Wir sind auf dem Weg nach Restek. Können wir im Dorf rasten?«

Die beiden Frauen unterhielten sich so leise, dass Elena kein Wort hören könnte. Schließlich schienen sie eine Entscheidung getroffen zu haben.

»Wir setzen einen von euch hinüber. Besprecht das mit der Ältesten.«

Vorsichtig ruderten sie ihr Boot näher ans Ufer. Aidan wandte sich zu seinen Gefährten um.

»Wartet hier.«

Dankbar legten sie ihre Bündel ab und setzten sich auf den weichen Waldboden, während Aidan in das Boot kletterte. Schon bald war er auf der anderen Seite des Flussarms und verschwand in einer der Hütten.

»Misstrauisches Völkchen«, kommentierte Kaleona, die ein Stück von ihrer gestrigen Jagdbeute aß.

»Wir sehen ziemlich wild aus«, stellte Elena mit einem leisen Lachen fest.

Es war die Wahrheit. Die lange Reise und die Abenteuer hatten ihre Spuren hinterlassen. Ihre Kleidung war abgerissen und ihr Haar mehr schlecht als recht mit einem Band gebändigt. Wenigstens hatten sie dank der Reise den Fluss entlang immer genug Wasser, um sich zu waschen.

»Vielleicht können wir wenigstens was Ordentliches zu essen kaufen.«

Kaleona biss noch ein Stück ab und kaute mürrisch auf dem zähen Fleisch. Insgeheim stimmte Elena ihr zu; frische Vorräte allein wären ein Segen. Aber die Vorstellung, ab jetzt mit Booten den Fluss hinabzufahren, war angesichts ihrer schmerzenden Füße weitaus verlockender.

Es war sehr still. Die Bäume erhoben sich hoch über sie, dunkle Nadeln an Ästen und Stamm. Der Waldboden war damit bedeckt, doch sie waren weich. Der Fluss gurgelte, aber sonst war es ruhig, keine Vögel, auch keine anderen Tiere. Elena lehnte sich zurück, schloss die Augen und begann zu dösen.

»Er ist verändert«, sagte Kaleona unvermittelt. »Wie ausgetauscht.«

Sofort war Elena hellwach. Ihre Leibwächterin musste nicht sagen, wen sie meinte. Auch Revus lächelte.

»Wie ... früher.«

Noch immer war seine Stimme leise und rau, gab es deutliche Pausen zwischen den Worten und man merkte ihm an, dass Reden schmerzhaft war. Doch es klang viel besser als zuvor.

»Früher? Bevor ...?«

Er nickte. *Bevor das Leben ihn beinahe gebrochen hätte.*

»Er vertraut sich wieder«, stellte Elena fest. »Er glaubt wieder an sich. Und er läuft nicht davon.«

Revus' Nicken zeigte ihr, dass sie recht hatte. Und das war gut, denn wenn das Orakel die Wahrheit gesprochen hatte, dann war er ihre einzige Hoffnung. Die einzige Hoffnung der gesamten Welt.

»Ich … wusste … es … immer.«

Und ich habe es vielleicht gespürt. Sicher war die junge Königin jedoch keineswegs. Ihre erste Begegnung lag nicht lange zurück, aber es war ein solches Auf und Ab gewesen, ihre Flucht, die Reise, die Kämpfe, dass sie sich ihrer Gefühle kaum noch erinnern konnte. So würde es bleiben. Zu groß waren die Aufgaben, die vor ihnen lagen.

»Dann hoffen wir mal, dass du dich nicht irrst«, entgegnete Kaleona. »Ich will dem Fünften Drachen noch seinen Soll entrichten für das, was er getan hat.«

Eine Einstellung, die sie alle teilten.

Zum Glück musste sie nicht lange warten, denn der weiche Waldboden war zu verlockend und lud zu einem Schläfchen ein. Das Boot mit den beiden jungen Frauen kehrte samt Aidan zurück.

»Sie gewähren uns Gastrecht«, rief er ihnen noch vom Wasser her zu. »Und von hier aus kann man den Fluss bis nach Restek hinab befahren!«

Die guten Neuigkeiten ließen sie aufspringen und jubeln. Geschwind stiegen sie ins Boot und ließen sich in das kleine Dörfchen bringen, wo sie ein Mahl und ein Dach über dem Kopf erwartete.

Es gab einfaches Essen, frisches Brot, ebenso frischen Fisch, einige Beeren und ein hartes, scharfes Gemüse, das Elena nicht kannte und dennoch genoss. Sie wuschen sich den Schmutz der Reise von der Haut.

Als es dunkel wurde, saß Aidan an einem Feuer auf dem Dorfplatz und sang einige Weisen. Die Bewohner hörten ihm wie gebannt zu. Es waren herzliche Menschen, nachdem sie den ersten Schreck überwunden hatten.

Als es später wurde, stahlen sich Elena und Aidan davon, schwammen durch den Fluss und liebten sich unter den Bäumen.

»Ich hatte mit einem Boot gerechnet. So ein schlankes vielleicht mit Paddeln und Schwänen am Bug.«

Argwöhnisch betrachtete Elena das Floß, das auf den sanften Wellen des Flusses schaukelte. Es war aus großen Baumstämmen zusammengebunden, bei denen wenig mehr gemacht worden war, als die Äste abzuschlagen.

»Mir wurde versichert, dass es gemütlich ist.« Ein Hauch von Zweifel lag in Aidans Stimme. »Und ungefährlich. Meistens jedenfalls.«

Mit einem Seufzen sprang Kaleona auf das Holz, kämpfte einen Herzschlag lang um ihr Gleichgewicht und hielt ihnen dann die Arme entgegen. Aidan warf ihr die Vorratsbündel zu, Elena und Revus sprangen schon einmal hinüber.

Als auch Aidan auf dem Floß stand, lösten sie das Tau und stießen sich mit den langen Stecken vom Ufer ab. Tatsächlich lag das Floß einigermaßen ruhig auf dem Wasser, wurde schnell von der Strömung erfasst und glitt flussabwärts.

Gemeinsam mit Revus errichtete sie ein kleines Zelt in der Mitte, groß genug, um ihre Vorräte darin zu verstauen und dazu noch zu zweit darin zu schlafen.

Obwohl sich das Floß nur träge zu bewegen schien, zog die Landschaft vorbei. Sie waren deutlich schneller als zu Fuß, selbst dann noch, als sie einige Mal am Ufer hängen blieben, bis sie heraushatten, wie die Stecken benutzt werden mussten.

»Willkommen an Bord«, erklärte Aidan abends.

»An Bord?«

»Äh, auf Floß? Keine Ahnung, wie man sagt. Ich war noch nie … Flößer.«

Sie lachte.

»Dafür machen wir das aber ganz gut. Es ist auf jeden Fall angenehmer, als zu marschieren.«

»Und schneller«, pflichtete Kaleona ihr bei.

»Und das alles für einen stählernen Dolch und einige Silberstücke.«

»Und deine Lieder«, fügte Elena hinzu. Dank seines Gesangs waren ihnen die Waldmenschen noch wohlgesinnt gewesen.

»Zu viel der Ehre.«

Auch in den nächsten Tagen sang er für sie. Sie lagen auf dem Floß, schauten zum Himmel empor und lauschten seinem Gesang, der von fremden Landen erzählte, von Liebe, von großen Abenteuern, Helden und Tragödien.

Wir zählen einzeln jede Stund',
die jetzt noch muss vergehen,
bevor die Sonne trifft den Grund,
erhellt die Wege, zeiget uns
wohin wir heute gehen.

Das Ziel ist nur von zweitem Rang,
und nicht das, was uns fehlt.
Die Sehnsucht nach dem nächsten Land,
nach Lust und Tränen und Gesang
ist das, was für uns zählt.

Sein Repertoire schien unerschöpflich zu sein und er hatte die Lust am Gesang wiederentdeckt, ja, schien sogar all die verlorenen Jahre wieder aufholen zu wollen, da seine Stimme geschwiegen hatte.

Der Wald wich bald einer hügeligen Landschaft, durch die sich der Fluss wand. Es gab Wiesen und auch Felder, an einigen Hängen wurde Wein angebaut. Schafe grasten auf einigen Weiden, Fleckvieh auf anderen. Die Berge im Norden verloren an Größe, schrumpften zusammen, wurden zu hohen Hügeln und Felsen, verschwanden doch nie ganz.

An zwei Abenden konnten sie an Gehöften und Dörfern anlegen. Die Bewohner hier waren Flößer gewohnt, die Holz aus dem Wald brachten, auch wenn die wenigsten von diesen so seltsam gekleidet waren. Restek, so erfuhren sie, war immer gierig auf mehr Holz. Holz für Häuser, Holz für Brücken und besonders Holz für Schiffe.

Es war ein angenehmes Land, bewohnt von ebenso angenehmen Menschen, die schnell lachten und Gastfreundschaft groß schrieben. Ein Land, auf dem Menschen seit unzähligen Generationen lebten und arbeiteten. Ihre Häuser waren weiß getüncht, mit bunt angemalten Balken und geschnitzten Giebeln, die allerlei wildes Fabelgetier zeigten.

Dann sahen sie die See und Elenas Herz schlug höher. Bald würden sie ihr Ziel erreichen. Zwar reisten sie, so schnell sie konnten, aber der Fluss bestimmte ihren Rhythmus. Sobald sie am Meer ankamen, war es damit vorbei.

Noch vor dem Ende des Tages sahen sie die weißen Häuser von Restek vor sich. Revus hatte nicht zu viel versprochen. Die Stadt lag inmitten der breiten Mündung des Großwassers auf unzähligen kleinen Inseln. Keine Mauer umgab sie, dafür die Lagune des Flusses.

Das Floß glitt durch Schilf. Der Fluss floss hier langsamer; jetzt mussten sie viel staken. Überall glitten breite Boote mit flachem Rumpf durch die unzähligen Flussarme, Fischer zogen Reusen aus dem Wasser, angelten, jagten Wasservögel. Niemand schenkte ihnen allzu viel Beachtung.

Große Türme standen auf den äußersten Inseln, umgeben von hohen Mauern. Zinnen krönten sie, dazu große bronzene Schalen, in denen Feuer entzündet werden konnten.

»Die Vierzehn Schwestern«, erklärte Aidan. »Es heißt, dass ihr Haar entflammt, wenn sich Feinde der Stadt nähern.«

»Keine Mauern?«

Er schüttelte den Kopf.

»Nein, das Wasser ist der beste Schutz. Die Bewohner der äußeren Inseln können im Notfall auf die Schwestern fliehen und im Zentrum der Stadt liegen Paläste wie kleine Festungen. Aber Restek ist nie eingenommen worden.«

Revus brummte, woraufhin Aidan grinste.

»Auch weil die halbe Welt dem Rat von Restek Geld schuldet.«

Durch einige tiefere Stellen gelangten sie zu den äußeren Ausläufern der Stadt. Am Wasser lagen Boote und eine junge Frau war dabei, einige Fische zu entschuppen, die sie gerade gefangen hatte. Sie sah nicht einmal auf, als sie vorüberstakten.

»Es gibt Wege durch die ganze Stadt. Kanäle, ja sogar kleine Seen. Aber ich weiß nicht, wo wir mit dem Floß entlangkönnen.«

Also trieben sie das Floß um die Stadt herum bis zum Hafen. Elenas Herz schlug höher, als sie die Schiffe sah, die dort an der Kaimauer und im Becken lagen. Viele Fischerboote in allen Größen und Farben, aber auch größere Schiffe, mit zwei oder gar drei Masten. Galeeren, Segelschiffe, viele bunt angemalt, dazwischen Ruderboote. Es wurde be- und entladen, es war ein Gewimmel und Gerufe überall.

Mit ein wenig Glück fand Aidan schnell einen Käufer für ihr Holz. Der kleine Mann mit dem dichten Bart machte vermutlich das Geschäft seines Lebens, da niemand von ihnen auch nur versuchte zu handeln, und rieb sich erfreut die Hände, als sie gingen.

Aidan verteilte die wenigen Münzen.

»Wir suchen eine Herberge und dann ein Schiff.«

»Zu ... wenig.«

»Allerdings. Wir werden mehr Geld benötigen. Einiges mehr.«

Aidan warf einen Blick auf Elenas und Kaleonas Rüstungen und Waffen. Entschuldigend verzog er das Gesicht. Sie seufzte.

»Wenn es sein muss.«

»Mal sehen«, sagte er, aber seine Miene verriet, dass er es für unabdingbar hielt.

Unter seiner Führung drängelten sie sich durch die Massen am Hafen. Es war ein wildes Gemisch von Sprachen, Gerüchen und Eindrücken. Mit einem Mal kam Elena der Hafen von Arcos klein und unbedeutend vor. So weit entfernt von der Welt, von all diesen Menschen, die die Weltmeere befuhren und Handel trieben, Geschichten mitbrachten und so ein Netz selbst zwischen den fernsten Ländern spannten. Einst hatte sie die Isolation der Acht Reiche für einen Segen gehalten; jetzt war sie da nicht mehr so sicher.

Eine Unterkunft nahe beim Hafen war schnell gefunden. Sie luden ihr Gepäck ab, machten sich frisch, gingen in den Schankraum und holten sich dampfende Schüsseln mit Eintopf. Um sie herum waren viele Fremde, offensichtlich Reisende wie sie selbst, in unterschiedlichster Kleidung. Eine wild gemischte Ansammlung, die an den Tischen saß und sich in einem Dutzend ihr unbekannter Zungen unterhielt.

Ein großer, breitschultriger Mann mit Haut so dunkel wie die Nacht trat an ihren Tisch. Er trug ein buntes ärmelloses Wams und eine weite Hose aus blauem Stoff, der mit goldenen Fäden durchwirkt war. Sein Kopf war kahl geschoren, bis auf zwei breite Streifen von den Schläfen bis zum Nacken, die vorne in breite gestutzte Koteletten übergingen.

Behutsam legte Kaleona die Hand auf den Griff ihrer Klingen, als er Anstalten machte, sich vor ihnen zu verbeugen.

Seine Arme waren muskulös und von Nahem sah Elena, dass sie mit Hautfärbereien verziert waren, einer Vielzahl von dünnen, unregelmäßigen Linien, die sich bei genauerer Inspektion als Schrift herausstellten. Er lächelte ein weißes Lächeln.

»Moto, zu Euren Diensten.«

»Elena, zu den Euren«, erwiderte sie als Erste.

Er grinste breit.

»Eure Ankunft wurde vom Wind geflüstert«, erklärte Moto. »Ich konnte sie im Rauschen der Wellen hören. Im Knistern der Flammen. Im Echo der Erde. Willkommen in Restek, Aidan der Barde. Und Elena.«

Wieder verneigte er sich tief, einmal vor ihm, einmal vor ihr.

»Du kennst meinen Namen?«, fragte Aidan überrascht.

»Aye. Ich habe ihn … gespürt. Wir alle haben das.«

»Du bist ein Barde«, erkannte Elena.

Moto lachte laut auf.

»So scheint es. Bis vor Kurzem war ich noch ein einfacher Dichter auf Reisen. Doch jetzt … weiß ich mehr.«

Hinter ihm tauchten mehr Gestalten auf. Männer und Frauen, Jung und Alt, Groß und Klein, Hell und Dunkel. Elena sah eine Frau mit einem breitkrempigen Hut, die gekreuzte Lederriemen mit einem halben Dutzend Dolchen über der Brust trug. Neben ihr stand ein kleiner Mann mit rotem Haar und einem breiten Mund, der sich auf eine geradezu grotesk große Axt stützte. Ein Mann und eine Frau, beide mochten kaum dem Kindesalter entwachsen sein, sie sahen sich sehr ähnlich mit ihren schwarzen Zöpfen. Ein Hüne mit schmalen Augen, schlank, fast ausgemergelt, an jedem Finger zwei oder drei goldene Ringe mit dicken Edelsteinen. Dahinter eine massige Frau, das blonde Haar sorgsam hochgesteckt, die Haut mit Sommersprossen übersät.

»Wir alle wissen mehr«, erklärte Moto und machte eine ausladende Bewegung, die alle hinter ihm einschloss. »Dank dir.«

Einige verneigten sich, andere hoben die Hand zum Gruß, wieder andere sprachen einige Worte. Es waren gut zwei Dutzend, aus aller Herren Länder. Sie alle einte nur eins – der Bardenruf.

Elena und Aidan wechselten einen triumphierenden Blick.

Es hatte begonnen!

AIDAN

Der Boden schwankte, sodass sich Aidan am Tisch festhalten musste. Das Holz knarrte. Über ihm waren schwere Schritte zu hören.

Seefahrten hatten ihm noch nie Probleme bereitet; es war Revus, der die ersten Tage immer grün um die Nase wurde und jammerte. Aber in der stickigen kleinen Kabine und umgeben von so vielen Leuten war auch Aidans Magen flau. Er schob das Gefühl zur Seite.

»Wir landen in Arcos«, erklärte er und deutete auf die Karte. Sie zeigte nur grobe Umrisse und wenige Details. Elena hatte sie aus dem Gedächtnis gezeichnet.

Die junge Königin stand mit bleichem angespanntem Gesicht neben ihm. Es war nicht das Schaukeln des großen Schiffs, sondern die Sorge um ihre Heimat. Die Angst vor dem, was sie vorfinden mochten. Je näher sie den Gesegneten Inseln kamen, desto größer wurde sie.

»Werden sie uns angreifen?«, fragte Moto, der zum Sprecher der versammelten Barden geworden war. Sein dunkler kräftiger Bariton war bestens geeignet, um Heldenepen zu singen und erfüllte die kleine Kajüte.

Unsicher blickte Aidan zu Elena.

»Sofern sie diesem Einfluss unterworfen sind, befürchte ich das Schlimmste. Aber falls nicht, sollten sie mein Wort achten.« In ihrer Stimme lag eine Festigkeit, die keinen Widerspruch duldete. Im Privaten hatte sie ihm ihre Zweifel und Sorgen gestanden, doch hier im Rat der Barden ließ sie sich nichts anmerken.

»Darauf bauen wir«, erläuterte Aidan seinen Plan. »Denn wir können die Macht des Fünften Drachen schwächen, wenn nicht gar seinen Griff brechen. Wir werden in Gruppen singen, Tag und Nacht, wenn es sein muss, und seinem Hass die Harmonie des Weltenlieds entgegenhalten.«

Natürlich wusste er, dass dies leichter gesagt als getan war. Fast sechzig waren mit ihnen an Bord der beiden Schiffe gegangen, fast sechzig Barden – alle hatten sie dem Ruf Folge geleistet. Noch mehr würden nach Arcos kommen, da war Aidan sicher.

»Sobald wir Land sichten, müssen wir bereit sein«, bekräftigte er noch einmal. »Der Kampf wird dann bald beginnen.«

Alle nickten, murmelten ihr Einverständnis. Noch kannte Aidan nicht alle Namen, dafür waren es zu viele, aber er hatte sie gesehen in seinem Lied, hatte sie gespürt, ihre Stimmen, ihre Kraft. Sie waren wie Schwestern und Brüder geworden. Ein Verständnis voneinander, das jenseits von Worten und Namen lag. Eine Harmonie.

Als sie an Deck traten, wehte ihm eine steife Brise die Haare ins Gesicht und er musste kurz kämpfen, um sie in einen Zopf zu zwingen.

Die See war rau, aufgewühlt von harten Winden. Der

Dreimaster tanzte auf ihnen. Kapitänin Veleso schritt auf dem Achterdeck auf und ab, hin und wieder rief sie einen Befehl oder griff dem Steuermann ins Ruder. Sie wirkte angespannt, aber nicht besorgt, was Aidan als gutes Zeichen wertete.

Geschickt schwang er sich zu ihr empor.

»Wie sieht es aus?«

Er musste die Stimme gegen den Wind und das Schiff erheben, gegen die knatternden Segel, das Knarzen des Holzes, das Brausen des Meeres.

»Das Wetter spielt verrückt«, kam ihre nicht unerwartete Antwort. Man hatte sie und ihr Schiff in Restek empfohlen; zuverlässig, erfahren, sowohl Kapitänin als auch Schiff sturmerprobt. Dazu erweckte der Name des Schiffs – *Sturmgängerin* – durchaus Vertrauen. Die Kapitänin war klein, trug die Haare sehr kurz, aber dennoch sah man das Grau, das sich in das Blond schlich. Ihre Haut war trotz der Hüte, die oft ihr Haupt zierten, gebräunt und von Wind und Wetter gegerbt.

»Jeden Moment eine Böe aus einer neuen Richtung, so was habe ich noch nicht erlebt.«

Wie um ihre Worte zu bestätigen, rief sie dem Steuermann einen scharfen Befehl zu. Das Schiff legte sich ein wenig auf die Seite, der Bug fuhr herum, dann wurde er von einer Welle angehoben, die Aidan schnell nach einem Tau greifen ließ.

»Aber wir schaffen es?«

Sie nickte, beobachtete die See weiterhin mit Adleraugen. Er sah sich um, entdeckte das zweite Schiff, ein wenig kleiner, hinter ihnen. Es hatte ebenfalls nur einen Teil seiner Segel gesetzt und machte ebenso Fahrt wie die *Sturmgängerin*, auch wenn sein Name – *Seidenbraut* – weitaus weniger wetterfest klang. Kapitänin Veleso hatte seinen besorgten Blick bemerkt.

»Macht Euch um die keine Sorgen. Hogez ist vielleicht ein Beutelschneider, der Euch sicherlich zu viel Gold für diese Reise abgeknöpft hat, aber der alte Fuchs kennt die See wie kaum ein anderer.«

An Gold hatte es ihnen nicht gemangelt. Manche Barden besaßen kaum mehr als das Hemd am Leib, andere hingegen waren reich. Niemand hatte gezögert, sich von seinem oder ihrem Gold zu trennen. Sie alle hatten gesehen, was das Weltenlied ihnen gezeigt hatte. Geld war angesichts dessen unwichtig.

Da sich sein nautisches Wissen auf einige Seemannslieder und allerlei dazugehöriges Garn beschränkte, vertraute er auf die Expertise der Kapitänin und verließ das Achterdeck.

Vorne am Bug stand Elena. Ihr Haar umwehte ihr Haupt, der lange Mantel ihren Leib. Wie sie dort stand, hoch aufgerichtet, den Blick geradeaus zum Horizont, wirkte sie mehr denn je königlich. Wie eine Königin den Legenden entsprungen, Herrin über See und Sturm, Wellen und Wind ihr untertan.

Doch als er an sie herantrat, sah er die Sorge in ihrem Blick, die nur allzu menschlich war.

»Es wird alles gut«, versuchte er ihre Angst zumindest ein wenig zu lindern, auch wenn er ahnte, dass bloße Worte kaum helfen konnten. Sie schenkte ihm ein kurzes, zerbrechliches Lächeln. Waren sie von den anderen umgeben, so zeigte sich in ihr niemals auch nur ein Hauch von Schwäche. Lediglich wenn sie allein waren, legte sie den Panzer um ihr Herz ab. Oder öffnete ihn einen Spalt. Nur für ihn.

»Wie geht es Revus?«

»Beschissen«, erklärte er trocken, und sie musste lachen.

»Verzeihung. Ich sollte nicht ...«

»Ach, schon gut. Ich habe noch nie eine Seereise erlebt, bei der er nicht die Fische gefüttert hätte, und diese hier ist schlimmer als die meisten. Sobald er Land unter seinen Füßen hat, ist es vorbei.«

Sie schlang die Arme um ihren schlanken Leib.

»Ich meinte aber ohnehin seine Stimme.«

Es war nicht der Wind, der Aidan frösteln ließ.

»Schwach, weiterhin. Sprechen fällt ihm zunehmend leichter, aber ...«

Er sprach nicht aus, was sie beide wussten. *Kein Gesang mehr von Revus. Es ist nicht gerecht!*

»Und Kaleona?«, wechselte er schnell das Thema.

»Wenn sie ihre Klingen noch weiter schärft, kann sie damit vermutlich Marmor spalten. Sie bereitet sich auf einen Kampf vor und ist entschlossen, mich zu verteidigen.«

»Nicht dass du es bräuchtest.«

Sie sah ihn an, zog sich eine Strähne aus dem Gesicht.

»Vielleicht nicht. Dennoch bin ich froh, sie an meiner Seite zu wissen.«

»Ja, sie kämpft wie ein Dämon, keine Frage.«

»Aber ... wir können nicht sicher sein«, fuhr Elena fort und sah wieder auf die graue schäumende See hinaus. »Nicht solange das Blut des Fünften Drachen den Boden meiner Heimat tränkt.«

Sanft legte er ihr den Arm um die Schultern, zog sie an sich heran, gab ihr von seiner Wärme, seiner Liebe.

»Wir können ihn zurücktreiben. Es zurücktreiben.

Seine Macht ist gewaltig, aber das Weltenlied durchdringt selbst ihn.«

In ihren Augen lag Dankbarkeit. Lange sahen sie einander an.

»Land! Land ho!«

Neben sich spürte er, wie Elena sich anspannte. Der Ausguck im Krähennest zeigte nach vorne, aber noch war im Grau von Himmel und See nichts zu erkennen. Doch dann schälte sich langsam ein Streifen heraus, einen Hauch dunkler als der Hintergrund und unregelmäßig geformt.

Zwar konnte Aidan noch keine Küste ausmachen, sondern nur, dass tatsächlich Land vor ihnen lag, aber Elena schluckte.

»Wir sind da. Das ist Arcos.«

ELENA

Je mehr sie sich den Gesegneten Inseln näherten, desto größer wurde der dunkle Sturm in Elenas Inneren. Er spiegelte das wilde, ungestüme Wetter um sie herum, die dunklen Wolken, die über den Acht Reichen in einem endlosen Mahlstrom kreisten, die aufgewühlte See mit den Wellen, die aus allen Richtungen auf sie eindrangen und den heulenden Wind.

Bald schon konnte sie die Klippen erkennen, auf denen sich der Palast erhob. Ihr Herz stockte, als sie sah, dass von den größten Türmen nur noch Überreste standen, die wie abgebrochene Baumstämme nach einem Sturm in den Himmel ragten. Sie atmete tief durch und sammelte sich.

Wir wussten, dass es schlimm sein würde, versuchte sie ihren inneren Aufruhr zu beruhigen, doch eine Vermutung war das eine, der Anblick ihrer waidwunden Heimat etwas ganz anderes.

Zumindest schienen die größeren Gebäude noch zu

stehen, auch wenn Details auf diese Distanz nur schwer zu erkennen waren. Aidan reichte ihr ein Fernrohr.

Ein Blick hindurch bestätigte einige ihrer Befürchtungen, jedoch nicht die schlimmsten. Nirgends sah sie Kämpfe, keine Feuer loderten, es gab Zerstörungen, eingestürzte Kuppeln, geborstene Mauern, doch ein Großteil der Stadt stand noch.

»Im Hafenbecken werden wir halbwegs geschützt sein«, erklärte sie mit so viel Zuversicht in der Stimme, wie sie aufbringen konnte.

»Dort ist die Einfahrt«, rief sie laut über das Deck. Die Kapitänin hob die Hand als Zeichen, dass sie gehört hatte. Die *Sturmgängerin* machte ihrem Namen alle Ehre, tanzte zwischen den Wellen hindurch, gelenkt von der geschickten Hand ihrer Kapitänin.

Während sie sich der Küste näherten, sah Elena unentwegt durch das Fernrohr. Sie suchte nach Hinweisen auf die Ereignisse seit ihrer … *Flucht. Kein schönes Wort.* Doch so empfand sie es. *Hat es Krieg gegeben? Oder nur wildes Chaos?*

Kein Zeichen von Leben war zu sehen. Arcos wirkte, als sei es eine seit Jahrhunderten verlassene Ruinenstadt. Sie musste an die Geschichten von Alviar denken, an die Berichte einer halb verlassenen Stadt, einst groß und mächtig, nun bewohnt von den Geistern der Vergangenheit und den Ruinen einstiger Größe.

Je näher sie den Acht Inseln kamen, desto langsamer wurde ihre Fahrt. Die See peitschte gegen die Felsen, meterhoch sprühte die Gischt. Der Wind wurde lauter und lauter, legte sich gegen die *Sturmgängerin*, drückte sie tief ins Wasser. Das Schiff musste gegen die See kämpfen, gegen überraschende Böen, gegen den Zorn der Welt selbst.

Aber Kapitänin Veleso rief nun durchgehend Befehle; ihre gesamte Besatzung war an Deck, rannte umher. Auf Elena wirkte es chaotisch, doch alle schienen ihren Platz und ihre Aufgaben zu kennen.

»So kommen wir nie da durch«, brüllte Veleso über den Sturm hinweg. »Es ist unmöglich!«

»Fahrt, Käpt'n, fahrt weiter!«, kam Aidans Antwort. Mit einem Mal ertönte sein Gesang. Er stand am Bug, halb auf dem Bugspriet, hielt sich an einem Tau fest. Der Wind umtoste ihn, riss ihm die Worte von den Lippen. Dennoch war sein Lied lauter als jeder Sturm.

Eine Stimme fiel darin ein, noch eine. Er lenkte sie, führte sie an. Sie sangen gegen den Zorn des Sturms an, gegen Hass und Zwist. Ihr Lied trug die Harmonie zurück in die Welt.

Die Felsen ragten hoch über ihnen empor. Der Wind trieb sie auf die Klippen zu. Eine Böe drückte sie zur Seite, fort von der Hafeneinfahrt, hin zu den hellen Felsen unterhalb des Palasts.

Hinter ihnen standen Barden auf dem Deck, so verschieden wie alle Sterblichen selbst, jedoch geeint in ihrem Gesang, lauter und stärker als jeder Sturm.

»In die Wanten«, hallte der Befehl der Kapitänin zu ihnen nach vorne.

Die *Sturmgängerin* ächzte und stöhnte, schaukelte wild unter dem Zorn der Elemente. Nun waren sie nah an den Klippen, zu nah. Die Felsen ihrer Heimat wurden für Elena zu reißenden Fangzähnen im weißen Schaum der Wellen, schnappten gierig nach dem Schiff, wollten es zerschmettern und alle darauf zum nassen Tode verdammen.

»Jetzt!«

Das Ruder wurde herumgerissen, Seeleute legten sich

in die Taue. Das Schiff glitt herum, stemmte sich gegen die Wellen. Wind griff in die Segel. Ein Auf und Ab. Die Hafeneinfahrt vor ihnen, doch die Mauer rechts zu nah, immer näher.

Elena sprang an die Reling. Mit nur einer Handbreit zwischen Rumpf und Gestein glitt die *Sturmgängerin* in den Hafen.

Sogleich wurde die Fahrt ruhiger. Das Wasser war aufgewühlt, Winde bliesen aus allen Richtungen, doch es war kein Vergleich zu der offenen See.

»Refft die Segel! Steuer hart backbord! Auf mein Zeichen!« Alle hingen an den Lippen der Kapitänin. »Werft die Anker!«

Ein lautes Platschen, die Ankerketten rasselten über das Holz, verschwanden in den Aussparungen der Reling. Wind drückte das Schiff herum, dann griffen die Anker. Die *Sturmgängerin* drehte sich an den Ankerketten, lag nun ruhiger im Wasser.

»Bei der Harmonie«, hauchte Aidan. »Das war knapp.«

»Ich hatte vollstes Vertrauen zu Veleso«, entgegnete Elena. »Und zu dir.«

»Ich auch. Nur der See habe ich nicht vertraut.«

Hinter ihrem Schiff kam nun die *Seidenbraut* auf die Hafeneinfahrt zu. Auch sie kämpfte gegen die Böen, machte schwere Fahrt. Aber auch das zweite Schiff fand die schmale Lücke und glitt majestätisch in das ruhigere Wasser des Hafenbeckens. Ein wenig abseits ging es vor Anker.

Leiser war das Lied geworden, einige Stimmen hatten es verlassen, doch von der *Seidenbraut* wehten andere herüber.

»Bei dem Wetter können wir nicht näher an den Kai heran«, erklärte die Kapitänin, die zum Bug gekommen war und Arcos mit einem skeptischen Blick bedachte. »Und für den Moment sitzen wir hier fest. Solange der Wind so bläst, können wir kein Auslaufen riskieren. Nicht einmal mit … was immer Ihr da tut.«

»Habt Dank, Käpt'n«, erklärte Elena. »Das war wahrlich ein Meisterstück.«

Veleso zuckte mit den Schultern, grinste aber. Auf ihren Befehl hin wurden Beiboote zu Wasser gelassen.

»Singt«, bat Aidan die versammelten Barden. »Lasst die Harmonie erklingen!«

Aus den Tiefen des Schiffs tauchten Kaleona und Revus auf. Die Leibwächterin trug wie stets ihre Rüstung, hatte ihre Haare gekürzt und wirkte wie eine Soldatin direkt vor der Schlacht. Daneben sah Revus wie ein Häufchen Elend aus, das Antlitz grüngelb und verschwitzt.

»Nicht … ohne … mich«, erklärte er dennoch. Es war wohl weniger Heldentum als der Wunsch, endlich wieder an Land zu sein, aber da er auch von Ersterem mehr als genug besaß, nickte Elena.

Zu viert kletterten sie eine Strickleiter hinab in das kleine Ruderboot und setzten zum Hafen über. Die Nussschale tanzte auf dem rauen Wasser und es kostete sie zwei Versuche, am Kai anzulegen, doch schließlich waren sie auf den Acht Inseln. *In Arcos. Meiner Heimat.*

Außer dem Heulen des Winds und den Fetzen des Gesangs, die zu ihnen herübergeweht wurden, war nichts zu hören. Vorsichtig ging Elena vor und legte unbewusst die Hand auf den Griff ihres Schwerts. Ihre letzten Erinnerungen an die Stadt waren nicht gut.

Doch nichts regte sich. Keine Gesichter in Fenstern oder Türen, keine Menschen auf den Straßen. Alles war leer und verlassen. Ihr graute davor, in eines der Häuser zu schauen, aus Angst vor dem, was sie dort vorfinden mochte.

Schutt und Unrat lag auf den Straßen. Türen standen offen, hingen schief in den Angeln. Fenster waren eingeschlagen, bunte Glasscherben überall. Sprünge durchzogen das Mauerwerk, als hätte sich der Zorn des Fünften Drachen sogar gegen Stein und Mörtel gerichtet.

Elenas Hand zitterte. Kein Leben in ihrer Heimat. Ihre Untertanen, die ihr zum Schutz anvertrauten Menschen fort, wohl erschlagen, in wildem, unmenschlichem Zorn zerfetzt.

»Keine Leichen«, stellte Aidan fest.

Sie nickte stumm. *Ich hätte niemals gehen dürfen. Ich hätte hier sein müssen, und wenn nur, um mit ihnen zu sterben. Aber ich habe sie ihrem Schicksal überlassen.*

»Ich habe sie im Stich gelassen«, murmelte sie.

Aidan ergriff ihre Schultern.

»Keine Leichen«, wiederholte er. »Siehst du nicht? Wenn sie übereinander hergefallen wären, müssten wir dann nicht überall Anzeichen dafür finden? Aber hier ist nichts, kein Blut, kein Tod.«

Seine Worte entzündeten einen kleinen Funken Hoffnung in ihrer düsteren Verzweiflung. Denn es stimmte, nirgends lagen Leiber, ja, es gab nicht einmal Spuren von ihnen.

Vorsichtig lief Aidan zu einer dunkel gähnenden Türöffnung und spähte ins Innere des Hauses.

»Viel zerstört«, kam sein Bericht. »Aber … es sieht aus, als habe jemand Vorräte gesucht und mitgenommen.«

Elena blickte sich um. Hier gab es keine Überlebenden, so viel war sicher. Spekulationen halfen ihnen nicht viel.

»Wir gehen hoch zum Palast«, entschied sie schließlich. »Vielleicht finden wir dort mehr Hinweise.«

Sie führte die kleine Gruppe durch die breiten Straßen ihrer Heimat. Selbst im momentanen Zustand war Arcos noch eine schöne Stadt. Selbst Restek wirkte dagegen klein und provinziell. Jedes einfache Haus in Arcos wäre in Restek schon ein Palast gewesen.

Und der Palast … solche Bauwerke gab es in den Freien Baronien gar nicht. Den Weg empor schwiegen sie. Elena erinnerte sich an die Botenreiter, die den Krieg in die Acht Reiche hätten tragen sollen. *Ist es in meiner Abwesenheit geschehen? Waren die Menschen dort, an den Grenzen, haben in wahnsinnigen Schlachten gekämpft?*

Geröll bedeckte den Weg. Große Bruchstücke von Mauersteinen. Der Feuerturm war umgestürzt, in Richtung Stadt, hatte das Torhaus zerschlagen. Seine Trümmer waren überall verstreut. Sein Licht hatte den Seeleuten einst als Leuchtfeuer gedient, hatte sie in dunkelster Nacht zurück in den sicheren Hafen geleitet. Nun nicht mehr.

Sie kletterten über mannshohe Bruchstücke, suchten ihren Weg zwischen ihnen hindurch.

Das Torhaus vor ihnen war zerschmettert, wie durch einen gewaltigen Schwerthieb in zwei Teile gespalten. Doch inmitten all der Zerstörung gab es eine Ahnung von Hoffnung. Jemand hatte Trümmerstücke beiseitegeräumt und einen schmalen Pfad hindurch geschaffen. Das Tor des Palasts stand offen, der Einsturz hatte die großen Flügel einfach herausgerissen und unter Gestein begraben. Es war ein dunkles Loch, wie eine Höhle.

Obwohl Kaleona ihren Arm berührte und sie zurückhalten wollte, trat Elena ins Zwielicht. Für Vorsicht hatte sie keine Zeit mehr, alles in ihr drängte darauf, weiter vorzudringen.

Der Boden war mit den herabgerieselten Steinen der Mosaike bedeckt, aus unschätzbaren Kunstwerken war Schutt geworden. Es hätte ihr das Herz brechen können, wäre ihre Sorge um die Menschen nicht ungleich größer gewesen.

»Hallo?«

Ihre Stimme hallte durch das leere Gebäude. Noch vor wenigen Wochen hätten hier Wachen gestanden, wären Menschen durch das Tor geschritten, Händler, Beamte, Handwerker, Bedienstete.

»Wer geht?«

Der Hall verzerrte die Stimme, doch es war die eines Menschen. Elena keuchte erleichtert auf.

»Elena von Arcos«, rief Kaleona und trat vor sie, zum Kampf bereit. Eine Gestalt bewegte sich in den Schatten der Eingangshalle, dann noch eine.

Als Marschall Oreus ins Licht trat, einen Speer in den Händen, die Lenden mit einer alten, abgeschabten Rüstung gegürtet, hätte Elena jubeln können.

»Ihr lebt!«

»Das Gleiche könnte ich sagen«, erwiderte sie. Sie wollte auf ihn zugehen, aber Kaleona hielt sie mit einem warnenden Blick zurück. Hinter dem Marschall waren weitere Gestalten zu erkennen, Bewaffnete, Soldaten.

»Der Harmonie sei Dank! Wir hielten Euch für verloren.«

»Was ist hier geschehen, Marschall?«

Er sah auf die Waffe in seinen Händen hinab, als sehe er sie zum ersten Mal, dann senkte er den Speer.

»Krieg«, erklärte er schlicht. »Jedenfalls zuerst.«

»Und dann?«

»Es wurde immer schlimmer. Jede Vernunft hat uns verlassen. Dann haben die Arkanisten ein Ritual durchgeführt.«

Er tat einen Schritt vor, seine Füße schoben Mosaiksteine zur Seite. Sein Gesicht war von Entbehrung und Erschöpfung gezeichnet.

»Was für ein Ritual?«

Es war schrecklich, den Ihren nicht vertrauen zu können, aber Kaleona hatte recht. Sie wussten nicht, was hier geschehen war, und mussten vorsichtig sein.

»Ich … wenn ich es richtig verstehe, dann haben sie die arkane Macht der Inseln gelöst.«

Mit einem Mal verstand Elena.

»Deshalb die Zerstörung!«

Ohne den Halt der arkanen Energien konnten die Türme nicht stehen bleiben. Nur die Magie hielt sie aufrecht, ebenso wie die großen Kuppeln. Uralte Zauber, gewirkt und gebunden, waren um alles auf den Gesegneten Inseln gelegt worden. Sie ermöglichten Bauwerke, die gegen jedes Gesetz von Himmel und Erde verstießen, ließen den Frühling niemals enden und die Erde reich und fruchtbar sein. Sie schenkten Jugend und Gesundheit, nahmen Schmerzen und Erschöpfung. Überall auf den Acht Inseln durchdrangen sie alles. Und hielten alles gefangen.

»Ohne die Zauber«, flüsterte sie, dann blickte sie Oreus an. »Ist der Bann gebrochen?«

Müde rieb er sich das stoppelige Kinn.

»Nicht zur Gänze. Die Erste unter den Arkanisten sagt, dass die Macht im Gestein unserer Heimat selbst ist. Aber wir konnten die schlimmsten Auswirkungen eindämmen. Es … es kostet Kraft.«

»Mein Volk ... die Menschen?«

Der Marschall trat einen Schritt zur Seite, wies hinter sich. »Wir haben so viele, wie wir finden konnten, in den Palast gebracht. Hier haben wir Vorräte gesammelt, Wunden versorgt, uns hinter den dicken Mauern verkrochen.«

Ein Seufzer der Erleichterung entrang sich ihrer Kehle. *Sie haben überlebt. Sie haben überlebt!*

»Wir sind so froh, dass Ihr wiedergekehrt seid. Als wir die Schiffe auf dem Meer gesehen haben, haben wir das Schlimmste befürchtet.«

»Nein, diese Schiffe bringen Hoffnung.« Doch nicht nur das. »Auch finstere Neuigkeiten. Die Mühsal unserer Heimat ist noch nicht vorüber.«

»Im Gegenteil«, meldete sich Aidan zu Wort. »Sie fängt gerade erst an.«

AIDAN

Einst war dies sicher eine eindrucksvolle Halle gewesen, doch nun glich sie einer Ruine. Erdstöße hatten die Wände wie Papier reißen lassen, Bögen waren in sich zusammengebrochen, Säulen umgestürzt. Durch die zerklüfteten Kuppelreste war das Grau der aufgewühlten Wolken zu sehen. Überall lagen Trümmer, Mauerreste, alle wundervoll verziert; ein Säulenkapitell mit ziseliertem Fries war halb im marmornen Fußboden versenkt, hatte das Muster aus Weiß und dunklem Rot glatt durchschlagen und war nun darin eingebettet.

Der alte Mann führte sie. Wie der Anführer einer Schar Soldaten sah er nicht aus und seine sanfte Stimme ließ ihn eher wie einen netten Großvater wirken, aber immerhin hatte er sich ihnen mit der Waffe in der Hand entgegengestellt, um die Seinen zu verteidigen. Was konnte man mehr von ihm erwarten?

Neben Aidan betrachtete Elena grimmig die Zeichen der Zerstörung. Doch seit sie den Bericht des Marschalls gehört hatten, war zumindest die tödliche Sorge aus ihrem Blick verschwunden, ersetzt durch grimmige Entschlossenheit. *Wehe dem Drachen, der sich ihr in den Weg stellte!*

Schon zu besten Zeiten war dieser Ort ein veritables Labyrinth gewesen, eine Palastanlage, größer als manche Städte, die Aidan kannte. Gänge und Korridore, Treppen hinauf und hinab, Türme und Keller unter allem. Bauwerke, die so alt und grandios wie Berge wirkten. Doch jetzt war es durch all die Zerstörung noch verwirrender. Pfade waren in den Schutt geräumt worden, aber manche Wege waren einfach versperrt, wo Wände und Dächer eingestürzt waren, und so gingen sie nicht direkt, sondern folgten einem seltsamen Weg. Staub bedeckte alles, lag bald auf ihnen und ihrer Kleidung, war trocken und muffig auf ihren Zungen.

Hinter der großen Halle lag ein kleinerer Raum, immer noch fürstlich in seinen Abmessungen, aber weniger mitgenommen und vor allem schon aufgeräumt. Ein zerkratzter runder Tisch stand in der Mitte, darum eine Handvoll Leute, die sie erwarteten.

Alle kannten Elena, die ihre ehrvollen Begrüßungen ebenso erwiderte. Hier war sie Königin und es strahlte aus jeder ihrer Bewegungen, jedem Wort, jedem Blick.

»Ganz … schön.«

»War es hier einst«, pflichtete Aidan Revus bei. Selbst nach dem Wüten der Elemente gegen die Kunst der Gesegneten Inseln war das Wunder ihrer Erschaffung noch überall zu erkennen.

Reste von Mosaiken, Fetzen von Wandteppichen, verzierte Böden und Decken mit kunstvollen Gemälden. Alles zerbrochen, gesplittert, zerrissen, aber die dahinterliegende Schönheit war noch zu ahnen.

Es war kein Wunder, dass Elena beim Anblick von Gorint nicht gerade in Jubelrufe ausgebrochen war. Nicht einmal Alviar in all seinem Glanz hätte mit dieser Stadt konkurrieren können und nach allem, was die Barden so sangen, hatte Alviar keine Rivalin im Weltenrund. *Manchmal erzählen Barden ganz schönen Mist,* dachte Aidan, während seine Finger dem Verlauf einer Wandschnitzerei folgten, die so fein war, dass er kaum glauben konnte, dass Stein in diese Form gebracht werden konnte.

»Wir müssen Boten aussenden. Alle Heere der Acht Reiche sollen nach Arcos kommen.«

Sofort hatte Elena das Kommando übernommen. Auf dem Tisch lag eine weitaus schönere Karte der Acht Inseln als diejenige, welche sie hergeführt hatte. Ein wahres Kunstwerk, versehen mit allen Details und Beschriftungen.

»Wir haben es nicht gewagt, Boten zu senden«, gestand Oreus. »Nicht nach den Berichten von den Kämpfen an den Grenzen. Wir wollten keinen … Feind … nach Arcos locken.«

Elena nickte.

»Ich verstehe. Aber wir sehen uns einem so mächtigen Feind gegenüber, dass wir alle Macht unserer Brüder und Schwestern an unserer Seite brauchen.«

Da er in dieser Runde wenig tun konnte, zog sich Aidan einen Stuhl heran, der an der Wand lehnte und setzte sich darauf. Revus tat es ihm gleich.

»Können wir ihnen vertrauen?«

Einen Moment lang glaubte Aidan, die junge Frau in den schmutzigen Roben meinte sie beide, aber ihr Blick war fest auf die Karte gerichtet.

»Die Barden brechen die Macht des Fünften Drachen«,

stellte Elena zuversichtlich fest. »Sein Einfluss auf die Menschen der Gesegneten Inseln schwindet.«

Sie lehnte sich vor, stützte sich auf den Tisch, ließ den Blick von einem zum Nächsten wandern.

»Wir haben keine andere Wahl. Allein können wir nicht bestehen. Unser Feind hat seine eigenen Legionen und die sind schrecklich in der Schlacht.«

Während sie ihren Beratern von den Seeteufeln berichtete, grinste Aidan.

»Also wir haben ihnen ganz gut den Hintern versohlt«, flüsterte er Revus zu. »Mehr als einmal.«

Sein Freund grinste breit und es tat gut, das zu sehen. Es war beinahe wie früher. Beinahe.

Ein dumpfer Schlag riss ihn aus seinen Gedanken. Elena hatte ihren Dolch in die Karte gerammt. Überrascht sprang Aidan auf, befürchtete er doch, dass die Macht des Fünften Drachen doch zu stark war. Aber die Spitze des Dolchs steckte in Arcos, genauer gesagt in den Ausläufern der Klippen, auf denen sich der Palast erstreckte.

»Hier werden wir uns versammeln«, erklärte Elena mit fester Stimme. »Wir alle. Und hier rüsten wir uns zum Kampf.«

In diesem Moment war Widerspruch unmöglich. Oreus gab einige Befehle an zwei junge Soldaten weiter, die sich kurz ansahen und dann aufbrachen. Die Ereignisse hatten ihre Spuren nicht nur an den Gebäuden, sondern auch in den Menschen hinterlassen, wie Aidan erkannte. So wie die Fundamente der Acht Inseln ins Wanken geraten waren, so auch jene in den Herzen ihrer Bewohner.

Obwohl auch seine Welt erschüttert worden war, mochte er sich nicht vorstellen, wie es jenen erging, die gegen Familie und Freunde hatten kämpfen müssen. Oder – noch schlimmer – die im wilden Rausch des Hasses ihre Liebsten angegriffen, vielleicht sogar getötet hatten. Wie konnte man sich selbst verzeihen? Aidan hasste den Fünften Drachen für das, was er den Menschen hier angetan hatte. Gebäude ließen sich neu errichten, Fels und Stein neu in Form schlagen, doch die Trümmer der Seelen würden bleiben. Die Risse in den Mauern mochten geflickt werden, jene im Herzen nicht.

Während ihre Berater noch leise diskutierten, kam Elena zu ihnen. Müde wischte sie sich über die Stirn und hinterließ eine helle Staubspur.

»Die Inseln werden noch immer von seiner Macht angezogen. Er will sie zurück, will das, was sein Blut in unserer Heimat zurückgelassen hat, seinem Hass hinzufügen.«

»Dann zieht er uns mit«, stellte Aidan lakonisch fest. »Zumindest müssen wir dann nicht schwimmen.«

Sie schnaubte belustigt.

»Seine Diener werden kommen. Ich glaube, sie haben dich gejagt, Aidan.«

Es war eine Vermutung, die ihm auch schon gekommen war. Der Ort, zu dem die Acht Inseln gelenkt wurden, lag nördlich der Hornberge, weit draußen im Meer. Seine Kreaturen jedoch hatten ihren ersten Angriff im Süden durchgeführt, ausgerechnet da, wo er und Revus gestrandet waren. Es mochte Zufall sein, doch Aidan glaubte es nicht.

»Es klingt so unbescheiden, wenn ich zustimme, nicht wahr?«

»Der Fünfte Drache weiß von dir. Das Weltenlied ist auch das seine. Einst war er es, der die Harmonie aufrechterhielt und sie seinen Geschwistern schenkte. Seine Verbindung muss noch vorhanden sein. So hat er gespürt, dass dich der Ruf erreichen würde.«

Es lag nahe, das musste Aidan zugestehen. Noch vor Kurzem hätte er es vehement abgestritten, doch inzwischen hatte er sein Schicksal akzeptiert. Zumindest soweit das in wahnwitzigen Zeiten wie diesen möglich war.

»Er wird es wieder versuchen«, begriff Aidan. »Wenn wir wirklich eine Bedrohung für ihn sind – und ich muss das glauben, mit jeder Faser meines Seins –, dann wird er sich uns in den Weg stellen.«

Ein feines Lächeln umspielte Elenas Mundwinkel. In ihrer Heimat war sie wieder in ihrem Element, war die Königin von Arcos.

»Aber er selbst ist nicht frei. Noch nicht. Also wird er seine Diener schicken. Seeteufel und was er sonst noch seinem Willen unterwerfen konnte.«

Die Vorstellung war nicht angenehm. Eine Horde schrecklicher Feinde, nur darauf aus, ihm den Garaus zu machen. Dennoch zuckte Aidan mit den Schultern.

»Er hat es einmal versucht, wir haben gegen ihn gestanden. Er hat es noch einmal versucht und wir haben gegen ihn gestanden. Lass sie kommen.«

»Wir brauchen einen Plan.«

Sie brauchten mehr als das, aber ein Plan wäre ein Anfang.

»Sobald die Acht Inseln über dem Fünften Drachen sind, werden wir alles in die Schlacht werfen. Wir müssen so nah heran wie möglich. Und dann hoffen, dass es ausreicht.«

Skepsis lag in Elenas Blick. Er selbst spürte sie auch. So einfach würde es niemals werden. Der Fünfte Drache würde sie nicht unangefochten gewähren lassen. Und seine Macht war fürchterlich.

»Wenigstens wissen wir jetzt, wohin die Reise geht«, erwiderte Elena. »Wir Barden haben es gesehen. Ich kann es immer noch spüren. Jeden Moment nähern wir uns diesem verwünschten Ort.«

»Hol die anderen Krieger eurer Reiche. Ich versammle die Barden. Und dann bereiten wir uns auf die Schlacht unseres Lebens vor.«

Es war nicht die erste seines Lebens, aber es mochte die letzte sein. Und wenn er versagte, würde ihm die gesamte Welt in den Untergang folgen. Der Gedanke machte Angst. Aber er gab auch Kraft.

Revus legte ihm die Hand auf die Schulter, drückte fest zu. Freunde würden an seiner Seite stehen. Bis zum letzten Augenblick.

ELENA

Der Gesang hallte durch die Mauern ihrer einstigen Residenz. Die hohen Hallen warfen Echos zurück, das Mauerwerk vibrierte. Noch immer tobte über ihnen der Sturm, doch er war nun weit weg, als läge etwas zwischen ihnen und seiner ungebändigten Gewalt. Elena wusste, was sie schützte – das Weltenlied, aus einem Dutzend Kehlen.

Im großen Hof hatten sie sich versammelt. Das Wasser der Springbrunnen war verschwunden, durch Risse und Spalten davongeflossen. Bäume waren umgestürzt, von Winden umgeknickt wie dünne Ästchen. Wo einst Menschen gelustwandelt waren, standen nun die Barden auf den Resten der Brunnen und den Sockeln gestürzter Statuen überall verteilt.

Und sie sangen.

Die Urgewalt des Liedes ließ sich nicht in Worte fassen, sie riss die Zuhörer einfach mit, legte den Sängern die Melodien und Rhythmen ins Herz, gab ihren Stimmen Worte in einer Sprache, die sie nicht kannten.

Oft bewegte sich Elenas Fuß im Takt, trommelten ihre Finger den Rhythmus, bewegten sich ihre Lippen in lautlosem Gesang. Doch noch konnte sie nicht mitsingen, noch gab es zu viel für sie zu tun.

Nach und nach kehrten zuerst die Boten zurück, dann folgten ihnen Gesandtschaften. Unterkünfte mussten gefunden werden, Vorräte verstaut und verteilt. Und natürlich wollten sie alle Erklärungen, wollten verstehen, was kaum zu begreifen war. Elena redete, bis sie beinahe heiser war, verhandelte, erklärte, berichtete.

An Schlaf war so gut wie gar nicht zu denken. Sosehr der Gesang auch die Kraft des Fünften Drachen in Schach hielt, so schnell schlich er sich in ihre Träume – eine dunkle, ominöse, grauenhafte Präsenz, verborgen hinter furchtbaren Albbildern.

So blieb sie wach, solange sie konnte, und nutzte die Zeit.

Eine weitere Kolonne kam durch Arcos marschiert, blaue Banner mit goldenen Greifen. Darsta, Reich des Rats der Fünf. Jetzt nicht mehr, denn alle fünf waren tot oder verschwunden. Manche der Acht Reiche hatte es härter getroffen als Arcos, manche schwächer, doch sie alle sendeten ihre Soldaten. Zumindest das Misstrauen und die Zwietracht, die der Fünfte Drache gesät hatte, war durch das Weltenlied für den Augenblick gebannt.

Und dennoch waren es zu wenige. Einige Dutzend Schwertkämpfer hier, kaum fünfzig Bogenschützen dort. Sie mochten fünfhundert Speere haben, versammelt aus allen Acht Reichen, und vielleicht noch einmal dieselbe Anzahl an sonstigen Kriegern. Tausend gegen die Urgewalt des Fünften Drachen.

Immerhin schickten auch alle ihre Arkanisten, sofern

welche den Terror überlebt hatten. Und Vorräte, Nahrung, Waffen, genug für eine Armee. Zumindest würden sie nicht mit leerem Magen kämpfen müssen.

Unter ihr rauschte das Ewige Meer, immer noch erzürnt, aber durch den Gesang gebändigt. Die beiden Schiffe waren aus dem Hafen verschwunden. Elena konnte es ihren Kapitänen nicht verdenken. Wer wollte beim Ende der Welt schon Augenzeuge werden?

Immer war Aidan an ihrer Seite. Er nahm es auf sich, die Versammlung der Barden wieder und wieder zu erklären. Und er gab ihr Kraft.

»Wir werden das große Lied beginnen, sobald wir glauben, dass wir nahe genug heran sind«, erläuterte er zum hundertsten Mal einer neuen Gesandtschaft. »Wir können diese Art von Macht nicht endlos aufrechterhalten. Der Gesang … laugt den Barden auch aus.«

»So lange müssen wir den Palast halten«, führte Elena aus und sah in die besorgten Gesichter der Runde. Schon jetzt hatten sie Angst, dabei wussten sie nicht mal, was auf sie zukam. Kein Arkanist, keine Soldatin hatte mit Seeteufeln gefochten. Kaleona konnte noch so sehr versuchen, die Truppen entsprechend zu trainieren; das war nur ein schwacher Ersatz für das Erlebte.

Aidan deutete auf die Karte, sein Finger fuhr die Klippen entlang, auf denen der Palast errichtet worden war.

»Wir können nicht davon ausgehen, dass sie nur über die Straßen kommen. Sie klettern wie …« Erschöpft rieb er sich über die Stirn, suchte nach einem Vergleich, bevor er aufgab: »Sie klettern sehr gut.«

»Sie schwimmen und klettern?«

Die Frage kam von einem alten Krieger in den Farben von Skaros, weiß und grün. Misstrauen trat in seinem

Antlitz offen zutage. Vielleicht erinnerte er sich an die ersten Übergriffe aus Arcos, vielleicht klang es in seinen Ohren alles zu fantastisch.

»Und kämpfen«, bestätigte Elena mit einem kräftigen Nicken. »Wir müssen auf alles vorbereitet sein. Wenn wir scheitern, steht nichts zwischen dem Fünften Drachen und der Welt.«

Das bedurfte keiner weiteren Erklärung. Das Erwachen dieser Macht musste verhindert werden, sonst war die Welt verloren.

»Marschall Oreus wird alle weiteren Fragen beantworten.«

Der alte Soldat trat vor und nickte grüßend in die Runde. Er war dünn geworden, ausgemergelt, ja sogar verhärmt, aber in seinen Bewegungen und seiner Stimme lagen nun mehr Bestimmtheit als je zuvor. Elena hingegen entschuldigte sich und zog sich zurück.

»Wenn ich das alles noch einmal sagen muss, dann schreie ich«, flüsterte sie Aidan zu, der grinste. »Jeden muss man einzeln überzeugen, als würde der Anblick der Ruinen um uns herum nicht ausreichen.«

Er legte ihr die Hand auf den Arm, fast ein wenig verschämt, sodass niemand es sehen konnte.

»Ich habe länger als die meisten hier gebraucht, um zu verstehen. Und zu glauben.«

Sie legte ihre Hand auf seine, spürte seine Haut, seine Wärme.

»Du bist aber auch ein exemplarischer Dickkopf.«

»Ja, ich weiß. Und nicht besonders helle.«

Seine Finger fanden ihre Seite, kitzelten sie, bis sie auflachte. So schnell, wie es gekommen war, verschwand das Hochgefühl wieder, doch sie war ihm dankbar, dass er ihr wenigstens Augenblicke der Freude in diesen schweren Stunden schenken konnte.

»Wir nähern uns«, sagte sie leise. »Ich spüre es im ganzen Leib. Der Hass ist … so gewaltig.«

Sie zog ihn an sich und schlang ihre Arme um seinen Körper. Es scherte sie nicht, wer sie sah. Überrascht hielt er kurz inne, bevor er sie in den Arm nahm.

»Ich spüre es auch. Wir alle.«

Seine Finger glitten durch ihr Haar, strichen über ihren Nacken. Die Berührung jagte ihr Schauer über die Haut.

»Ich habe ihn gesehen. Oder vielleicht besser, wahrgenommen mit meinem geistigen Auge. Schon ganz am Anfang, bevor wir uns getroffen haben. Ich habe seine Aufmerksamkeit auf mir gespürt, als würde ich in Flammen stehen. Dieser Zorn, dieser furchtbare, dunkel brennende Zorn.«

Keine Worte mehr, nur der jeweils andere im Arm. Ein Moment der Ruhe in einer See aus Chaos. Ihre Liebe gegen seinen Hass.

Helle Glocken läuteten. Stimmen wurden laut.

Es begann.

TO CATHARSIS

When there's nowhere left to go.
Stay close to someone that you know.
Let trust and firmness grow
Finding you are not alone.

Righteous judgement on our deeds.
In this final fight.

AIDAN

Jenseits der wirbelnden Wolken stand die Sonne am Horizont, entfachte ein dunkles Feuer in ihnen. Blutig rot hingen sie über ihnen, durchzogen von schwarzen Schatten. In ihnen zuckten Blitze, doch der Donner war noch fern.

Das Meer kochte. Weit voraus, dort, wohin die Acht Inseln gezogen wurden, schäumte es mit sich überschlagender Wut. Ein gewaltiger, sich langsam drehender Mahlstrom. Spiegel der Wolken über ihm. Schwarzes Wasser von Schaum gekrönt, und an seinem Grund – er.

Aidan hatte ihn gesehen; nun schien es ihm eine Ewigkeit her. Doch er hatte das Bild noch klar und deutlich vor Augen. *Geht der Strudel hinab bis zu den Felsen, die seinen Leib bedecken? Sehen seine flammenden Augen zu uns empor, gierig, begierig?*

Kaum merklich näherten sich die Inseln ihrem Verderben. Aidan und Elena standen auf der Terrasse über den Klippen. Heller Marmor, an vielen Stellen gesplittert, dazwischen blutig roter Stein, der im Licht der Sonne glänzte. Hinter ihnen ein Trümmerfeld, geborstene dünne Säulen, im Schutt eines Vordachs, das sie nach dem Verlust ihrer Magie nicht mehr zu tragen vermochten.

»Bald erreichen wir sein Gefängnis. In dieser Nacht noch oder am Morgen.«

Sie standen nebeneinander. Der Wind ließ ihre Haare wehen. Elena trug eine helle Rüstung, silbriges Metall umschloss ihren Leib, verziert mit tanzender Schrift in schwarzem Eisen.

Auch Aidan hatte sich eine Rüstung aus den Kammern des Palasts gesucht, dickes und dennoch weiches Leder, so dunkel, dass es fast schwarz war. Darüber ein Hemd aus Kettengeflecht, dunkelgrau und dicht, dabei leicht und beweglich, und dazu ein Mantel mit dünnen Platten aus ebendiesem Metall, der eng am Körper lag und fast bis zum Boden reichte. Es war ein Wunder, wie leicht sich diese Rüstungen trugen. Und dennoch hatte man ihm versichert, dass sie fest und stark waren und vor Schlag und Schnitt schützten.

Weiter hinten stand Kaleona, wie immer bereit zur Schlacht. Sie trug eine Rüstung aus güldenem und schwarzem Metall, die sich in wilden Mustern vereinten. Ein hoher, schlanker Helm mit langen Bändern in Schwarz schützte ihr Haupt. Ihre Hände ruhten jedoch auf den Klingen, die Aidan inzwischen nur allzu gut kannte.

Wenigstens sehen wir aus wie die Helden aus den Balladen, dachte Aidan amüsiert. Er musste an die Lieder über den Verlorenen Prinzen denken, an die Strophen über seine Rüstung und sein funkelndes Schwert.

Seine Haut, aus Stahl gebrannt,
sein Blick durch ein Visier gebannt,
sein Schwert, sein Funkeln, wohlbekannt
bei jedem Kind in diesem Land.

Funkelnd ist meins nicht. Hauptsache, es schneidet tief.

»Ob die Helden aus den Liedern sich auch so gefühlt haben?«

Seine Worte waren leise. Angesichts der urtümlichen Gewalt lag Ehrfurcht in ihnen.

»Wie?«

»So … klein?«

Ihre Hand umschloss seine Finger.

»Vermutlich«, erwiderte sie nach langem Überlegen. »Sie haben wohl genau wie wir ihr Unglück verflucht, in diesen Zeiten zu leben. Sie haben sich Frieden gewünscht, ihre Familie, ihre Liebsten. Sie hätten nichts lieber getan, als sich zu verkriechen und andere Helden sein zu lassen.«

Die Worte sackten in seinen Geist.

»Aber sie taten es nicht.«

Jetzt lächelte sie.

»Nein, sie taten es nicht.«

Tief unter ihnen im Wasser entflammte ein grünes Licht. Es wirkte krankhaft und abstoßend, breitete sich aus, umschloss erst die Klippe, dann bald die ganze Küste. Inmitten dieses fahlen Scheins in dunkler See waren Gestalten zu sehen. Von hier oben klein wie Ameisen, doch Aidan wusste, was sie waren.

Er atmete tief durch, dann folgte er Elena, die über die zerstörte Terrasse lief und ihn durch ein Gewirr von Kammern und Korridoren führte, bis vor ihnen Stufen lagen. Sie hastete sie empor, er blieb direkt hinter ihr.

Es war ein Turm oder vielmehr die Überreste davon. Doch selbst der verbliebene Stumpf ragte über den Palast empor. Die Treppe endete im Nichts. Elena sprang vor, fand auf der gezackten Mauer Halt und blickte sich um. Die Sonne badete sie in rotes Licht, in Blutlicht.

»Männer und Frauen der Acht Reiche, hört mich an!«

Ihre Stimme trug über den Sturm hinweg, über den Gesang. Aidan zweifelte nicht daran, dass sie an jeder Stelle des Palasts zu hören war, bis hinab in die tiefsten Verliese.

»Der Feind kommt! Geht auf eure Posten! Packt eure Waffen, steht zueinander! Vertraut den Kriegern neben euch!«

Stille antwortete ihr. Nur der Gesang der Barden war zu hören.

»Die Dunkelheit kommt!«

Elena streckte sich, stand hoch aufgerichtet auf dem Mauerwerk. Sie wies über die Köpfe hinweg, hinaus auf die aufgewühlte See.

»Die Dunkelheit kommt und sie will uns alle verschlingen. Sie ist voller Hass auf alles, was wir sind. Voller Hass auf das Leben selbst.«

Aidan sah hinab in die Höfe des Palasts. Bleiche Gesichter starrten zu ihnen empor. Stumm und mit Angst in den Augen.

»Dies ist nicht die Nacht, in der wir fallen! Dies ist nicht die Schlacht, in der wir versagen!«

Wie ein Feuer brandeten Elenas Worte über alle hinweg.

»Wir werden standhaft sein! Wir sind Schild und Speer und Schwert der ganzen Welt! Und mag der Hass auch noch so groß sein, mag die Dunkelheit auch noch so finster sein, wir werden stehen, Seite an Seite, Schulter an Schulter!«

Ihr Anblick ließ Aidans Herz höher schlagen. Mochte er auch daran zweifeln, selbst ein Held zu sein, bei ihr war er sich sicher. Keine Kriegerin, keine Königin der alten Zeiten war wie sie gewesen. Strahlend schön, erfüllt von allem, was der Dunkelheit entgegentreten konnte.

»Und in tausend Jahren werden die Barden noch über uns singen! Heute, in dieser Nacht, gemeinsam, werden wir ... zu Legenden!«

Sie riss ihre Klinge aus der Scheide und hielt sie über ihr Haupt. Ein lautes Rufen ertönte, ein wildes Brüllen. Aidan schrie seinen Widerstand hinaus in die Himmel, zog sein eigenes Schwert. Speere wurden auf Schilde geschlagen, wie aus einer Kehle kam der Jubel, war wie die Flut, unaufhaltsam.

Und so fühlten sie sich nun. Unaufhaltsam. Tapfer. Legenden.

Sein Atem ging schnell. Sie wandte sich zu ihm um.

»Machen wir meine Worte wahr«, erklärte sie grimmig und stieg wieder hinab. Gemeinsam liefen sie über die Höfe, bis sie den größten erreichten, wo sich nun alle Barden versammelt hatten.

Es war eine bunte, wilde Mischung. Mehr waren noch gekommen, in kleinen und großen Booten, an die hundert mochten es sein, aus allen Teilen der Welt. Einige hatten bereits in den Gesang eingestimmt.

»Schont eure Kehlen«, rief Aidan ihnen zu. »Ihr werdet sie noch brauchen, bevor die Sonne wieder aufgeht.«

Falls sie wieder aufgeht, dachte er. Dann ballte er die Faust. *Nein! Morgen wird ein neuer Tag sein. Unser Tag!*

»Bleib du hier, ich gehe zum Tor«, befahl Elena. »Dort werden sie es zuerst versuchen.«

Aidan schnaubte.

»Wenn du glaubst, dass ich dich allein lasse, kennst du mich schlecht.«

»Kaleona wird bei mir sein«, parierte sie. »Und du bist zu wichtig. Wir brauchen dich hier, sobald …«

»Und dich auch«, unterbrach er sie. Ein kurzes Lächeln.

»Nicht so wie dich.«

»Ich passe auf sie auf«, versprach Kaleona ernsthaft, nur um hinzuzufügen: »Auch wenn das verdammt anstrengend ist.«

Alles in ihm schrie danach, mit ihr zu gehen. Sie würde kämpfen, würde bluten und er wollte an ihrer Seite sein. Aber die Vernunft in ihren Worten ließ ihn zögern.

»Du weißt, dass ich recht habe«, bekräftigte sie noch einmal.

Unglücklicherweise musste er zustimmen. Es gefiel Aidan nicht, zur Abwechslung mal vernünftig zu sein, aber es hing zu viel daran, dass sie gemeinsam diese Nacht durchstanden.

»Tritt ihnen … nun, du weißt schon«, flüsterte er und küsste sie innig. Ihre Lippen waren weich und warm. *Allein dafür lohnt es sich schon, die Welt zu retten,* stellte er fest.

Dann entzog sie sich seiner Umarmung, ging einige Schritte rückwärts, drehte sich um und verschwand in den langen Schatten der Ruinen.

»Sie … schafft … es.«

Aidan wandte sich Revus zu.

»Ich weiß. Sie ist verdammt gut. Es schmerzt dennoch, nicht an ihrer Seite zu stehen.«

»Die … Nacht … wird … noch … lang.«

»Allerdings, mein Freund, allerdings.«

Unten am Tor wurde ein Horn geblasen. Schreie brandeten auf. Dort begann die Schlacht und er war hier gefangen.

ELENA

Die Rufe ihrer Krieger trieben Elena zur Eile. Erst am Innenhof hinter dem Torhaus verlangsamte sie ihre Schritte. Das Tor war verschlossen, mit großen Stücken von Trümmern versperrt. Es gab kein Hinaus mehr, aber vor allem kein Hinein.

Auf den verbliebenen Zinnen sah sie die Schattenrisse der Soldaten gegen den roten Himmel. Wind peitschte durch den Hof, wirbelte den Staub auf, ließ ihn in wilden Kreisen tanzen. Sie schritt durch das Chaos hindurch.

Ein Teil des Turms war beim Sturz intakt geblieben, diente nun als improvisierte Rampe am Torhaus. Oreus erwartete sie bereits, Speer und Schild in den Händen.

»Dort kommen sie«, erklärte er ruhig und wies mit der Speerspitze auf Gestalten, die den Weg zum Palast emporkamen. Im düsteren Licht des vergehenden Tages waren sie kaum zu erkennen, huschten von Schatten zu Schatten, verschmolzen mit ihnen, tauchten wieder auf, nutzten jede Deckung, die ihnen der Schutt bot.

»Bogenschützen!«

Elena trat an die Zinnen, Kaleona links neben ihr, Oreus rechts. Die ganze Mauer entlang standen ihre Soldaten. Eine junge Frau mit blauem Wappenrock hob ihren Doppelbogen, ein Pfeil auf der Sehne eingelegt.

Aufmerksam beobachtete Elena den Vormarsch ihrer Feinde. Sie bewegten sich nicht wie eine Armee, sondern wie ein wilder Haufen, wie eine Horde. Doch sie waren viele.

»Bereit!«

Bögen wurden gespannt, die Pfeilspitzen ragten in den Himmel. *Noch ein Stück*, dachte Elena, aber dann ließ sie ihre Hand sinken.

»Pfeile los!«

Hoch stiegen die Schäfte auf, fielen wie Regen auf die Straße. Breit mochte sie sein, aber nicht breit genug, um dem Geschosshagel zu entgehen. Pfeile schlugen in Leiber ein. Elena sah einen Körper von zwei, drei Pfeilen getroffen taumelnd zu Boden gehen.

»Bereit! Los!«

Noch eine Salve. Wieder hielten die Bogenschützen blutige Ernte unter ihren Feinden. Der Boden war gespickt mit hellen Schäften, sie ragten aus den gefallenen Seeteufeln hervor. Einige krochen verwundet in Deckung großer Trümmerstücke, andere sprangen den Hügel hinab in die schäumende See, die gespenstisch grün leuchtete.

Aber mehr, viel mehr stürmten auf ihre Stellungen zu.

»Feuerpfeile!«

Andere Bogenschützen traten vor, weniger als zwanzig. Sie hatten die langen Bögen von Skaros, dunkles Holz, dunkle Schäfte, doch die Spitzen glühten rötlich.

»Los!«

Feurige Spuren vor dem Himmel, lange glühende Streifen in der sich herabsenkenden Dunkelheit.

Dann eine Explosion. Stein wurde zerschmettert, Bruchstücke flogen umher, Rauch und Staub wallten auf. Noch eine, zwei, drei. Überall, wo die Feuerpfeile einschlugen, blühten wutrote Bälle auf, zerschmetterten Fels so leicht wie Fleisch. Körper wurden durch die Luft gewirbelt, Donner rollte über den Palast hinweg.

Ein zerrissener Jubel brandete auf.

»Ruhe!«

Ihr Befehl brachte die Stille zurück. Krater bedeckten den Weg, Steine rollten den Hügel hinab, schlugen laut klatschend in die See. Der dichte Rauch nahm ihr die Sicht. Doch dann Bewegung. Immer noch drängten die Monstren vor. Sie liefen an ihren Verwundeten vorbei, ignorierten die Verwüstung um sie herum. *So einfach wird es nicht werden.*

»Pfeile los!«

Es bedurfte kaum noch ihrer Befehle. Ihre Bogenschützen schossen, so schnell sie konnten, Pfeil um Pfeil. Wieder und wieder senkten sich Feuerpfeile herab, säten Tod und Vernichtung in den Reihen ihrer Feinde. Doch die Welle brach nicht. Sie schob sich näher und näher an den Palast, spülte über die Toten und Verletzten hinweg.

»Bogenschützen zurück! Hört nicht auf zu schießen! Schwerter vor!«

Die Reihen wechselten ihre Positionen. Die Bogenschützen zogen sich in den hinteren Teil der Dächer und Mauern zurück, nahmen dann ihren Beschuss gleich wieder auf. Die Pfeile rasten über die Köpfe der Soldaten hinweg, die ihren Platz einnahmen.

Schwerter hatte sie gesagt, doch es waren Klingen und Speere, Beile und Hämmer, die nun auf ihre Feinde warteten. Alle Soldaten in Rüstungen gehüllt, je nach Herkunft. Manche trugen dicke Platten am ganzen Leib, andere anschmiegsame Kettenpanzer. Viele hatten Schilde, breit und hoch, verziert mit wilden Fratzen und Furcht einflößenden Kreaturen.

Trotz des dauernden Beschusses erreichten die ersten Seeteufel die Mauern. Einige begannen, Steine aus dem Geröll zu reißen, das das Tor versperrte.

»Werft sie zurück!«

Soldaten schleuderten große Steine und Wurfspeere hinab. Ihr Feind hatte keine Bögen, keine Armbrüste, was ein Segen war. Elena beugte sich über die Brüstung. Ein kleiner Trupp Seeteufel machte sich an einem massiven Säulentrümmerstück zu schaffen.

»Dort! Haltet sie auf!«

Steine prasselten herab, brachen Knochen, zerschmetterten Fleisch. Ein Kopf platzte unter einem Treffer regelrecht auf, ein Seeteufel wurde halb unter Steinen begraben.

Andere jedoch begannen, die Mauern zu erklimmen. Sie krallten sich im Gestein fest, schoben ihre Klauen in kleinste Ritzen und zogen sich mit ihrer fürchterlichen Kraft hoch. Ein Regen aus Steinen ging auf sie nieder, riss einige von der Wand.

»Bereit!«

Doch nicht alle. Eine Fratze tauchte zwischen den Zinnen auf, der Mund weit aufgerissen, die Zähne mahlend. Elena zögerte keinen Herzschlag lang. Ihre Klinge stieß vor, drang in ein Auge, warf den Feind zurück.

Hastig sah sie sich um. Ein Soldat stach mit seinem

Speer nach einem Feind, trieb ihn rückwärts über die Mauer. Zwei Kriegerinnen hieben mit kurzen Klingen nach einem Seeteufel, der unter ihrem wilden Ansturm zu Boden ging. Ein Hüne mit einer Axt wurde plötzlich von Klauen gepackt, nach vorne gerissen und fiel schreiend in die Tiefe jenseits der Zinnen.

»Haltet stand!«

Elena warf sich gegen die Feinde, die über die Zinnen kamen, Kaleona an ihrer Seite. Überall wurden Löcher in ihre Linien gerissen und gezwungen. Sie sprang ihren Soldaten zur Seite, hackte, schlug, tötete.

Eine Klaue traf ihre Wange. Blut rann über ihre Haut. Ihre Klinge fand einen Gegner, glitt in dessen Leib. Sie trat ihn fort, zog das Schwert zurück. Ein Seeteufel stürmte auf sie zu, doch Kaleona duckte sich zwischen sie, fing seinen Hieb mit der einen Klinge ab. Die andere durchtrennte Fleisch und Knochen. Ein Arm fiel zuckend auf den Boden.

Ein Moment der Ruhe. Elena sah sich um. Gefallene lagen auf dem Boden, der nass vom Blut war. Bogenschützen waren vor den Feinden zurückgewichen, die Reihen unregelmäßig.

»Schießt! Pfeile los!«

Ihre Stimme riss die Krieger zurück in die Schlacht.

»Treibt sie zurück!«

Endlich pfiffen wieder Schäfte durch die Luft. Elena lief zu den Zinnen und sah hinab.

Der Hügel war mit Leichen übersät. An einigen Bereichen der Mauer wurde noch gekämpft, doch am Fuße lagen noch mehr Kadaver. Manche bewegten sich schwach, einige krochen davon. Dunkles Blut befleckte hellen Stein.

Noch schien die Sonne, ein letzter Streifen dunkles

Rot am Horizont, jenseits der Wolken. Doch bald schon würde sich die Nacht endgültig auf sie herabsenken.

Speerträger aus Darsta drangen gemeinsam gegen eine kleine Ansammlung von Seeteufeln vor, die eine Lücke in die Reihen geschlagen hatten. Elena wollte zu ihnen eilen, doch dann fiel ein Seeteufel. Ein zweiter wurde aufgespießt, noch ein Speer, drei hielten ihn, drängten ihn zurück, bis er leblos zwischen den Zinnen hindurchgeworfen wurde.

»Haltet ein!«

Elena hob eine Hand. Die Bogenschützen senkten ihre Waffen. Es wurde still. Die verwundeten Seeteufel waren schrecklich leise, ihre eigenen Verletzten stöhnten und keuchten. Doch kein Kampfeslärm, keine Schreie erklangen.

Der erste Ansturm war vorüber, die erste Welle zurückgeschlagen.

»Sie ziehen sich zurück!«

Jetzt brandete Jubel aus hundert Kehlen auf. Waffen wurden über den Köpfen geschwenkt, Schäfte von Speeren auf den Boden und Hefte gegen Schilde geschlagen.

Elena atmete auf. Sie hatten die Mauer gehalten.

»Das war nur der Anfang«, flüsterte sie und Kaleona nickte. »Sie werden wiederkommen. Und wieder und wieder. Der Hass, der sie antreibt, kennt weder Gnade noch Grenzen. Sie würden sich bis zum Letzten aufreiben, wenn er es befiehlt.«

Ihre Leibwächterin ließ sich an einer Zinne zu Boden sinken und lehnte den Kopf an das Gestein. Elena konnte es ihr nachfühlen. Der Kampf war nicht lang gewesen, doch schon jetzt war ihr Arm schwer. Sie lehnte sich gegen die Brüstung.

»Wenn sie sich zurückziehen, dann nicht aus Angst oder weil wir sie geschlagen haben«, vermutete Kaleona, spie blutig rot aus und wischte sich mit dem Handrücken Blut von den Lippen. Elena sah sie besorgt an, aber sie schüttelte den Kopf.

»Nur Pech, ich habe mir auf die Zunge gebissen.«

Das brachte Elena zum Grinsen. Doch ihre Leibwache hatte recht. In einer Schlacht mochte die Moral der Feinde brechen, mochte man sie mit genügend Kraft zurückwerfen, doch gegen die Seeteufel war dies unmöglich. Sie kannten keine Angst um ihr Leben, solange der Fünfte Drache sie in ihrem Bann hielt. Nicht einmal Schmerzen schienen ihnen Einhalt gebieten zu können.

»Finde heraus, wie viele Verluste wir zu beklagen hatten«, wandte sie sich an Oreus. »Und sorg dafür, dass die Verwundeten, die nicht mehr kämpfen können, zu den Heilkundigen gebracht werden.«

»Sofort.«

»Der Rest soll die Stellungen halten.«

Er nickte und entfernte sich, während Elena in das Zwielicht jenseits der Mauer starrte. *Was für eine Teufelei planst du? Was heckt dein schrecklicher Geist aus?*

Doch die Dunkelheit gab ihr keine Antwort.

AIDAN

»Das ist die übelste Schlacht, in der ich je gekämpft habe«, stellte Aidan mürrisch fest. Der Wind trieb die Kampfgeräusche zu ihnen, die Schreie, das Krachen von Explosionen. Manchmal glaubte er, Elenas Stimme zu hören, die über allem lag, doch vermutlich war dies nur Wunschdenken.

Neben ihm sah Revus auf, legte die Stirn in Falten, schüttelte den Kopf und hob zwei Finger.

»Was, die zweitübelste? Welche wäre denn … oh …«

Als die Erinnerungen aufstiegen, verstummte Aidan.

»Es war weder meine Idee noch meine Schuld«, erklärte er nicht zum ersten Mal leise.

Revus legte den Kopf zur Seite. Bilder von Latrinen und halb nackter Flucht stiegen vor Aidans geistigem Auge auf.

»Na gut, meine Idee, aber konnte ich ahnen, dass sie Hunde dabeihaben würden?«

Revus seufzte.

»Ach, sei still. Dein Vorschlag, uns an den Belagerern von Fes'Katash vorbeizuschleichen, weil, ich zitiere, *die Eingeschlossenen sicher Bedarf an guter Musik haben*, war auch nicht gerade brillant.«

»Hier ... keine ... Ratten.«

Ein übler Nachgeschmack stieg in Aidans Kehle auf, Erinnerung an ein Mahl, das er lieber vergessen hätte.

»Ein kleiner Segen«, pflichtete er Revus bei.

Um sie herum hatten es sich die Barden in kleinen Gruppen bequem gemacht. Moto unterhielt sich leise mit zwei Männern aus dem Osten, deren Zungen blau von den Kräutern waren, die sie beständig kauten. Die Sakarro-Zwillinge unterhielten sich, indem sie einander Messer zuwarfen und damit jonglierten, fünf oder gar sechs, sie waren so schnell, dass Aidan es nicht mal genau zählen konnte.

Etwa ein Dutzend hielt den Gesang aufrecht. Aidans Fuß wippte im Takt mit. Seine Finger jedoch trommelten voller Ungeduld auf seinem Oberschenkel.

Sein ganzer Leib war voller Energie. Und dennoch saß er hier fest.

»Verdammt!«

Er sprang auf. Revus blickte ihn überrascht an.

»Ich kann nicht nur hier herumsitzen«, erklärte Aidan. »Lass uns gehen.«

»Wohin?«

In die Schlacht! In den Kampf!, wollte Aidan antworten, aber es wäre Narretei gewesen. Also nickte er in Richtung Terrasse.

»Wir halten Ausschau. Und genießen den Rest vom Sonnenuntergang. Was anderes können wir ja nicht tun«, fügte er sardonisch hinzu.

Offensichtlich war Revus skeptisch, aber dann zuckte er mit den Schultern. Auch ihm schmeckte es nicht, andere ihre Sträuße ausfechten zu lassen.

Den Weg durch die Trümmerstücke fand Aidan inzwischen besser und selbst die verwirrende Abfolge aus Gängen und Gemächern kannte er dank seiner Besuche in Elenas Schlafgemach.

Auf der Terrasse waren die Kampfgeräusche weiter entfernt, gedämpfter, verloren aber keineswegs an Dringlichkeit. Der Himmel war fast zur Gänze schwarz, nur noch schwach erleuchtet von den letzten Strahlen der Sonne. Doch die See schimmerte in einem Grün, das von den Wellen umhergeworfen und verwirbelt wurde. Es war ein übernatürliches Leuchten, dessen Anblick Aidan den Magen umdrehte. Es hatte sich um die gesamte Küste gelegt und schien alle Inseln zu umfangen. Dabei reichte es nicht weit hinaus auf die See. Wenige Meilen weiter draußen war das Wasser fast schwarz.

Über das Heulen des Winds hörte Aidan ein Geräusch, ein schwaches Kratzen. Aidan legte den Kopf auf die Seite, lauschte.

»Hast du …«, begann er, doch sein Freund legte einen Finger auf die Lippen und zog leise seine Klinge. Er tat es ihm gleich.

Klauen griffen über die Kante, suchten und fanden Halt im aufgerissenen Boden, Muskeln spannten sich an. Wie gebannt starrte Aidan auf den Seeteufel, der sich geschwind über die Kante zog.

Die Terrasse mochte gut hundert Schritt über dem Meeresspiegel liegen. Noch dazu war die See aufgewühlt, brach sich mit großem Getöse an den Klippen. Doch dieses Monstrum hatte sich nicht nur durch die Brandung gekämpft, sondern war auch den ganzen Felsen in düsterem Zwielicht empor geklettert.

Lange bewunderte Aidan den Willen und die Kraft des Seeteufels jedoch nicht. Er sprang vor, seine Klinge schnitt einen silbrigen Bogen, schnitt durch Finger, kratzte über Stein. Seines Halts beraubt stürzte der Feind tonlos hinab in die Tiefe.

»Un…glaub…lich«, sprach Revus mühsam Aidans Gedanken aus. Aber sie hatten keine Zeit, darüber zu diskutieren. Noch ein Feind zog sich auf die Terrasse, ein weiterer Kopf tauchte auf.

»Alarm! Zu den Waffen!«

Aidan wusste nicht, ob jemand sie hörte, aber er schrie dennoch, so laut er konnte.

»Ich links!«

So wies er Revus die rechte Seite zu, während er selbst den nächstbesten Feind auf der seinen angriff. Halb hatte sich die Bestie schon emporgezogen, stützte sich auf ihre Arme. Aidan trat ihr mit aller Kraft gegen die Brust. Sie fiel zurück, ihre Klauen kratzten über den Stein – dann war sie verschwunden.

Doch ein anderer hatte den Moment genutzt, sprang auf, warf sich gegen Aidan, der zurückwich. Sein Schwert biss in den Arm, wurde ihm fast aus der Hand gerissen. Er wirbelte herum, zog die Klinge in einer geschmeidigen Bewegung um sich, führte einen beidhändigen Streich. Blut spritzte empor, aber sein Feind schien die Wunde gar nicht zu bemerken. Seine Klauen kratzten über die neue Rüstung, zerrten an ihr – und sie hielt stand!

»Ha!«, spuckte Aidan ihm triumphierend ins Gesicht, duckte sich unter einem Schlag weg, rammte dem Seeteufel die Schulter gegen die Brust. Einen Moment nur war sein Feind aus der Balance, doch es genügte. Aidan sprang mit den Füßen voran gegen ihn, der Aufprall warf ihn schmerzhaft zu Boden. Doch der Seeteufel wurde über die Kante getrieben. Einen Augenblick lang schien er sich halten zu können, dann stürzte er hinab, ohne einen Laut von sich zu geben.

Sofort rappelte sich Aidan wieder auf. Revus war in arger Bedrängnis. Zwei Feinde kreisten um ihn wie Haie um einen Schiffbrüchigen. Aidan stürmte auf sie zu, brüllte aus Leibeskräften, versuchte, ihre Aufmerksamkeit auf sich zu lenken.

»Kommt schon, ihr Hunde! Ich schlitze euch auf!«

Einer wandte sich ihm zu, der andere wich zurück. Revus nutzte die Lücke, die sich ihm bot, hackte auf den ersten ein, während Aidan auf den zweiten eindrang. Sie tanzten aneinander vorbei, ihre Angriffe genau abgestimmt, geformt in hundert gemeinsamen Kämpfen. Revus deutete einen hohen Schlag an, der Seeteufel hob die Arme – und Aidans Schwert grub sich in seine Seite. Sein Feind sprang auf ihn zu, er duckte sich. Revus wirbelte herum, seine Klinge raste durch die Luft, wo gerade noch Aidans Kopf gewesen war, schnitt durch Klauen, Pranken, Arme.

Beide Seeteufel taumelten zurück, Blut quoll aus ihren Wunden, troff auf den gemusterten Boden. Gleichzeitig sprangen Aidan und Revus vor, wählten den gleichen Feind, der unter ihren wilden Angriffen zu Boden ging.

Aidan drehte sich um. Der Feind, den er getroffen hatte, stand einige Schritte von ihnen entfernt, die Pranken auf die Wunde gepresst. Mit unergründlichen schwarzen Augen blickte er sie an. Sein Mund öffnete und schloss sich lautlos, mahlte, drehte sich.

Dann sackte er auf die Knie. Sein Leib wurde weich und er stürzte, fiel der Länge nach auf den Boden.

Überall um sie herum waren nun Kampfgeräusche zu hören, Schreie, Alarmrufe.

»Sie kommen überall die Klippen hoch«, rief Aidan und lief zu der Kante.

An den Felsen konnte er keine Gestalten mehr sehen. Für den Augenblick schienen sie die Angreifer an dieser Stelle abgewehrt zu haben.

Doch dann fiel sein Blick hinab auf die grünlich leuchtende See. Ein Schatten schob sich durch sie hindurch, eine unförmige, gewaltige Gestalt, so dunkel, dass um sie herum selbst das Leuchten verblasste.

Es musste ein gewaltiges Monstrum sein, das sich dort näherte. Kurz befürchtete Aidan, dass es der Fünfte Drache war, längst erwacht, der kam, um ihnen den Tod zu bringen. Doch so gewaltig der Schatten auch war, dafür war er zu klein.

Aber er war schnell, raste regelrecht durch das Wasser. Und hielt genau auf die Stelle zu, an der Elena kämpfte.

ELENA

Der Moment der Ruhe war trügerisch, doch die Krieger auf den Zinnen konnten die Pause gebrauchen. Kinder liefen mit Krügen voll Wasser durch die Reihen. Elena trank einige Schlucke und spritzte sich dann eine Handvoll ins Gesicht. Fackeln wurden in die Halterungen gesteckt und entzündet, ihr flackernder Schein beleuchtete die Mauern. Aber es war der grüne Schimmer der See, der die einbrechende Nacht erhellte. Gerade genug, um Bewegung in den Schatten zu erkennen.

Etwas geschah. Elena konnte es fühlen. Eine Vorahnung, die sie ihre Muskeln anspannen ließ. Ihr Blick suchte die Stadt unter ihnen ab, die Straße zum Palast, wanderte zum Meer.

Und da sah sie es. Ein Schatten, der durch die grünen Wellen pflügte. Wie eine Bugwelle wurden Wassermassen vor ihm her geschoben. Viele Schritt hoch spritzten die Wellen an die Klippen, grün leuchtende Gischt nahm ihnen die Sicht. Und durch die Gischt brach das Monstrum.

Es war eine uralte Gestalt, ein pockennarbiger Panzer, so hoch wie ein Haus, mit Klauen von der Größe von Pferden. Schwarz-grüne Flecken zogen sich über den ganzen Leib, der auf einer Vielzahl von eingeknickten Beinen an Land kroch.

Schreie. Angst um sie herum. Unten am Hafen riesige dunkle Augen, darunter ein wahres Bündel an zuckenden Tentakeln. Ein Monster aus einem Albtraum, aus Fabelgeschichten von Seeleuten. Doch es war echt, zog sich schwerfällig über Steine, zermalmte ganze Klippen unter seinem Gewicht. Es schien so alt wie die Zeit selbst zu sein.

Eine Klaue krachte auf eines der Gebäude am Hafen nieder, Holz splitterte, Stein brach, Staub wirbelte auf. Nur eine Ruine blieb zurück, als wäre es ein Spielzeug für diese Kreatur aus den Untiefen der Welt.

»Feuerpfeile!«, befahl Elena, so laut sie konnte, versuchte, mit ihrer Stimme der sich ausbreitenden Panik Einhalt zu gebieten. »Schickt es zurück in den Abgrund!«

Unaufhaltsam kroch es auf sie zu, langsam, aber von einem unbändigen Willen beherrscht. Mauern, Häuser, Türme, alles brach unter dem langsamen, jedoch beständigen Ansturm, wurde begraben, zermahlen, in die Erde gedrückt und zu Staub.

Dahinter sah Elena die Seeteufel aus dem Meer steigen, ihre Gestalten vom grünen Leuchten erhellt, als das Wasser an ihren Leibern herabfloss. Leuchtende Striemen wie Adern auf ihrer dunklen Haut.

Ein Feuerpfeil zog seine glühende Bahn vor dem schwarzen Himmel. Blitze zuckten auf, erhellten die Kreatur einen Augenblick lang. Doch sie war zu gewaltig, zu monströs, um sie in diesem kurzen Moment zu erfassen.

Der Pfeil traf ihren Panzer. Feurig rot war die Explosion. Das Monster wurde zur Seite geworfen, riss seine Klauen empor. Ein urtümliches Kreischen ertönte, tief und hoch zugleich, so laut und durchdringend, dass Elena schmerzhaft das Gesicht verzog. Die albtraumhafte Kreatur wankte, doch sie fiel nicht.

»Pfeile los!«

Ein rauchender Krater im Panzer, darin glühende Reste der Feuermagie. Doch das Wesen warf sich nach vorne, rutschte, kratzte und glitt nun schneller auf sie zu. Seine Beine krallten sich in den Boden, rissen die Straße auf, unter ihrem Griff platzten Steinplatten und Felsen.

Pfeile regneten auf es nieder, doch sie prallten harmlos an seinem Panzer ab, fielen klirrend zu Boden oder zersplitterten einfach.

Es wälzte sich über ein Trümmerstück des Turms; der uralte Stein knirschte, brach, wurde zu Staub.

Glühende Linien am Himmel. Ein Treffer, noch einer. Explosionen, die die Nacht zum Tage machten, alles in rotes Licht und lange Schatten tauchten. Das Monster hielt schützend eine Klaue vor seine Augen, wischte einen Feuerpfeil aus der Luft, brüllte erneut, als die Explosion eine Wunde in seinen Panzer riss.

Nach unten geduckt arbeitete es sich weiter vor. Die Tentakel zuckten umher, glitten über den Boden, wickelten sich um Steine, schleuderten sie wie Kieselchen davon.

Noch eine Salve Feuerpfeile ging auf es nieder. Zwei verfehlten ihr Ziel, schlugen harmlos in den Boden, rissen Krater in Fels und Stein. Drei prasselten auf seinen Rücken, ließen es zucken und beben. Panzerteile wurden davongeschleudert, stiegen sich überschlagend in die Luft, regneten überall herum nieder.

Doch das Wesen hielt nicht ein. So nah war es nun, dass Elena es in seiner ganzen Schrecklichkeit sehen konnte. Welche Untiefe mochte dieses Wesen ausgespien haben? Welche Dunkelheit hatte es vor der Welt verborgen?

Noch zwei Dutzend Schritt.

»Schießt! Schießt!«

Die Bogenschützen sandten Pfeil um Pfeil gegen es. Explosionen blühten wie Feuerblumen auf seinem Leib auf. Es wankte, brüllte, zäher Schleim flog aus seinem von den Tentakeln umgebenen Maul. Elena wich instinktiv zurück, presste die Hände auf die Ohren. Neben sich sah sie Soldaten ebenso zurückweichen, eine Frau ließ ihren Speer fallen, wandte sich zur Flucht.

Elena hob ihre Klinge.

»Steht! Steht für den Tag und die Welt ein! Steht und kämpft!«

Ein Dutzend Schritt.

Die Soldatin nahm ihren Speer wieder auf, duckte sich hinter ihren Schild, als könne diese dünne Konstruktion aus Holz, Metall und Leder sie vor der entfesselten Urgewalt beschützen.

Die Klaue senkte sich täuschend langsam herab. Die Mauer brach unter ihr wie Reisig. Steine wurden emporgeschleudert, Staub wirbelte auf, Verteidiger flogen schreiend im hohen Bogen durch die Luft.

»Feuerpfeile bereit!«

Der erste Schlag hatte eine tiefe Bresche in die Mauer geschlagen. Elena schmeckte Gesteinsstaub auf ihrer Zunge. Das Monster richtete sich auf.

»Pfeile los!«

Der Donner der Explosionen rollte über sie hinweg, zwei, drei in so schneller Folge, dass sie wie einer klangen.

Dann traf sie ein Schlag, wirbelte sie herum, hob sie in die Luft. Die Welt drehte sich um sie. Das Monstrum, hoch aufgerichtet, überragte die Mauer um das Doppelte. Tiefe Wunden im Leib, ein klaffendes Loch, wo eines der Augen war, dunkler Schleim aus einem Dutzend Löcher spritzend.

Ihre Soldaten, kauernd, aber haltend. Bogenschützen, fieberhaft Pfeil um Pfeil aussendend. Oreus, den Speer erhoben, den Mund aufgerissen. Sie konnte nichts hören, die Welt war seltsam still.

Mit einem schmerzhaften Schlag prallte sie auf den harten Stein, überschlug sich, rollte weiter. Ihre Finger suchten Halt, fanden keinen, alles war wild, ungeordnet, ihre Gedanken zu langsam für die Welt, die in einem wilden Karussell an ihr vorüberrollte, oben, unten, Licht, Dunkelheit, alles wurde eins.

Dann lag sie still. Ein Pfeifen in ihren Ohren, lauter als jeder Sturm, neue Pein. Mühsam hob sie den Kopf. Füße neben ihr, Hände auf ihr, eine Stimme, weit, weit entfernte Worte. Alles kam wie durch einen Schleier, als ob sie nur das Schattenspiel der Welt wahrnahm und nicht die eigentlichen Ereignisse.

»Elena?«

Sie wollte etwas sagen, wollte antworten, dass sie Elena sei, aber in ihrem Mund war nur der Geschmack von Blut, ihre Kehle war wie zugeschnürt.

»Königin!«

Sie wurde herumgedreht, ein bekanntes Gesicht. *Kaleona.*

Wie im Traum beobachtete sie das Geschehen um sich herum. Weit weg schien es zu sein, betraf nicht sie, als sei eine andere. Selbst die Schmerzen waren nicht die ihren, sie spürte sie, aber sie waren ihr egal.

»Elena!«

Ihre Leibwächterin zog sie empor. Elena wollte liegen bleiben, wollte sich ausruhen, doch gegen diese Stärke gab es kein Mittel.

Dann flutete alles über sie hinweg. Lärm, Schreie, der Geruch von Blut und vor allem eine Welt der Qual. Sie schrie auf.

»Wir müssen hier weg!«

Kaleona stemmte sich unter ihre Schulter, ging einige Schritte, zog sie mit sich. Elena sah sich um, erblickte das Monstrum direkt vor der Mauer, blutend, angeschlagen, wütend.

»Nein!«

Sie riss sich los, ging halb auf ein Knie. Ihr ganzer Leib war eine einzige Pein, fühlte sich an, als habe sie tausend Schnitte in ihrer Haut und jeden Knochen gebrochen. Sie keuchte, schloss die Augen, drängte die Qual für einen Herzschlag zurück.

Genug, um die arkane Energie ihrer Heimat in einem kruden Zauber zu binden. Die Schmerzen schwanden, nicht viel, doch genug.

»Es wird durchbrechen! Wir müssen hier weg«, drängte Kaleona.

Elena stand auf. Sie spürte den stürmischen Wind auf ihrem Gesicht. Es roch nach Blut, nach Angst, nach Feuer und Rauch. Ihr Volk kämpfte dort, stand gegen alle Wahrscheinlichkeit gegen diesen Feind.

»Wenn dieses Monstrum durchbricht, ist alles verloren«, entgegnete sie und mit jedem Wort wuchs ihre Entschlossenheit. »Wir halten es hier auf oder die Welt wird keinen Sonnenaufgang mehr erleben.«

Es gab noch Mauern im Palast, improvisierte Verteidigungsanlagen, Rückzugsorte. Doch wenn die Außenmauer fiel, dann gab es nichts, was dieses Monster aufhalten konnte. Entweder sie hielten hier stand oder alles war verloren.

Ihre Hand fuhr zum Schwertgürtel, fand nur den Dolch. Ihr Schwert war aus der Scheide gerissen worden, war verloren im Chaos. Sie sah Kaleona an. Ihre Leibwächterin schwieg, ihr Kiefer mahlte, dann nickte sie.

»Beschütze Aidan und die Barden«, befahl Elena und hielt ihr die Hand hin. Kaleona packte ihren Unterarm. Einen Moment lang teilten sie diesen Griff, sahen einander verstehend in die Augen. Es bedurfte keiner weiteren Worte. Stets war Kaleona treu an ihrer Seite gewesen, doch jetzt konnte sie ihr nicht folgen.

Dann ließ Elena los und stürmte zu den Zinnen. Lücken klafften in der Mauer, wo Klauen sie einfach eingerissen hatten. Soldaten schleuderten Speere und Steine. Die Bogenschützen schossen Pfeil um Pfeil. Ein Feuerpfeil raste auf das Monstrum zu, das sich zu Boden duckte, die glühende Spur glitt harmlos über es hinweg.

»Arcos!«

Elena rannte schneller, sprintete, stieß sich ab. Ihre Arme fuhren durch die Luft, die Mauer verschwand hinter ihr, unter ihr der Tod.

Trümmer, Blut, Leichen, Geröll. Die Kreatur. Ein dunkles Auge, Tentakel, die beiden Klauen. Dunkler Panzer, schwarz-grün, Krater darin, glühende Stellen, qualmend. Gestank von Meer und brennendem Fleisch.

Ihre Füße berührten harten Panzer. Sie warf sich nach vorn, rollte über ihre Schulter ab, ihre Linke glitt über die raue Oberfläche, spürte Pocken und Narben. Die Rechte schlug den Dolch in eine der tiefen Wunden, fand Fleisch.

Die Klinge verbiss sich darin, schnitt hindurch. Mit beiden Händen packte Elena den Griff, schrie vor Schmerzen und Anstrengung, als ihre Arme grausam nach hinten gerissen wurden. Ihre Beine rutschten über den Panzer hinaus, baumelten über dem Nichts.

Doch sie hielt inne. Sie zog sich am Dolch empor, ihre Zehen fanden Halt. Unter ihr bewegte sich das Monster, sie wurde hin und her geschleudert. Es richtete sich auf, hob eine Klaue. Stein splitterte.

Elena holte tief Luft, sammelte sich. Energien tanzten um sie herum. Viel der Macht ihrer Heimat war verschwunden, gelöst vom Ritual der Arkanisten und gestohlen vom Fünften Drachen. Doch noch war sein Blut in Fels und Boden. Es war nur passend, dass Elena jetzt seine Macht konzentrierte.

Mit einem Schrei entließ sie den Zauber. Ein hellweißer Blitz fuhr aus ihrer Faust, schlug in den tiefen Krater im Rücken. Bruchstücke groß wie Leiber wurden herausgesprengt, Fleisch spritzte empor, verdampfte. Es war kaum gelenkte Energie, wild und roh, die durch den Panzer stach, durch Fleisch und Innereien. Eine Lanze aus arkaner Energie, gebündelt von Verzweiflung und Zorn.

Das Monster schrie und warf sich von links nach rechts. Auf den Mauern taumelten Soldaten, stürzten zurück, den Kopf in den Armen vergraben, die Münder weit aufgerissen, selbst vor Schmerzen brüllend.

Nur mit letzter Not konnte sich Elena an der Kante des Panzers festhalten, dort, wo ihr Zauber eine Bresche geschlagen hatte.

Doch die Bestie lebte noch. Gegen jede Hoffnung hatte ihr stärkster Zauber sie nicht gefällt.

Die Kreatur bäumte sich auf. Ihre Klauen kratzten über

den Rücken, wollten das lästige Insekt, das Elena war, zerquetschen. Tentakel glitten heran, einer wickelte sich schleimig um ihr Bein. Der Griff war so fest, dass sie schrie. Ihre Finger lösten sich von der Kante, der Tentakel zog an ihr, mit übermenschlicher Kraft. Ihre Rechte konnte sich nicht mehr halten, die Linke rutschte ab. Sie wurde über den rauen Panzer gezogen. Suchend glitten ihre Finger umher. Der Dolch. Mit einem Ruck hatte sie ihn gelöst, beugte sich, stieß ihn mit aller Kraft in den Tentakel.

Dunkles, kühles Blut quoll hervor, spritzte in einem Schwall über ihre Hände. Der Gestank nahm ihr den Atem, doch sie stieß weiter zu, riss die Waffe herum. Der Griff lockerte sich. Andere Tentakel rasten auf sie zu. Elena stieß sich ab, glitt aus dem Tentakel. Unter ihr bockte das Monster, warf sich herum. Der Panzer traf ihre Beine, schleuderte sie empor, fort von ihrem Feind.

Mit unfassbarer Klarheit sah sie alles vor sich. Sie wurde vom Palast weggeschleudert, hoch über das Monster hinweg. Es würde durch die Mauer brechen, eine Bresche schlagen und sich auf die Barden werfen. Niemand würde den Ansturm überleben. Alles war verloren. Sie schloss die Augen.

Nein!

Ein letztes Mal zog sie alle Macht an sich, griff sie aus den Felsen, der Luft, aus sich selbst. Um sie herum schimmerte ein weißes Licht. Es war kein Zauber, keine Kunst. Nur die Entladung roher Wut, gebündelt in einem Schrei.

So hell, dass alles weiß wurde. So laut, dass alles schwieg.

AIDAN

»Ist … schon … Mitternacht?«

Die Worte kamen abgehackt, da Aidan bei seinem schnellen Lauf kaum Luft für sie hatte. Revus konnte nicht einmal antworten, aber die Frage war ohnehin rhetorisch – noch lag die Nacht lang vor ihnen. Lang und blutig und gnadenlos. Eine Dunkelheit, die niemals enden würde, sollten sie versagen.

Sie hasteten durch das Labyrinth des gewaltigen Palasts, hatten kein Auge für die verbliebenen Schönheiten und Wunder und auch nicht für all die Zerstörung.

Ein kleiner Trupp Soldaten kam ihnen entgegen, gespenstische Gestalten im Schattenspiel des Hofs. Sie trugen Rüstungen, die an anderen Orten Königen angemessen gewesen wären und lange Hellebarden mit geschwungenen Klingen. Vermutlich hätte Elena anhand des wagenradähnlichen Wappens auf den Röcken sagen können, aus welchem der Acht Reiche sie stammten, aber Aidan konnte nicht einmal raten.

»Zur Terrasse«, befahl er ihnen und deutete mit der Spitze seines Schwerts hinter sich. »Sie erklimmen die Felsen! Schlagt sie zurück, werft sie ins Meer, warnt alle anderen!«

Ohne darauf zu warten, ob sie seiner Order Folge leisteten, stürmte er weiter durch Gänge und Kammern, sprang über Schutthaufen, wich Trümmern aus.

Zu seiner Rechten öffnete sich ein Korridor, der zum Innenhof führte. Dort war die letzte Bastion, dort waren die Barden. Er hielt inne. Die Gebäudeflügel, die den Hof einschlossen, waren groß und massiv, einst als Festungshalle errichtet. Das erste Bauwerk auf den Klippen, lange bevor ein Palast um sie herum gewachsen war. Trotz aller Veränderungen und obwohl die einst die Gebäude umgebende Mauer vor langer Zeit verschwunden war, blieb es der am besten zu verteidigende Ort, sollten die äußeren Bereiche fallen.

»Ach, verdammt«, keuchte er und rannte weiter. Nach links, über einen Hof, zwischen zwei Überresten von Türmen hindurch. Dieser Weg führte hinunter, fort von der momentanen Sicherheit des Hofs hin zum Tor, zur Mauer – hin zum Kampf.

»Ich werde diese Schlacht nicht aussitzen«, rief er Revus mit neu gefundener Kraft zu. »Kehr du zu den Barden zurück!«

Aber sein Freund machte keine Anstalten, seine Seite zu verlassen. *Sturer Bastard,* dachte Aidan erfreut. Egal, was geschehen mochte, es war immer besser, Revus neben sich zu wissen.

Ihre Schritte hallten durch die Korridore. Vor ihnen ertönten schreckliche Schreie, ein lautes, unmenschliches Brüllen. Explosionen erhellten die Nacht, wie glühend rote Pilze stiegen sie zum Himmel empor. Kampfgeräusche, das Kreischen von berstendem Stein, gequältes Mauerwerk, Donnern. Die Erde selbst bebte.

All dies trieb Aidan nur noch mehr an. Da vorne fochten und starben andere. Da vorne war Elena.

Weißes Licht blendete auf, nahm ihnen kurz die Sicht. Eine Donnerwelle brandete über sie hinweg, ließ Staub aus den Gemäuern rieseln und den Rest eines Turms in sich zusammenbrechen wie ein Kartenhaus. Der Aufprall überzog die beiden mit Staub und Schutt, ein Stein traf Aidan schmerzhaft an der Schulter. Hustend und keuchend liefen sie weiter.

Dann erreichten sie den Torhof. Rauch waberte in der Luft. Es stank nach Blut und Exkrementen. Verdrehte Leiber lagen überall, gebrochene Knochen, Hälse, zerschmettert, zerfetzt, blutiges Fleisch, tote Augen. Oben auf den Mauern standen Verteidiger, Bogenschützen, Speerspitzen. Schreie, Brüllen, Befehle, Krachen, Donnern, Bersten, eine Kakofonie des Grauens erklang.

Direkt vor ihnen tobte ein wilder Kampf. Die Barrikade am Tor war halb herausgerissen worden. Auf dem Trümmerhaufen standen Gerüstete gegen eine Horde von Seeteufeln. Aidan hob sein Schwert mit beiden Händen, senkte den Kopf, stürmte vor. Sein Kampfschrei erfüllte den Hof.

Feinde quollen durch die Lücke, drängten die Verteidiger zurück. Er flog die Trümmer geradezu empor, seine Klinge fand einen Gegner, hackte in den Hals, stach einem zweiten in die Brust. Neben ihm focht Revus wie ein Besessener, stumm, jeder Hieb ein Treffer. Aidan tat es ihm gleich, stemmte sich gegen die Flut ihrer Feinde.

»Zu mir! Zu mir!«, schrie er ohne nachzudenken. »Steht! Steht!«

Klauen schnitten durch seine Haut, rissen Platten aus seinem Panzer. Ein Soldat wurde gepackt, verschwand schreiend und zappelnd in der Bresche. Andere traten an seine Stelle, Speer und Schwert, Beil und Streitkolben. Sie schlugen, hackten, stachen, hieben wie Berserker. Aidan trieb sie an, rief, schrie, band sie an diesen Ort, an diese Schlacht.

Schritt für Schritt, Handbreit für Handbreit, trieben sie die Feinde zurück. Schulter an Schulter standen sie, kämpften sie, bluteten und starben sie. Fiel einer, schlossen sie die Lücke.

Aidan focht wie noch nie in seinem Leben. Er war der leibgewordene Tod, brachte Vernichtung, spürte jeden Angriff, bevor er geschah, parierte, hieb, trat, stach mit all seiner Kraft. Überall waren Feinde, wie eine unermessliche Flut brandeten sie gegen die Verteidiger.

Ein Seeteufel lag auf dem Boden, seine Pranke packte Aidans Knöchel, riss ihn herum. Er strauchelte, ein Feind sprang ihn an, Mund weit aufgerissen, Klauen ausgestreckt. Ein silberner Schweif traf ihn, schnitt glatt durch beide Arme, schlug den Seeteufel zu Boden.

Neben Aidan tauchte Kaleona auf. Ihre Rüstung war feucht vom Blut ihrer Feinde, es klebte ihr im Gesicht, in den Haaren. Sie hob die Klinge, stieß sie in den Nacken des Gestürzten hinab. Aidan frohlockte – wo Kaleona war, konnte Elena nicht weit sein. Hoffnungsvoll blickte er sich um.

Ihr Ansturm hatte den Feind für den Augenblick zurückgeworfen. Schwer atmend lehnte sich Aidan an ein geborstenes Mauerstück.

»Elena?«

Kaleona riss sich den Helm vom Kopf, saugte gierig

Luft in ihre Lungen. Sie sah ihn an. Es stand in ihren Augen und sein Herz stockte, noch bevor sie langsam den Kopf schüttelte.

»Was ist passiert?« Er sprang auf sie zu, packte sie, sein Schwert fuhr hoch. »Du solltest sie beschützen!«

Sie zuckte nicht zurück.

»Sie ging, wohin ich nicht folgen konnte«, kam ihre tonlose Antwort.

»Wo?«

Ein lauter Schrei, voller Schmerz. Sie wies in die Bresche.

»Sie sprang hinaus, um uns alle zu retten.«

Jedes Wort war ein Brandmal auf seiner Seele. Sie hatte sich geopfert, für sie alle, das bezweifelte Aidan keinen Moment. Aber da war kein Stolz, kein Verständnis, nur eine gähnende schwarze Leere, die in ihm aufstieg und alles in ihm zu verschlingen drohte. *War es das, was der Fünfte empfand? Nur diese Leere, die nichts auf der Welt füllen konnte?*

»Gesehen?«

Revus presste das Wort hervor. Es riss Aidan aus seinen düsteren Gedanken.

Wieder schüttelte Kaleona das Haupt. Ein Funken Hoffnung, doch es war alles, woran sich Aidan klammern konnte. Ein Funken nur, doch das Licht vertrieb die Finsternis.

»Du hast es nicht gesehen?«

»Nein. Das Licht, es war so hell und ... aber ... das Monstrum ... niemand hätte das überleben können.«

Eine tiefe Trauer klang in den oft so beherrschten Worten mit, ein unendlicher Schmerz. Dann verhärtete sich Kaleonas Miene.

»Sie sagte, ich solle dich beschützen«, erklärte sie und

stieß ihn von sich. Er ließ es geschehen, sein Schwert sank herab.

»Es waren ihre letzten Worte.« Eine Pause, sie sah hinab. »Ihr letzter Befehl.«

Aidan spähte durch die Bresche in das grünliche Zwielicht. Ein Monstrum lag dort, gefällt direkt vor der Mauer. Rauch stieg aus seinem gewaltigen Leib auf. Er schnaubte, sein Griff um das Heft des Schwerts wurde fester.

»Ich finde sie.«

Es war kein Plan, kein Wunsch, es war einfach die Wahrheit. Er würde sie finden oder sterben. Er trat einen Schritt vor. Kaleona sprang heran, riss ihn herum.

»Nein! Sie ist fort! Du musst leben!«

Er lächelte grimmig.

»Du sollst mich beschützen?«

Sie nickte.

»Dann komm mit mir. Kämpfe mit mir. Finde sie. Oder fahr zur Hölle!«

Er sprang hinaus.

ELENA

Der Himmel war dunkel. Es war still. Elena starrte zu ihm empor. Manchmal zuckten Blitze durch ihn, dann sah sie den Mahlstrom der Wolken über sich. Es war ein beeindruckendes Naturschauspiel.

Tief in ihr, vergraben unter einem Berg von Dunkelheit, schrie eine Stimme. Doch sie verstand keines ihrer Worte. Sie war nicht einmal sicher, was Worte waren, was Sprache. Sicher war nur der harte, kalte Boden unter ihr, der stürmische Himmel über ihr. Sicherheit. Nein, ansonsten gab es keine Sicherheit.

Ein Schatten sprang über sie hinweg. Die huschende Bewegung erregte ihre Aufmerksamkeit, doch zu schnell war sie wieder verschwunden. Sie spürte etwas auf ihrem Gesicht, feucht und warm. Es schmeckte metallisch.

In ihrem ganzen Leib war ein Gefühl von Schwäche, als hätte sie alle Kraft verloren.

Ein Licht. Eine Erinnerung tauchte auf. Ein helles, blendendes Licht. Dann flog sie. Flog wie ein Vogel durch die

Luft, endlos. Nein, nicht endlos. Jetzt lag sie hier unter dem Himmel auf dem Fels.

Magie. Ja, sie hatte einen Zauber gewirkt. Oder nein, keinen Zauber. Sie hatte die arkane Macht in die Welt hinausgeschrien, ein Teil Magierin, ein Teil Bardin.

Ich habe … habe ich es getötet? Die Gedanken ergaben keinen Sinn, aber sie kratzten über ihren Geist. *Was getötet?*

Klauen, das Gefühl von rauem Panzer auf ihrer Haut, der Geruch von Meer und Blut und brennendem Fleisch. Das Monster.

Sie stöhnte. Mit den Erinnerungen kamen die Schmerzen. Ihr linker Arm stand in Flammen, überstrahlte fast alles andere. Sie hob den Kopf, doch der Himmel drehte sich noch schneller als zuvor, der bislang feste Boden tanzte, hüpfte und sprang.

»Was für eine …«

Die Worte klebten an ihrem Gaumen. Sie suchte nach mehr. Aber da war nichts. Ihr Leben lang hatte sie ihre Zunge im Zaum gehalten, und jetzt fehlten ihr die Worte für einen Fluch, der den Schmerzen angemessen war. Beinahe hätte sie gelacht, aber das dumpfe Pochen in ihrer Seite ließ sie innehalten.

Noch immer war ihr Kopf wie mit Wolle ausgestopft, aber eine Erkenntnis stieg langsam an die Oberfläche: *Bleibe ich hier, werde ich sterben*. Die Unmittelbarkeit des Gedankens vertrieb zumindest einen Teil der Benommenheit. *Vermutlich sterbe ich auch, wenn ich aufstehe. Aber dann wenigstens im Stehen, wie es sich für die Königin von Arcos geziemt.*

»Arcos«, murmelte sie. Ihre Heimat. Ihr Volk, angegriffen, dem Tode preisgegeben. Sie rollte auf die Seite, stützte sich auf den rechten Arm und ihre Beine. Ihre Haare hingen hinab, ihr Atem rasselte in ihrer Brust, die Schmerzen ließen Übelkeit in ihr aufsteigen. Der linke Arm hing nutzlos herab und dennoch sandte jede Bewegung feurige Lanzen durch ihren Körper. Mit zusammengebissenen Zähnen kam sie taumelnd auf ein Knie, stieß sich ab, stand schwankend auf.

Ein stinkender, blubbernder Hügel war neben ihr, ragte über ihr auf, qualmend, zischend, zuckend. Dahinter die Mauer im unnatürlich grünen Schein. So oft hatte sie sie bei der Rückkehr in den Palast gesehen, so oft war sie durch das Tor geritten. Jetzt war sie geschunden, mit tiefen Breschen, am Torhaus halb eingestürzt, schwarze Wunden, die Steine bluteten.

Doch noch stand sie. *Und noch stehe ich.*

Jeder Schritt brachte neue Agonie. Ihre Beine waren halb taub und doch brannte es in ihnen. Ihre Füße schlurften über den Boden. Sie sah nur zu der Mauer, ihrer Mauer, dem Schutzwall um ihr Heim.

Um sie herum Gestalten. Sie fletschte blutige Zähne.

»Kommt nur!«

Es war kein trotziger Ruf, mehr ein Flüstern, aber das war das, was sie empfand. Sie ging in die Knie, packte einen Stein. Ein Seeteufel betrachtete sie, als fragte er sich, ob sie als Beute nicht zu klein sei. Sie hob ihre schwächliche Waffe.

»Komm schon!«

Diesmal waren ihre Worte laut. Er öffnete sein Maul.

»Blut«, zischte er und lehnte sich vor, als nehme er ihren Geruch auf.

»Elena!«

Kampfschreie, Klingen, die sich in Fleisch gruben.

Kaleona, kein Helm mehr das Haupt beschützend, wilder Schwertwirbel. Revus daneben, hackend, stechend. Und Aidan. Er flog an ihr vorbei, prallte gegen den Seeteufel, seine Klinge fuhr von unten nach oben, schnitt durch dicke Haut und zähes Fleisch. Der Feind fiel nach hinten, die Arme hocherhoben.

»Elena!« Sofort war er bei ihr, stützte sie. »Du bist verletzt.«

Sie musste lachen. Schmerzen rasten ihre Seite auf und ab.

»Was sagt man, wenn es schrecklich ist?«

Er sah sie verständnislos an.

»Die Schmerzen. Wie flucht man?«

»Verdammte Scheiße?«

Ah, vulgär, aber so angemessen. Sie holte Luft.

»Verdammte Scheiße!«

Es tat gut. Es linderte nicht die Qual, es schloss keine Wunden, es machte die Welt nicht besser. Aber es war gut.

»Wir müssen zurück«, rief ihnen Kaleona zu, die gerade einem gestürzten Feind die Klinge in die Kehle trieb.

»Kannst du gehen?«

Ihr Stolz gebot ihr Ja zu sagen, aber sie schüttelte nur den Kopf. Aidan schob sein Schwert in die Scheide und legte ihren rechten Arm um seine Schultern. Dann hob er sie hoch und trug sie halb.

»Beeindruckend«, erklärte er und nickte in Richtung des erschlagenen Monsters. »Würdig für ein ganzes Dutzend Bardenlieder.«

Es brachte ein Lächeln auf ihre Lippen, auch wenn sie beide wussten, dass alles in der Schwebe hing. Vielleicht würde es schon morgen niemanden mehr geben, der Lieder sang.

Sanft, aber mit großer Kraft zog er Elena nach vorn. Dennoch schmerzte jeder Schritt. Und es ging nur quälend langsam voran.

Hinter ihnen hörte sie Kampfgeräusche, Kaleona, die laut rief: »Schneller!«

Doch es ging nicht schneller.

Elena wollte Aidan sagen, dass er sie zurücklassen solle, dass er sich retten musste, doch sie wusste, dass keins ihrer Worte ihn dazu verleiten würde, sie dem sicheren Tode auszuliefern. Eher würde er sich selbst das Herz aus der Brust reißen.

Mit letzter Kraft umrundeten sie den qualmenden Kadaver des Monstrums. Elena erstarrte. Zwischen ihnen und der Bresche im Torhaus standen Seeteufel. Sie mussten an den Seiten der Klippen emporgestiegen sein. Und nun schnitten sie ihnen den Weg ab.

»Verdammte Scheiße«, murmelte Aidan, und sie war geneigt, ihm zuzustimmen. Dann sah er über die Schulter. »Revus! Kaleona! Hier vorn!«

Doch die beiden fochten hinter ihnen, waren in ihre eigenen tödlichen Tänze verstrickt.

»Wenn ich es sage, dann gehst du zum Tor«, flüsterte Aidan. Seine Hand glitt zum Heft seines Schwerts. »Lauf, kriech, was auch immer. Sieh nicht zurück.«

Abwehrend schüttelte sie den Kopf.

»Ich habe Magie«, sagte sie bestimmt, auch wenn sie nicht wusste, ob sie noch die Kraft hatte, Energien zu bündeln. »Wir beide oder keiner.«

Er fluchte erneut. Dann wand er sich behutsam aus ihrem Arm, drückte ihr einen leidenschaftlichen Kuss auf die Lippen und zog seine Klinge.

»Wir beide oder keiner.«

Mit erhobener Waffe trat er vor. Einer der Seeteufel tat es ihm gleich, hob die Pranken – und streckte sie zur Seite aus.

»Barde.«

Elena seufzte vor Erleichterung.

»Sash!«

Der Wellensprecher nickte.

»Wir sind hier, um zu helfen.«

AIDAN

Als er Elena in Sicherheit wusste, löste sich der grausame Knoten kalter Angst in ihm. Hinter ihnen waren Soldaten fieberhaft damit beschäftigt, Schutt und Gestein in die Bresche zu werfen, um sie zumindest für den nächsten Angriff zu befestigen. Aidan ging in die Knie, legte Elena sanft auf den Boden.

Aber wie es ihre Art war, setzte sie sich gleich wieder auf.

»Wir müssen die Mauer verstärken«, brachte sie hervor. »Die Wachen von den Klippen müssen hierherkommen und …«

»Die Klippen werden auch angegriffen«, unterbrach er sie. »Die Seeteufel klettern sie einfach hoch. Und du musst jetzt erst einmal gar nichts tun. Du brauchst einen Heilkundigen.« *Oder ein halbes Dutzend,* fügte er im Geiste hinzu.

Was immer auch vor der Mauer geschehen war, es hatte Elena übel mitgenommen. Teile ihrer Rüstung fehlten, andere wiesen Beulen und sogar Risse auf. Haarsträhnen klebten blutig an ihrer Schläfe, ein roter Faden lief ihr aus dem Mundwinkel. Wo ihre Haut nicht von Blut befleckt war, bedeckte sie Staub und Ruß.

»Du bist verrückt«, stellte er leise fest und beugte sich zu ihrem Antlitz hinab. »Vollkommen verrückt. Kaleona sagt, du bist über die Mauer gesprungen.«

Sie lächelte.

»Das habe ich von dir gelernt.«

Das ließ ihn auflachen.

»Ohne dich wäre diese Nacht schon vorbei«, erklärte er sanft. »Wenn wir den Morgen erleben, werde ich dafür sorgen, dass die Welt niemals Elena von Arcos vergisst.«

Menschen eilten heran. Heilkundige, Bedienstete. Alle, die nicht kämpfen konnten, halfen, wo sie sonst konnten. Er küsste sie noch einmal, dann erhob er sich.

»Bringt die Königin in den Hof. Sie ist verletzt.«

Die Männer und Frauen starrten auf den kleinen Trupp Seeteufel, der verloren im Hof stand, umgeben von rennenden Soldaten, Rufen und Gewimmel.

»Los, oder ich mache euch Beine!«

Es bedurfte keiner weiteren Befehle. Schnell und geschickt wurde Elena auf eine Trage gehoben, dann stieben sie davon. Aidan wandte sich an Sash.

»Am besten geht ihr auch dorthin. Hier an der Front könnt ihr wenig tun. Nicht dass euch jemand mit Feinden verwechselt.«

Der Seeteufel sah seine Begleiter an. Es wirkte, als würden sie ein stummes Zwiegespräch führen. Schließlich nickte er.

»Revus, bring sie bitte in den Hof.«

»Und … du?«

»Ich? Na, ich bleibe hier. Die werden bald wieder kommen, das ist so sicher wie die Sonne auf- und wieder untergeht.«

Ein schlechtes Bild, erkannte Aidan. *Zumindest in dieser Nacht.* Sein Freund vollführte einen halb spöttischen, halb ernsten Salut und nahm die Seeteufel mit sich.

»Bleiben nur wir beiden Hübschen.«

Er schenkte Kaleona ein Lächeln, das sie mit grimmiger Miene quittierte.

»Hast du immer einen Spruch auf den Lippen?«

Er wiegte den Kopf hin und her.

»Meistens.«

»Ich bin sicher, heute Nacht wird dir das schon noch vergehen.«

Alarmrufe von der Mauer schnitten seine Antwort ab. Oder vielleicht war das auch seine Antwort.

»Haltet das Tor«, rief er den Soldaten im Hof zu und wies mit der Schwertspitze dorthin. Dann rannte er Kaleona nach und hoch auf die Mauer.

Selbst hier war es ein Schlachtfeld. Jemand hatte die Toten nach hinten über die Mauer geworfen, aber der Boden war dennoch rot vom Blut. Soldaten standen erschöpft an den Zinnen. Fast alle hatten Wunden, meist nur notdürftig versorgt.

Der alte Marschall kniete auf seinen Speer gestützt in der Mitte. Als sie herantraten, blickte er auf. Sein Wappenrock war vom Bauch bis zum Saum blutdurchtränkt.

»Keine Feuerpfeile mehr«, berichtete er gepresst. »Die anderen Schäfte gehen auch zur Neige. Und wo am Abend zwei standen, steht jetzt nur noch einer.«

Es bedurfte keines taktischen Genies, um dies zu erkennen. Große Lücken hatten sich in ihren Reihen aufgetan, selbst dort, wo die Mauer nicht einfach so beschädigt war, dass niemand mehr sie zu verteidigen vermochte. Die Gesichter der Verteidiger waren leer, ebenso ihre Augen. Sie hatten Schreckliches erlebt. Und noch war es nicht überstanden.

»Ihr braucht einen Heiler, Marschall«, riet Kaleona, doch der alte Mann winkte ab.

»Zu spät.«

Seine Stimme klang seltsam gleichmütig. Sie ging in die Hocke, packte den blutigen Stoff, zog ihn zur Seite und keuchte auf.

»Noch atme ich«, erklärte er ruhig, so als habe er seinen Frieden mit dem nahenden Tode gemacht. »Und solange ich atme, werde ich meine Heimat verteidigen.«

Mit ernster Miene nickte Kaleona.

»Für Arcos.«

Er wiederholte ihre Worte.

Aidan trat an die Zinnen. Ihre Feinde machten wieder Anstalten, die Mauern zu bestürmen. In Massen entstiegen sie dem Wasser, dunkle Gestalten von grünem Licht umgeben.

»Und ich hatte immer gedacht, er sei ein alter Narr«, flüsterte Kaleona neben ihm. »Ich habe ihm Unrecht getan.«

»Wir alle wären froh, wenn du das nie hättest herausfinden müssen«, entgegnete Aidan ebenso leise. »Wenn er in Zeiten des Friedens gelebt hätte und in vielen Jahren im Kreis seiner Familie entschlafen wäre.«

Gemeinsam betrachteten sie die Flut der Feinde, die sich am Fuße des Hügels sammelte. Sie hatten gelernt, blieben außer Reichweite der Pfeile.

»Aber so ist es nicht«, fügte er hinzu.

Dann stürmten die Seeteufel los.

»Pfeile los!«

Nur noch wenige erhoben sich, senkten sich auf die Feinde nieder. Sporadisch stürzte einer zu Boden, getroffen von einem Schaft. Aidan packte sein Schwert fester.

Lautlos glitt die Flut der Seeteufel heran. Viele stürmten in die Bresche, andere begannen, die Mauern zu erklimmen.

»Treibt sie zurück!«

Er wusste nicht, was er rief. Seine Klinge traf den ersten Feind. Weitere zwängten sich zwischen den Zinnen durch. Schwarze Augen, mahlende Mäuler. Aidan focht mit dem Mut der Verzweiflung.

Neben ihm trieb Oreus seinen Speer in einen, sank dann keuchend auf ein Knie. Ein Seeteufel sprang ihn an, riss ihn zu Boden. Aidan war heran, schlug mit einem beidhändigen Hieb zu, trennte den Kopf vom Leib. Er riss den Kadaver vom Marschall, doch der blickte ohne etwas zu sehen zum Himmel empor.

Es gab keine Zeit zu trauern. Überall waren Gegner. Er trat einem vor den Kopf, der über die Brüstung stieg, stieß seine Klinge in eine Kehle daneben.

Weiter hinten wirbelte Kaleona zwischen einer ganzen Traube von Feinden hindurch, ihre Klingen trennten Gliedmaßen von Leibern, stießen zu, töteten, verstümmelten.

Ein Schlag warf Aidan herum, er duckte sich unter Klauen hinweg. Sein Feind sprang ihn an, ignorierte die Klinge, die in seine Seite biss. Die Klauen kratzten über die Rüstung, fanden Fleisch, gruben sich hinein. Aidan schrie auf, sprang zurück, riss sich aus der tödlichen Umarmung.

Eine Kriegerin trieb seinem Gegner eine Axt in den Hinterkopf. Er stürzte zu Boden. Aidan lächelte ihr zu, dann waren da mehr Feinde.

»Auf sie! Drauf und dran!«

Gemeinsam mit anderen stürmte er vor. Sein Schwert hob und senkte sich. Blut spritzte, der Aufprall war mörderisch.

Neben ihm gingen zwei Soldaten zu Boden, wurden davongeschleift wie Vieh. Die Kriegerin wurde gepackt, Klauen schnitten über ihre Kehle, sie öffnete den Mund, ein Schwall Blut schoss über ihre Lippen. Aidan erschlug ihren Mörder, stieß den Leichnam zur Seite, hackte einem Seeteufel die Klauen ab.

Dann war er an der Brüstung. Kaleona duckte sich unter einer Pranke hinweg, rammte dem Seeteufel ihre Klinge von unten in den Leib, hob ihn mit einem Schrei empor und warf ihn über die Mauer.

Wild blickte sich Aidan um. Die Mauer stand! Gruppen von Kriegern trieben die letzten Feinde zurück, schlugen sie nieder, hackten sie in Stücke. Triumph erfüllte ihn.

»Sie sind durch! Bei der Harmonie, sie sind durch!«

Bogenschützen wiesen in den Torhof. Einige sandten Pfeile hinab. Triumph wich Entsetzen. Sofort rannte Aidan zur anderen Seite.

Unter ihm ergoss ich eine schier endlose Flut von Feinden in den Hof. Die letzten Verteidiger waren wie Inseln in diesem Ansturm, er spülte um sie herum, dann über sie, riss sie zu Boden und sie verschwanden.

Er wollte die Soldaten zum Kampf rufen, wollte sich in den Hof hinabstürzen, den Feind schlagen, brechen, zurücktreiben. Doch als er die Klinge hob, rief er etwas anderes.

»Rückzug! Rückzug! Blast das Horn!«

Ein Hornstoß ertönte, dann noch einer. Sofort brach Panik aus. Die Soldaten stürmten über die Mauer davon, einige ließen ihre Waffen fallen.

»Bleibt zusammen«, befahl Aidan mit eiserner Stimme. »Oder fallt einsam!«

»Wir müssen zum Hof, bevor die dahinkommen«, riet Kaleona.

»Was ist mit den inneren Mauern?«

»Zu viele.«

Die Leibwächterin hatte recht. Wenn sie sich dieser Sturmflut an den Mauern gegenüberstellten, würden sie ebenso davongetrieben werden wie hier am Tor.

»Zum Hof!« Er deutete auf eine kleine Gruppe. »Kümmert euch um die Verwundeten. Folgt mir!«

Er rannte voraus, die Mauer entlang, dicht gefolgt von Kaleona. Seine Stimme hatte die Angstschreie und den Lärm durchschnitten. Die Soldaten fielen hinter ihnen ein.

»Wo lang?«

Kaleona wies ihnen den Weg, durch Gebäude und über Innenhöfe, in Licht und Schatten. Sie liefen so schnell sie konnten, doch sie mussten ihre verletzten Kameraden tragen. Immer wieder sah Aidan Seeteufel zwischen den Gebäuden. Sie waren ihnen dicht auf den Fersen.

»Wir müssen sie zurücklassen«, rief ein Soldat entsetzt. »Sonst kommen wir alle um!«

»Nein!«

Doch die Angst ergriff auch von Aidan Besitz. Näher und näher kamen die Seeteufel, suchten ihre Wege im Gewirr des Palasts, geführt vom Geruch des warmen Bluts, auf das sie so begierig waren.

»Schaff sie in Sicherheit«, sagte Kaleona unvermittelt. Aidan sah sie an. »Versprich, dass du sie beschützt.«

Er wollte ihr sagen, dass sie seinen Schutz nicht brauchte und dass auch Kaleona für sie da sein würde, aber stattdessen nickte er stumm.

»Ich erkaufe uns Zeit«, schrie sie in die Menge der Flüchtenden. »Wer steht mit mir?«

Die Fliehenden spülten um sie herum, ließen sie allein. Doch dann blieb eine Kriegerin stehen, hob grüßend ihr Schwert. Eine andere, mit einer riesigen Axt in den Händen, stand an ihrer Seite. Zwei, drei mehr. Sie blieben im engen Durchgang stehen. Kaleona drehte sich noch einmal zu ihm um. Dann lief sie um eine Ecke und verschwand aus seinem Blickfeld.

HYMN

From the earth and over valleys green
From the north into a land so free
From the earth so far beyond.
It was once told we'll be back again
It's the northwinds that will call our name
And as one of four we shall remain.

Forever we shall remain.

ELENA

Unablässig erklang das dumpfe Wummern. Es war eine beständige Erinnerung an den unauslöschlichen Hass ihrer Feinde. Elena spürte es in den Knochen und der Magengrube.

»Ewig werden die Tore nicht halten.«

Sie wusste nicht, wer das gesagt hatte. Im Hof waren die Überlebenden und Geflohenen versammelt, eine wilde Schar, ein kleiner Haufen Sterbliche gegen den Zorn eines Gottes. Wie hatten sie nur glauben können zu siegen?

»Mein Vorfahr hat diese Festung errichtet«, erzählte sie leise.

Aidan saß neben ihr an die Wand gelehnt. Sie zog das Amulett unter ihrem Wams hervor. Es war warm. Die Drachen, die es umspielten, schienen sich zu bewegen.

»Und du verteidigst sie. Wie passend.«

Man konnte es nicht wirklich Verteidigung nennen. Nach all den Zaubern und der Fürsorge der Heilkundigen war sie gerade einmal froh gehen zu können. Doch trotz der Schmerzen wollte sie nicht einfach sitzen bleiben. Langsam schob sie sich an der Wand hoch.

»Komm«, bat sie Aidan.

Er blickte erstaunt zu ihr hoch, dann stand er fast ebenso mühsam auf.

Die Soldaten hatten unter seiner Führung den letzten Rückzugsort erreicht. Nicht alle, aber viele. Elena wusste, dass in der Schlacht jeder fallen konnte, doch Kaleona zu verlieren hatte sie getroffen. *So viel Hass, so viel Zorn. Wie können wir nur dagegenstehen?*

Jetzt war sie es, die ihn führte. Durch die dunklen Gänge des alten Gemäuers, eine Treppe hinauf, eine Galerie entlang. Bilder ihrer Vorfahren, einige von den Wänden gestürzt, der Rest hing schief. Ihre Augen schienen auf Elena zu schauen, auf jene von ihnen, mit der ihre Linie enden würde. Sie wollte sich für ihr Versagen entschuldigen, aber sie schwieg.

Doch es war nicht die Galerie, die sie ihm zeigen wollte. Noch eine Treppe führte empor, fast ganz dunkel, dann eine schmale, niedrige Tür. Quietschend öffnete sie sich und kühle Nachtluft wehte ihnen entgegen.

Gemeinsam traten sie hinaus, aus einer Dunkelheit in eine andere. Das Bauwerk war nicht allzu groß, doch die es umgebenden Türme waren nun verschwunden, sodass es einen Ausblick in alle Richtungen bot.

Über ihnen zogen die Wolken immer noch ihre Kreise, das Zentrum jetzt nah. Am Torhaus stieg Rauch auf, Flammen leckten über Stein. Irgendwie war ein Feuer ausgebrochen, doch das war nun unwichtig. Um ihr Bollwerk herum war der Boden schwarz, aber seltsam lebendig. Es waren keine Steine, auf die sie blickten, sondern eine unermessliche Schar Seeteufel, die wie das Meer selbst um die Mauern wogten. Nur ein Gedanke, nur ein Wille trieb sie.

Das Meer schimmerte immer noch in grünem Leuchten um die Inseln herum. Weit in der Ferne, zu weit, schäumte und brodelte es.

»Immerhin werden wir die ersten Menschen sein, die einen leibhaftigen Drachen zu sehen bekommen.«

Es war ein schwacher Trost.

»So knapp«, entfuhr es ihr. »Beinahe …«

Er nahm sie in den Arm. Wichtiger als einen Drachen zu sehen war, dass sie dem Ende gemeinsam gegenübertraten. Seine Wärme hüllte sie ein, schenkte ihr einen Moment der Geborgenheit. Sie küssten sich lang.

»Es war hier unten im Hof«, erzählte sie. »Als die Welt aus den Fugen geriet und die Zeit selbst zum Wahn wurde. Und alles nur, weil der Fünfte Drache seine Macht wiedererlangen wollte.«

»Hätte er sich nicht ein bisschen beeilen können?«, scherzte Aidan. »Dann wären wir näher heran und könnten unser Stück wagen.«

Mit einem Mal wurde er still. Dann ging er zur inneren Brüstung und sah in den Hof hinab.

»Was ist?«

»Welche Macht ihm auch gegeben ist, wir tragen sie ebenfalls in uns«, sagte er langsam, als erwache er aus einem Traum. »Wenn wir die Harmonie des Weltenlieds zurückbringen, können die Vier Drachen durch uns wirken.«

Ihre Hand fuhr zu dem Amulett. Verstehen keimte in ihr.

»Du willst …?«

»He! Barden!«

Er trat auf die Zinnen. Seine Zehen ragten über die Kante. Alle sahen zu ihm empor. Er reckte die Faust in einem Schlag zum Himmel.

»Singt mit mir!«

Seine Stimme erfüllte die Welt. Elena konnte gar nicht anders als mit einzustimmen. Die Melodien wuschen über sie hinweg, füllten sie aus. Der Rhythmus wurde zu ihrem Herzschlag. Jeder Schmerz war vergessen, verging vor der Macht der Musik.

Unter ihnen stiegen Stimmen in den Gesang ein, mehr und mehr, lauter und lauter. Das Wummern der Seeteufel verschwand, ob sie aufhörten oder es einfach vom Gesang der Barden übertönt wurde, konnte sie nicht sagen.

Die Macht in Aidans Stimme ließ die See aufschäumen. Die Wolken änderten ihren Kurs, tanzten in frenetischem Spiel durcheinander. Die Festung dröhnte, vibrierte unter Elenas Füßen. Am Torhaus schlugen die Flammen höher und höher, leckten am Himmel.

»Singt!«

Jede Kehle im Hof stimmte ein, ob Barde oder nicht. Blitze schlugen in Arcos ein. Stein wurde gespalten. Die Masse der Seeteufel rannte umher, durcheinander, chaotisch.

»Singt!«

Ihre Stimmen stiegen auf, durchdrangen die ganze Welt und alle Himmel, laut, wild – und fordernd. Die See krachte mit großer Gewalt gegen die Klippen. Der Fels ächzte. Ein gewaltiger Wirbelsturm erhob sich um die Inseln, trug Trümmer empor, riss Schutt mit sich, ja selbst die Flammen wanden sich um die Festung. Wasser, Feuer, Erde, Luft, alles wurde eins.

»Singt!«

Das Weltenlied brach aus Elena hervor, suchte sich seine Bahn hinaus in die Welt. Alles schwang in seinem Rhythmus, folgte seiner Melodie. Elena hatte die Arme über den Kopf gelegt und blickte zum Himmel empor, den Mund weit aufgerissen, ihre Stimme eins mit dem Chor der Barden.

»Singt!«

Und sie sangen. Ihre Stimmen gegen den Hass, gegen den Tod und das Verderben. Ihre Worte gegen die Nacht, die nicht enden sollte. Ihre Herzen für den Morgen der Welt.

Ein Feuerstreif am Horizont, silbrigglänzendes Rot. Eine Träne lief Elena über die Wange. Licht, Wärme. Die Sonne.

»Singt!«

Die Wolken rissen auf, das Meer verlor seine Dunkelheit. Hell erschien die Lebensspenderin, beschien See und Himmel, Stein und Fels, badete Aidan und Elena in dem ersten Licht des neuen Tages.

»Singt!«

Vor den Inseln der schäumende Mahlstrom und an seinem Grund das Verderben der Welt. Doch sie sangen dagegen an, brachten die Harmonie in die Welt, die er zerschlagen hatte.

Elena fühlte sich aus ihrem Leib gehoben, schwebte auf der Musik gen Himmel. Unter sich sah sie den Palast, Arcos, die Gesegneten Inseln. Sie sah Aidan, wie er auf den Zinnen stand und ihren Gesang leitete. Sie sah die Barden und alle anderen wie neu gestaltet im Licht des Morgens.

Sie sah die Dunkelheit des Mahlstroms, die Schwärze in seinem Zentrum.

Und sie sah, wie sich das feurige Auge öffnete und seinen hasserfüllten Blick auf sie richtete. Die Melodie verließ ihren Körper und Geist.

Sie stürzte. Und schrie.

AIDAN

Die Harmonie zerbrach. Mit einem Mal waren die Worte aus seinem Geist verschwunden, sein Herz leer, seine Kehle still.

Er ist erwacht!

Der Chor verstummte. Sterbliche fielen auf die Knie und schluchzten. Dunkle Verzweiflung flog auch über Aidan hinweg. Neben ihm sank Elena gegen die Zinnen, Tränen liefen über ihr Gesicht. Der Wirbel um sie herum erstarb. Das Chaos unter den Seeteufeln schwand. Nun wieder waren sie nur einem Willen unterworfen, und dieser wünschte allen den Tod.

Aidan begann zu schwanken. Seine Beine waren wie aus Blei, er fühlte sich alt und müde. Die Dunkelheit um ihn herum war vom hellen Licht der Sonne gebannt, doch nun war sie in ihm, füllte ihn aus, verschlang sein Selbst.

In ihrem Gesang hatte er ihn gesehen. Den feurigen Blick der Vernichtung. Wo er hinfiel, war Sterblichen kein Glück, kein Leben vergönnt.

Kniend schlang Elena die Arme um ihren bebenden Leib. Sie war schwach, war es immer gewesen. Außen Stahl, doch ihnen weich. Getäuscht hatte sie alle, hatte sie ihn, doch nun erkannte er ihre wahre Natur. Perfide hatte sie ihn glauben lassen, dass es eine Hoffnung gab. Doch nun erkannte Aidan, dass jedes Hoffen stets vergebens war. Hass stieg in ihm auf. Alles war ihre Schuld. Ohne ihr Zutun wäre er nicht hier, würde er nicht diesen Moment vollkommener Schwäche erleben.

Nein!

Zu leise, zu schwach, zu wenig.

Sie alle waren schuld. All die vergänglichen Sterblichen mit ihren närrischen Träumen und hohlen Leben. Ihnen hatte er seines geopfert, doch sie flohen nur, liefen davon und ließen ihn im Stich.

Es war ein Hass, größer als er, größer als sein Leib, sein Geist, größer und älter als die Welt. Er wollte sie zerschlagen, mit bloßen Händen zerfetzen, in ihrem Blut baden und ihre ganze Welt in Brand setzen, bis nur noch Asche übrig war.

Er legte den Kopf in den Nacken und brüllte vor Hass und Zorn.

Da war Revus, der ihn verraten hatte. Schwach. So schwach. Widerlich schwach. Ekel überkam Aidan.

Und da war Elena, die ihm Hoffnung gegeben hatte.

Sie mussten bestraft werden. Sie mussten leiden! Sie beide mussten sterben!

Aidan schüttelte den Kopf.

Doch, kroch es feurig heiß in seinen Geist. *Dachtest du, es wäre so einfach? Dachtest du, sie wären deine Freunde? Liebten dich? Du bist ein Narr! Ausgenutzt haben sie dich, immer wieder! Übe Rache an ihnen! Du willst es!*

Er stieg von den Zinnen hinab, ballte die Faust, ragte über Elena empor, wie er es über einer Kreatur wie ihr sollte. Ein Schlag, ein Moment des Siegs, ein süßer Hauch der Macht. Er hob die Hand.

Elena blickte zu ihm hoch. Ihre Augen … er sah sich selbst in ihren Augen, verzerrt, verdreht.

»Nein!«

Sein Arm fiel herab. Ein Brüllen, so laut, dass die Inseln erbebten und der Boden unter seinen Füßen schwankte, als wäre er auf einem Schiff. Flutwellen, dreißig Schritt hoch, rasten auf sie zu.

Du hasst sie! Aidan kniff die Augen zusammen. Die Stimme war in seinem Geist, war sein Geist.

Er hob die Hand.

»Nein. Ich liebe sie.«

Streckte sie Elena entgegen. Ihre Finger ergriffen die seinen, er zog sie auf die Beine. Die Berührung vertrieb die Dunkelheit aus seinem Herzen.

Worte gab es nicht. Nur das Lied.

Er begann, leise, zärtlich, sang von ihr.

Ihre Stimme fiel in den Gesang ein, tanzte um die seine. Sie sahen einander an, sangen gemeinsam, eine Stimme, ein Herz, ein Lied.

Die Welt um sie schien donnernd zu zerbrechen. Dunkelheit jagte um sie, suchte Einlass in ihre Herzen. Doch jetzt und hier gab es nur sie beide. Wasser donnerte gegen die Klippen, der Himmel zerriss, ein gewaltiger Schatten erhob sich unter dem Meer.

Ihre Stimmen klangen gegen den Zorn der Vernichtung. Zwei Stimmen nur gegen die Urgewalt des Fünften Drachen, doch sie erklangen in nie gekannter Harmonie.

Eine weitere Stimme gesellte sich dazu. Schwach, heiser, gezeichnet, doch im Einklang. Mit jedem Wort, jeder Harmonie trieben sie die Finsternis zurück. Aidan sang lauter, sein Herz schlug schneller.

Noch eine Stimme, tief und dunkel. Und noch zwei, eng umschlungen. Sie folgten seiner Führung, stiegen mit ihren beiden auf.

Wie aus einer Kehle sangen sie. Mehr und mehr Stimmen kamen dazu, reihten sich ein, trugen die Worte und Gefühle in die Welt. Alles hing in der Schwebe.

Die wilde Natur um sie beruhigte sich. Die Wolken zogen davon, die See wurde leise, das Beben verschwand aus dem Gestein, die Flammen sanken zurück. Helles Sonnenlicht badete sie alle im gloriosen Morgenschein.

Gemeinsam blickten sie empor. Am Himmel, jenseits der Wolkenfetzen, waren Schemen zu sehen, gewaltig groß, reichten von einem Horizont zum nächsten. Sie wirbelten und tanzten im Takt des Weltenlieds umher, umschlangen einander und gaben sich wieder frei. Größer und schöner und erhabener als alles, was Aidan jemals gesehen hatte.

Der Anblick hob sein Herz. Seine Stimme wurde lauter, das Lied gewann an Macht. Elena fiel ein, antwortete, forderte mehr. In harmonischem Duett sangen sie.

ELENA

Die Sonne war aufgegangen. Der Schatten war verschwunden. Elena saß auf den Zinnen der Festung und blickte auf die schimmernde See. Sie wollte nicht auf Arcos sehen, auf die grausame Verwüstung, die ihre Heimat überzogen hatte.

»Wir werden es wieder aufbauen«, sagte Aidan.

Ihre Finger glitten über die Klinge, die auf ihren Knien lag. Das Schwert ihrer Leibwächterin. Bis zuletzt hatte sie für sie gekämpft und ihr Leben gegeben. Oreus war tot, Astos, Geloras. So viele hatten sie verloren.

»Nicht alles«, flüsterte sie.

»Nein, nicht alles. Manche Wunden werden nie ganz verheilen. Manche Narben werden ein Leben lang schmerzen. Aber das ist gut.«

Überrascht blickte sie ihn an. Er war schwer von der Schlacht gezeichnet. Blutverkrustete Haut, ein Verband um die Schulter. Doch in seinen Augen lag eine Zuversicht, die ihr Hoffnung gab.

»Wir werden Kaleona vermissen, jeden Tag. Weil sie es verdient hat.«

Das leuchtete ihr ein. Schweigend blickten sie hinaus auf die ewige See, sahen die ersten Vögel darüber hinweggleiten. Unter ihnen waren die Menschen damit beschäftigt, die ersten Schäden auszubessern. Es würde viel Zeit kosten, viel Schweiß und Arbeit, aber Arcos würde überdauern. Niemals mehr würde es in seinem alten Glanz erstrahlen, nun, da der Fünfte Drache einen Teil seiner Macht zurückverlangt hatte.

Doch Elena empfand das als passend. Sie hatten ihr Leben auf seinen Lügen aufgebaut und waren kalt und überheblich geworden. Die Macht, die ihnen gegeben worden war, hatten sie nur für sich genutzt und sich vor der Welt verborgen. Damit war es nun vorbei.

»Was wirst du tun?«, stellte sie die Frage, vor deren Antwort sie sich fürchtete.

»Schlafen«, erwiderte er. »Ein paar Tage lang. Und Ale trinken, mit Seetang oder ohne.«

»Seetang?«

»Ach, schon gut.« Er sah sie an, blinzelte im Sonnenlicht. »Wieso? Was soll ich denn tun?«

An meiner Seite bleiben, wollte sie sagen. Stattdessen sah sie ihm nur in die Augen.

»Revus braucht Hilfe«, erklärte er schließlich.

»Wir haben die besten Heilkundigen der Welt auf den Gesegneten Inseln.«

»Hm. Wir könnten doch beide mal ein bisschen Ruhe brauchen, das stimmt schon.«

Als er grinsen musste, erkannte sie, dass er sie neckte. Sie lächelte.

»Ich bleibe bei dir. Wir bauen Arcos wieder auf. Na ja,

andere tun das, aber ich singe ihnen dazu antreibende Lieder. Baukunst ist nicht so mein Gebiet.«

»Kein Ruf der Ferne? Lockt der Horizont dich nicht mehr?«

Er zuckte mit den Schultern.

»Ich habe die Gesegneten Inseln gefunden. Was kann es sonst noch für Abenteuer für mich geben?« Er streckte sich und gähnte. »Erst mal etwas ausruhen. Einige Lieder komponieren. Es gibt so viele, deren Heldentaten besungen gehören.«

Dann wenn der Himmel weithin strahlt,
der Dunst aus Wolken Bildern malt.
Dann wenn der Wind aus Norden ruht,
die Sonne ihre Arbeit tut.
Dann ist unsere Welt bereit
für eine neue Heldenzeit.

Sie nickte versonnen und freute sich darauf, auch dies mit ihm zu teilen.

»Und dann ...«

Seine Stimme verklang.

»Dann?«

Jetzt grinste er breit.

»Du hast den Wind gehört. Den Sirenengesang der Fremde. Du wirst deine Pflicht hier erfüllen, aber wir wissen beide, dass dich eines Tages die Sehnsucht nach neuen Gestaden ergreifen wird.«

Es war die Wahrheit. Sie hatte nur einen kleinen Teil der Welt gesehen, doch schon jetzt verspürte sie den Wunsch, mehr Wunder erleben zu dürfen. Jenseits dieses Horizonts gab es fremde Länder und fremde Menschen, Anblicke, die ihr Herz höherschlagen lassen würden. Abenteuer, die sie noch nicht erlebt hatte. Geschichten, die sie noch nicht kannte. Lieder, die sie noch nie gesungen hatte.

»Sie werden dich lieben, weißt du?«

»Wer?«

»Barden. Die reisende Königin. Was für Möglichkeiten für Epen!«

Er zwinkerte ihr zu.

»Du kannst sie ja schreiben, während du zu Hause auf mich wartest.«

»Ha!«

Die Opfer waren schrecklich gewesen. Manche Wunden würden niemals ganz verheilen. Aber auch morgen würde die Sonne aufgehen. Elena schloss die Augen und genoss ihre Wärme auf ihrem Antlitz.

EPILOG

Die Harmonie wurde erneuert. Die Barden folgten dem Ruf. Im Laufe der Zeit werden ihre eigenen Geschichten zu Legenden werden, ihre Leben zu Liedern. Ihre Opfer und Verluste erinnern uns daran, auf ewig wachsam zu sein.

Tief unter den Wellen träumt der Fünfte seine finsteren Träume. Das Weltenlied ist sein Verderben, zieht es ihn doch in ewig unruhigen Schlaf.

Und wenn der Fünfte erneut erwacht, wird wieder der Ruf erschallen.

Wirst du antworten?

DANKSAGUNG

Schon bei der Entstehung eines Romans sind viele Menschen beteiligt, denen Dank gebührt. Zunächst wäre da das Team von Piper zu nennen, vor allem Carsten Polzin und Sabrina Weller, die in einer verrückten Idee das Potenzial erkannten, das in den »Feuerstimmen« liegt. Natürlich gebührt mein Dank sowohl der Agentur Schlück als auch Schmidt und Abrahams.

Die helfende Hand meiner Lektorin Catherine Beck war es, die das Beste im Text zum Vorschein brachte.

Doch »Feuerstimmen« ist mehr als nur ein Roman. Das ganze Multimedia-Projekt entstand in enger Zusammenarbeit mit vielen kreativen Köpfen, beginnend mit einem wildem Ideendurcheinanderwerfen mit Dennis Schunke, aus dem sich langsam eine Geschichte herauskristallisierte. Es war ein fruchtbares Hin und Her mit den Musikern von Van Canto, eine Schmiede aus Musik und Text, aus der schließlich etwas entstand, das mehr ist als die Summe seiner Teile. Deshalb mein Dank an die großartigen Künstler dieser Ausnahme-Band: Rakkatakka!

Herausgehoben ist meine Frau Natalja Schmidt, die mein Autorenleben mit Rat und Tat begleitet und ohne die nicht eines meiner Bücher möglich gewesen wäre.

Christoph Hardebusch, im Frühjahr 2016